HEINZ G. KONSALIK

Westwind aus Kasachstan

Roman

GOLDMANN VERLAG

Ungekürzte Ausgabe

Umwelthinweis:
Alle bedruckten Materialien dieses Taschenbuches
sind chlorfrei und umweltschonend.
Das Papier enthält Recycling-Anteile.

Der Goldmann Verlag
ist ein Unternehmen der Verlagsgruppe Bertelsmann

Copyright © 1992 bei Autor und Hestia Verlag GmbH & Co. KG, Rastatt
Umschlagentwurf: Design Team München
Umschlagfoto: Habel/Mauritius, Mittenwald
Druck: Elsnerdruck, Berlin
Verlagsnummer: 42303
MV · Herstellung: Sebastian Strohmaier
Made in Germany
ISBN 3-442-42303-1

1 3 5 7 9 10 8 6 4 2

**Wer zu spät kommt,
den bestraft das Leben!**

Michail Sergejewitsch Gorbatschow

I. TEIL

Es war die Zeit der Ernte.
Der Weizen stand hoch, kräftig und goldgelb in der Sonne. Es schien ein gutes Jahr zu werden, auch wenn das Landwirtschaftsministerium in Moskau düstere Prognosen herausgab. Vielleicht war die Erde in den anderen Sowjetrepubliken nicht so fruchtbar wie der Boden von Nowo Grodnow und die weiten Äcker von Kasachstan. Zwischen Ulan Bator und Moskau lag eine eigene Welt, und die Genossen im Ministerium hatten einen größeren Überblick.
Zufrieden war jedenfalls Wolfgang Antonowitsch Weberowsky. Er saß auf dem hohen Sitz seines schnaufenden und knatternden Mähdreschers, blickte über die fast unendliche Weite seines Feldes, hatte bei diesem herzergreifenden Anblick in die Hände geklatscht, mit lauter, tiefer Stimme ausgerufen: »Nun wollen wir mal!«, hatte den Motor angelassen und machte sich bereit, den ersten Streifen seines Feldes abzumähen. Zuvor sprach er ein kurzes Dankgebet ... das war Tradition seit über zweihundert Jahren, als die Zarin Katharina II. deutsche Bauern an die Wolga gerufen und ihnen Land geschenkt hatte, um es zu kultivieren. Damals beteten die Vorfahren: »Herr im Himmel, gib uns Kraft, die Last des Lebens und die Mühe der Arbeit durchzustehen ...« , und später, 1941, als Stalin alle Wolgadeutschen nach Sibirien und Zentralasien zwangsumsiedelte: »Gott, großer Gott, beschütze uns in unserer Not ... « Jetzt, nach fast einem halben

Jahrhundert Mühen und Erfolg im Kampf gegen die Natur und nach dem Sieg über Hitze, Staub, Dürre und Schneesturm betete man: »Gott im Himmel, wir danken *Dir* für *Deine* Hilfe und unser täglich Brot ...«
Auch Wolfgang Antonowitsch betete so, bevor er sich an das Einfahren der reichen Ernte machte. Dann spuckte er symbolisch in beide Hände und umklammerte das vibrierende Lenkrad. Aber er kam nicht dazu, den ersten Weizenstreifen abzumähen – gerade, als er den Fahrhebel hinunterdrücken wollte, stieg auf der gewalzten Feldstraße eine Staubwolke auf. Ein heißer Tag war es, schon jetzt am Morgen. Kein Vogel flatterte durch die Luft, kein Windhauch bewegte die Ähren. Seit Tagen war es so, und der alte Jewgeni Iwanowitsch Potapow, von dem man sagte, er sei 102 Jahre alt und lebe noch ewig, weil er seine inneren Organe mit selbstgebranntem Schnaps konserviere, prophezeite mit seiner Zitterstimme: »Paßt auf, paßt auf, ein Sommer wird's, in dem die Vögel gebraten vom Himmel fallen.«
Das war natürlich sehr symbolisch ausgedrückt – man hatte schon Trockenjahre erlebt, in denen der Boden bis zu einem halben Meter vor Dürre aufriß ... dann fuhr man mit Tankwagen über die Felder und rettete wenigstens das tägliche Brot. Ein Bauer in Kasachstan gibt nie auf! Hart ist er wie die Natur um ihn herum.
Weberowsky stellte den keuchenden Motor ab und wartete, was sich aus der Staubwolke schälen würde. Der Mähdrescher war sein ganzer Stolz und – wenn man es patriotisch und politisch sieht – ein Sieg des Dorfes Nowo Grodnow über sowjetische Willkür. Vor zwei Jahren war es, als der Betriebsleiter der Sowchose »Bruderschaft«, der sich allmächtig vorkommende Genosse Semjon Bogdanowitsch Zirupa, zu Weberowsky mit provozierender Hochnäsigkeit gesagt hatte: »Wolfgang Antonowitsch, dieses Jahr ist eine Ausleihung eines Mähdreschers für Nowo Grodnow unmöglich. Wir sind mit dem Plan zurück. Unmöglich.«
»Sollen wir das Getreide mit der Hand ausrupfen?« hatte

Weberowsky gebrüllt. Er wußte, die Verweigerung war nur eine der vielen Schikanen, mit denen Zirupa die Bauern von Nowo Grodnow drangsalierte. Purer Neid war es. Da die Sowchose ihr Plansoll nie erfüllte und die Äcker in einem erbärmlichen Zustand waren, während die Felder von Nowo Grodnow in voller Pracht standen, ließ Zirupa keine Gelegenheit aus, dem Dorfvorstand Weberowsky zu zeigen, daß er auch nur ein maulzuhaltender Bauer sei und deutscher Abstammung auch noch. So hatte es Zirupa einmal zum offenen Kampf kommen lassen, als Nowo Grodnow ein Frühlingsfest feierte, wie es ihre Vorfahren gefeiert hatten, mit Volkstänzen und schwäbischen Trachten, deutschen Volksliedern und nach deutscher Art selbstgebrautem Bier.
Zirupa erschien mit einer kleinen Armee von über fünfzig Sowchosearbeitern. Eingeheizt war ihnen schon mit vielen Schlucken Wodka, und so setzten sie sich als geballter Haufen mitten auf den Festplatz und begannen, Kampflieder der Roten Armee zu singen, vor allem jene, die im Krieg dazu aufgefordert hatten, die Deutschen zu töten und wegzujagen wie tolle Hunde.
Es konnte nicht anders kommen. Die Leute von Nowo Grodnow ergriffen die nächsten Gegenstände ... Stühle, Hocker, Biergläser, Flaschen, Zaunlatten, Schaufeln, Besen und Ochsenpeitschen ... und droschen auf die Zirupa-Männer ein, als seien sie reifes Korn.
Niemand erfuhr natürlich von dieser »Frühlingsschlacht«, wie man den Vorfall bald nannte, denn was hätte das an Untersuchungen bedeutet, beim KGB des Kreisverbandes bis zur Regierung in Alma-Ata, und sowohl Zirupa wie auch die Bauern von Nowo Grodnow wären hart bestraft worden. Seitdem aber steckte ein Stachel in aller Herzen. Am eifrigsten in der Hetze gebärdete sich die im Krieg berühmte und als »Heldin der Nation« ausgezeichnete Scharfschützin Katja Iwanowna Beljakowa, die jetzt in der Sowchose das gesamte Magazin verwaltete. Sie war nun vierundsechzig Jahre alt, dick wie ein Hefekloß und konnte anhand ihrer alten *Schußbücher* nachweisen, daß sie im Krieg, an der Front bei Char-

kow, zwölf Deutsche durch präzisen Kopfschuß getötet hatte. Das hatte ihr drei Orden eingebracht, die sie nicht nur an Feiertagen der Partei, sondern immer, täglich, an ihre Kleider heftete.

»Gebt mir ein Tukarew-Gewehr ...«, hatte sie nach der »Schlacht« geschrien, »... und das Problem Nowo Grodnow ist in einer Woche gelöst!«

Vor zwei Jahren also hatte Weberowsky vor dem finsteren Zirupa gestanden und um einen Mähdrescher gebeten.

»Nichts da«, hatte Zirupa schroff erwidert. »Wir brauchen ihn selbst.«

»Sie wissen, Semjon Bogdanowitsch«, hatte Weberowsky geantwortet, »daß Sie nach dem Landwirtschaftshilfegesetz verpflichtet sind, uns einen Mähdrescher zu leihen.«

»Nicht, wenn wir sie selbst dringend brauchen ... erst hinterher.«

»Auf dem Fahrzeughof stehen drei Mähdrescher herum und sind nicht im Einsatz ...«

»Wollen Sie meinen Einsatzplan kritisieren, Wolfgang Antonowitsch?« hatte Zirupa losgebrüllt. Einen roten Kopf bekam er, und sein Schnauzbart, den er nach Kasachenart halblang, mit herunterhängenden Spitzen trug, zitterte vor Zorn. »Zum letztenmal: Ich kann keinen Mähdrescher entbehren! Sie haben ihre Planzeiten! Reden wir also nicht weiter darüber –«

»Und wie soll ich unsere Ernte einbringen?«

»Jeder hat sein Problem, und das ist Ihres.«

»Das ist alles, was Sie zu sagen haben?«

»Ja!« Es klang wie ein Triumphruf aus Zirupas Mund. Endlich habe ich ihn. Seine Ernte wird auf den Feldern verdorren. Auch wenn sie mit der Hand mähen, Tag und Nacht. Es wäre, als wollten sie die Taiga rasieren. Die Herbststürme sind schnell da. Ihr verdammten, stolzen, arbeitswütigen Deutschen, ihr seid seit zweihundert Jahren keine Russen geworden, schon gar nicht sowjetische Genossen. Spüren sollt ihr das.

»Ich werde den Kreisrat anrufen«, sagte Weberowsky er-

staunlich ruhig. Er nahm seine Mütze vom Tisch und zog sie über den grauen Schädel.
»Auch der kann keine Mähdrescher zaubern.« Zirupa rülpste laut und hob entschuldigend die Schultern. »Verzeihung, aber ich habe Hunger. Ich muß etwas essen. Wenn ich Hunger habe, spricht mein Magen immer so mit mir. Unangenehm, aber nicht abzustellen.« Zirupa ging zur Tür, und dort brachte er mit einem Lächeln noch die größte Frechheit hervor: »Eine gute Ernte, Wolfgang Antonowitsch ...«
Weberowsky hatte die Lippen zusammengepreßt. Vor seinen Augen lagen die üppigen, wogenden Felder, und er hieb die Fäuste gegeneinander. Fahren wir also nach Atbasar, dachte er. Zu Michail Sergejewitsch Kiwrin, dem Bezirkssekretär der Partei. Er ist ein guter Freund über Jahre hinweg, ein liberal denkender Mensch, kein kommunistischer Natschalnik, kein engstirniger Parteigenosse. Gerechtigkeit ist seine Auffassung, und, seien wir ehrlich, Gerechtigkeit kann man in Rußland suchen wie eine Nadel im Heuhaufen. Der Genosse Kiwrin empfing Weberowsky sofort, obwohl es immer hieß: »Anmeldung eine Woche vorher. Der Genosse Bezirkssekretär ertrinkt in Arbeit.« Das mochte sein. Als Weberowsky das karg ausgestattete Büro betrat, von dessen sonst kahler Wand in einem Wechselrahmen das Riesenfoto eines freundlich blickenden Gorbatschow lachte, saß Kiwrin in einem Flechtsessel, die Beine nach amerikanischer Art auf die Schreibtischplatte gelegt, und trank aus einem echten bayerischen Maßkrug ein gutgekühltes Bier. »Die Maß« war das Geschenk einer bayerischen Regierungsdelegation, die kürzlich nach Kasachstan gekommen war, um die Anlagen von künstlichen Bewässerungen zu studieren, obwohl es in Bayern wohl kaum Gebiete gab, die man künstlich bewässern mußte.
»Mein lieber Wolfgang Antonowitsch«, sagte Kiwrin freundlich, »nehmen Sie Platz. Auch ein Glas Bier? Was führt Sie zu mir? Sie sehen nicht fröhlich aus. Eher wütend. Wo knackt es im Gebälk?«
»Ich komme von Semjon Bogdanowitsch Zirupa –«

»Oje!« Kiwrin nahm einen tiefen Schluck Bier. »Mir kratzt es im Hals bei diesem Namen. Was Sie mir jetzt auch erzählen werden, Wolfgang Antonowitsch ... ich kann Ihnen nicht helfen.«
»Sie als Parteisekretär –«
»Kein Wort weiter!« Kiwrin winkte ab, als verjage er eine lästige Mücke. Er stellte den Maßkrug neben seine Füße auf den Schreibtisch und vollführte mit der rechten Hand eine weite Geste. »Was sehen Sie hier? Arbeit! Ein Berg von Arbeit. Angenommen, ich nehme mir den Genossen Zirupa zur Brust. Was ergibt das? Einen Bericht nach Zelinograd zum Kreissowjet. Zirupa wird nach Zelinograd befohlen. Auch ich muß kommen. Großes Geschrei, jeder möchte jeden anspukken. Zirupa ist voller Ausreden, man wird auch Sie heranholen, Wolfgang Antonowitsch, und dann wird es noch verwirrender, weil Sie von den Deutschen abstammen, da ist es noch schwerer, recht zu bekommen ... Sagen Sie nicht, daß Sie seit fünfzig Jahren in Kasachstan sind. Was bedeutet Zeit in Rußland, man haucht in die Luft und ein Jahrzehnt ist vorbei ... Kurzum: Es gibt nur neue Arbeit, völlig sinnlose Arbeit, denn auch der Kreissowjet hat kein Interesse daran, den Fall bis nach Alma-Ata zur Regierung weiterzureichen. Dort sitzen ja auch Beamte, die ihre Ruhe haben wollen.« Kiwrin griff zum Maßkrug, trank ihn aus und seufzte tief auf. »Die Welt ist nun mal so«, sagte er philosophisch. »Wir ändern sie nicht.« Er sah Weberowsky fragend an: »Haben Sie noch etwas vorzubringen, Genosse Wolfgang Antonowitsch?«
»Ja!« antwortete Weberowsky. Seine Sturheit war allgemein bekannt und überraschte Kiwrin deshalb nicht. »Ich brauche einen Mähdrescher.«
»Mehr nicht? Wie bescheiden.« Kiwrins Stimme ertrank in Spott. »Ich setze Sie auf die Liste. Sie haben, wenn ich nicht irre, den 98. Platz.«
»Ich brauche ihn sofort, Genosse Kiwrin. Die Ernte verkommt sonst, und Zirupa weigert sich, von der Sowchose einen zu leihen. Dabei stehen drei Drescher ungenützt herum.«

»Die Planwirtschaft! Man kann den Genossen Zirupa nicht zwingen.«

»Deshalb bin ich hier. Ich weiß aus der Zeitung, daß Amerika als Beweis der neuen Freundschaft mit der Sowjetunion Gorbatschow fünfundvierzig modernste Mähdrescher geschenkt haben soll. Neunzehn davon sind nach Kasachstan gekommen, zehn stehen im Depot Semipalatinsk, fünf in Karaganda und vier – ziehen Sie nicht so erstaunt die Brauen hoch – verbergen sich hier in Atbasar.«

»Was diese Zeitungen alles wissen!« Kiwrin zeigte demonstrativ auf seine Hose. »Wo habe ich sie denn, die Mähdrescher? Hier in meinen Taschen?«

»Sie stehen versteckt in einer Lagerhalle.« Weberowsky lächelte breit. Kiwrins Gesicht glich dem eines beleidigten Kindes. »Ich kaufe Ihnen einen ab, Michail Sergejewitsch.«

»Haben Sie 120 000 Rubel im Beutel?«

»Die Mähdrescher sind ein Geschenk der USA! Genosse Kiwrin, wollen Sie Geschenke verkaufen? Ich biete Ihnen trotzdem 12 000 Rubel.«

»Sind wir in einem orientalischen Basar? Wolfgang Antonowitsch, machen wir uns doch nichts vor! Das Verteilungsverfahren –«

»Unsere Ernte verdorrt auf den Feldern! Genosse Kiwrin, wir waren immer gute Freunde ...«

»Nicht auf die Tränendrüsen drücken, Weberowsky!« Kiwrin winkte mit beiden Händen ab. »Ein amtlicher Verwaltungsakt ist frei von Emotionen. Nur soviel kann ich Ihnen sagen: Ich werde die Lage in Nowo Grodnow prüfen.«

Die Prüfung kam erstaunlich schnell zum Abschluß. Schon drei Tage später konnten Weberowsky und sein ältester Sohn Hermann den neuen, blitzenden, gelblackierten und modernsten Mähdrescher der Amerikaner in Atbasar abholen. Der Genosse Kiwrin war an diesem Tag nach Karaganda gefahren. Er hatte nicht die Absicht, das Gefährt den Deutschen eigenhändig zu überreichen. Das tat einer seiner Assistenten mit einer deutlich sauren Miene.

Vor zwei Jahren war das gewesen. Nun also saß Weberowsky auf seinem Prunkstück und sah der Staubwolke entgegen. Aber als er erkannte, wer da herangefahren kam, stieg er vom Sitz und lehnte sich gegen das große Vorderrad. Der Fahrer im grünen Wolga-Wagen hustete beim Aussteigen und kam dann ächzend auf Weberowsky zu.
»Dieser Staub!« sagte er und hustete wieder.
»Ein heißer Sommer ist's, Genosse Kiwrin. Aber ein guter Sommer. Das Feld. Sehen Sie sich dieses goldene Feld an! Dieser Weizen! Das Herz lacht einem in der Brust.«
»Sie scheinen der einzige zu sein, der lacht, Wolfgang Antonowitsch. Uns schlägt die politische Entwicklung über dem Kopf zusammen wie eine Jahrhundertwelle. Ich muß mit Ihnen sprechen.«
»Über Politik?«
»Ja.«
»Hier auf dem Feld?«
»Da staunen Sie ...«
»Allerdings.«
»Es geht um Sie, Wolfgang Antonowitsch ... um Sie, um Nowo Grodnow, um über eine Million Rußlanddeutsche. Wir haben eine Vorankündigung bekommen. Gorbatschow will der Forderung des Moskauer Kongresses der Rußlanddeutschen folgen und euch umsiedeln.«
Einen Augenblick schwieg Weberowsky. Er war zu keinem Laut fähig, eine lähmende Starrheit war über ihn gekommen, als stünde er da und sähe das weite Land in einem Feuersturm untergehen. Endlich sprach er, und Kiwrin atmete auf.
»Schon wieder? Hat 1941 nicht gereicht? Regieren neue Stalins im Kreml?« Weberowskys Mund bewegte sich kaum, als er das sagte, mit einer seltsam hohlen Stimme, wie sie Kiwrin noch nie gehört hatte. »Wohin verbannt man uns diesmal? In den Norden, in die Eiswüste am Kap Deschnew? Warum? Warum? frage ich.«
»Falsch, Sie verstehen Gorbatschow völlig falsch.« Kiwrin klopfte mit der Faust an das Blech des Mähdreschers. »So

wie Amerika uns diese Maschinen schenkte, als Beweis einer neuen Zusammenarbeit, so schenkt man euch jetzt eine wirkliche Heimat.«
»Seit über zweihundert Jahren war Rußland unsre zweite Heimat.«
»Die *zweite*! Und wie ist's mit der ersten? Ha, jetzt reißen Sie die Augen auf, Wolfgang Antonowitsch! Wer tönt da seit Jahrzehnten: Unsere Heimat Deutschland, wir wollen zurück in das Land unserer Väter? Immer habt ihr in den Wind gerufen, und jetzt, wo der Wind sich dreht, steht ihr starr da! Was wollt ihr eigentlich?«
»Ich weiß nicht, wovon Sie sprechen, Genosse Kiwrin ...«
»Nicht mehr Genosse. Sagen Sie einfach Michail Sergejewitsch.«
»Auf einmal?«
»Der Wind ... ich sage es ja, der Wind ... gedreht hat er sich.« Kiwrin wischte sich über die staubige Stirn, dem Blick Weberowskys wich er aus. Früher, noch vor einem Jahr, war die Anrede »Genosse« Pflicht für jeden, der sich Kiwrin näherte. Noch besser war's, wenn man zu ihm »Genosse Sekretär« sagte. Dann öffnete Kiwrin wenigstens ein Ohr für die vorgetragene Bitte. Mit dem Tag, an dem Gorbatschow sein geradezu unfaßbares Reformprogramm von »Glasnost« und »Perestroika« verkündet hatte, kehrte auch Kiwrin eine erstaunliche Jovialität hervor und deutete jedem Besucher an, daß er auf die Anrede »Genosse« verzichten könne. Und als dann noch Jelzin wie ein leuchtender Stern am Kremlhimmel auftauchte und seine – bis jetzt nur versteckt – herbe Kritik an der kommunistischen Partei übte, was – als Russe ist man an Überraschungen gewöhnt – eine völlig verworrene Zukunft andeutete, ließ sich Kiwrin von Besuchern sogar im Gespräch auf die Schulter schlagen oder beim Abschied küssen – rechts, links, rechts –, was früher einer Schändung gleichgekommen wäre. Ein Russe in der Politik muß geschmeidig sein und anpassungsfähig wie ein Chamäleon ... wichtig ist, den Stuhl, auf dem man sitzt, nicht zu verlieren.

»Sie verstehen alles falsch, Wolfgang Antonowitsch«, sagte Kiwrin mit erhobener Stimme. »Keine Zwangsumsiedlung wie bei Stalin! Nein! O nein! Man spricht davon, euch das Wolgagebiet wiederzugeben. Von einem Plan wird geflüstert. Ihr sollt eigenes Land an der Wolga zwischen Saratow und Wolgograd bekommen!« Kiwrin starrte, nach einem langen Atemzug, Weberowsky an. »Sie jubeln nicht, Wolfgang Antonowitsch? Ich habe erwartet, Sie brüllen als Deutscher: Hurra! hurra! hurra! Das ist doch sonst üblich bei Ihnen ...« Kiwrin stieß den Kopf nach vorn wie ein nach Körnern pickender Hahn. »Begreifen Sie doch: Rußland schenkt euch Land an der Wolga. Und Gorbatschow hat sogar zu verstehen gegeben, daß diejenigen, die nicht in Rußland bleiben wollen, nach Deutschland zurückkönnen.«
»Nach über zweihundert Jahren solch ein Angebot.«
»So großzügig sind wir mit unserem Glasnost geworden!« Kiwrin sah Weberowsky mit einem lauernden Blick an. »Was wählen Sie? Wolga oder Deutschland?«
»Muß ich mich jetzt entscheiden? Jetzt, auf der Stelle?«
»Aber nein, mein Lieber. Das bedarf eingehender Beratungen, ich verstehe.« Kiwrin klopfte wieder gegen das Blech des Mähdreschers. »So ein schönes Maschinchen verläßt man nicht so leicht, ist's so? Das Herz hängt daran. Und diese fetten Felder! Die Bewässerungsanlagen! Die blühenden, bunten Gärten. Das schöne, bemalte Holzhäuschen mit den geschnitzten Türen und Fensterumrandungen. Wolfgang Antonowitsch, da hängen fünfzig Jahre Arbeit dran. Und wenn man dann noch bedenkt, daß das Ekel Semjon Bogdanowitsch Zirupa alles erbt ... das Land, Geräte, alle Vorräte, den modernsten Mähdrescher ... wirklich, das Herz wird einem schwer ...«
Weberowsky blickte über sein weites, goldenes Weizenfeld und wischte sich über die Augen. »Michail Sergejewitsch«, sagte er, »haben Sie Goethe gelesen?«
»Ja, in der Schule.«
»Kennen Sie seinen *Faust*?«
»Nur kurze Auszüge.«

»Im *Faust* gibt es einen Satan, der heißt Mephisto ... so einer sind Sie.«
»Mit Goethe beleidigt man mich nicht.« Kiwrin holte ein großes, blaues Taschentuch aus der Hose und fächelte sich Kühlung zu. »Nächste Woche wird es offiziell, mein lieber Weberowsky. Die Antragsformulare werde ich sicher bald erhalten. Ich werde Sie auffordern, sie in Atbasar abzuholen ... für Ihr ganzes Dorf. Dann reden wir weiter darüber. Gekommen bin ich nur, weil wir – na, sagen wir – Freunde sind. Wie lange kennen wir uns?«
»Ich glaube, neunzehn Jahre.«
»Und keinen Streit in all den Jahren. Kann es sein, daß wir uns mögen?«
»Es kann sein, Michail Sergejewitsch.« Weberowsky lächelte. Seine Erstarrung löste sich. »Ich danke Ihnen für die Vorinformation. Morgen berufe ich den Familienrat ein ... und übermorgen die Dorfgemeinschaft. Ich werde Ihnen schon Zahlen nennen, wenn ich die Formulare abhole.«
»Aber Sie selbst wissen schon, wie Sie sich entscheiden ...«
»Ja ... Ich will zurück nach Deutschland.«
»Dachte ich's mir doch. Ja, ja, ich hab's mir gedacht.« Kiwrin knöpfte sich das Hemd bis zum Hosengürtel auf. Ihm kam die Hitze jetzt doppelt so drückend vor. Neunzehn Jahre Zusammenarbeit ohne Streit verbinden, ein fast brüderliches Denken und Fühlen regte sich in der Brust. Warum will er fort aus Kasachstan, dachte Kiwrin, und so etwas wie Verbitterung bedrängte seine Seele. Lebt nun rund fünfzig Jahre hier, hat das schönste Dorf weit und breit gebaut, hat aus der Steppe ein ertragreiches Land gemacht, hat geschuftet bis zum Umfallen und die Natur besiegt, seinen größten Feind. Sogar eine Kirche haben sie gebaut, gleich 1942, als sie hier ankamen, ein Elendshaufen, zusammengepfercht wie Vieh. Ein paar Koffer, ein paar Kartons und Säcke und Bettzeug bei sich, das einzige, was ihnen geblieben war, alles andere hatte Stalin beschlagnahmen und verteilen lassen. Und da standen sie auf dem kleinen Bahnhof von Atbasar, und mein Vater hatte sie begrüßt mit den freundlichen Worten: »Da seid ihr

nun! Ich habe euch nicht gewollt, aber Moskau hat euch uns geschickt. Was kann man dagegen tun? Ihr werdet Land bekommen und euch hinsetzen und heulen wie die hungrigen Wölfe, die aus der Taiga zu uns flüchten. Land, das eure Kraft auffrißt und euch immer wird hungern lassen! Aber ihr seid nun einmal hier. Es ist Moskaus Wille. *Ich* kann euch nicht helfen ... von mir könnt ihr nur Holzlatten haben, um Kreuze zu zimmern. So ist die Lage! Ihr Deutschen betet doch ... also fangt an und betet –«
Und der stämmige Anton Weberowsky, Wolfgangs Vater, war vor den Haufen der Vertriebenen getreten und hatte mit fester Stimme geantwortet: »Wir wissen, was uns erwartet. Aber vergessen Sie nicht, Genosse: Seit hundertfünfzig Jahren sind wir russische Bürger und haben ein Recht auf Leben! Zum Sterben brauchten wir nicht Tausende von Werst in einem Viehtransport zu fahren – das konnten wir auch an der Wolga, einfacher und schneller vor den Maschinengewehren der Miliz. Man kann uns nicht töten ... man kann nicht 1,5 Millionen auslöschen. Wir sind ein Problem geworden, das ihr nun lösen müßt ...«
Ja, so mutig hatte damals Anton Wilhelmowitsch Weberowsky gesprochen. In alten Zelten und in zwei aufgelösten Straflagern für politische Gefangene, die man abtransportiert hatte, um sie in Kasernen als Soldaten auszubilden, wurden die Umsiedler untergebracht und notdürftig ernährt. Die Landverteilung nahm einige Zeit in Anspruch ... und dann stand eines Tages die Dorfgemeinschaft Grodnow auf einem versteppten Land, das ein im Sommer fast ausgetrockneter Bach durchzog, und Anton Weberowsky hatte trotzig einen Spaten in die Hand genommen, das Stahlblatt tief in den rissigen Boden gestampft und gesagt: »Und hiermit gründen wir unser Dorf Nowo Grodnow. Kameraden, laßt uns in die Hände spucken.«
Dann waren sie niedergekniet und hatten gebetet. Gott, hilf uns. Wir geben uns in Deine Hände. Laß uns überleben.
Vor fünfzig Jahren war das. Da war Michail Sergejewitsch Kiwrin noch nicht geboren. Aber später, schon mit fünf Jah-

ren, prägte sich dem kleinen Jungen ein, was sein Vater immer wieder sagte: »Diese Deutschen! Ihr Führer Adolf Hitler wollte die Welt verändern und hat dabei Deutschland vernichtet. Aber sie, die Wolgavertriebenen, verändern Kasachstan. Aus der Steppe machen sie Gärten! Woher nehmen sie nur den Mut und die Kraft ...«

Nowo Grodnow heute: das schönste Dorf im ganzen Bezirk.
»So still, Michail Sergejewitsch?« fragte Weberowsky. »Woran denken Sie?«
»An Ihren Vater Anton Wilhelmowitsch. Mein Vater hat von ihm erzählt. Sie sind nicht anders als er.«
»So waren wir immer seit Katharina II.«
»Ganz klar gefragt: Sie wollen zurück nach Deutschland?«
»Ganz klar geantwortet: Ja!«
»Und Ihre Familie?«
»Das wird sich heute abend zeigen.«
»Und wenn sie dagegen ist?«
»Sie wird nicht dagegen sein. Wir haben alle auf diesen Tag gewartet.«
Kiwrin seufzte tief, schüttelte den Kopf, als begreife er überhaupt nichts mehr, und gab Weberowsky die Hand. »Bis bald bei mir in Atbasar. Sie bekommen noch eine amtliche Vorladung. Ich halte Sie nicht weiter vom Mähen ab. Ihr Feld sieht aus wie ein Gemälde. Wer wird einmal dieses Paradies übernehmen? Wie wird es in drei, vier Jahren aussehen? Mir wird das Herz schwer, Wolfgang Antonowitsch, ja, schwer ...«
Kiwrin wandte sich ab und ging zu seinem Wagen zurück. Bevor er einstieg, winkte er Weberowsky noch einmal zu, wendete dann auf dem staubigen Ackerweg und fuhr in einer gelblichen Staubwolke zurück zur gewalzten Hauptstraße.
Weberowsky sah ihm nach, und dann saß er noch eine ganze Zeit lang auf dem Sitz des Mähdreschers, blickte über das goldgelbe reife Weizenfeld, sah rechts von sich die Dächer von Nowo Grodnow, seinem schönen Dorf, sah die Spitze

der kleinen Kirche mit dem vergoldeten Kreuz darauf und dachte daran, was seit drei Jahren der Pastor Peter Georgowitsch Heinrichinsky in sein sonntägliches Vaterunser einflocht, direkt nach: »Unser täglich Brot gib uns immer.« Dann sagte er: » ... und gib uns unsere Heimat wieder.« Das Amen klang dann kräftiger als je.
Unsere Heimat.
Was ist Heimat? Das ferne, unbekannte, sehnsuchtverklärte fremde Deutschland, die Heimat der Väter ... oder die duftenden Blumengärten, die fruchtbaren Felder, die Rinder und Schweine, die Gemüse- und Kräuterbeete, das schmucke Holzhaus mit dem Kruzifix über der Wohnzimmertür, das Läuten des Glöckchens im Kirchturm und die Volkstänze unter einer breitkronigen Linde? Nowo Grodnow.
Was ist Heimat?
»Verdammt! Wir kommen, Deutschland!« rief Weberowsky in seine Zweifel hinein mit lauter, dröhnender Stimme. Dann ließ er den Motor wieder an, senkte die Mähmesser und begann, den ersten Streifen zu mähen.
Es war die Zeit der Ernte ...

Am Abend, nach dem kräftigen Essen aus mit frischen Kräutern gewürztem Quark und Pellkartoffeln, selbstgebackenem Bauernbrot aus Sauerteig und selbstgeräuchertem Schinken, sagte Weberowsky:
»Ich habe etwas mit euch zu besprechen. Setzen wir uns drüben auf die Eckbank. Auch du, Mutter. Das Geschirr kannst du später spülen.«
Erna Emilowna, seine Frau, sah ihn erstaunt an und räumte dabei die Teller zusammen. Sie war eine stämmige Erscheinung, trug ihr noch immer blondes Haar mit einem Knoten im Nacken, und ihr rundes, nur von einigen kleinen Falten durchzogenes Gesicht ließ ahnen, wie hübsch sie einmal als junges Mädchen gewesen war. Die blauen Augen hatten ihr Leuchten nicht verloren, die gleichen Augen, die sie Gottlieb Wolfgangowitsch, dem jüngsten Sohn, vererbt hatte.
»Ist es so wichtig, Wolferl?« fragte sie.

Das »Wolferl« hatte sie seit dem ersten Kuß beibehalten, dreiunddreißig Jahre lang, und Weberowsky hatte sich nie dagegen gewehrt, obgleich er den Kosenamen nicht sonderlich mochte. Es macht sie glücklich, mich so zu nennen, hatte er gedacht. Mein Gott, was hat sie in ihrem fünfundfünfzigjährigen Leben geschuftet, auf dem Steppenboden, bis er ein Acker und ein Garten wurde, beim Hausbau, wo sie Holz sägte und Bretter schleppte und die Dielen legte, und nebenbei hatte sie drei Kinder geboren, und nicht ein einziger Klagelaut war von ihren Lippen gekommen, auch nicht, als sie in den ersten Jahren bei glühender Sonne das Korn mit der Sense schneiden mußte. Gönnen wir ihr das »Wolferl« – in dieses Wort bettete sie ihre ganze unaussprechliche Liebe.
»Es ist wichtig, Mutter«, sagte Weberowsky.
Er ging zur Eckbank, öffnete den kleinen Eckhängeschrank, holte eine Flasche Wodka und fünf Gläser heraus und stellte alles auf den Tisch.
»O ja, es ist wichtig!« Gottlieb, der Jüngste, klopfte mit den Knöcheln auf den Tisch. »Vater spendiert Wodka für alle! Bauen wir eine neue Scheune?«
Weberowsky wartete, bis alle um den Tisch saßen, goß dann die Gläser voll Wodka und überblickte seine Familie.
Neben ihm saß Hermann, der Älteste. Er hatte Maschinenbau studiert, durfte sich Ingenieur nennen und hatte die kräftige Gestalt seines Vaters und seine braunen Augen. Das dunkelbraune Haar trug er kurzgeschnitten, als Kleidung bevorzugte er einen korrekten Anzug. Jeder, der ihm begegnete, wußte sofort: Aha! Da ist ein Intellektueller. Lange Zeit hatte ihm Weberowsky gegrollt, daß er studierte und nicht Bauer geworden war, um einmal den Hof zu übernehmen, wie es seit Generationen bei den Weberowskys üblich war. Er war aus der Tradition ausgebrochen.
Rechts von Wolfgang Antonowitsch saß Eva, fünfundzwanzig Jahre alt, strohblond wie ihre Mutter einmal gewesen war, ein zierliches Mädchen mit langen Beinen und grünschimmernden Augen, die so gar nicht in die Familie Weberowsky paßte. Einmal hatte Wolfgang Antonowitsch ei-

nen bösen Witz gemacht, den er bis heute bereut und den Erna auch nicht vergessen hatte. Als er einmal die kleine Eva auf den Schoß nahm und in ihre grünlichen Augen blickte, sagte er zu ihr: »Ich möchte wissen, wer dein Vater ist ...«
Was danach folgte, vergaß Weberowsky sein Leben lang nicht. Wie eine Tigerin sprang Erna vom Küchenherd weg, riß ihm Eva aus den Händen, drückte sie an sich, schrie: »Von Karl Friedrich, dem Schreiner, ist sie! Jetzt weißt du es! So ein schönes Kind bekommst du ja nicht fertig!«
Dann war sie mit der weinenden Eva hinausgelaufen in den Garten, und dort blieb sie bis zur Dunkelheit, saß auf der weißlackierten Bank und funkelte Wolfgang wie ein Raubtier an, als er zu ihr trat und verlegen sagte: »Erna, ich möchte mich entschuldigen. Ich bin ein Idiot! Es war doch nur ein Witz.«
»Mit so etwas macht man keine Witze! Geh, ich will dich jetzt nicht hören und sehen.«
»Komm ins Haus, Erna.«
»Nein!«
»Du kannst doch nicht mit dem Kind nachts im Garten bleiben.«
»Was kümmert's dich? Es ist ja nicht dein Kind.«
»Erna, ich habe für das Abendessen Rouladen gemacht.«
»Ich rieche es. Sie sind angebrannt!«
»Erna, schlag mir eine runter.«
»Was hätte ich davon? Soll ich mein Leben lang denken: Du hast deinen Mann geschlagen? Das ist doch erbärmlich, wenn Mann und Frau sich schlagen. Dann gibt es doch keine Liebe mehr ... und ich liebe dich doch.«
»Ich möchte vor dir niederknien«, hatte Weberowsky bis in die Seele erschüttert geantwortet. »Aber ich knie nur vor Gott. Erna, komm ins Haus ...« Und er hatte ihr die Hand hingestreckt und führte sie und das Kind zurück.
Ihm gegenüber, durch den Tisch getrennt, saß Gottlieb, der Jüngste. Außer den blauen Augen seiner Mutter hatte auch er wenig von den Weberowskys geerbt. Er war von schlanker Figur, feingliedrig, schmalköpfig, mit hohen Backenkno-

chen und immer so dreinblickend, als müsse er etwas abwehren oder auf der Lauer liegen gegen irgendeinen Angriff. In der Schule war er immer der Beste seines Jahrganges gewesen, und bei allen Befragungen hörte man von ihm nur eine Antwort: »Nur der Arztberuf kommt für mich in Frage.« Und dann, mit einem Lächeln, das niemand zu deuten wußte, selbst Erna, seine Mutter, nicht: »Wäre ich ein Tier, möchte ich ein Wolf sein.«
»Warum gerade ein Wolf?« hatte Weberowsky einmal gefragt.
Gottliebs Antwort war erschreckend klar: »Er ist ein Herr der Freiheit. Kein Befehl erreicht ihn, und er lebt nach seinem eigenen Willen.«
Er war damals erst fünfzehn Jahre alt, und Weberowsky sagte zu seiner Frau: »Noch ist er ein Wirrkopf. Laß ihn älter werden, dann denkt er anders.«
Aber Gottlieb Wolfgangowitsch dachte auch mit zweiundzwanzig Jahren nicht anders, nur sprach er nicht mehr laut aus, was er dachte und was seinen wachen Geist beschäftigte. Wenn man ihn nachdrücklich befragte, gab er zur Antwort: »Man sollte gegen alles sein, denn was auf der Welt geschieht, ist zum größten Teil ohne Sinn und Verstand.« Und als am 11. März 1985 der vierundfünfzigjährige Michail Sergejewitsch Gorbatschow zum neuen Kremlführer gewählt wurde und Weberowsky ausrief: »Jetzt wird sich vieles ändern!«, sagte Gottlieb, und alle staunten: »Es wird gefährlich werden. Eine hungernde Kuh, die man plötzlich auf eine satte Weide treibt, wird sich vollfressen, bis sie platzt!« Auch jetzt saß er mit seiner immer abweisenden Miene am Tisch, trank mit einem Schluck seinen Wodka aus und fragte:
»Was ist denn nun so wichtig, daß wir hier herumsitzen müssen wie die Angeklagten?!«
»Angeklagte bekommen keinen Wodka!« gab Hermann, sein Bruder, zurück. »Vater wird seine Gründe haben.«
»Wenn das kein Grund ist –« Weberowsky zog die Wodkaflasche zu sich heran. Gottlieb hatte die Hand ausgestreckt,

um nach ihr zu greifen. Er liebte den Schnaps, der seinen Gedanken Auftrieb und Würze gab. »Kiwrin war heute morgen bei mir auf dem Feld.«
»Das ist wirklich ungewöhnlich.« Hermann lehnte sich auf der Bank zurück. »Der kleine Fürst von Atbasar bemüht sich aufs Land!«
»Er kam zu mir, um mir eine noch geheime Information zu bringen. Sie geht uns alle an ... uns, die zwei Millionen Rußlanddeutschen.«
»Ich ahne es.« Gottlieb hielt fordernd sein Wodkaglas zu Weberowsky hoch. »Die Perestroika, die Umgestaltung, wie es auf deutsch heißt, hat endlich uns entdeckt. Wohin gestaltet man uns um?«
»Du siehst den richtigen Weg, aber mit den falschen Gedanken, Gottlieb.« Weberowsky goß das ihm hingehaltene Glas voll. »Gorbatschow will offenbar das Unrecht wiedergutmachen, das Stalin an uns begangen hat. Er will uns eigenes Land an der Wolga geben. Wer das nicht will, kann in die Heimat zurück. Meine Lieben, wir können, wenn wir wollen, Rußland verlassen.«
»Davon haben wir jahrzehntelang geträumt.« Erna wischte sich über die Augen. Tränen rollten ihr über das Gesicht. Das war alles, was sie jetzt sagen konnte. Sie sah Weberowsky so eindringlich an, als warte sie darauf, daß er in seiner knappen Art sagte: »Morgen packen wir alles zusammen.«
»Zurück in die Heimat!« Gottlieb umklammerte sein Wodkaglas. Er starrte Vater, Mutter und seine Geschwister an und lachte dann mit einem schrillen Unterton: »Hermann, was ist deine Heimat? Wo bist *du* geboren?« Er streckte die Hand aus. »Dort ... in der Schlafkammer! Eva, wo bist *du* geboren? Dort, auf dem Küchentisch! Mutter, erinnerst du dich noch? Neunzehn Stunden dauerten die Wehen, und die Hebamme Valentina Igorowa Mojarowskaja rang die Hände, betete und schrie: ›Nimmt mir keiner die Entscheidung ab? Die Mutter oder das Kind ... nur einer wird überleben! Wo ist ein Arzt? Ein Arzt? Nur ein Kaiserschnitt kann helfen! Kein Arzt ist da! Der nächste wohnt in Zelinograd! Das sind

240 Werst! Der aus Atbasar kommt zu keinem Deutschen! Erwürgt mich, Genossen! Ich weiß nicht mehr weiter!‹ Und was geschah dann? Du, Vater, hast deine Hände ins heiße Wasser getaucht und dann Mutters Leib so lange geknetet und in ihn hineingeboxt, und dann hast du gebetet und geweint, und Mutter hat geschrien, und die Nachbarn vor der Tür haben sich bekreuzigt ... und dann kam der Kopf hervor, und du hast mit blutigen Händen das Kind Zentimeter um Zentimeter herausgezogen, bis es auf den blutgetränkten Handtüchern lag.« Er starrte mit seinen großen blauen Augen seine Schwester an und reckte den Kopf nach vorn. »Wo ist deine Heimat, Eva? Im deutschen Ruhrgebiet oder in Nowo Grodnow? Mich, Vater, brauchst du nicht zu fragen. Als ich begriff, daß ich lebe, sah ich zuerst die Sonnenblumen in unserem Garten. Ich lag in ihrer Mitte und muß gedacht haben: Ist diese Welt schön! Und dann wurde diese Welt weiter, größer und herrlicher, und ich spielte mit unserem Hund, der Boris hieß und den ich Bobo nannte und der immer um mich war und mit dem ich groß wurde. Und diese wunderschöne Welt hieß Nowo Grodnow und nicht Hamburg oder Köln oder München oder Hannover oder Stuttgart. Fragst du jetzt noch: Wo ist deine Heimat?«
»So siehst du es, Gottlieb.« Weberowsky hatte die Hände gefaltet, um ihr Zittern zu verbergen. »Niemand in Kasachstan hat uns Wolgadeutsche geliebt. Wir waren immer Außenseiter. Beneidet um unsere Dörfer und angefeindet wegen unseres Fleißes. Ist das alles an dir vorbeigegangen?«
»Ich sehe dein Ziel, Vater.« Gottlieb stand mit einem Ruck auf. »*Du* willst nach Deutschland!«
»Wir sitzen hier zusammen, um darüber zu beraten. Morgen spreche ich in der Kirche zur Dorfgemeinschaft.«
»Und Pastor Heinrichinsky wird beten: Herr, wir danken Dir! – Was geht bloß in euren Köpfen vor?! Vater, was erwartest du von Deutschland? Das Paradies?«
»Gottlieb!« Weberowsky ließ seine Faust auf den Tisch knallen. »Ich habe immer gedacht, ich könnte mit meiner Familie vernünftig reden. Machen wir es kurz, ich erwarte eure

Meinungen bis morgen mittag. Wer sagt ja und wer sagt nein? Hermann –«
»Nein, Vater.«
»Eva –«
»Nein, Vater.«
»Gottlieb?«
»Meine Antwort kennst du.«
»Mutter?«
»Ja.« Es klang leise. Ein Hauch von ihren Lippen. »Ich ... ich habe vor Gott geschworen, immer bei dir zu sein. Aber ... ich habe auch meine Kinder, unsere Kinder ...«
»Ich sehe: Meine Familie ist nicht mehr geschlossen wie eine Faust.« Weberowsky stieß den schweren Tisch von sich und hieb wieder mit der Faust auf die Platte. Es dröhnte, so gewaltig war der Schlag. »Aber ich habe eine Faust ...«
Er verließ das Haus und schlug die Tür hinter sich zu.

In der Nacht war es wie in den jungen Jahren ihrer Ehe. Erna kroch im Bett hinüber zu Wolfgang, schmiegte sich an ihn, legte den Kopf auf seine Schulter, und er zog sie noch dichter an sich und küßte sie auf die Augen. Wer hätte Weberowsky solche Zärtlichkeiten zugetraut, und wenn er auch tagsüber und über Jahrzehnte hinweg der Bär war, der seine Gefühle in der breiten Brust behielt, ab und zu drehte er sich im Bett zu Erna herum, streichelte ihre Schultern, das Gesicht, den Hals und ihre üppigen Brüste und sagte: »Gute Nacht, Erna. Heute war wieder ein guter Tag.« Damit war viel ausgedrückt. Den kleinen Satz: »Ich liebe dich« hatte er nur einmal gesagt, als er sie fragte, ob sie seine Frau werden wolle. Von da ab sprach er nicht mehr von Liebe ... er gab sie ihr. Und sie war glücklich in seiner Wortlosigkeit und in seinen Armen.
In dieser Nacht küßte sie wieder seine Brust und spürte wie als junges Mädchen das sinnliche Kribbeln in ihrem Blut, wenn sie mit ihren Lippen an seiner dichten Behaarung zupfte.
»Willst du wirklich nach Deutschland?« fragte sie.

»Davon haben wir jahrzehntelang geträumt, hast du gesagt, als ich euch die Neuigkeit erzählte. Und dann hast du geweint, als wären Fesseln, die du ein halbes Jahrhundert getragen hast, von dir abgefallen. Und jetzt fragst du –«
»Es kam so plötzlich, Wolferl. Wie ein Schock war es. Plötzlich hat sich die Welt verändert.«
»Ich habe es an meinen Kindern gesehen.«
»Du mußt sie verstehen. Auch ihnen kam es zu plötzlich. Sie fühlen sich als Russen *und* Deutsche.«
»Sie *sind* Deutsche! Wir sind es geblieben seit der Zarin Katharina II. Wir haben an der Wolga nie russisch gedacht oder gefühlt. Warum tragen wir an Festtagen noch immer unsere Trachten, warum singen wir unsere Volkslieder, warum sprechen wir deutsch, wird in den Schulen Deutsch gelehrt, und warum geben wir eine eigene deutsche Zeitung heraus? Weil wir *Deutsche* sind! Ich bin stolz darauf!«
»Glaubst du, in Deutschland haben sie Land für uns? Wir sind Bauern, Wolferl, wie du sagst, seit Katharina II.«
»In Ostdeutschland soll es noch immer große Landflächen geben.«
»Aber kein Land, das dem Staat gehört und das er verteilen kann. Es ist alles Privatbesitz ... das weißt du doch. Wo sollen sie Land für uns hernehmen?«
»Wenn die Heimat uns heimholt, wird sie auch für uns sorgen«, erwiderte Weberowsky zuversichtlich. »Nicht alle von uns sind Bauern ... viele sind Handwerker, Arbeiter, Spezialisten, Angestellte. Zwei Millionen seien deutschstämmig, sagt Kiwrin. Nur ein geringer Teil von ihnen sind Bauern wie wir.«
»Glaubst du, unser Nowo Grodnow kann auch in Deutschland wieder ein Dorf sein?«
»Ich weiß es nicht.« Weberowsky zog seine Frau an sich. Er spürte ihren weichen, üppigen Körper, und ihn überflutete die Lust, sich auf ihn zu legen und ihn nach langer Zeit wieder zu besitzen. Solche Augenblicke werden seltener, wenn man abends von der harten Feldarbeit zurückkommt und die Erschöpfung bis in die Knochen spürt, wenn man zu Abend

gegessen hat und im Sessel lehnt, um endlich die Tageszeitung *Neues Leben* zu lesen. Da sehnt man sich nur nach seinem Bett und nach Ruhe. Die Nächte sind kurz – zwischen fünf und halb sechs in der Früh müssen die Ställe ausgemistet werden, die vier Kühe werden gemolken, dann werden sie und die Schweine gefüttert, und dann ist es auch schon Zeit, die Wiesen zu mähen, um frisches Grünfutter einzuholen oder wie jetzt die Kornfelder mit dem Mähdrescher abzufahren und die gepreßten Strohballen zu den Scheunen zu bringen. So geht es, mit einer kleinen Pause, weiter bis gegen acht Uhr abends, wo wieder die Ställe ausgemistet, die Kühe gemolken und das Vieh gefüttert werden. Und dann ist der Tag herum, und schon beim Lesen der Zeitung ergreift einen die Müdigkeit. Schlafen, schlafen, nur ein paar Stunden. Um halb sechs brüllen die Kühe ...
Tag um Tag, Jahr um Jahr immer das gleiche.
Die Stunden der Zärtlichkeit werden so selten wie ein Sommerregen in der Steppe von Kasachstan.
»Ich glaube nicht, daß man ein ganzes Dorf wie unser Dorf umsiedeln kann. Wir werden sicherlich verteilt werden.«
»Auseinandergerissen nach fünfzig Jahren! Das erträgst du nie, Wolferl! Nowo Grodnow ist das Dorf deines Vaters und dein Dorf! Hier haben wir unser ganzes Leben hineingesteckt. Ist dieses unbekannte Deutschland für dich so wichtig?«
»Seit wir hier in Kasachstan sind, werden wir angefeindet. Man hat unsere Arbeit behindert, wo man nur konnte, aber wir haben nicht aufgegeben. Jetzt haßt man uns, weil wir die schönsten Dörfer, die besten Felder und Wiesen, das gesündeste Vieh und den ertragreichsten Gemüseanbau haben. Denk nur an Semjon Bogdanowitsch Zirupa. Wenn er könnte, würde er Nowo Grodnow abbrennen, um wieder Alleinherrscher mit seiner Sowchose ›Bruderschaft‹ zu sein, damit es keine Vergleiche mehr im Plansoll gibt. Wir waren nie frei! Nicht nur die Regierung in Alma-Ata, auch Moskau hat uns dauernd getreten wie einen lästigen Hund. Hast du

das vergessen, Mutter? Jetzt ist der Westen für uns offen. Wir können in die Freiheit ziehen!«
»Was ist Freiheit, Wolferl?«
»Siehst du, du weißt nicht, was das ist! Entsetzlich ist das, wenn ein Mensch fragen muß: Was ist Freiheit?!« Weberowsky zog Ernas Kopf noch weiter auf seine Schulter und streichelte ihren Körper. Durch das Nachthemd aus dünnem Leinen spürte er ihre warme Haut und die fraulichen Rundungen. »Freiheit ist –«, sagte er und fand seine feste Stimme wieder, »wenn ich einen neuen Pflug brauche und kann ihn überall kaufen und sofort mitnehmen, ohne ein halbes Jahr oder noch länger auf eine ›Zuteilung‹ zu warten. Und Freiheit ist, wenn ich über meine Ernten selbst verfügen kann und sie nicht an einer Zentralstelle abliefern muß.«
Er küßte Erna auf Stirn und Augen und rückte von ihr weg. »Laß uns jetzt schlafen«, bat er sanft. »Klarheit werden wir erst in den nächsten Wochen bekommen.«
Er drehte sich auf die Seite und schloß die Augen, aber schlafen konnte er nicht. In dieser Nacht lag Weberowsky wach, und viele Gedanken füllten seine Schlaflosigkeit aus.
Irgendwie hat Erna recht, dachte er. Es wird vieles zusammenbrechen und auseinandergehen. Die Dorfgemeinschaft, Freundschaften, die ein ganzes Leben lang gehalten haben, die eigene Familie ... und die Gräber werden, wenn die Kasachen die verlassenen deutschen Dörfer übernehmen, wie damals 1941 an der Wolga, als Stalin die Rußlanddeutschen nach Zentralasien und Sibirien deportierte, flachgewalzt werden. Die neue, mit größten Opfern aufgebaute Heimat würde es nicht mehr geben. Heimat – da ist es wieder, dieses mysteriöse Wort! Wo haben wir unsere Heimat?
Weberowsky drehte sich im Bett unruhig hin und her. Wenn er auf der rechten Seite lag, blickte er seine Frau an; sie schlief auf dem Rücken, die Hände über der Brust gefaltet, wie aufgebahrt sah sie aus.
Er erschrak bei diesem Anblick, als wäre es eine Mahnung: Euer Leben ist nur noch kurz. Du bist sechzig, Erna ist fünfundfünfzig. Wieviel Zeit bleibt uns noch? Zeit genug, um

zum dritten Mal ein neues Leben anzufangen im fernen Deutschland? Diesem fremden Land, aus dem die Urväter stammen, dem man mehr als zweihundert Jahre lang die Treue gehalten hatte, weil es von Generation zu Generation weitergegeben wurde: Hört, das sind unsere Lieder. Seht, das sind unsere Trachten. Kommt, tanzen wir unsere alten Volkstänze, verlernen wir nicht unsere Sprache, auch wenn wir jetzt russisch reden müssen. Vergiß nie, woher du stammst. Der Mensch ist wirklich ein wundersames Wesen! Aber sind wir nicht alle so? Ein Russe im fremden Land wird immer ein Russe bleiben und voll schmerzhafter Sehnsucht an sein Rußland denken, und ein Chinese in Europa wird nie seine sechstausendjährige Kultur vergessen und nie ein Franzose oder Deutscher werden. Was ist das in uns, das uns so fühlen läßt?
Um fünf Uhr früh stand Weberowsky, wie jeden Tag, auf und ging hinüber in das Badezimmer. Er ließ sich kaltes Wasser über Kopf und Oberkörper laufen, vertrieb damit die schlaflose Nacht und verließ leise die Schlafkammer.
Im Stall erwarteten ihn die Kühe und glotzten ihn stumm an. Ihre Euter waren prall gefüllt.
Ein neuer Tag begann. Ein Tag wie jeder andere.
Und dennoch ein Tag, der anders war.

II. TEIL

Den Namen Kirenskija wird man vergeblich auf einer Karte suchen. Selbst die bis ins letzte Detail gehenden Fluglandkarten verschweigen die Stadt – sie existiert nur im Geheimarchiv des sowjetischen Generalstabes, und selbst hier haben nur wenige Eingeweihte Kenntnis von einem Gebiet, das durch Tretminen, Elektrozäune, Selbstschußanlagen, Fernsehkameras, Militärpatrouillen und Hubschrauber hermetisch abgeriegelt ist. Eine kleine eigene Welt von mehreren tausend Quadratkilometern, ganz unten im Südosten von Kasachstan, im Dreiländereck, wo China, die Mongolei und die Union der Sozialistischen Sowjetrepubliken zusammenstoßen.
Eine wilde, einsame Gegend ist es, nahe dem Saissan-See, durchzogen von einem kleinen Gebirge, weiten Senken und Tälern, ein Steppenland, das nur von Nomaden durchwandert wurde und das die Eingeborenen »Tote Erde« nannten. Jetzt gab es diese Nomaden nicht mehr mit ihren Schaf- und Ziegenherden, mit ihren aus Leder, Fellen und handgewebten Wolldecken bestehenden Zelten, die in ihrer Form an die Jurten der Mongolen erinnerten. Soldaten hatten sie vertrieben, die plötzlich das armselige Land besetzt hatten. Hubschrauber jagten die Herden weg, und wem es trotzdem gelang, bis in das seit Jahrhunderten von ihnen benutzte Weidegebiet vorzudringen, der stand vor einem endlosen hohen Zaun mit Warntafeln, ein Zaun, der

links und rechts im Himmel zu enden schien, denn am Horizont trafen Steppe und Himmel zusammen.
Ein neugieriger Nomade hatte einmal den Zaun angefaßt. Ein paar Funken sprühten auf, und der Neugierige sank verkrümmt ins Gras und war tot. Sein Gesicht war plötzlich schwarz geworden, als habe er im Ruß eines Holzkohlenfeuers gelegen. Das sprach sich schnell herum. Niemand kam mehr in die Nähe des Zaunes, den der Teufel gebaut haben mußte. Was wußte ein Nomade von Starkstrom? Von da an wurde das Gebiet östlich des Saissan-Sees gemieden. Es war ein verfluchtes Land, so dachten die Nomaden.
So ganz unrecht hatten sie nicht. Was sich hinter dem Zaun und den Absperrungen abspielte, war geeignet, die ganze Menschheit zu vernichten.
Wer dieses Gebiet aus der Luft hätte sehen können, wäre vor Staunen sprachlos gewesen. Aber außer den schweren Transportmaschinen, die täglich hinter dem Gebirge verschwanden und von besonders ausgesuchten, immer aufs neue vereidigten Piloten der Luftflotte geflogen wurden, war auch der Himmel gesperrt. Aber auch die Piloten waren immer wieder fasziniert, wenn sie auf dem modernen Flughafen von Kirenskija landeten und die lange Betonpiste entlangrollten zu den riesigen Lagerhallen.
Vor ihnen lag eine Stadt mit Straßen, einem Kino, einem Warenhaus, zwei Cafés, einem Restaurant, einem Fußballplatz, einem kleinen Schwimmstadion, einem eigenen Elektrizitätswerk mit drei gewaltigen Transformatoren und einer Versammlungshalle. Den Bau einer Kirche hatte damals Breschnew abgelehnt. »Kirenskija hat eine andere Aufgabe als zu beten«, hatte er gesagt. »Aber es kann sein, daß es die anderen Menschen das Beten lehrt.«
Das Wichtigste von Kirenskija sah man nicht ... es lag unter der Erde. Eine zweite Stadt aus dicken Betonwänden und Isoliertüren, Schleusen, in denen Strahlenzähler alles, was sich bewegte, erfaßten und sofort Alarm auslösten, wenn die eingefangenen Strahlen die Leitzahl übertrafen.

Das war bisher nur einmal vorgekommen. In Schleuse VI/23 tastete ein Zähler eine geringe Strahlung von Radioaktivität ab, die genügte, um sofort den ganzen unterirdischen Gebäudeteil zu isolieren.
Aber die Schleuse war leer. Kein Mensch war in ihr, und wenn jemand in ihr gewesen wäre, hätte er den Raum nicht verlassen können, denn bei Alarm wurden die Türen automatisch in Sekundenschnelle verriegelt. Was man entdeckte, war eine kleine, braune Feldmaus. Man fing sie ein, tötete und sezierte sie und fand sie radiumverseucht. Wochenlang zogen sich darauf die Untersuchungen einer neu gebildeten Katastrophen-Kommission hin: Wie konnte eine Maus in die unterirdischen Räume kommen und vordringen bis zu Schleuse VI/23? Man löste dieses Rätsel nie. Es kam sogar der Verdacht auf, daß es ein geheimer Testfall gewesen sein könnte, um die Wirksamkeit der gesamten Sicherheitsanlage zu überprüfen. Eine Bemerkung von General Schemskow, dem langjährigen Kommandierenden des Bewachungsregiments, deutete darauf hin: »Selbst wenn es nur eine Maus war ... auch eine Maus darf nicht eindringen!«
Das Leben in der unbekannten Stadt Kirenskija unterschied sich nicht vom Treiben in einer normalen Kleinstadt. Nur eine große Ausnahme war allgegenwärtig: Es war eine Stadt ohne Frauen. Nur Männer lebten hier. Fotos von Frauen oder Abbildungen in Zeitungen und Zeitschriften waren alles, was ihnen übrigblieb. Nur alle drei Monate gab es Urlaub für vier Tage, dann kehrte man in die völlige Isolation zurück.
Kirenskija – das war die auf dem Zeichenbrett entworfene, aus Fertigteilen gebaute langweilige Stadt, eine Brutstätte von Aggressionen, die sich meistens am Abend entluden. Schlägereien zwischen betrunkenen Arbeitern und Soldaten machten aus General Schemskow – er wog gute 106 Kilogramm – einen brüllenden Fleischvulkan.
»Wie kommt der Alkohol nach Kirenskija?« schrie er seine wie gelähmt vor ihm stehenden Offiziere an. »Wo sind

hier die dunklen Kanäle? Ein Loch ist in der Abwehr, ein Loch, das alle Sicherheitsmaßnahmen lächerlich macht! Und Sie, die Genossen Offiziere, stehen jetzt herum und glotzen wie die Frösche. Der Wodka kann nur mit den Transportflugzeugen hereingeschmuggelt werden. Einen anderen Weg gibt es nicht!«
»Jedes landende Flugzeug wird sofort durchsucht.« Einer der Offiziere wagte es, General Schemskow zu unterbrechen. »Nie ist etwas gefunden worden.«
»Natürlich nicht! Diese Piloten sind die durchtriebensten Verbrecher. Ihre Tricks fallen Ihnen, meine Genossen Offiziere, nicht im Traum ein. Die Laderäume haben Sie durchsuchen lassen? Wer transportiert verbotenen Wodka in einem Laderaum? Um die Halunken zu überprüfen, müßten wir die Flügel demontieren, die Verkleidungen abreißen, das ganze Flugzeug zerlegen. Es gibt Hunderte Verstecke in so einem Blechvogel! Und hat jemand die Ladung selbst kontrolliert? Wenn auf einer Kiste steht ›Butter‹, ist dann auch wirklich Butter drin? Oder Marmeladeneimer! In der Mitte eine Flasche, Marmelade drüber – und unsichtbar ist sie. So einfach ist das!«
»Genosse General, wir können doch nicht jede Kiste, jeden Karton öffnen, bevor sie zu den Lagern kommen.«
»Nein! Aber man kann die Magazinverwalter überwachen. Vom Magazin aus müssen die Wodkaflaschen zu den Säufern gebracht werden. Von allein spazieren sie nicht in die Häuser ... da sind immer zwei Beine dran!«
»Um die ganze Stadt zu überwachen, haben wir nicht genug Leute.«
»Es genügt mir ein Mann, der eine Flasche ins Haus trägt! Ich werde ihn so bestrafen, daß alle anderen ihren Wodka in den Bach schütten. Sie sind alle noch recht jung, Genossen, und im Geschichtsunterricht haben Sie wahrscheinlich geschlafen. Seit Jahrhunderten lebt ein Russe normal, wenn er weiß: Über mir ist eine starke Hand! Das weiß er heute nicht mehr. Die Perestroika hat ihm Freiheiten gegeben, mit denen er nicht umgehen

kann. Jetzt steht er allein, er hat keinen Vater im Kreml mehr ... ein Glück, daß es Michail Gorbatschow gibt, der ihnen sagt: Hier lang müßt ihr gehen, das allerdings allein. Im Augenblick irren sie noch herum.« General Schemskow sah seine erstarrten Offiziere unter zusammengezogenen, dichten Augenbrauen an. Wenn Schemskow so blickte, gab es keine Argumente mehr. Es war sinnlos, ihn überzeugen zu wollen. »Ich brauche *einen* Säufer mit der Flasche in der Hand und nicht im Magen. Das wird doch wohl nicht so schwer sein! Wann treffen die nächsten Versorgungsflieger ein?«

»Morgen, Genosse General.«

»Morgen abend steht einer der Halunken vor mir. Oder ich zeige Ihnen, was man früher unter Militärdienst verstanden hat. Bei der Seele meines Vaters: Wenn wir damals so schlapp gewesen wären wie die heutige Generation, hätten wir nie die deutschen Faschisten besiegt!«

Betreten verließen die Offiziere den Versammlungsraum. Erst draußen auf dem Appellplatz sagte einer von ihnen: »Schemskow hat gut reden! Damals! Damals ging es um das Vaterland und nicht um Wodka! Was heißt, im Geschichtsunterricht geschlafen? Wir Russen wuchsen immer über uns hinaus, wenn es galt, Mütterchen Rußland zu beschützen. Von den Tataren angefangen bis Napoleon, und natürlich Hitler. Wie kann man Wodka mit Rußland vergleichen?«

»Rußland und Wodka gehören zusammen!« rief ein junger Oberleutnant lustig. »Was würde der Alte machen, wenn er *mich* mit einer Flasche erwischt?«

»Degradieren und in ein Straflager verbannen.«

»Ich denke, es gibt keine Straflager mehr?«

»Wer das glaubt, ist ein Träumer.« Ein Major mit drei Verdienstorden auf der Brust legte den Zeigefinger auf die Lippen. Er war einer der ersten gewesen, der ausgerufen hatte: »Auf Gorbatschow hat Rußland fast hundert Jahre gewartet!« Jetzt, einige Jahre nach der Reform der Partei und der sowjetischen Gesellschaft durch Glasnost, was Of-

fenheit und Transparenz heißt, gehörte er zu den Offizieren, die Boris Jelzins kompromißlosen Ideen mehr Vertrauen schenkten als Gorbatschows glatter und doch vertrauensseliger Diplomatie. »Nein, es gibt keine Straflager mehr. Sie heißen nur anders. Schemskow ist noch ein Mann von gestern. Von ihnen gibt es Hunderttausende. Rußland ist keine Jacke, die man einfach umkrempeln kann. Warten wir ab, wie es in einem Jahr aussieht.«
Das war Kirenskija über der Erde. Unter der Erde sah es ganz anders aus. Hier zerriß die Stille, die Lautlosigkeit die Nerven. Innerhalb der meterdicken Betonmauern arbeiteten 176 Wissenschaftler in sterilen weißen Kitteln. Das einzige Ziel ihrer Forschung: Die Atomkernspaltung zu vervollständigen und neue chemische Kampfstoffe zu entwickeln. Gifte, Gase und Bakterien, die, in Bomben und Granaten gefüllt, den Gegner auslöschten. Der Abbau der Atomwaffen war eine fast sichere Tatsache. Dafür ging die Entwicklung der höllischen C-Waffen – C für chemisch – unter größter Geheimhaltung weiter. Nicht nur der amerikanische CIA ahnte von diesen unbekannten Forschungsstätten, auch die Abteilungen Wirtschaftsspionage und militärische Abwehr des sowjetischen KGB suchten nach den versteckten Labors. Der dauernde Frieden, den sich die Politiker versprachen, alle Neuerungen zum Guten, alle Reformen, so vernünftig sie auch waren, machten im Grunde mißtrauisch.
Die Stadt Kirenskija war auf einen Befehl von Breschnew erbaut worden, zu einer Zeit also, als sich die beiden Blöcke Ost und West lauernd gegenüberstanden und ihre Armeen aufrüsteten mit Waffen, die einen Krieg am Firmament führen konnten. Der unsichtbare, schleichende Tod von Millionen Menschen durch die C-Waffen war die letzte Stufe der Vernichtung, das Teuflischste, was sich ein Menschenhirn ausdenken kann.
Andrej Valentinowitsch Frantzenow war ein stiller, angenehmer, freundlicher und beliebter Mann. Er wurde nur leidenschaftlich, wenn er sich im Fernsehen Fußballspiele ansah und dann die Spieler beschimpfte.

»Was sagt er da? Was sagt er? Er wagt es, Interviews zu geben? Dämlich und frech, das ist die richtige Mischung!« rief er etwa aus, wenn seine Mannschaft verloren hatte. »Macht ein Foul, provoziert einen Elfmeter, und den kann natürlich auch Sascha nicht halten! Fedja, hörst du, was der Schwachkopf jetzt sagt? Behauptet, sein Bein sei von selbst in die Höhe gegangen und habe den Gegner getreten! Das kann man doch nicht aushalten! Raus aus der Mannschaft, raus! Und er lächelte auch noch dabei! Warum gibt der Moderator ihm keine Ohrfeige? Millionen würden Beifall klatschen!«

Frantzenow bewohnte eine ganze Etage der neuen vierstöckigen Fertighäuser, drei Zimmer und Küche, mit einem Bad und einem großen Balkon mit Blick auf das zerklüftete Gebirge. Ihm ganz allein hatte man die Wohnung zugeteilt, er war einer der wenigen Privilegierten, die ihre Zimmer nicht mit anderen Menschen teilen mußten. Mit vierzig Jahren bereits hatte man ihn zum Professor ernannt, mit jetzt einundfünfzig Jahren war er der Leiter der Atomforschung in Kirenskija, immer wieder mit Orden geehrt, von allen Kremlherrschern empfangen, auch Gorbatschow und neuerdings sogar Jelzin fragten ihn in Atomfragen ab und zu um Rat – er war ein unentbehrlicher Mann für die russische Forschung geworden.

Mit einundfünfzig stand er in der Blüte seiner Jahre; ein Mann, den Frauen gutaussehend und faszinierend fanden. Er konnte vor Charme sprühen, machte Komplimente wie ein Süditaliener. Auch tanzte er gerne und erstaunlich leichtfüßig. Aber das alles war jetzt Vergangenheit und eine schal werdende Erinnerung. Er lebte seit neun Jahren in der Männerstadt Kirenskija, und die Stadt war stolz auf ihn, weil sein Name von Wissenschaftlern in der ganzen Welt mit Achtung ausgesprochen wurde.

Die westliche Welt war deshalb erschüttert, als vor neun Jahren der Tod von Andrej Valentinowitsch Frantzenow vom Kreml bekanntgegeben wurde. Herzinfarkt. Absolute Überarbeitung. Ein Opfer der Forschung. Das sowjetische

Fernsehen sendete sogar einen kurzen Bericht von der feierlichen Beerdigung des großen Atomspezialisten. Es war der Tag, an dem in Kasachstan der TV-Empfang durch atmosphärische Störungen unterbrochen wurde. So erfuhr niemand in Kirenskija, daß Professor Frantzenow, der an diesem Abend mit seinem Kollegen Beznakin eine Partie Schach spielte, nicht mehr lebte und am Schachbrett ein Phantom sitzen mußte. Überhaupt erfuhr niemand in der Stadt, daß Frantzenow gestorben war, am allerwenigsten er selbst, und da das große Volk andere Sorgen hatte, als an einen Atomforscher zu denken, war sein Tod schon nach einer Woche vergessen.
Genau das war die Absicht der Großen in Moskau. Das Ziel ausländischer Spionage und möglicher Liquidierung gab es nicht mehr. Auch der vierteljährliche Urlaub bereitete keine Sorgen. Man hatte genaue Informationen, daß sich Andrej Valentinowitsch in seinem Ferienort und bei den dann schnell eroberten Frauen nur mit Iwan vorstellte und mit einem umwerfenden Lächeln sagte: »Wenn Ihnen das nicht genug ist, greifen Sie nach dem ganzen Kerl.« Und die Frauen griffen danach.
Der einzig heikle Punkt war nur die Tatsache, daß Frantzenow deutscher Abstammung war. Er war ein Wolgadeutscher, mit seinen Eltern 1941 von Stalin nach Kasachstan vertrieben, hatte in Alma-Ata und später in Moskau studiert, lebte vier Jahre in der Akademikerstadt Akademgorodok und hatte sich zu einem Atomspezialisten entwickelt, bei dem man die deutschen Vorfahren vergessen mußte. Er war natürlich Mitglied der Kommunistischen Partei, hielt am Tage der Oktoberrevolution die Festrede des Institutes und war – davon war man überzeugt – ein echter Russe, der nur einen deutschen Namen trug; aber auch den hatte man ins Russische umgebogen. Aus Frantzen war Frantzenow geworden. Aber das war schon vor fast zweihundert Jahren geschehen, als die Deutschen aus Dankbarkeit für das Land an der Wolga und ihr neues Leben in die Umwandlung ihrer Namen einwilligten.

Soweit bekannt war, lebte nur noch eine Schwester von ihm. Erna Frantzenow, verheiratet mit Wolfgang Antonowitsch Weberowsky in Nowo Grodnow, mitten in Kasachstan. Bauer und Bürgermeister. Ein völlig unbekannter Mann, einer unter Millionen, unauffällig, fleißig und dadurch erfolgreich. Ein typischer deutscher Bauer mit einer Tradition, die bis zu den ersten Wolgadeutschen reichte. Der KGB schloß die Akten Weberowsky. Keine Gefahr. Und so erfuhr auch Erna nicht, daß ihr berühmter Bruder Andreas offiziell gestorben und feierlich in Moskau begraben worden war. Alle ihre Briefe, die sie an ihren Bruder schrieb, kamen nicht zurück, sondern verschwanden. Eine Anfrage in Moskau blieb unbeantwortet. »Daran mußt du dich gewöhnen, Erna«, sagte Wolfgang in seiner direkten Art, die ein Fremder Grobheit genannt hätte. »Er ist berühmt ... und es gibt manche berühmte Männer, die sich schämen, daß ihr Vater ein Flickschuster oder ein Bauer gewesen ist. Denk an ihn, aber lauf ihm nicht nach. Schade um jedes Papier, das du beschreibst.«
Aber Erna schrieb dennoch heimlich Briefe an Andrej, den sie immer noch Andreas nannte. *Einer* muß ankommen, dachte sie jedesmal, wenn sie zu Ende geschrieben hatte. Und dann meldet er sich!
Aber Andrej Frantzenow blieb stumm. Da Erna an seine Moskauer Adresse schrieb, eine andere kannte sie ja nicht, wurde jeder Brief zu der Akte Frantzenow gelegt, nachdem er von einem Beamten der Atombehörde gelesen worden war. Die Nachricht, daß der Genosse Andrej Valentinowitsch gestorben sei, schickte man seiner Schwester nicht zu; auch ihre Anfrage beim nuklearen Forschungsinstitut blieb ohne Antwort.
Frantzenow war für die übrige Welt tot. Seine Welt hieß nur noch Kirenskija.
An einem dieser endlosen Abende, die auch Kino, Schachspielen oder Fernsehen nicht freundlicher machten, klingelte bei Frantzenow das Telefon, ein Telefon, das nur für

die Kunststadt Kirenskija installiert und sonst nicht zu erreichen war.
»Guten Abend, Andrej Valentinowitsch«, sagte eine tiefe Stimme. Es war Kusma Borisowitsch Nurgai, der Leiter der geheimen Atomforschung Kirenskija, ein anerkannter Wissenschaftler, aber zugleich auch ein Oberst des KGB und Mitglied der Deputiertenkammer der KP von Kasachstan. In dieser Eigenschaft reiste er oft nach Moskau, besaß vortreffliche Verbindungen zur Spitze des Politbüros und bekannte sich sofort zu Glasnost und Perestroika, als Gorbatschow seine Reformen verkündete und ein modernes Rußland jenseits aller knebelnden Doktrinen versprach. Er geriet dadurch in einen internen Konflikt mit den alten KGB-Genossen, die ihre unheimliche Macht beschnitten sahen und sich verschworen hatten, Gorbatschow das Leben und das Regieren so schwer wie möglich zu machen. Und als der Komet Jelzin am politischen Himmel erschien, war es bei den ewig Konservativen fast eine Ehrensache: Widerstand durch Sabotage, Verzögerungen und Ignorierungen. Nurgai, mehr Wissenschaftler als KGB-Genosse, stand von da an abseits. Ihn hielt nur noch seine Freundschaft zu den Reformern im Amt.
»Ich hätte Sie gern gesprochen«, sagte Nurgai freundlich. »Kommen Sie zu mir, privat, heute abend noch. Es ist etwas zu besprechen, etwas Wichtiges für Sie.«
»Ich komme, Kusma Borisowitsch.« Frantzenow blickte verwundert auf seinen Telefonhörer, als höre er nur Rauschen. Nurgai wollte ihn sprechen. Ausgerechnet Nurgai, zu dem der Kontakt bisher sehr neutral gewesen war. Man munkelte in der Stadt, daß Nurgai es nicht ertragen konnte, wissenschaftlich im Schatten von Frantzenow zu stehen. Neid und aussichtsloser Ehrgeiz sollten sein Wesen geprägt haben. Das war auch Frantzenow zu Ohren gekommen, und er verstand es nun, warum Nurgai ihm immer unterkühlt gegenübergestanden hatte. Und jetzt die abendliche, private Einladung. Es paßte nicht zu dem Bild, das Nurgai von sich selbst gezeichnet hatte.

»Muß ich irgend etwas mitbringen?« fragte Frantzenow. Ein Gefühl der Besorgnis warnte ihn. »Irgendwelche Unterlagen?«
»Bringen Sie gute Laune mit, Andrej Valentinowitsch.« Nurgai schien selbst in bester Stimmung zu sein. »Eine Flasche Krimwein steht bereit, also, bis gleich.«
Etwas ratlos legte Frantzenow auf. Gute Laune, Krimwein ... das war im Zusammenhang mit Nurgai absurd. Was braute sich da zusammen? Es war durchaus Nurgais Art, Unangenehmes mit Sarkasmus zu umkleiden. Was aber konnte es in der Geheimstadt Kirenskija Unangenehmes geben? Mehr als die angekündigte Vernichtung der Atombomben konnte es nicht geben, ein Forschungsstopp wäre ein unaufholbarer Rückfall, Kirenskija wäre überflüssig, die Wissenschaftler würden mit den Händen im Schoß untätig herumsitzen. Sind Gorbatschow und Jelzin in ihrer Verneigung vor dem Westen zu weit gegangen? War es dies? Warum wollte Nurgai unbedingt mit ihm sprechen? Mit ihm, der nur zaghaft in den Jubel der »befreiten« Russen einstimmte.
Man wird schon sehen, dachte Frantzenow. Sei auf der Hut, Andrej.
Er nahm sein Jackett von der Garderobe, kämmte sich noch einmal die weißen Haare und nickte seinem Spiegelbild zu. »Das Duell gewinnst du!« sagte er zu ihm. »Alter Junge, bisher hast du immer gesiegt.«
Nurgai erwartete ihn wie einen guten Freund. Er umarmte Frantzenow, was diesen noch vorsichtiger machte, und führte ihn ins Wohnzimmer. Es war ein großer Raum, ausgestattet mit den Einheitsmöbeln, mit denen alle Wohnungen von Kirenskija eingerichtet worden waren. So saßen sich also Nurgai und Frantzenow an einem runden Holztisch gegenüber. Eine Flasche tiefroten Krimweins stand zwischen ihnen, dazu zwei Allzweckgläser, aus denen man Limonade, Wasser, Wodka oder auch den edlen Wein trinken konnte. Es waren die sogenannten 200-Gramm-Gläser, an denen sich ein Wodkatrinker orientierte.

»Sehe ich richtig?« begann Nurgai das Gespräch. »Sie wundern sich, Andrej Valentinowitsch?«
»Es ist Ihre erste Einladung seit neun Jahren.« Frantzenow lächelte höflich. »Sollte man sich da nicht wundern?«
»Ein Vorwurf?«
»Nur eine Feststellung, Genosse.«
»Bleiben wir doch privat und lassen den Genossen weg.«
»Wie Sie wünschen, Kusma Borisowitsch.«
Nurgai entkorkte die Flasche und goß die 200-Gramm-Gläser voll. Der tiefrote Wein schimmerte im Deckenlicht, als leuchte er von innen.
Nurgai war gebürtiger Kasache. Sein Vater stammte aus der Gegend von Kasa – links am Aral-See – und war Mitglied des Fischerei-Kombinats *Lenin* gewesen. Die Mutter kam aus Perm, jenseits des Urals, und Nurgai wußte bis heute nicht, wie ein Permer Mädchen an einen Kasachen geraten konnte. Sein Gesicht schien dem seiner Mutter zu gleichen; vom Vater hatte er nur die leicht geschlitzten Augen und die schwarzglänzenden Haare geerbt, die ihn jünger erscheinen ließen, als er tatsächlich war. Seine Gestalt war stämmig, muskulös und sah nach Leistungssport aus. Tatsache war, daß Nurgai nie Sport betrieben hatte. »Wozu«, hatte er einmal gesagt, »soll ich 100 Meter in 11 Sekunden laufen oder am Reck herumschwingen? Was bringt mir das außer Muskelkater?« So blieb seine Bandscheibe gesund wie bei einem Jüngling, und darauf war er stolz.
Nurgai hob sein Glas und prostete Frantzenow zu. »*Pojechali*«, sagte er dabei, und das war besser als das »*Na sdorowje*«. *Pojechali* ist der kürzeste und beste Trinkspruch der Welt und bedeutet »Abfahrt!« Sinnvoller geht es nicht. Die meisten Russen prosten deshalb mit *Pojechali*.
Sie stießen die Gläser aneinander, tranken einen langen Schluck, ließen den Wein in der Kehle nachwirken, ehe Nurgai wieder das Wort ergriff.
»Andrej Valentinowitsch, Sie kennen sicherlich das Sprichwort von den drei Glückseligkeiten«, sagte Nurgai und lehnte sich zurück.

»Ich bedauere – nein, Kusma Borisowitsch.«
»Dann hören Sie zu: Willst du eine Minute lang glücklich sein, dann trinke ein Gläschen armenischen Kognak. Willst du eine Stunde lang glücklich sein, dann trinke ein Glas russischen Wodka. Willst du aber dein ganzes Leben lang glücklich sein, dann mußt du gute Freunde haben. Lassen Sie uns unter diesem weisen Spruch zusammensein. Einverstanden?«
»Ich habe viele Freunde«, erwiderte Frantzenow ausweichend.
»Kameraden, nicht Freunde. Eine Freundschaft unter Männern, eine echte Freundschaft überdauert alle Krisen des Lebens. So sehe ich es jetzt, jetzt in diesen Stunden, Andrej Valentinowitsch. Sie werden mich sofort verstehen und Ihren erstaunten Blick zurücknehmen, wenn ich Ihnen erzähle, was Sie und mich unmittelbar betrifft. Ich war vier Tage in Moskau –«
»Ich weiß, Kusma.«
»Ich hatte Gelegenheit, mit Gorbatschow selbst zu sprechen und ihm einen kurzen Bericht über Kirenskija zu geben. Gelobt hat er uns alle und sich bedankt, indem er mir einen neuen, geradezu unfaßbaren Gedanken seiner neuen Politik verriet. Er wird ihn in Kürze öffentlich bekanntgeben. Sie staunen?«
»Voller Spannung bin ich.«
»Eine gute und eine schlechte Nachricht, mein Freund. Beginnen wir mit der bösen Nachricht. Gorbatschows Dreistufenplan für eine atomwaffenfreie Welt bis zum Jahr 2000 und sein am 8.12.1987 unterzeichneter INF-Vertrag über die Abschaffung der nuklearen Mittelstreckenraketen, den US-Präsident Ronald Reagan als seinen Sieg interpretierte, greift nun auch auf Kasachstan über: Kirenskija verliert seine Anonymität. Amerikanische Beobachter kommen in die Stadt.«
»Das ist unmöglich!« rief Frantzenow entsetzt. »So weit kann Gorbatschow nicht gehen!«
»Sie sehen, er nimmt Glasnost wörtlich: Offenheit. Wann

die Amerikaner eingeflogen werden, weiß ich nicht. Sicher ist auf jeden Fall: Wir Phantome werden wieder Menschen. Und eine große Anzahl Atomwissenschaftler wird arbeitslos. Sie natürlich nicht. Auf Sie kann niemand verzichten. Atomforschung dient ja auch dem Frieden, Andrej Valentinowitsch.«
»Ich begreife es trotzdem nicht. Glauben Sie, die USA geben aufgrund dieses Vertrages ihre geheimsten Forschungsstätten bekannt und führen dort Russen herum?«
»Ich bezweifle das wie Sie.« Nurgai beugte sich vor. »Sie sagten ›Russen‹. Damit sind wir bei der guten Nachricht. Sie sind doch Deutscher?«
»Nein. Ich bin Russe, wie Generationen vor mir.« Frantzenow wurde wieder vorsichtig. Was sollte diese unsinnige Frage?
»Aber Sie sind deutschstämmig, Andrej.«
»Meine Vorfahren wurden von der Zarin Katharina II. an der Wolga angesiedelt. Wenn Sie das meinen ... das ist mehr als zweihundert Jahre her.«
»Die sogenannten Wolgadeutschen, die heute größtenteils in neuen Dörfern in Kasachstan leben, haben ihr Deutschtum nie aufgegeben oder geleugnet. Sie tragen ihre Trachten, singen deutsche Volkslieder – ich mag sie übrigens sehr –, haben deutsche Schulen und geben eine eigene deutsche Zeitung heraus. Über zwei Millionen Deutsche, die amtlich als Russen gelten! Wie ist das mit Ihnen, Andrej Valentinowitsch? Als was fühlen Sie sich?«
»Als Russe! Ich bin in Rußland aufgewachsen, Rußland hat mich studieren lassen, alles, was ich bin, bin ich durch Rußland. Daß ich deutsche Ahnen habe, was spielt das für eine Rolle?«
»Sie haben deutsches Blut in sich.«
»Ist russisches Blut anders als deutsches Blut? Die chemische Zusammensetzung ist die gleiche. Alles andere wird hineingedichtet!« Frantzenow trank seinen Wein aus. Es ließ sich bei aller Willenskraft nicht vermeiden, daß seine

Hand leicht zitterte. »Worauf wollen Sie hinaus, Kusma Borisowitsch?«
»Die gute Nachricht: Gorbatschow hat mir anvertraut, daß man im Kreml beabsichtigt, den Deutschstämmigen freie Hand zu lassen in der Entscheidung: Rückkehr nach Deutschland, in die Heimat ... oder zurück an die Wolga, wo man ihnen Land geben wird.«
»Der dritte Neuanfang.«
»Wenn man es so sieht, ja. Jeder hat die freie Wahl: zurück nach Deutschland oder eine neue Wolgarepublik.« Nurgai goß die 200-Gramm-Gläser erneut voll Wein. »Das gilt nun auch für Sie. Sie können nach Deutschland zurück.«
»Ich kenne Deutschland ja gar nicht. Was soll ich dort? Ich denke und fühle russisch. Insofern trifft mich die Nachricht nicht.«
»Überlegen Sie alles in Ruhe, Andrej Valentinowitsch. Ein Spezialist wie Sie wird überall mit offenen Armen empfangen. Es wird in den nächsten Monaten viel Revolutionäres geschehen, das sage ich Ihnen. Kommt es wirklich zu einem Atomstopp, geht das Rennen um Männer wie Sie los. Man wird goldene Berge vor Ihnen aufschaufeln.«
»Ich bin nicht käuflich. Wie können Sie so etwas denken?«
»Auch da gibt es ein russisches Sprichwort: Meinen Leib kannst du haben, meine Seele nicht! Es gibt genug Russen, die ihren Leib ins Ausland verkauft haben, aber mit der Seele Russen bleiben und bei einem russischen Lied in Tränen ausbrechen. Ehrlich, ich habe Angst um Sie.«
»Würden Sie für ein Millionenangebot ins Ausland gehen?«
»Wir sind unter uns, keiner hört uns, wir haben keine Zeugen. Ich sage: Ja!«
»Kusma Borisowitsch!« rief Frantzenow entsetzt. Fast wäre er aufgesprungen. »Das sagen *Sie*? Ausgerechnet *Sie*? Der Wissenschaftler und hohe Funktionär?!«
»Ich bin jetzt fünfundfünfzig Jahre alt. Ich kann noch, so Gott will, dreißig Jahre leben. Habe ich für diese dreißig

Jahre in Rußland eine Zukunft? Wenn mir aber jemand einen Millionenvertrag bietet, habe ich dreißig Jahre Freude, Glück und Sicherheit vor mir.«
»Sie wären fähig, das zu tun?«
»Ja. Ein klares Ja.« Nurgai beugte sich wieder zu Frantzenow vor. »Deshalb habe ich Angst um Sie. Sie sind von uns beiden der bessere Mann, Rußland braucht Sie, auf mich kann es verzichten. Zu Ihnen werden zwei Lockvögel kommen: Rückkehr nach Deutschland oder die Abwerbung durch einen anderen Staat!«
»Es gibt für mich eine solche Alternative nicht! Ich verachte jeden, der sich verkauft.«
»Das erleichtert meine Seele.« Nurgai hob sein Glas. Seine Augen leuchteten. »Mein Geist war wankelmütig, aber mein Herz sagte mir, daß Sie ein wirklicher Russe sind. Man sollte mehr auf sein Herz hören. *Pojechali!*«

An diesem Abend konnte Frantzenow nach langer Zeit wieder einmal nicht einschlafen. Er lag wach bis zum Morgen, starrte an die Zimmerdecke und wiederholte im Geist alles, was er von Nurgai gehört hatte. Zum erstenmal spürte er einen Druck in der Brust, wenn er an Deutschland dachte.
Wirf diese Sentimentalität weg, sagte er zu sich. Du bist ein Russe! Ja, als Kind war das anders. Da hast du in der Kinderabteilung der Volkstanzgruppe mitgetanzt, hast eine Tracht mit bunten Bändern getragen und einen schwarzen, großkrempigen Filzhut, und im Kinderchor der Schule hast du mitgesungen. *Hoch auf dem gelben Wagen. Ich weiß nicht, was soll es bedeuten. Das Wandern ist des Müllers Lust.* Aber dann bist du auf das Gymnasium gekommen, und dort hat man dich verwandelt. Von da ab gab es nur Auseinandersetzungen mit deinem Vater, und einmal hatte der Vater ihn angeschrien: »Laß die sowjetischen Parolen weg in meiner Gegenwart! Hier ist ein Stück Deutschland und kein Ableger der Lubjanka!«

Lubjanka, das berüchtigte Gebäude des KGB. Der Name allein ließ einen zittern.
Damals hatte er sein Elternhaus für immer verlassen. Erna, seine ältere Schwester, hatte ihn zum Bahnhof begleitet und zum Abschied gesagt: »Komm wieder zurück, Andreas. Wir alle warten auf dich ... auch Vater. Du bist doch ein Frantzen, das kann man doch nicht einfach wegwerfen. Andreas, komm zurück.«
Erna, seine weizenblonde Schwester. Was mag aus ihr geworden sein? Sie hatte den Bauern Weberowsky geheiratet und drei Kinder geboren. Das hatte sie ihm nach Moskau geschrieben. Aber dann brach plötzlich der Briefverkehr ab, ohne Grund. Und Bitterkeit war in ihm hochgestiegen: Auch Weberowsky ist einer von diesen fanatischen Deutschen. Er hat ihr das Schreiben verboten! Erna, Schwesterchen, nun sind wir wirklich getrennt.
Einen Augenblick dachte er daran, ihr nach Nowo Grodnow einen Brief zu schicken, aber dann verwarf er die Absicht wieder. Aus Kirenskija ging kein Brief hinaus und kam keiner hinein. Diese Stadt gab es ja nicht. Eigentlich sind wir lebendig Begrabene, vergessene Tote, dachte er. Er kam der Wahrheit sehr nahe, denn er ahnte ja nicht, daß er bereits seit neun Jahren für die Öffentlichkeit gestorben und begraben war und daß es sogar Fotos von seiner Beerdigung gab. Sie verstaubten in den Archiven von TASS und anderen Pressediensten.
Wie gerädert stand er am Morgen auf, duschte sich kalt, um die Müdigkeit zu vertreiben, aß kaum etwas zum Frühstück und ging hinüber in sein Institut. Aber er konnte sich an diesem Tag nicht auf die Arbeit konzentrieren. Immer wieder drehten sich seine Gedanken um den geradezu unglaublichen Plan, die Deutschstämmigen nach Deutschland hinauszulassen oder an der Wolga anzusiedeln, ganz wie sie mochten. Würde es eine Völkerwanderung von zwei Millionen Menschen geben? Eine Wanderung ins Ungewisse. Denn wo hatte man Platz und Arbeit im ohnehin schon übervölkerten Deutschland? War ein

Leben in Baracken oder Notunterkünften mehr wert als ein schöner Bauernhof, eine Werkstatt, eine sichere Anstellung ... nur um in Deutschland zu sein, das keiner der Aussiedler kannte. Aus Bildern und Erzählungen hatten sie sich ein Deutschlandbild gemalt. Einem irdischen Paradies gleich im Vergleich zu dem harten Leben in Kasachstan. Nur, wenn man das Bild umdrehte, starrte einen eine leere Fläche an. Aber wer dreht schon ein schönes, lockendes, glückverheißendes Bild um?
Ist denn niemand da, der ihnen die andere Seite der Medaille zeigt?
Andrej Valentinowitsch saß an diesem Tag oft irgendwo herum, statt zu arbeiten. Am Abend dann, nach einigen Kognaks aus Georgien, schrieb er in sein präzise geführtes Tagebuch:
»Ich weiß nicht, was mit mir los ist. Bin ich ein Deutscher, oder bin ich ein Russe? Ich finde keine Antwort mehr darauf. Ich bin wie ein im Wind schwankendes Rohr. Ein verdammtes Gefühl ...!«

Die Versammlung der Dorfbewohner fand dieses Mal in der Kirche statt und nicht in der Stolowaja, dem Versammlungsraum, der gleichzeitig auch Theatersaal, Kino, Turnhalle und – bei schlechtem Wetter und im Winter – Festsaal war. Die Kirche ist jetzt der richtige Ort, hatte Weberowsky gedacht. So können wir gleich beten und für Gottes Güte danken.
Die Dorfbewohner waren fast vollzählig gekommen, sogar ihre Kinder hatten sie mitgebracht. Es gab keinen freien Platz mehr in der Kirche, die letzten standen vor der Tür, aber sie wußten, daß Weberowsky laut genug sprach, um ihn auch auf der Straße noch zu hören. Nur zwei fehlten. Hermann war zu seiner Verlobten Iwetta Petrowna Jublonskaja gefahren, und Gottlieb traf sich mit seiner heimlichen Liebe Natalja Alexandrowna Antrachanjewa in einem kleinen Wald, der vor vierzig Jahren gepflanzt worden war.

»Was soll ich mir das alles anhören?« hatte er störrisch zu seinem Vater gesagt. »Mein Entschluß steht fest, ich bleibe! Ich werde Medizin studieren. Kann ich das in Deutschland? Bezahlt mir dort auch der Staat das Studium? Es gibt für mich keinen Grund auszuwandern. Und überhaupt, was du in der Kirche sagen wirst, kotzt mich sowieso an.«
Weberowsky hatte die Fäuste geballt und es hinuntergeschluckt. Gottlieb war zu alt, um ihn noch zu verprügeln, und es wäre ein Drama geworden, wenn er zurückgeschlagen hätte. Im Zorn kannte Weberowsky keine Grenzen, und wenn dieser blinde Zorn über ihn kam, rannte er hinter das Haus in die vordere Scheune und hackte wie ein Besessener Holz.
»Was ist los?« fragte Peter Georgowitsch Heinrichinsky, der Pfarrer, als ihn Weberowsky bat, die Kirche als Versammlungssaal zur Verfügung zu stellen.
»Warte es ab«, antwortete Weberowsky. »Es geht um uns alle.«
Nun standen oder saßen die Leute von Nowo Grodnow im Kirchenraum und warteten auf die Überraschung. Weil man ihn von dort am besten hören konnte, war Weberowsky auf die Kanzel gestiegen. Er atmete tief durch, blickte über die Köpfe der Bauern, die zu ihm hinaufstarrten und warteten.
»Machen wir es kurz«, sagte Weberowsky mit seiner lauten Stimme. »Gestern war Kiwrin bei mir auf dem Feld.«
Kiwrin kannte jeder, da brauchte man keine Erklärungen. Was also wollte Kiwrin von Wolfgang Antonowitsch?
»Er hat mir eine noch geheime Neuigkeit mitgeteilt, die uns alle betrifft. In den nächsten Tagen soll sie veröffentlicht werden. Wir Rußlanddeutschen sollen frei entscheiden können, ob wir hier in Kasachstan bleiben wollen oder zurückkehren in die Heimat unserer Väter, zurück an die Wolga oder ...«, er machte eine kleine Pause, »... ob wir nach Deutschland umsiedeln ...«
Schweigen. Hunderte ungläubige Blicke. Eine erdrückende

Stille. In ihr klang wie ein Kanonenschlag die Stimme des Pfarrers: »Mein Gott!«

»Das ist eigentlich alles.« Weberowskys Stimme klang heiser vor Erregung. »Deutschland steht für uns offen. Die Entscheidung muß jeder für sich selbst fällen. Für mich kann ich sagen: Ich entscheide mich für Deutschland! Es war unser aller Sehnsucht. Jetzt wird der Traum Wirklichkeit. Mehr habe ich nicht zu sagen.«

Noch immer Stille, und in sie hinein die Stimme des Pfarrers: »Lasset uns singen: ›Bis hierher hat uns Gott geführt ... ‹, und dann lasset uns beten und Gott danken.«

Die Bauern von Nowo Grodnow sangen und beteten und gingen dann still zu ihren Häusern. Weberowsky blieb noch in der Kirche und setzte sich neben den Pfarrer vor den vom Dorfschreiner gezimmerten Altar. Die große Altardecke aus Klöppelspitze war ein Geschenk der Frauen.

»Verstehst du das, Peter?« fragte Weberowsky. »Sie schweigen. Sie jubeln nicht, sie liegen sich nicht in den Armen, sie tanzen nicht vor Freude ... und dabei haben wir seit Generationen auf diesen Tag gewartet.«

»Es ist alles so plötzlich gekommen. Wie ein Blitz, der sie traf und lähmte. Morgen, du wirst sehen, ist alles anders. Da werden sie jubeln. Plötzlich hat sich die Welt verändert. Das muß erst verdaut werden.«

Peter Georgowitsch hatte recht: Am nächsten Tag war Nowo Grodnow nicht mehr das alte Dorf. Es zerfiel in drei Teile: Die einen wollten zurück an die Wolga, ein anderer Teil klammerte sich an Nowo Grodnow fest und wollte es nie verlassen, und der geringste Teil stimmte zu, ein neues Leben in Deutschland zu beginnen.

»Ich verstehe das nicht«, meinte Weberowsky am Abend des folgenden Tages zu Pfarrer Heinrichinsky. Er war fassungslos. Die Dorfgemeinschaft brach über Nacht auseinander. »Wir alle denken doch an Deutschland.«

»Der Mensch ist ein kompliziertes Wesen, Wolfgang«, antwortete der Pfarrer nachdenklich. »Die Tatsachen se-

hen anders aus als die Sehnsüchte. Und außerdem wissen wir nur von dir über die Moskauer Pläne.«
»Kiwrin lügt nicht. Warum sollte er das?«
»Warten wir den Wortlaut aus Moskau ab, und lesen wir erst einmal die Bestimmungen. Irgendeinen Haken haben sie bestimmt hineingeschrieben. Man läßt nicht einfach an die zwei Millionen fleißige Bürger ziehen. Etwas ist schief an dieser Moskauer Güte. Die ersten Anzeichen haben wir bereits: Nowo Grodnow ist gespalten.«
»Der Riß geht auch schon durch meine Familie. Hermann und Gottlieb wollen in Kasachstan bleiben.«
»Von Hermann verstehe ich das nicht, von Gottlieb habe ich nichts anderes erwartet. Er ist gegen alles! Er will eine Welt, von der selbst er nicht weiß, wie sie aussehen soll – nur anders als die jetzige. Und was sagt Eva?«
»Sie wird mitgehen. Als Schneiderin hat sie in Deutschland keine Not. Auch Hermann als Ingenieur würde eine Anstellung bekommen. Ihn hält allein Iwetta Petrowna fest. Sie ist seine ganz große Liebe.«
»Wir können jetzt nichts tun als abwarten, Wolfgang.«
»Tausende sind mit Übersiedlungsanträgen nach Deutschland ausgereist, schon als es noch schwierig war, bis zu den deutschen Konsulaten vorzudringen.«
»Und was hört man von ihnen?«
»Sie haben sich eingelebt. Sie schreiben: Es ist wie im Märchen. Du gehst in ein Kaufhaus und stehst vor Hunderten von Kleidern und Anzügen, Hemden und Schuhen, so viel, daß dir der Kopf brummt. Und alle Geschäfte sind voll der besten Waren. Niemand muß anstehen für ein Pfund Fleisch oder ein Paar gefütterte Handschuhe. Du gehst in das Geschäft und bekommst, was du willst. Wer kann sich das bei uns vorstellen? So schreiben sie, die schon drüben sind. Ich halte jeden für einen Idioten, der noch in Kasachstan bleiben will.«
»Viele sind zufrieden mit dem, was sie haben.«
»Und der versteckte Haß, der uns entgegenschlägt? Die heimliche Feindschaft, die wir überall spüren? Wir sind

auch in Kasachstan nur geduldet. Nein, ich will hinaus in die Freiheit!« Weberowsky sah den Pfarrer fordernd an.
»Und wie ist es mit dir, Peter?«
»Natürlich komme ich mit! Ich habe doch nicht dreißig Jahre lang das falsche Gebet gesprochen: Herr, gib uns unsere Heimat wieder ...«
»Das ist gut.« Weberowsky erhob sich von der Kirchenbank und sah hinauf zu dem aus Birkenholz geschnitzten Christus hinter dem Altar. »Wenn ein Pfarrer vorangeht, glaubt man an das Gute seines Tuns.«
Im Haus wartete Erna auf Wolfgang Weberowsky. Er sah sofort, daß sie geweint hatte; ihre Augen waren rot umrändert.
»Gottlieb?« fragte er knapp.
»Nein, Wolferl ... Eva.«
»Was sie auch plötzlich sagt ... sie kommt mit!« sagte Weberowsky laut.
»Wenn du sie zwingst, will sie weglaufen in die Steppe.«
»Sind denn alle verrückt geworden?« Seine Stimme wurde wieder zu dem von allen gefürchteten Brüllen. »So eine Familie habe ich nun großgezogen! Mutter, ich bin soweit: Laß sie tun, was sie wollen! *Wir* ziehen nach Deutschland! Bleiben sie zurück, gehören sie nicht mehr zu uns! Und ich weine keine einzige Träne um sie!«
Erna schwieg. Gegen das Brüllen kam sie nicht an. Aber als er Luft holte, sagte sie ganz einfach und leise: »Mann, du versündigst dich an deinen Kindern.«
Es war einer der wenigen Augenblicke im Leben Weberowskys, in denen er sprachlos war und keine Entgegnung fand.
Er ging hinaus in den Garten, schlug die Tür hinter sich zu und setzte sich auf die Bank neben dem Tomatenbeet. Wann er zurück ins Haus gekommen war, konnte Erna nicht sagen – es mußte tief in der Nacht gewesen sein, und da schlief sie fest.
Mit seiner Tochter Eva sprach Weberowsky vier Tage lang kein Wort.

Der Bundesnachrichtendienst (BND) in Pullach bei München ist die Zentrale der Aufklärung, wie man Spionage vornehm umschreibt. Es ist ein großer, vielfach gegliederter Bürokomplex, durch eine hohe Mauer und spezielle Sicherungen geschützt, nur zu betreten mit einem Sonderausweis und seit seinem ersten Chef, dem legendären General Gehlen, mit einem mystischen Glorienschein umkränzt. Zu Unrecht, nichts ist nüchterner als die Arbeit in einem Geheimdienst. Einen 007 gibt es nur im Film. Dafür gibt es in Pullach eine Menge Beamte, die die aus aller Welt einlaufenden Meldungen auswerten und ein Bild der gegenwärtigen Weltlage zusammensetzen. Es ist ein alltägliches Puzzlespiel, das nur durch seltene Sonderaktionen unterbrochen wird, die nie im James-Bond-Stil ablaufen. Geheimdienste anderer Staaten mögen dramatische Situationen erleben, in Pullach beherrscht eher Ruhe und Stille das Geschehen.
An einem Freitag ließ sich der Referent für innerdeutsche Sicherheit, Egon Kallmeier, bei seinem Präsidenten melden und legte ihm ein dünnes Dossier auf den Tisch.
»Alle Zweifel sind ausgeräumt«, erklärte er. »Die Observationen haben ein klares Bild ergeben. Wir haben Fotos, die eigentlich ein Geständnis überflüssig machen. Uns sind drei geheime Briefkästen bekannt, wir besitzen Unterlagen über Treffen mit V-Männern und zwei Führungsoffizieren. Wir sollten jetzt zugreifen ...«
Der Präsident öffnete das Dossier, blätterte darin herum, betrachtete ein paar Fotos und nickte.
»Eine gute Arbeit, Herr Kallmeier. Jetzt haben wir ihn. Wie lange macht er das schon?«
»Seit sieben Jahren ...«
»Du meine Güte! Nicht auszudenken, was auf die andere Seite gewandert ist. Und das kommt raus, das sage ich Ihnen! Bonn ist wie ein durchlöcherter Käse. Da quellen die Geheimnisse nur so heraus! Ist der Außenminister schon unterrichtet?«
»Noch nicht ... eben wegen der Löcher im Käse. Wir wollten eindeutige Beweise vorlegen können, bevor wir Gen-

scher informieren. Er könnte einen neuerlichen Herzanfall bekommen, wenn er davon hört. Aber jetzt ... wir müssen plötzlich zugreifen, ehe unser Mann gewarnt wird. Ich schlage vor, sofort die Bonner Staatsanwaltschaft zu alarmieren, bevor unser Vogel davonfliegt. Er scheint etwas zu ahnen. Seit einer Woche sind die toten Briefkästen leer. Es wäre eine Blamage, wenn ihm der Sprung zu seinen Auftraggebern gelingt.«
Die Rede war von Karl Köllner. Er war ein Mann Mitte der Dreißig, eine unauffällige Erscheinung mit einer Halbglatze, Referent im Außenministerium und ein fleißiger, stiller Beamter. Er hatte Jura studiert und seinen Assessor gemacht, um dann in den auswärtigen Dienst einzutreten. Drei Jahre diente er als Attaché der deutschen Botschaft in Athen und wurde dann zurückgeholt nach Bonn, um im Außenministerium die Karriereleiter emporzuklettern. Als Referent in der Konsularabteilung kam er mit etlichen vertraulichen Meldungen in Berührung und gab sie an den Minister weiter.
Vor sieben Jahren, kurz nach seiner Versetzung ins Auswärtige Amt, klingelte in seiner kleinen Wohnung in Bonn das Telefon. Es war gegen acht Uhr abends, und Karl Köllner hatte gerade überlegt, ob er in der nahe gelegenen Wirtschaft *Im Eckchen* essen oder sich schnell selbst drei Eier in die Pfanne hauen sollte. Eine Flasche Bier, ein Kölsch, dazu wertete das einfache Abendessen auf.
Köllner hob ab und meldete sich. Eine ihm fremde Stimme antwortete ihm, eine Stimme mit einem fremdländischen Akzent.
»Können wir uns treffen?« fragte die Stimme ohne Umschweife. »Heute, 21 Uhr, in Bad Godesberg? Ich schlage das Restaurant *Casselshöhe* vor ...«
»Moment, Moment ...« Köllner schüttelte den Kopf. Da machte sich jemand einen Scherz mit ihm. Kollegen haben manchmal solche lustigen Ideen. Da kommt man dann zum Treffpunkt, und keiner ist da. Aber der Tisch ist reserviert, der Ober führt einen dorthin, und man muß et-

was bestellen, um sich nicht zu blamieren. Er war als Neuling im Amt zweimal auf diesen Scherz hereingefallen, eine dritte Überraschung würde nicht mehr gelingen.
»Wer ist denn da?« fragte Köllner zurück.
»Sind Namen so wichtig?« antwortete die fremde Stimme.
»In diesem Falle – ja! Vor allem, wenn Sie mit verstellter Stimme reden.«
»Ich verstelle mich nicht.«
»Ihr Akzent ist falsch.«
»Wie können Sie das beurteilen, ohne mich zu kennen?«
»Warum soll ich mich mit Ihnen treffen?«
»Wegen Griechenland.«
»Griechenland?« Köllner lehnte sich an die Wand neben dem Telefon. »Sind Sie Grieche?«
»Nein. Aber ich kenne Chakli ... genügt das?«
Köllner kniff die Augen zusammen. Chakli ... ach ja, das war das hübsche Mädchen, das er im deutschen Club kennengelernt hatte, eine schwarzhaarige Schönheit mit einer Traumfigur und einem Mund, den man einfach küssen mußte. Er hatte sie geküßt, und dann waren sie in ein Hotel gefahren, und er hatte eine Nacht voller Leidenschaft erlebt, die er nie vergessen würde. Es war ihre einzige Nacht, sie sahen sich nicht wieder. Sie kam nicht zu dem vereinbarten Treffen, auch im Club tauchte sie nicht wieder auf. Er wußte von ihr nur, daß sie Chakli hieß und in Athen wohnte, zu wenig, um sie zu finden. Und nun war da ein Mann, der ihren Namen nannte! Köllner atmete tief durch. Chakli! Die Erinnerung an ihren weichen Körper, an ihre schlangengleichen Bewegungen, an ihren hellen Schrei der Lust war in seiner Erinnerung geblieben.
»Sie kennen Chakli?« fragte er.
»Ja, sehr gut. Ist das kein Grund, sich mit mir zu treffen? Chakli läßt Sie grüßen.«
»Sie machen mich neugierig. Ich habe seit einem Jahr nichts mehr von ihr gehört.«
»In diesem Jahr ist allerhand geschehen. Aber sollen wir das am Telefon besprechen? Ich erwarte Sie um 21 Uhr in

der *Casselshöhe*. Ich halte es für wichtig, daß Sie kommen.«
»Ich werde es mir überlegen.«
Köllner legte auf. Auch das kann ein dummer Scherz sein, dachte er. Natürlich wissen die Kollegen, daß ich als Attaché an der deutschen Botschaft in Athen war. Aber niemand konnte wissen, daß es Chakli gab! Ich habe nie über sie gesprochen, sie war ein Erlebnis, das nur mich berührte. Und plötzlich meldet sich ein Mann, der mir von Chakli Grüße bestellt. Nach einem Jahr ein Lebenszeichen von ihr.
Köllner fuhr nach Bad Godesberg, getrieben von der Neugier und der Erinnerung an eine Nacht, wie er sie nie wieder mit anderen Frauen erlebt hatte. Als er das Restaurant *Casselshöhe* betrat, stand ein Mann von einem Tisch auf und kam ihm entgegen. Alter etwa vierzig Jahre, schätzte Köllner. Ein Anzug vom Feinsten. Italienische Schuhe. Braune, kurzgeschnittene Locken. Ein Allerweltsgesicht. Braungrüne Augen. Ein eckiges Kinn, das einzig Auffällige an ihm. Ein schmaler Mund, der jetzt lächelte.
Köllner blieb stehen und ließ den Mann an sich herankommen.
»Ich wußte, daß Sie meiner Einladung folgen würden«, sagte der Mann. »Ich freue mich darüber.«
»Wieso wissen Sie, daß ich es bin? Hier kommen viele Gäste herein.«
»Sie sehen, ich weiß es. Ich habe einen Tisch dort in der Ecke bestellt, wo wir ungehindert sprechen können.«
Der Mann ging voraus, und beide setzten sich fast gleichzeitig.
»Ich bin gekommen, um Ihnen zu sagen, daß ich gleich wieder gehen werde«, sagte Köllner kühl. Etwas an seinem Gegenüber störte ihn, er wußte nur noch keine Erklärung dafür.
»Das glaube ich nicht.« Das Lächeln des schmalen Mundes verstärkte sich. »Ich habe Interessantes zu erzählen.«
»Ich rede mit keinem Namenlosen.«

»Das ist schnell zu ändern. Nennen Sie mich einfach Ludwig.«
»Und weiter?«
»Weiter nichts. Wir werden uns gut verstehen, auch wenn Sie nur meinen Vornamen kennen.«
»Das glaube ich kaum.«
»Ich war immer ein Optimist und will es bleiben.« Ludwig reichte Köllner die umfangreiche Speisekarte hinüber. »Die Spezialität des Hauses sind Fischgerichte. Knackig und frisch das Gemüse. Heute haben sie einen ganz vorzüglichen Loup de Mer, in der Folie gebacken, mit provenzalischen Kräutern. Das müssen Sie probieren! Dazu ein leichter Montrachet. Sie sind doch Feinschmecker, habe ich mir sagen lassen.«
»Wer sagt das?« Ludwig wurde Köllner langsam unheimlich. Was wußte dieser Mann noch mehr über ihn? Und woher wußte er das? Seine Ausflüge in die hohe Gastronomie gehörten zu den kleinen persönlichen Geheimnissen, über die er nie mit anderen sprach. Wer war dieser Ludwig?
»Ich folge Ihrem Rat«, sagte Köllner und gab seiner Stimme einen freudigen Klang. »Es stimmt, für ein vorzügliches Essen opfere ich einen großen Teil meines Gehaltes.« Ludwig bestellte den Fisch und den Wein und als Aperitif einen Wodka mit frisch gepreßtem Orangensaft. Und wieder wunderte sich Köllner. Ludwig wußte, was sein Lieblingsgetränk war. Jeden Abend, wenn er vom Dienst heimkam in seine kleine Wohnung, mixte er sich ein Glas Wodka mit Orangensaft, je nach Stimmung mehr oder weniger Wodka. Er hatte sich daran gewöhnt. Nach einem solchen Glas sah die Welt für ihn problemloser aus. Und Probleme gab es immer – nicht im Amt, sondern privat. Das größte Problem war allgegenwärtig: Er kam mit seinem Gehalt nicht aus. Er lebte auf Kredit. Auch das war ein persönliches Geheimnis. Ein höherer Beamter im Auswärtigen Amt mit Schulden galt als Risikofaktor, war erpreßbar, wie der Staatssekretär ihm bei seiner Einstellung erklärt hatte.

»Was ist mit Chakli?« fragte Köllner, als der Ober die Bestellung aufgenommen und sich entfernt hatte. »Wie geht es ihr?«
»Gut und wieder nicht gut, ganz, wie man es betrachtet.« Ludwig steckte sich eine Zigarette an, Köllner, als Nichtraucher, wehrte ab.
»Wie soll ich das verstehen?« fragte er. »Ist sie krank?«
»Das nicht.« Ludwig machte eine kleine Kunstpause, um dann seinen ersten Schuß gegen Köllner loszuwerden. »Chakli ist die Mutter eines Kindes ...«
»Wie schön! Sie ist verheiratet?«
»Eben nicht. Eine ledige Mutter. Der Vater des Kindes hat sich aus dem Staub gemacht.«
»Ja, es gibt solche Halunken.«
»Wie treffend Sie das sagen. Der ›Halunke‹ sitzt mir gegenüber!«
Dieser Schuß traf voll. Köllner hob die Schultern und starrte Ludwig ungläubig und entsetzt zugleich an.
»Was ... was reden Sie da für einen Blödsinn?« sagte er stockend.
»Sie sind der Vater eines kräftigen Jungen. Bei der Geburt wog er fast acht Pfund und war vierundvierzig Zentimeter groß. Ein Prachtkerl! Chakli hat ihn Carlos taufen lassen – nach Ihnen, Karl.«
»Das ... das ist völlig unmöglich!« Köllner lehnte sich zurück. Er spürte, wie kalter Schweiß aus seinen Poren drang. »Ich habe Chakli nur einmal ...«
»Einmal genügt. Diese eine wilde Nacht hatte Folgen, und nun ist Carlos auf der Welt.«
»Ich bin nicht der Vater!« rief Köllner. Dann dämpfte er wieder die Stimme, von einigen Tischen blickte man zu ihnen hinüber. »Wenn Chakli von mir schwanger gewesen wäre, hätte sie sich bei mir gemeldet. Aber sie hat nie mehr etwas von sich hören lassen. Ich habe sie gesucht. Aber wie kann man jemanden finden, von dem man nur den Vornamen Chakli kennt?! Wäre das Kind von mir, hätte Chakli sich an mich gewandt.«

»Das tut sie jetzt, indem sie Ihnen durch mich sagen läßt, daß Carlos Ihr Kind ist. Sie sollen es wissen, weiter nichts ... sehen will Chakli Sie nie wieder. Sie verlangt nichts von Ihnen, keinen Pfennig! Nur – da ist eine für Sie böse Sache passiert. In jener Nacht im Hotel *Grand George* haben Sie in einer Liebespause Chakli von Ihrer Tätigkeit als Attaché erzählt –«
»Nie! Das ist gelogen! Nie habe ich –«
»Woher weiß Chakli dann, daß in der Botschaft ein Dossier existiert, das sich mit dem außerehelichen Liebesleben des griechischen Ministerpräsidenten befaßt? Die Akte lag in Ihrem Tresor.«
Köllner erstarrte. Es gab ein Dossier in Athen über den Ministerpräsidenten. Das stimmte. Aber außer den engsten Mitarbeitern der deutschen Botschaft wußte niemand von der Existenz dieser brisanten Akte. Wie konnte Chakli es wissen? Köllner wußte genau, daß er nie über solche Geheimdokumente gesprochen hatte. Die Nacht mit Chakli war ein einziger Rausch gewesen, und in den Armen eines sich aufbäumenden und stöhnenden Körpers hat man andere Gelüste, als sich über Dossiers zu unterhalten.
»Ich weiß nicht, woher Chakli die Informationen hat«, sagte er und sah Ludwig fest an. »Es ist eine Lüge, wenn sie behauptet, von mir!«
»Können Sie es beweisen?« fragte Ludwig und lächelte wieder.
»Was heißt beweisen? Wer mich kennt, weiß, daß es eine Lüge ist.«
»Tatsache ist doch, daß sie mit einer Griechin, die sie kaum kannten, eine Liebesnacht in einem Hotel verbracht haben. Das können wir beweisen.«
Ludwig zog aus der Jackentasche zwei Fotos und warf sie vor Köllner auf den Tisch. Kompromittierende Fotos. Köllner und Chakli nackt in leidenschaftlicher Umarmung auf dem breiten Bett. Fotos, die genügten, seine Karriere im Auswärtigen Amt zu beenden. Schon die Tatsache, daß es überhaupt Fotos gab, genügte. Im günstigsten Fall würde

er strafversetzt werden, an irgendeine Botschaft in Afrika oder Mittelamerika.
Köllner schob die Fotos wieder zu Ludwig hinüber.
»Wer sind Sie?« fragte er heiser vor Erregung.
»Ludwig –« Das Lächeln verstärkte sich. »Wir haben noch mehr belastendes Material über Sie. Auch wenn es gefälscht ist, sieht es echt aus. Es hält jeder Prüfung stand. Mein lieber Köllner, Sie sind erledigt. Das sehen Sie doch auch so. Aber Sie sind mir sympathisch, und wir wollen Ihnen helfen.«
»Wer ist ›wir‹?«
»Sagen wir es romantisch: Der große Bruder im Osten ...«
»Und Sie glauben, daß ich da mitmache? Sie glauben wirklich, mich mit getürkten Beweisen kaufen zu können? Ich hätte den KGB nie für so naiv gehalten.« Köllner sprang auf und wollte gehen, aber Ludwig hielt ihn am Ärmel fest.
»Sie wollen doch nicht auf den Loup de Mer à la Provençale verzichten?!«
»Lassen Sie den Fisch nach Moskau schwimmen!«
»Morgen werden alle Beweise auf dem Tisch Ihres Außenministers liegen. Wir bezweifeln, daß Sie Herrn Genscher von der Harmlosigkeit Ihrer Beziehung zu Chakli überzeugen können.«
»Wer hat diese Fotos gemacht?«
»Der große Spiegel im Zimmer war von der Rückseite durchsichtig. Ein uralter Trick.«
»Chakli war also eine Falle, ihre Verliebtheit nur gespielt!«
»Man kann es so nennen. Nur in einem hatten wir uns verrechnet: Wir hätten nie gedacht, daß sich Chakli wirklich in Sie verlieben könnte. Sie wollte zu Ihnen, und wir hatten große Mühe, sie davon abzuhalten.«
»Sie hat mich also doch geliebt. Ludwig, wir können weiterreden, wenn ich Chakli gesehen habe.«
»Das ist unmöglich.« Ludwig räusperte sich diskret. »Chakli ist tot.«
»Tot? Jetzt lügen Sie schon wieder.«

»Sie starb an einer nicht erkannten Virusinfektion. Es ist leider wahr.«
»Eine Virusinfektion.« Köllner setzte sich wieder. Er legte die geballten Fäuste auf den Tisch und starrte Ludwig mit einem Ausdruck voll Haß an. »In Ihren Kreisen heißt das: Wir haben sie vergiftet.«
»Es war Notwehr. Chakli wollte zu Ihrer Botschaft und alles erzählen. Sie war eine wirklich schöne Frau, die ein anderes Schicksal verdient hätte, aber in unserem Metier darf man nicht zimperlich sein. Das sollten auch *Sie* sich überlegen. Sie sind jetzt schon ein toter Mann, wenn wir nicht eine Zweckfreundschaft schließen. Köllner, was Sie auch unternehmen werden – ohne uns –, es ist eine Selbstzerfleischung.«
»Ich werde den Minister von unserem Gespräch unterrichten. Ich bin nicht erpreßbar.«
»Jeder Mensch ist erpreßbar, es kommt nur darauf an, was man ihm andichtet und dazu die Beweise liefert. Und außerdem, mein Freund, Sie lieben doch das Leben und wollen es nicht durch eine Virusinfektion gefährdet sehen. Es kann auch ein 9-mm-Geschoß sein oder eine Sprengladung. O ja, es gibt so viele einfache, aber wirksame Mittel, einen Menschen mit einem Sarg vertraut zu machen.«
»Sie drohen mir?«
»Ich mache Sie nur mit den Möglichkeiten Ihres Lebens vertraut.«
»Ich könnte jetzt sofort die Polizei rufen!«
»Sie könnten ... aber Sie tun es nicht. Sie sind viel zu klug, um nicht die Konsequenzen zu erkennen.« Ludwig lächelte breit und freundlich und entfaltete seine Serviette. »Ich sehe, unser Loup de Mer kommt. Und der Montrachet. Ich gestehe, ich habe eine richtigen Hunger nach unserem angenehmen Gespräch –«
Vier Tage zögerte Karl Köllner, ehe er sich entschloß, Ludwig unter der angegebenen Nummer anzurufen. Es meldete sich ein kleines Hotel in Bonn, und das Gespräch wurde auf das Zimmer zu Herrn Ludwig Hallgruber gelegt.

Als Hallgruber reist er also herum, dachte Köllner. Natürlich ist der Name, wie alles an ihm, falsch. Aber ich garantiere, daß er einen gültigen deutschen Paß auf den Namen Ludwig Hallgruber hat, der zu keinerlei Verdacht Anlaß gibt.
Vier Tage lang hatte Köllner mit sich gerungen. Da waren drei Dinge, die ihn beschäftigten. Zum einen: Im Ministerium würde man ihm anhand der Fotos kaum noch etwas glauben. Seine Karriere war beendet. Ein Diplomat, der sich mit einer nackten, ekstatischen Frau im Bett fotografieren ließ, konnte seinen Hut nehmen und sich davonschleichen. Zum zweiten: Das so geliebte Wohlleben, die Üppigkeit des Genießens waren vorbei. Statt Gänseleber mit Trüffeln nur noch Leberkäse, statt eines Puis fumé nur noch ein Glas Kölsch, statt Empfänge in Smoking oder Frack nur noch eine Stunde auf einer Parkbank. Und zum dritten: Wenn er das Amt unterrichtete, konnte er damit rechnen, liquidiert zu werden. Der KGB hatte hundert Möglichkeiten, ihn auszuschalten. Aber er wollte leben ... das war das mindeste, was er verlangte. Leben!
Das Treffen zwischen Ludwig und Köllner fand wieder in der *Casselshöhe* statt. Es schien Ludwigs Stammlokal zu sein. Sie begrüßten sich wie alte Freunde, unbefangen und herzlich.
»Ich wußte, daß wir uns wiedersehen werden«, sagte Ludwig fröhlich. »Für heute bietet der Küchenchef eine Spezialität an: Kalbsnüßchen auf chinesischen Pilzen in Safransoße. Schon der Gedanke daran läßt mir den Mund wäßrig werden. Vorweg: Sind wir uns einig?«
»Im großen – ja.«
»Dann wollen wir uns mit den Details beschäftigen. Karl, so darf ich Sie jetzt wohl nennen, ich freue mich über unsere Freundschaft.«
Das war, wir wissen es jetzt, vor sieben Jahren.
Jetzt blätterte der Präsident des BND in Pullach die Akte Köllner durch und las die Berichte der Observationen. Ein dummer Zufall hatte die Spionageabwehr auf Karl Köllner

aufmerksam werden lassen. Ein Zahlungsbefehl einer Bonner Bank, weil er drei Monate nicht die Raten für sein neues Auto bezahlt hatte. Eine Kopie des Zahlungsbefehles hatte man sicherheitshalber auch an sein Büro geschickt. Dort öffnete die Sekretärin Gisela Schulte den Brief. Ein Referent des Auswärtigen Amtes mit Zahlungsbefehl? Zum erstenmal tauchte der Name Köllner bei der internen Überwachung auf. Und dort war man verblüfft, als bei einer Rückfrage bei der Bank bekannt wurde, daß Köllner die drei Raten zwei Tage später voll nachgezahlt hatte – obwohl sein Konto leer war.
Woher hatte Köllner plötzlich so viel Geld, das nicht über sein Bankkonto lief?
Der BND und der Staatsschutz in Köln schalteten sich ein. Die Beobachtung Köllners war angelaufen und jetzt beendet. Die Beweise genügten, ihn als sowjetischen Spion zu enttarnen.
»Hat Köllner noch Verwandte?« fragte der Präsident. »Auch sie könnten Kontaktpersonen sein.«
Egon Kallmeier beugte sich vor, sagte: »Gestatten Sie!« und schlug eine Seite weiter hinten auf.
»Nach unseren Erkenntnissen lebt nur noch eine Tante von Köllner, die Schwester von Köllners Mutter. Es ist eine Frau Weberowsky, Bäuerin in Nowo Grodnow in Kasachstan. Es war äußerst schwierig und zeitraubend, das herauszufinden. Köllners Mutter ist wie Frau Weberowsky eine geborene Frantzenow, lernte in Leningrad den Turbinenbau-Ingenieur Kurt Viktorowitsch Köllnerow kennen und heiratete ihn. Nach dem frühen Tod des Vaters ist Köllners Mutter mit dem sechsjährigen Jungen nach Westdeutschland ausgereist – mit Erlaubnis der Sowjetunion. Die Frantzenows gehören zur Volksgruppe der Wolgadeutschen, die Stalin 1941 zwangsweise nach Zentralasien umsiedelte.«
»Und die heute zum großen Teil zurückwollen.«
»Es gab da noch einen Bruder von Erna Weberowsky: Andrej Valentinowitsch Frantzenow. Atomphysiker. Eine Kapazität auf seinem Gebiet.«

»Sieh an!«
»Über diesen Professor Frantzenow war es erst möglich, Köllners Tante in Nowo Grodnow auszumachen. Kurt Köllner hat nur eine lose Beziehung zu ihr. Ein Brief zu Weihnachten, ein Brief zum Geburtstag. Das ist alles.«
»Und dieser Atomforscher?«
»Tot. Seit neun Jahren. Herzinfarkt. Ein Mann von uns hat in Moskau sein Grab besucht. Es gibt kein ›Familienunternehmen‹. Köllner hat allein gearbeitet. Wir wissen auch, wer sein Agentenführer ist. Ein Major des KGB, der unter dem Decknamen Ludwig auftritt. Das hat uns ein V-Mann berichtet. Wir haben Ludwig nie zu Gesicht bekommen. Aber den Fall Köllner können wir abschließen.«
»Eine fleißige Arbeit, mein lieber Kallmeier.« Der Präsident klappte die Akte zu. Alles Weitere war Sache der Justiz. »Dann wollen wir mal den Laden dichtmachen. Ich unterrichte noch heute den Minister und die Staatsanwaltschaft. Hoffentlich hält Genschers Herz das durch ...«
Trotz der Dringlichkeit des Falles brauchten die Behörden fast 24 Stunden, um den Haftbefehl auszustellen. Als ein Staatsanwalt, zwei Kriminalbeamte des politischen Kommissariats und vier Polizisten die Tür zertrümmerten und Köllners Wohnung stürmten, um sechs Uhr früh, fanden sie nur ein benutztes Bett vor.
Um zwei Uhr nachts hatte Ludwig seinen besten Mann aus dem Schlaf geklingelt und war mit ihm davongefahren. Es gab keine Spur. Köllner war verschwunden.
Der durchlöcherte Bonner Käse war wieder wirksam geworden. Er hatte auch die Verhaftung ausgeschwitzt. Es war wie so oft: Ein Bonner Geheimnis wurde zum Vorteil des unsichtbaren Gegners.
Trotz aller sofort eingeleiteter Fahndungen und trotz des Einsatzes von sonst gut orientierten V-Männern: Karl Köllner war unauffindbar untergetaucht.

Sie war ein hübsches Mädchen, diese Iwetta Petrowna Jublonskaja. Ein rundes, fröhliches Gesicht, schlanke, lange

Beine, einen kleinen, wohlgeformten Hintern und Brüste wie zwei große Äpfel. Hermann Wolfgangowitsch Weberowsky, der elegante Ingenieur, war unsagbar verliebt in sie.

Er hatte Iwetta bei einer Kontrolle der Füllmaschinen in der Konservenfabrik »Rote Sonne« kennengelernt. Sie war dort als Arbeiterin beschäftigt, in der Abteilung Marmeladenkocherei, und roch jeden Tag anders: Einmal nach Erdbeeren, einmal nach Äpfeln, einmal nach Birnen und – zur Erntezeit, wo das Obst für zwei Wochen warten mußte – nach Essiggurken und Salzlauge. Wenig angenehm war es zur Pilzzeit, da bekam sie den Geruch von Muff und Fäulnis nicht los, auch wenn sie abends heiß badete.

Hermann störten diese Düfte nicht. »Ob du nach Gurken riechst und ich nach Dieselöl, es ist unser Beruf. Wenn wir verheiratet sind, wirst du nach Rosen duften.«

Vor einem halben Jahr hatten sie sich offiziell verlobt, und schon hatte es Krach im Hause Weberowsky gegeben. Wolfgang Antonowitsch bestand darauf, die Verlobung nach guter, alter wolgadeutscher Tradition zu feiern, mit Hefekuchen und Schmalzkringeln, Volkstanz und Gesang und natürlich einem Kirchgang, auf daß Gottes Segen auf dem jungen Glück liegen möge.

Und was hatte Iwetta gesagt? »Nein!« hatte sie gesagt. »Ich will kein deutsches Volksfest. Ich bin eine Russin!«

Hermann hatte versucht, sie zu überzeugen, daß sie in eine deutschstämmige Familie einheiratete, daß es Tradition sei, so zu feiern, daß niemand ihr den russischen Stolz nehmen wolle, aber sie hatte immer geantwortet: »Ich liebe dich ... ob du nun ein Deutscher bist oder ein Ewenke oder ein Jakute oder ein Kirgise ... ich liebe *dich* und nicht, woher du kommst!« Und dabei blieb sie. Das Volksfest in Nowo Grodnow wurde abgesagt.

»Welch eine Schwiegertochter bekomme ich?« hatte der alte Weberowsky gebrüllt. »Verachtet die Deutschen, aber heiratet meinen Sohn! Hermann, gibt es keine andere Frau auf der Welt als diese Iwetta?«

»Für mich nicht!« hatte Hermann zurückgeschrien. »Gab es für dich eine andere Frau als unsere Mutter?«
»Vergleich deine Mutter nicht mit dieser hochnäsigen Russin!«
»Diese Russin wird einmal Weberowsky heißen und Kinder zur Welt bringen, die auch Weberowsky heißen und deine Enkel sind.«
»Und ihr werdet sie wie Russen erziehen!«
»Wir werden sie zu Menschen erziehen, die ohne Vorurteile sind! Vater, du lebst im Gestern. Jetzt haben wir eine andere Zeit.«
Und so fand die Verlobung zwischen Iwetta und Hermann in aller Stille statt – nicht bei den Weberowskys, sondern in der Stolowaja der Marmeladenfabrik, und nur Erna, die Mutter, und Eva, die Schwester, waren gekommen. Wolfgang Antonowitsch blieb grollend zu Hause und hackte wieder Holz, um sich abzureagieren.
Darüber war nun über ein halbes Jahr vergangen. Nur einmal waren sich Iwetta und Wolfgang Antonowitsch begegnet. Weberowsky fuhr mit seinem Traktor nach Atbasar und überholte auf der Straße Iwetta, die mit dem Rad auf dem Weg zu der fabrikeigenen Siedlung war, wo sie ein Zimmer bewohnte.
Sie sahen sich an, Weberowsky nickte knapp, fuhr weiter und ließ sie in einer Staubwolke zurück. Aber zweihundert Meter weiter sah Iwetta den Alten am Straßenrand stehen, als habe der Motor des Traktors versagt. Als sie an ihm vorbeifuhr, hörte sie Weberowsky rufen.
»He! Iwetta!« rief er. »Halt an! Bleib stehen!«
Sie bremste, stieg vom Rad und kam zu ihm zurück. Ihr leicht verkniffener Mund zeigte an, daß sie einen Streit nicht scheute.
»Hier bin ich«, sagte sie mit fester, heller Stimme. »Was willst du von mir, Wolfgang Antonowitsch?«
»Du kommst von der Arbeit?«
»Ja.«
»Müde mußt du sein.«

»Man kann es ertragen.«
»Aber das Radfahren strengt an.« Weberowsky blickte über sie hinweg, als spräche er gegen den Horizont. »Steig auf, ich bringe dich nach Hause.«
»Soviel Kraft habe ich noch, um zur Siedlung zu kommen.«
»Steig auf, verdammt noch mal!« Er sprang vom Sitz, ergriff das Fahrrad und hängte es an einen Haken hinten am Traktor.
»Wenn du nach Atbasar willst – zur Siedlung ist's ein Umweg.«
»Red nicht so dumm!« Der Alte kletterte wieder in den Fahrerverschlag – es war ein Traktor mit einer abnehmbaren Kabine – und reichte Iwetta die Hand hinunter. »Komm rauf!«
Sie ließ sich hinaufziehen und klemmte sich neben Weberowsky auf die enge Sitzbank mit dem Kunstlederpolster. Der Motor sprang fauchend an, mit einem höllischen Rattern setzte sich der Traktor in Bewegung.
»Danke!« schrie Iwetta in den Lärm hinein. An irgendeinem Gestänge klammerte sie sich fest.
»Wofür?« brüllte Weberowsky zurück.
»Erst schleuderst du eine Staubwolke über mich, und dann nimmst du mich mit.«
»Ich bin nicht verantwortlich für die russischen Straßen.«
»Habt ihr in Nowo Grodnow etwa gepflasterte Straßen?«
Weberowsky schwieg, doch plötzlich drehte er den Kopf zu ihr und sah Iwetta voll an.
»Liebst du meinen Sohn?« fragte er.
»Ja. Mehr als alles auf der Welt.«
»Und warum willst du ihn zum Russen machen?«
»Warum zwingst du ihn, so wie du zu denken?«
Weberowsky antwortete darauf nicht. Stumm fuhren sie bis zur Siedlung, wortlos holte der Alte Iwettas Rad vom Haken, wortlos kletterte er wieder in die schmale Kabine.
»Gute Fahrt, Wolfgang Antonowitsch!« rief Iwetta zu ihm hinauf und hob die Hand.

Er nickte stumm und fuhr davon.
Sie ist ein Luder, dachte er. Ein ganz verdammtes Luder, aber ein mutiges Luder. Sie paßt in dieses Leben. Doch vorsichtig mußt du sein, Hermann, mein Junge. Laß dir keine Pantoffeln anziehen. Verflucht, eine hübsche Teufelin ist sie!
Es blieb, wie gesagt, die einzige Begegnung. Das Haus der Weberowskys hatte Iwetta bis jetzt noch nicht betreten. Sie wartete auf eine Einladung von Wolfgang Antonowitsch. Aber eher hätte sich der Alte die Zunge abgebissen oder einen Finger abgehackt, ehe er einen Brief geschrieben hätte: Liebe Schwiegertochter, wir erwarten dich morgen zum Abendessen.
»Sie kommt von allein!« sagte Weberowsky zu seiner Frau. »Dafür wird Hermann sorgen, wenn er ein richtiger Kerl ist.«
Das änderte sich nach Kiwrins Besuch und dem endgültigen Bekanntwerden der neuen Moskauer Pläne. Jetzt stand es in allen Zeitungen, Rundfunk und Fernsehen sendeten Kommentare, interviewten einige Deutschrussen, sogar historische Filme grub man aus, Dokumente einer stalinistischen Willkür und eines abgrundtiefen Hasses: Die Vertreibung der Wolgadeutschen nach Sibirien und Zentralasien.
Nun wußten es alle: Wir können nach Deutschland, das Land unserer Ahnen, oder wir dürfen zurück an die Wolga, das Land unserer Väter. Die Welt ist frei und offen geworden.
Glasnost und Perestroika.
Hat Gott uns Gorbatschow geschenkt? Lenins und Stalins Werk zerbricht, und bald werden die Trümmer nur noch Staub sein, der in der Weite des Landes verweht.
Hermann und Iwetta trafen sich wie immer in einem Lagerraum der Konservenfabrik.
Der Leiter des Kombinats, der etwas fette und gemütliche Valeri Daniilowitsch Worobjow, hatte ihn zur Verfügung gestellt und sogar ein altes Sofa hereinschaffen lassen.

»Man ist doch Mensch!« hatte er zu Hermann gesagt.
»Und jung war man auch mal. Zu dir, Hermann Wolfgangowitsch, kommt Iwetta nicht, zu Iwetta kannst du nicht wegen der neugierigen Nachbarn – die Mäuler würden sie sich zerfetzen –, und in Atbasar ein Zimmer mieten, ist zu weit und zu teuer. Hier stört euch niemand, wenn ihr euch nicht durch den Geruch stören laßt. Übermorgen konservieren wir Fische, frisch vom Aral-See, aber es stinkt.«
Hier nun trafen sich Hermann und Iwetta jeden zweiten Abend. Sie schliefen miteinander auf dem alten Sofa, das knirschte und gebrochene Federn hatte, aber sie waren glücklich und sagten immer wieder: »Es kann kein anderes Paar auf der Welt geben, das sich so liebt wie wir.«
»Vater hat gestern von Kiwrin erfahren: Die Anträge zur Ausreise nach Deutschland werden von den deutschen Konsulaten und der Botschaft in Moskau ausgegeben. Jetzt will Vater nach Alma-Ata fahren zum deutschen Generalkonsulat. Und wir alle sollen mitkommen.«
»Willst du denn nach Deutschland?« Iwetta hatte ihren Kopf an seine Brust gelegt und zupfte an Hermanns Brusthaaren.
»Nur, wenn du mitfährst.«
»Du könntest mich tatsächlich verlassen?«
»Ich könnte dich nie verlassen, das weißt du.«
»Und du weißt, daß ich Rußland nie verlassen werde.«
»Überleg es dir, Iwettaschka. Es wird ein herrliches Leben werden. Brauchst du ein neues Kleid, du kannst unter Tausenden wählen. Möchtest du neue Schuhe haben, die schönsten Modelle stehen bereit. Es gibt nichts, wirklich nichts, was du nicht kaufen kannst. Wie lange wartest du auf ein Auto? Zehn Jahre ... und dann nur mit einem Haufen Anträge. Stell dir vor: Du gehst in ein Autogeschäft, zeigst auf einen Wagen, sagst: Den will ich, und schon hast du ihn. Das ist Deutschland, mein Schatz.«
»Es ist nicht Rußland. Habt ihr einen so weiten Himmel wie wir? Wo leuchten bei euch die Birken so wie bei uns? Habt ihr die endlosen Felder, deren Ähren sich wie ein gol-

denes Meer bewegen, wenn der warme Wind über sie streicht? Wie kann ich so etwas verlassen?«
»Weil du mich liebst.«
»Das kann ich auch sagen: Bleib hier, weil du mich liebst.«
»Ich will, daß du glücklich wirst.«
»Ich bin glücklich. Hier auf dem Land, in meiner Fabrik, in diesem Lagerraum. Brauche ich mehr? Brauche ich tausend Kleider und tausend Schuhe und ein Auto, das ich mitnehmen kann? Was nützt mir der schönste Pelz, wenn ich darin friere, und ich werde in Deutschland frieren. Mein Liebster, ich gehöre hierher, nach Kasachstan. Ich habe meinen Vater nie gekannt, meine Mutter starb an der Lungenkrankheit und liegt in Karaganda begraben. Mit sieben Jahren war ich allein und wurde herumgestoßen, von fremden Leuten zu fremden Leuten, und immer hieß es: Wir haben kaum genug zu essen für uns, wir können nicht noch einen anderen ernähren. Und wieder kam ich zu einer anderen Familie und mußte auch da wieder weg, bis mich die Partei in ein Heim steckte. Da hatte ich ein Bett, ich konnte von einem vollen Teller essen, bekam ein blaues Leinenkleid und feste Schuhe. Das Leben war plötzlich schön.« Sie nahm seine Hand und legte sie auf ihre runde, feste Brust. »Ich kann doch dieses Land nicht verlassen, sieh es doch ein, Liebling.«
»Aber mein Vater, meine Mutter und Eva ...«
»Liebst du deine Familie oder mich?«
»Ich liebe beide ...«
»Aber entscheiden mußt du dich. Du bist doch auch hier geboren. Was bist du denn, ein Deutscher oder ein Russe?«
»Gottlieb würde sagen: Ich bin ein Mensch. Das ist genug. Ich brauche keinen Stempel, um zu wissen, wohin ich gehöre.«
»Er ist ein kluger Mensch, dein Bruder. Du solltest so denken wie er. Wir werden hier leben und glücklich sein mit dem, was wir haben. Und wir haben alles Glück auf dieser Welt ... wir haben uns.«
An diesem Abend kam Hermann nicht nach Hause. Erna, die sein Abendessen warm gestellt hatte, blickte hinüber

zu Wolfgang, der auf der Eckbank saß und die Zeitung *Neues Leben* las.
»Er kommt nicht«, sagte sie leise.

Die Wirkung des Moskauer Angebots, die Rußlanddeutschen nach Deutschland aussiedeln zu lassen oder ihnen an der Wolga eine autonome Republik zu geben, wenn sie nicht mehr in Sibirien und Zentralasien bleiben wollten, war nicht vorauszusehen. Während in Bonn das Außen- und das Innenministerium Pläne und Ausführungsbestimmungen für die Umsiedlung von geschätzten zwei Millionen Deutschstämmigen erarbeiteten und es intern hieß: »Da haben uns die Russen aber ein dickes Ei ins Nest gelegt«, erwachte in Kasachstan der alte Haß.
War der Stolz von Nowo Grodnow der große amerikanische Mähdrescher, um dessen Besitz das Dorf im weiten Umkreis beneidet wurde, so war die Sowchose »Bruderschaft« besonders stolz auf den Besitz eines Fotokopiergerätes. Semjon Bogdanowitsch Zirupa hatte es aus Alma-Ata mitgebracht und keinem verraten, wie er an diesen wertvollen Apparat gekommen war. Nachdem er die ersten Kopien vorgeführt hatte – dazu war die gesamte Mannschaft der Sowchose versammelt –, erklärte er das Gerät zur Druckerei, und von nun an hieß es, die »Bruderschaft« habe eine eigene Druckerei.
Genau betrachtet war diese Bezeichnung für einen Kopierer gar nicht so abwegig, denn alles, was Zirupa früher durch handgeschriebene Anschläge am Verwaltungsgebäude aushing – die die wenigsten lasen aus purer Faulheit –, vervielfältigte er jetzt und ließ es an jeden verteilen. Es gab keine Ausrede mehr: »Genosse, ich habe es nicht gelesen.« Auch politische Schulung wurde auf diese Art verbreitet, was dazu führte, daß neben dem Stolz, eine eigene »Druckerei« zu besitzen, auch stille Flüche hinzukamen. Zirupa hielt nämlich alle vierzehn Tage im großen Versammlungsraum Prüfungen ab, um zu sehen, ob auch jeder die Informationen gelesen und verstanden hatte.

Nachdem nun Gorbatschows Absichten, die vom russischen Präsidenten Jelzin unterstützt wurden, die Rußlanddeutschen in die deutsche Heimat ziehen zu lassen, bekanntgeworden waren, kam eines Morgens die »Heldin der Nation« und ehemalige Scharfschützin Katja Beljakowa zu Zirupa und machte den Vorschlag, das Kopiergerät als Waffe einzusetzen.
»Semjon Bogdanowitsch«, rief sie mit vor Leidenschaft zitternder Stimme, »jetzt ist die Zeit gekommen, den hochnäsigen Deutschen zu sagen, daß wir sie nicht brauchen! Stellen wir Flugblätter her, verteilen wir sie im ganzen Land, erschlagen wir sie mit Worten, gegen die sie sich nicht wehren können. Ha, eine Idee habe ich, sie nervös zu machen wie einen gejagten Fuchs! Hör einmal zu ...«
Die alte Beljakowa, deren Haß nach der »Schlacht von Nowo Grodnow« besonders Wolfgang Weberowsky galt, entwickelte eine solche Fülle von Propagandasprüchen, daß Zirupa am Ende ihrer Vorschläge fast erschöpft sagte: »Katja, das ist grandios! Woher hast du das?«
»Ich war im Großen Vaterländischen Krieg, da hast du noch in den Windeln gelegen. Und im Krieg lernt man, auch mit Worten zu schießen. Wir hatten damals an der Front eine Abteilung Propagandisten bei uns, die mit Lautsprechern die Deutschen bedrängten, überzulaufen zu uns. Was haben die nicht alles versprochen! Gutes Leben, Mädchen im Bett, tausend rote Lippen warten auf euch und so einen Blödsinn weiter, und einige der Deutschen glaubten es, warfen ihre Gewehre hin und rannten zu uns hinüber. Was sie zunächst bekamen, war ein Tritt in den Hintern, dann haben wir ihnen alles abgenommen, vor allem die Uhren, und dann schaffte man sie weg in ein Lager. Im Krieg gibt's keine Moral, aber das versteht so ein kleiner Scheißer wie du nicht.« Sie holte tief Atem. »Was hältst du davon? Machen wir es wie im Krieg. Schlagen wir die Deutschen mit der Propaganda!«
»Wir können es versuchen, Katja«, antwortete Zirupa vorsichtig. »Eine Menge Papier werden wir verbrauchen.«

»Ist das die Sache nicht wert? Zittern sollen sie und haufenweise zu den Meldestellen laufen. Überlaß das nur mir ... Du brauchst nur zu drucken.«
Und so geschah es, daß eine Woche später Flugblätter über das Land flatterten, verteilt von Arbeitern der Sowchose, in denen stand:

»Endlich, endlich sagt man den Deutschen, daß sie in Kasachstan nur geduldet waren, weil Moskau es so wollte. Sie waren immer Fremde im Land, auch wenn sie sich einbildeten, hier eine Art Heimat zu haben. Russen, Kasachen, wehrt euch gegen diese Eindringlinge! Vor fünfzig Jahren überfielen ihre Brüder unser Mütterchen Rußland und töteten über dreizehn Millionen unserer Väter und Söhne, vernichteten das Land und nannten uns Untermenschen.
Vergeßt das nicht! Der gleiche Geist wohnt auch im Herzen eurer deutschen Nachbarn. Sie sprechen deutsch, sie beten deutsch, sie tanzen deutsch, sie singen deutsch ... was haben sie bei uns zu suchen? Sie sind ein Stachel in unserem Fleisch. Russen, zieht diesen Stachel heraus! Sagt ihnen: Raus aus unserem heiligen Land!«

»Das ist meisterhaft formuliert, Katja!« sagte Zirupa anerkennend bei diesem ersten Flugblatt. »Nur, was wird die Regierung dazu sagen? Wie wird vor allem Kiwrin reagieren? Gorbatschow und Jelzin wollen Freundschaft mit Deutschland.«
»Ich nicht!« rief die Beljakowa trotzig.
»Aber du bist nicht an der Regierung.«
»Hier regieren du und ich, Semjon Bogdanowitsch! Und Kiwrin. Ein elender Opportunist ist er! Früher ein Wolf, heute ein Hündchen, das auf den Hinterpfoten tanzt. Nur, weil er an seinem Stuhl als Bezirkssekretär klebt. Dafür ließe er sich sogar kastrieren! Soll er nur zu mir kommen und den Mund aufmachen, wundern wird er sich, was ich ihm sagen werde! Wir brauchen keine Angst mehr zu ha-

ben vor sowjetischen Beamten. Kiwrin ist für mich nur ein Speichellecker.«
»Katja ... !«
»Wir haben im Krieg noch ganz andere Sachen gesagt.«
»Vergiß doch endlich den Krieg.«
»Vergessen? Wie kann ich das vergessen?« Sie schloß einen Moment die Augen, als rufe sie aus ihrem Inneren Bilder ab, schreckliche Bilder, die ein Vergessen unmöglich machten. Als sie die Augen wieder öffnete, hatten sie einen anderen Ausdruck – Trauer und Verzweiflung.
»Druckst du das Flugblatt?« fragte sie. Ihre Stimme war rauh und gedämpft.
»Ja, Katja.«
»Dann ist es gut. Das ist der erste Aufruf, es kommen noch mehr. Ich will sie laufen sehen, die Deutschen ... laufen, mit der Angst im Nacken!«
Schon dieses erste Flugblatt stiftete Verwirrung, Empörung und Zustimmung. Es kam auf die Seite an, auf der man stand.
Bei Kiwrin, dem man solch ein Blatt auf den Tisch legte, war die erste Reaktion: Das habe ich erwartet. Das lag wie ein Gewitter in der Luft. Was kann man dagegen tun? Meine Pflicht ist es, etwas zu tun. Und dann die Verwirrung: Woher kommt das Flugblatt? Wer hat es fabriziert? Entsteht irgendwo zentral eine Bewegung gegen die Deutschen? Aber wo? In Karaganda? In Semipalatinsk? Oder gar in der Hauptstadt Alma-Ata? Wenn es von daher kommt, ist es besser, zu schweigen und zur Seite zu schauen. Hieß es früher: Tu alles, was Moskau will, so heißt es jetzt: Richte deinen Blick nach Alma-Ata und folge dem, was du siehst. Laß die Höheren für dich denken, und du lebst ruhiger.
Es war Gottlieb, der das Flugblatt nach Hause brachte und dem alten Weberowsky auf den Abendbrotteller legte. Erna ahnte nichts Gutes, wartete mit dem Ausschenken der Milchgrießsuppe und blickte aus der Küche auf ihren Mann. Weberowsky las bedächtig den Aufruf, sagte zu aller Ver-

blüffung kein Wort und legte das Flugblatt zur Seite. Schweigen herrschte um ihn herum, bis er sich zurücklehnte und rief:
»Mutter, komm mit der Suppe. Ich habe einen gewaltigen Hunger!«
»Ist das alles, Vater?« fragte Gottlieb provokant.
»Ein richtiger Hunger reicht mir!«
»Sie hassen uns, Vater.«
»Das tun sie seit fünfzig Jahren. An ihren Haß haben wir uns längst gewöhnt. Du siehst, man kann damit auskommen.«
»Aber bisher war er schleichend, unter der Oberfläche. Jetzt bricht er voll aus!«
»Durch ein einziges Flugblatt? Gottlieb, seit wann bist du so schreckhaft?«
»Es wird nicht das einzige Flugblatt sein.«
»Warten wir es ab.«
»Wer kann so eine Schweinerei drucken? Warum soll uns die Schuld an dem treffen, was die Deutschen Rußland angetan haben?«
»Das Hitler-Deutschland, nicht *wir* Deutschen! Wir haben schon einmal für das andere Deutschland gebüßt, als man uns 1941 von der Wolga nach Sibirien verjagte. Jetzt will man uns mit den alten Parolen aus Kasachstan wegtreiben, aber sie irren sich. Wir gehen freiwillig.«
»*Du* gehst, Vater.«
»Das letzte Wort der Lebenden ist meist nie das letzte Wort. Auch deins nicht.«
»Doch, Vater. Niemand auf der Welt kann mir das bieten, was ich in Moskau bekomme: Ein kostenloses Medizinstudium.« Gottlieb hob das Flugblatt hoch und wedelte mit ihm durch die Luft. »Wer druckt so etwas?«
»Das ist kein Druck, das ist eine Fotokopie. Und in der ganzen Umgebung gibt es nur ein Kopiergerät: Zirupa hat es.«
»Du meinst ...«
»Ich weiß es fast sicher.«

Weberowsky beschloß, in der nächsten Woche nach Atbasar zu fahren und mit Kiwrin zu sprechen. Vielleicht wußte Michail Sergejewitsch mehr und konnte weitere Aktionen unterbinden. Aber dazu kam es nicht mehr. Schon vier Tage später wurde im Land ein zweites Flugblatt verteilt, in dem es hieß:

»Väter, Brüder und Söhne! Die Regierung in Moskau will den Deutschen, die endlich Kasachstan verlassen, neues Land an der Wolga schenken. Wir empfinden Abscheu gegen diesen Plan und Mitleid mit unseren Brüdern an der Wolga. Werden wir die Deutschen denn niemals los? Es gab einmal ein Drittes Reich, das Rußland vernichten wollte und dann von uns Russen vernichtet wurde. Soll an der Wolga ein Viertes Reich entstehen, eine Eiterbeule am gesunden russischen Körper? Sagt denen in Moskau deutlich: Alle Deutschen raus!«

»Jetzt wird es gefährlich«, sagte Wolfgang Weberowsky. »Das ist die Vorstufe zu einem Pogrom. Jetzt *muß* etwas von Amtsseite geschehen! Ich fahre nach Atbasar.«

Der Weg nach Atbasar führt von Nowo Grodnow notgedrungen an der Sowchose »Bruderschaft« vorbei, ehe man auf die Fernstraße kommt. Und der Zufall wollte es, daß ausgerechnet zur gleichen Zeit die Scharfschützin Katja Beljakowa mit einem Pferdewägelchen unterwegs war, um einen neuen Packen Flugblätter zu den Verteilern zu bringen.
Ohne zu grüßen, mit steinernen Gesichtern, fuhren die Beljakowa und Weberowsky aneinander vorbei, aber aus dem Augenwinkel sah Wolfgang Antonowitsch, daß auf dem Wagen drei mit Bindfäden verschnürte Packen lagen, die ganz nach einem Stapel Flugblätter aussahen.
Er hielt an, hieb mit der Faust auf das Lenkrad, wendete dann, fuhr mit Höchstgeschwindigkeit zurück, überholte die Beljakowa und stellte sich quer über den Weg.

Katja riß die Zügel an, schrie »Brrrr!« und sprang vom Kutschbock. Ebenso schnell war Weberowsky von seinem Traktor herunter und stellte sich breitbeinig vor ihm hin.
»Aus dem Weg!« brüllte die Beljakowa und blieb mit geballten Fäusten vor Weberowsky stehen. »Für alle ist die Straße da! Aus dem Weg gehst du, oder ich spucke dich an!«
»Dann bekommst du eins auf dein schiefes Maul!« schrie Weberowsky zurück. Er kam wieder in die Stimmung, in der er sonst Holz hacken mußte, um nicht im blinden Zorn unverzeihliche Taten zu begehen.
»Schlagen willst du mich? *Mich* schlagen! Drei Verdienstorden habe ich, Stalin selbst hat mich umarmt und auf die Wangen geküßt! Und du Mißgeburt wagst es ... du deutscher Barbar, du ...«
Weberowsky schob mit einem Stoß die geifernde Beljakowa zur Seite, ging zu dem Wägelchen und riß eines der Pakete auf. Da waren sie, die neuen Flugblätter. Väter, Brüder, Söhne ...
So schnell wie ein Hase war die Beljakowa hinter ihm und riß ihn zurück. Trotz ihres Alters war sie flink und erstaunlich stark. Ihre massige Figur täuschte; in Notfällen – und das hier war ein Notfall – nahm sie es mit jedem Mann auf.
»Du Hurenbock!« schrie sie. »Vergreift sich an meinem Eigentum! Aber so sind die Deutschen. Alles zerstören ...«
Der Augenblick des »Holzhackens« war gekommen. Weberowsky hörte nur noch ... die Deutschen, alles zerstören, dann kam es über ihn, er sah und hörte nichts mehr, und was er tat, daran gab es später keine Erinnerung mehr.

Er packte die kreischende Beljakowa und warf sie seitlich des Weges in das Gras, riß dann die drei Packen auf und zerfetzte alle Flugblätter, streute sie um sich, nahm dann die Bindfäden, drückte die um sich schlagende Beljakowa in das Gras und band ihr Hände und Füße zusammen. Dann ging er zu dem Pferdchen, schirrte es aus der Gabeldeichsel, führte es

auf den Weg, gab ihm einen kräftigen Klaps auf die Kruppe und ließ es laufen, zurück zur Sowchose. Im Gras brüllte die Beljakowa und zerrte an ihren Fesseln.
»Ich bring' dich um!« kreischte sie. »Bei allen Heiligen, ich erschieß' dich. Ich hab's noch nicht verlernt. Ich werde dich jagen wie den Weißen Wolf! Du Hund, du. Du stinkender Rübenfurz ...«
Sie schrie noch weitere Worte, die Weberowsky noch nie gehört hatte bei allem Reichtum der russischen Sprache an Schimpfwörtern. Er kletterte wieder auf seinen Traktor, umfuhr den pferdelosen Wagen und die geifernde Beljakowa und erwachte durch das Rattern des Motors und das Hopsen der Räder aus dem Jähzorn, der ihn überfallen hatte.
Er blickte nicht zurück. Er wollte nicht wissen, was er getan hatte. Er wußte nur eins: Er hatte die Beljakowa nicht erschlagen. Aus der Ferne hörte er ihr Schreien.

An einem Freitag fand die Verhandlung vor dem Bezirkssekretär Kiwrin statt. Bevor man ein ordentliches Gericht einschaltete, hatte Kiwrin beschlossen, sollte der Versuch unternommen werden, daß man sich gegenseitig einigte. Von vornherein war Kiwrin klar, daß der Versuch scheitern würde, aber er hatte alles getan, was in seiner Macht stand.
Im Zimmer des Bezirkssekretärs, man wollte es so privat wie möglich halten, saßen sich Weberowsky und die Beljakowa gegenüber. Sie hatte Zirupa mitgebracht, Weberowsky seinen ältesten Sohn Hermann – ohne Zeugen war es unmöglich, sich zu versöhnen, denn hinterher hatte jeder seine eigene Auslegung der Einigung.
»Beginnen wir also ohne Umschweife«, eröffnete Kiwrin die Verhandlung. »Wolfgang Antonowitsch hat die ehrbare Katja Beljakowa, eine Heldin der Nation, mißhandelt.«
»Das habe ich nicht!« fiel Weberowsky dem vergeblich abwehrenden Kiwrin ins Wort.
»Hat er doch!« rief die Beljakowa wütend. »Auf mich gestürzt hat er sich. Jetzt vergewaltigt er mich, habe ich gedacht.«

Weberowsky hustete entsetzt. »Michail Sergejewitsch«, rief er empört. »Sehen Sie sich diesen Fettklumpen an! Der soll in mir sexuelles Verlangen erzeugen?«
»Er beleidigt mich schon wieder!« schrie die Beljakowa dazwischen. »Meinetwegen haben sich Männer duelliert.«
»Die müssen verrückt gewesen sein. Kiwrin, ich bitte, nachzuforschen, ob Katja Beljakowa schon mal in einer Irrenanstalt war ...«
»Ruhe!« Kiwrin schlug mit beiden Fäusten auf den Tisch. »Wir spielen hier keine Gogolsche Komödie!« Womit Kiwrin beweisen wollte, wie gebildet er war. »Es geht darum, daß ein gewisser, anwesender Weberowsky die ehrbare Katja Beljakowa von der Straße ins Gras geworfen und dort mit Bindfäden gefesselt hat.«
»Ich kann mich nicht erinnern«, sagte Weberowsky ehrlich. »Es kam über mich, und als ich aufwachte, war's geschehen.«
»Wer gehört nun in eine Irrenanstalt, he?« rief die Beljakowa. »Und mein Eigentum hat er auch zerrissen.«
»Ja. Antideutsche Flugblätter.« Weberowsky nickte. »Das würde ich wieder tun ...«
»Von wem stammen eigentlich die Flugblätter?« fragte Kiwrin listig. Jetzt gab es kein Lügen mehr.
»Von mir! Ich habe sie geschrieben!« sagte die Beljakowa.
»Und ich habe sie vervielfältigt«, warf Zirupa ein. »Ist das verboten? Wir haben jetzt, Gott sei Dank, in Rußland Meinungsfreiheit. Die haben wir wahrgenommen.«
»Zur Schädigung von Rußlands Ansehen in der Welt!« entgegnete Kiwrin scharf. »Ja, seid ihr denn alle Idioten? Rußland macht Deutschland ein großzügiges Angebot, und ihr stellt das hin, als wollten wir die Deutschen hinauswerfen!«
»Hier ist nicht Rußland, hier ist Kasachstan!« schrie die Beljakowa mit sich überschlagender Stimme.
»Auch Kasachstan ist Mitglied des Gesamtverbundes russischer Staaten!«
»Meinungsfreiheit!« Die Beljakowa hieb mit der Faust auf

Kiwrins Tisch. »Geht es darum? Nein! Es geht darum: Dieses alte Erdferkel hat mich beleidigt, angefaßt, gefesselt, mein Pferdchen davongejagt und mich allein in der Steppe gelassen. Verrecken sollte ich, aber mein Pferdchen hat Hilfe geholt. Ohne mein Gäulchen wäre ich jetzt tot.«
Die Beljakowa brach in Tränen aus, hielt den Ärmel ihres Kleides vor das Gesicht und schluchzte erbärmlich.
Bei Kiwrin erzeugte das kein Mitleid. Zirupa dagegen verzog die Miene, als sei Katja wirklich in der Steppe verdurstet, er faltete sogar die Hände über dem Bauch und atmete schwer.
»Es ist nicht nötig, Semjon Bogdanowitsch«, sagte Kiwrin schnell, »jetzt einen Totengesang anzustimmen!«
»Was hat diese Frau gelitten«, antwortete Zirupa mit dumpfer Stimme. »Kann ein Mensch noch mehr erdulden? Und nun wird sie auch noch verhört wie ein Straßenräuber.«
Kiwrin überhörte die letzte Bemerkung und wandte sich Weberowsky zu.
»Was haben Sie zu all dem zu sagen, Wolfgang Antonowitsch?«
»Nichts!« antwortete Weberowsky laut. »Sie hat Flugblätter gegen uns verteilt, und da ist ...«
» ... da ist bei Ihnen die Sicherung durchgebrannt«, kam Kiwrin ihm listig zu Hilfe.
»So ist es.«
»Sie wollten Katja Beljakowa nichts antun.«
»Nein. Ich wollte nur mit ihr reden.«
»Indem er sie fesselt!« rief Zirupa dazwischen.
»Davon weiß ich nichts. Sie beschimpfte mich mit Ausdrücken ... Michail Sergejewitsch, solche Worte haben Sie noch nie gehört, und dann setzte mein Verstand aus.«
Kiwrin glaubte ihm ohne Zögern, daß die Beljakowa über einen Wortschatz verfügte, der einen Mann rasend machen konnte. Er warf einen Blick auf die dicke Frau. Sie war noch immer bemüht, ein kräftiges Schluchzen zu erzeugen.

»Kommen wir zum Ende!« sagte Kiwrin streng. »Es gibt wichtigere Dinge zu tun. Wolfgang Antonowitsch kann sich nicht erinnern, Katja Beljakowa hat nicht angemeldete und genehmigte Flugblätter gegen unsere Freunde verteilt. Rechnen wir die Taten gegeneinander auf, dann bleibt nichts übrig. Es steht Ihnen frei, Katja, vor einem ordentlichen Gericht zu klagen, aber ich sage schon jetzt: Es kommt nichts dabei heraus. Der Richter wird Ihnen vorhalten, seine Zeit zu stehlen.« Kiwrin erhob sich und gab sich sehr würdevoll. »Die Sitzung ist beendet!«
Die Beljakowa hörte schlagartig mit Heulen auf, sprang vom Stuhl und stützte sich auf der Schreibtischkante auf.
»War das alles?« schrie sie Kiwrin an.
»Ja.«
»Scheißbeamte!« sagte sie, spuckte auf den Tisch und verließ den Raum.
Zirupa folgte ihr, drehte sich aber an der Tür noch um und zischte: »So einfach ist das nicht, Michail Sergejewitsch. Das war erst der Anfang, es wird noch mehr folgen.«
Dann schlug er hinter sich die Tür zu, und Weberowsky und Kiwrin waren allein.
»Er meint es ernst.« Kiwrin griff in die Schublade seines Schreibtischs, holte eine Flasche Wodka hervor, zwei Gläser und eine Schachtel Papirossy, goß jedes Glas vier Zentimeter voll und schob es zu Weberowsky hin. »Was wären wir ohne diesen Tröster! Wolfgang Antonowitsch, du kennst meine Einstellung. Ein guter Freund bin ich dir immer gewesen, aber ich werde dich nicht schützen können, wenn man die Kasachen weiter aufhetzt. Die Stimmung gegen euch ist schlecht, ich gebe es zu. Nur ist nicht jeder so brutal wie die Beljakowa. Alles wandelt sich. Die Kasachen sind gegen die Russen, jetzt brechen alte Feindschaften wieder hervor, und alle sind gegen euch Rußlanddeutsche, weil Stalin euch hierher abgeschoben hat und ihr die schönsten Dörfer habt, Kulturzentren, deutsche Schulen, deutsche Theatervereine ... alles und immer deutsch! Habt ihr nie darüber nachgedacht, daß ein Russe oder ein stolzer

Kasache euch deshalb immer als Fremde betrachtet? Seit mehr als zweihundert Jahren lebt ihr in Rußland, aber Deutsche wollt ihr bleiben.«
»Wir waren immer friedlich und arbeitsam. Wir sind nie jemandem zur Last gefallen. Wir haben nur nicht vergessen, woher unsere Vorväter kamen.«
»Und das ist fast schon eine Beleidigung Rußlands. Ihr habt hier eine neue Heimat bekommen. Seit Generationen sind eure Töchter und Söhne hier geboren worden, von Amts wegen sind sie Russen, aber was sind sie im Herzen?«
»Die Liebe zu unserem Mutterland ist vererbbar«, antwortete Weberowsky. »Warum wundert gerade ihr Russen euch darüber? Was ist ein Russe ohne sein Mütterchen Rußland? Wo er in der Fremde auch ist, und was aus seinem Leben auch geworden ist, ob Arbeiter in einer Fabrik oder Millionär – er hat Heimweh, ein innerlich trauriger Mensch ist er, wenn er an Rußland denkt. Ein Zuhause hat er, aber er wird sich nie zu Hause fühlen. Warum sollen wir anders sein als ihr Russen?«
»Kennst du Deutschland?«
»Nein.«
»Wart ihr auch stolze Deutsche, als Hitler die halbe Welt verwüstete? Als er unser Land überfiel und unsere Väter und Söhne tötete?«
»Wir haben unter dieser finsteren Zeit genug gelitten. Aber jetzt gibt es ein freies, demokratisches, weltoffenes Deutschland, so wie wir es uns immer gewünscht haben. Und in dieses neue Deutschland wollen wir zurück ...«
»Und ihr glaubt, man empfängt euch dort mit ausgebreiteten Armen?« Kiwrin blätterte in einem Packen Fernschreiben, der auf seinem Tisch lag. »Die Schwierigkeiten beginnen schon. Anträge zur Ausreise und Übersiedlung sind nicht von uns zu bekommen ...«
Weberowsky setzte sich erregt auf. Gleich brüllt er wieder, dachte Kiwrin. Eigentlich sollte man Mitleid mit ihm haben.

»Und wo bekomme ich die Anträge?«
»Bei der deutschen Botschaft in Moskau.«
»Ich muß für ein Stück Papier nach Moskau fliegen?« Weberowskys Gesicht rötete sich gefährlich. Er begriff nicht, daß die deutsche Bürokratie die Rückführung der Rußlanddeutschen in ihre unbestechliche Hand genommen hatte.
»Oder zum deutschen Generalkonsulat in Alma-Ata. Und zwar jede Familie einzeln.« Kiwrin grinste verhalten. »Jetzt mahlen die Mühlen der Beamten.«
»Aber das ist doch Wahnsinn!« Weberowsky fuhr vom Stuhl hoch. »Ich kann nicht mit einer Liste und den Unterschriften der Bewohner von Nowo Grodnow Anträge für alle abholen?«
»Nein. Jeder einzeln. Fragebögen gibt es, die man ausfüllen muß.«
»Und wie lange soll das dauern, bis die Flut der Anträge von den Behörden bearbeitet ist?«
»Das mußt du Bonn fragen, Wolfgang Antonowitsch. Begreifst du nicht die Taktik? Dein so freies Deutschland will euch gar nicht haben. Ihr sollt hier bleiben oder zurück an die Wolga ziehen, aber nicht ins Ruhrgebiet oder nach Mecklenburg-Vorpommern. Da ist alles besetzt. Es leben schon fünf Millionen Ausländer in Deutschland, und täglich kommen Hunderte in die Sammellager und verlangen Asyl. Was wollt ihr denn da noch? Ihr würdet das Land überschwemmen, und keiner weiß, wohin mit euch!«
»Das ist nicht wahr«, sagte Weberowsky plötzlich mit leiser, etwas zitternder Stimme. »Du willst mich nur unsicher machen.«
»Fahr nach Alma-Ata und erkundige dich bei deinem Konsulat.«
»Ich werde mich an die wenden, die es besser wissen ... an unsere Allunionsgesellschaft der Sowjetdeutschen-Wiedergeburt in Ust-Kamenogorsk. Dort wird man mir anderes sagen, als ich von dir höre.«
»Ja.« Kiwrin nickte. »Sie werden dir sagen: Nicht ungedul-

dig werden, guter Mann. Nichts überstürzen. Überlegen, was man tut. Wenn du nach Deutschland willst, dann mußt du dich hinten anstellen. Die Reihe vor dir ist lang, bisher liegen schon 300 000 Anträge vor, das muß eine Behörde erst verdauen. Wir können auch nichts tun, als immer wieder bei der deutschen Botschaft zu intervenieren oder Briefe nach Bonn zu schreiben. Weiß man, wo die Briefe hinkommen? Wer sie liest?« Kiwrin legte seine Hand über Weberowskys geballte Faust. »Das und nichts anderes werden sie dir in Ust-Kamenogorsk sagen. Sie wissen ja selbst nicht, wie alle Pläne wirklich durchgeführt werden können. Das einzige, was sie aus Deutschland hören, sind freundliche, aber leere Worte. Jede taube Nuß hat mehr Inhalt als diese Reden.«
»Du versuchst alles, mich von einer Ausreise abzuhalten.«
»Weil du mein Freund bist. Woher seid ihr eigentlich gekommen?«
»Aus der Gegend von Maulbach, im Hessischen. Ein Johann Friedrich Weber wanderte 1769 nach Rußland aus und erhielt von der Zarin Katharina II. gutes Land auf der Krim. Er kultivierte ein paar brachliegende Hügel und pflanzte Wein an. Ein Enkel, Friedrich Nepomuk Weber, hörte von der Zukunft an der Wolga und verließ die Krim 1799, drei Jahre nach dem Tod der Zarin. Er verehrte fanatisch die Zarenfamilie von Alexander I. und ließ es zu, daß man den Namen Weber ins Russische eingliederte. Seitdem heißen wir Weberowsky.«
»Seit 1799 seid ihr also Russen.«
»Seit 1802, nachdem Zar Paul I., der Sohn von Katharina, bei einer Palastrevolte ermordet wurde.«
»Was machen die drei Jährchen aus. Da leben nun die nach Rußland ausgewanderten Hungerleider zweihundert Jahre auf der Krim, an der Wolga, in Sibirien oder Kasachstan und sind Deutsche geblieben, und dabei war eure sogenannte Heimat froh, daß ihr fortgezogen seid, so wie sie jetzt froh wäre, wenn ihr nicht wieder zurückkommen würdet. Aber euch zieht es in dieses Deutschland, wie ein

Magnet Nägel an sich zieht. Hast du hier nicht ein schönes, ein reiches Dorf, Wolfgang Antonowitsch?«
»Wir werden viele Rubel für unsere Häuser bekommen. Ich weiß von einem Bauern bei Gorkunowo, der hat seinen Hof für 25 000 Rubel verkauft. An einen Russen, der bisher unter Kasachen wohnte und sich nach Glasnost nicht mehr sicher fühlte. Wir können unsere Dörfer an die Russen für viele Millionen Rubel verkaufen ...«
»Und was macht ihr mit den Rubeln in Deutschland?«
»Sie sind der Grundstock für einen Neuanfang.«
»Sie werden im Feuer des westlichen Hochmuts verbrennen! Eine Tragödie wird's werden.«
»Fast jede Familie hat zwei oder drei Tragödien über sich ergehen lassen, eine vierte wollen sie nicht mehr hinnehmen. Wenn Rußland jetzt auseinanderbricht, wenn sich Widerstand rührt, wenn die plötzlich freien Sowjetstaaten zu Gegnern Moskaus werden, wenn hier in Kasachstan oder Usbekistan oder Turkmenien die Völker gegen den Machtanspruch des Kreml revoltieren ... wer wird immer schuld sein? Die kleinen Völker und besonders die Deutschen! Wir waren immer der Sand im Getriebe der Weltpolitik. Das ist jetzt vorbei! Wir wollen Freiheit, Ruhe, ein Leben ohne Angst, durch unsere Arbeit erzeugten Wohlstand, und deshalb verlassen wir Rußland.«
»Ich kann dich nicht halten, Wolfgang Antonowitsch«, erwiderte Kiwrin. Seine Stimme klang traurig, und es war ein echter Kummer, den er in sich fühlte. »Deine Kinder sind klüger. Sie bleiben.«
»Da ist das letzte Wort noch nicht gesprochen.« Weberowsky ging zur Tür. »Auch nicht bei den Antragsformularen. Ich verspreche dir: Ich bringe für das ganze Dorf die Anträge mit.«
»Versprich es nicht –« Kiwrin winkte ab. »Du hast es mit deutschen Beamten zu tun, und die sind nicht anders als unsere russischen. Vor allem, wenn sie ein bißchen Macht in den Händen spüren.«
Doch etwas nachdenklich geworden, verließ Weberowsky

das Amtsgebäude und sah die Beljakowa und Zirupa auf der Straße stehen. Sie schienen auf ihn gewartet zu haben, denn Katja rollte ihm entgegen und stellte sich ihm in den Weg.
»Na, wieviel Rubelchen hast du ihm gegeben?« schrie sie. »Wieviel kostet so ein Urteil? Aber er täuscht sich, der gierige Kiwrin.«
»Geh mir aus dem Weg«, sagte Weberowsky und schob sie mit einem Ruck zur Seite.
»Schon wieder greift er mich an!« kreischte die Beljakowa. »Semjon Bogdanowitsch ist mein Zeuge! Ich habe in meinem Schußbuch neunzehn Kopfschüsse eingetragen – du bist der zwanzigste! Mach daß du wegkommst, du deutscher, schiefmäuliger Hund.«
»Warum haßt du mich eigentlich? Was habe ich dir getan?«
»Ich hasse alle Deutschen!«
»Und warum?«
»Er fragt noch, warum! Hörst du das, Semjon Bogdanowitsch? Warum ...« Die Beljakowa begann vor Erregung zu zittern. Ihr dicker Leib wogte auf und nieder. »Damals, 1942, war ich ein junges hübsches Mädchen, ob du's glaubst oder nicht, ich war es! Ganz jung habe ich geheiratet. Iwan Semjonowitsch Kalguri, ein lustiger, ein kräftiger, ein lebensfroher Mensch. Wie habe ich ihn geliebt! Aber ihr Deutschen habt unser Land überfallen, und ihr kamt näher und immer näher, und Iwan mußte die Uniform anziehen und wurde nach Stalingrad geschickt, um euch aufzuhalten. Man fand ihn in den Trümmern eines Hauses, mit sieben Schüssen im ganzen Körper. Ein deutsches Maschinengewehr hatte ihn erfaßt. Ich hätte wahnsinnig werden können, aber dazu hatte ich keine Zeit. Hintereinander wurden von euch Deutschen erschossen: mein ältester Bruder, mein Vater, mein mittlerer Bruder, der Sohn meiner Tante, mein jüngster Bruder. Nur ich allein blieb übrig. Und ich schwor mir: Du bist eine gute Schützin, du hast Bären und Wölfe gejagt, Hirsche und Füchse,

du triffst einen Vogel hoch oben im Ast, geh hin und treffe jetzt die Köpfe dieser verfluchten Deutschen! Ich meldete mich bei einem Frauenbataillon als Scharfschützin. Jetzt weißt du alles. Und du fragst mich, warum ich dich hasse!« »Ich habe deinen Vater und deine Brüder nicht erschossen.«
»Ob du oder jemand anders, du bist ein Deutscher! Ihr seid nie Russen geworden, auch wenn ihr russisch sprecht und eure Kinder kein Deutsch mehr! Ein hochnäsiges Pack seid ihr für mich! Angehörige eines Mördervolkes!«
Die Beljakowa drehte sich um, ging zu Zirupa zurück und legte ihm die Hand auf die Schulter.
»Gehen wir, Semjon Bogdanowitsch«, sagte sie, und plötzlich weinte sie. »Ich mußte es ihm sagen. Er wird mich nie wieder anfassen, um nicht so zu sein wie seine Brüder drüben in Deutschland. Komm, Semjon, heute ist wieder ein Stück von mir gestorben.«
Weberowsky sah ihr nach, bestieg dann seinen Traktor und fuhr davon. Tausend Gedanken schwirrten durch seinen Kopf, und immer wieder verdichteten sie sich zu einem großen Gedanken: Wir müssen weg. Mein Gott, wir müssen weg. Wer weiß, was aus diesem Rußland noch wird, wie es in fünf oder zehn Jahren aussieht. In Deutschland sind wir sicher, auch wenn wir wieder arm sein werden. Aber wir sind frei, frei und ohne Angst. Ein Glück, daß es Gorbatschow und Jelzin gibt. Sie machen uns den Weg frei, aber ihre Reformen werden unter den Knüppeln des Widerstandes stöhnen. Wird der reiche Westen helfen, daß Rußland nicht völlig auseinanderbricht?
Zu Hause empfingen ihn Erna, Eva und Gottlieb. Während die Frauen aufatmeten, sagte Gottlieb in seiner rebellischen Art:
»Du kommst tatsächlich zurück? Sie haben dich nicht ins Loch gesteckt? Fesselt eine Heldin der Nation und läuft noch frei herum! Ist das nicht ein Beweis, daß es das alte Sowjetrußland nicht mehr gibt? Jetzt streichelt man, statt mit der Faust dreinzuschlagen.«

Weberowsky sah seinen Sohn starr an. Er hatte keine Lust, sich auf einen Streit einzulassen. Er hatte für diesen Tag genug gehört.
»Du bist noch einer dieser Idioten, die Stalin verehren«, sagte er nur.
»Zumindest schätze ich ihn!« antwortete Gottlieb trotzig. »Bei ihm herrschte Ordnung.«
»Durch Genickschüsse! Wenn das deine Welt ist, such dir ein anderes Nest als das, in dem du geboren wurdest.« Und zu Erna sagte er: »Pack mir den kleinen Koffer, ich fahre nach Ust-Kamenogorsk.«
»Was willst du denn dort?« fragte Erna verblüfft.
»Ich muß mit Ewald Konstantinowitsch Bergerow sprechen.«
»Wer ist denn das?«
»Ein Mitglied des außerordentlichen Kongresses der Rußlanddeutschen. Er leitet auch die Organisation ›Wiedergeburt‹ und ist über alles informiert. Er hat direkte Verbindungen zu den maßgebenden deutschen Behörden.«
»Und wie willst du nach Ust-Kamenogorsk kommen?«
»Mit dem Zug von Karaganda über Semipalatinsk.«
»Dann bist du mehrere Tage nicht hier ...«
»Es ist notwendig, Erna. Was Kiwrin mir erzählte, kann ich einfach nicht glauben.«
»Was hat er erzählt?«
»Die deutsche Regierung soll gar nicht begeistert von unserer Rückkehr sein, erzählt er. Besser wär' es hierzubleiben. Hier wüßten wir, wie unser Leben weitergeht. In Deutschland wüßten wir es nicht. Keiner gäbe uns eine Garantie für Arbeit und Wohnung, in Sammellager kämen wir. Verteilt werden wir unter eine satte Gesellschaft, die wir nur stören.«
»Kiwrin steigt in meiner Achtung. Er ist doch ein kluger Mensch!« sagte Gottlieb, und es war wie ein Fausthieb in Weberowskys Magen.
»Bei manchen mag das sein, aber nicht bei uns.« Erna

wischte sich mit der Schürze über ihr Gesicht. Es war eine Angewohnheit von ihr, bei irgendwelchen Aufregungen sich über das Gesicht zu wischen und die Schürze dazu zu nehmen. Und eine Schürze trug sie vom Morgen bis zum Abend.

»Wieso sind wir eine Ausnahme?« fragte Gottlieb.

»Wir haben ein Zuhause in Deutschland.«

»Und wo soll das sein?«

»In Bonn. Ich habe einen Neffen in Bonn, das wißt ihr doch. Karl Köllner, der Sohn meiner Schwester. Er hat eine gute Stellung im Außenministerium. Es wird uns helfen.«

»So, so!« meinte Gottlieb ironisch. »Weiß er von seinem Glück?«

»Ich habe ihm vorige Woche geschrieben. Er ist ein guter Junge.« Sie blickte hinüber zu Wolfgang, der mit verdüsterter Miene auf der Eckbank saß. »*Wir* haben ein Ziel, Wolferl. Das mußt du der Organisation in Ust-Kamenogorsk sagen. Vielleicht kommen wir dann schneller nach Deutschland. Ein Neffe im Außenministerium ist eine gute Empfehlung.«

»Ich will sehen, wie das überhaupt läuft mit der Aussiedlung.« Weberowsky erhob sich ächzend. Sein Rücken schmerzte. Die Hin- und Rückfahrt nach Atbasar auf dem harten Sitz des Traktors steckte noch in seinen Knochen. »Ob es wahr ist, daß wir nach Alma-Ata oder Moskau müssen, jede Familie einzeln. Und daß es da einen Fragebogen gibt voller verfänglicher Fragen und versteckter Fallen, und wehe, zwei Antworten widersprechen sich.«

»So wird es sein.« Gottlieb ging zur Tür, er hatte noch eine Verabredung mit Natalja Alexandrowna, seiner heimlichen Geliebten. »Es wird schwer werden, den deutschen Behörden zu beweisen, daß ihr Deutsche seid.«

»Du bist auch ein Deutscher.«

»Nein, ich denke und fühle russisch.«

»Aber du sprichst deutsch.«

»Das werde ich vergessen, wenn man mich fragen sollte.«

»Verdammt, du bist mein Sohn!« schrie Weberowsky.

»Und dein Vater ist ein Deutscher.«
»Es kommt nicht darauf an, wie man geboren wurde, sondern was man aus seinem Leben macht. Ich werde ein russischer Arzt, kein deutscher.«
»Wenn du überhaupt etwas wirst, werde ich mich mit kaltem Wasser begießen. Dann weiß ich, daß ich nicht träume.«
Wortlos verließ Gottlieb das Haus. Erst draußen, am Zaun des Vorgartens, sagte er laut: »Du wirst dich wundern, Alter! Du träumst wirklich.«

Plötzlich war Kirenskija eine offene Stadt geworden ... eines der größten Geheimnisse der Sowjetunion war zur Besichtigung freigegeben.
In Moskau zerstritten sich Generalität und Politbüro. Die Weitsichtigen lobten die konsequente Durchführung von Glasnost und Perestroika und begrüßten den sowjetisch-amerikanischen Kontrollaustausch zur Vernichtung der Atomraketen und Einstellung von Versuchszündungen neuer Atomwaffen. Die kleine Gruppe der Nationaltreuen, wie sie sich nannte, faßte sich an den Kopf und war sich einig, daß Gorbatschow seine Reformen zu weit treibe, daß er über jedes vernünftige Maß hinaus dem Westen Zugeständnisse mache, die Rußlands Stärke schwächten und den Anspruch auf eine mitbestimmende Weltmacht verwässerten.
»Das geht zu weit –«, sagte in diesen Tagen ein General im vertrauten Kreis. »Wenn man Michail Sergejewitsch jetzt nicht bremst, entsteht für die Sowjetunion ein Schaden, der kaum noch zu reparieren ist. Oder glaubt ihr, Genossen, der Amerikaner ist so dumm und gibt alle seine geheimen Forschungsstellen preis? Glaubt ihr, er vernichtet wirklich alle seine Mittelstreckenraketen? Warum sagt man Gorbatschow nicht: Michail Sergejewitsch, kennst du den Ural? Kennst du da das Gebirge von Anjuis – hoch oben im Norden von Sibirien? Da gibt es Tausende von großen Höhlen, wo man Raketen und Atomsprengköpfe verstecken kann. Rußland ist so groß – man kann es nicht kontrollieren. Aber

nein, das Gegenteil tut er. Ein ehrlicher Mann betrügt seinen Partner nicht! Wird Amerika jemals ein Partner sein? Ich muß lachen über diese Vision. Stellt euch das vor, Genossen: Amerikanische Experten spazieren in Kirenskija herum! Und man zeigt ihnen alles. Wofür haben wir eigentlich jahrzehntelang gearbeitet?« Der General hatte sich in Hitze geredet. »Ich wiederhole«, rief er, »so geht es nicht weiter. Wo bringt uns Gorbatschow noch hin? Auch im Politbüro regt sich Widerstand, ich kenne einige Minister, die sofort handeln würden, wenn man Gorbatschow entmachtet. Selbst das Volk wird mitmachen. Es hungert, die Läden sind leer, die Versorgung ist miserabel, aber der Schwarzmarkt steht in voller Blüte und einige Halunken werden damit Millionäre! Und was macht Gorbatschow? Er schränkt den Verkauf von Wodka ein! Welch eine revolutionäre Tat! Zum Weinen ist es, Genossen, aber Weinen hilft uns nicht. Es muß gehandelt werden. Die Perestroika wird im Chaos enden. Es hat ja schon begonnen! Der Mann auf der Straße spricht es aus: Früher war alles besser. Wir müssen das Früher wieder herstellen, Genossen.«
Der General setzte sich und wischte sich den Schweiß von der Stirn. Seine Zuhörer klatschten in die Hände, die Begeisterung war groß. Weg mit Gorbatschow. Aber wer gab das Signal, und wann war die beste Stunde?
In Kirenskija traf die erste amerikanische Delegation ein. Ein General, zwei Colonels, zwei Majore und ein junger Captain als Adjutant. Sie wurden auf dem Flugplatz von Kusma Borisowitsch Nurgai empfangen und in die geheimnisvolle Stadt gefahren. Im Hauptquartier der Truppe, im Stabsgebäude, hatte man für sie Zimmer bereitgestellt. Zimmer mit Blick auf einen ummauerten Hof.
Drei Tage vorher hatte es bei der Mitteilung aus Moskau, daß die US-Offiziere kommen würden, eine Diskussion zwischen Nurgai und Professor Frantzenow gegeben.
»Sie wollen wirklich die Amerikaner nach Kirenskija hineinlassen, Kusma Borisowitsch?« hatte Frantzenow empört gerufen.

»Es ist eine Anordnung aus Moskau, Andrej Valentinowitsch. Ich muß gehorchen.«
»Sie hätten in schärfster Form protestieren müssen!«
»Wozu die Mühe? Ein Befehl aus Moskau ist endgültig, seit über siebzig Jahren sind wir daran gewöhnt.«
»Dann war unsere ganze Arbeit umsonst!«
»Nicht umsonst, wo denken Sie hin? Die Forschungsunterlagen sind bereits auf dem Weg nach Irkutsk und werden dort versteckt. Auch Ihre Pläne über die Entwicklung einer atomgetriebenen Atomrakete, die keine Entfernung kennt und jeden Punkt der Welt erreichen kann, sind in Sicherheit. Sehen Sie das alles nicht so verbissen ernst, Andrej Valentinowitsch. Wir werden diese Amerikaner wie kleine neugierige Jungen behandeln und ihnen das zeigen, was *wir* wollen.«
»Daß es überhaupt zu diesem entwürdigenden Besuch kommt! Amerikaner in Kirenskija!«
»Glasnost! Können Sie es ändern?« Nurgai lächelte breit. »Passen Sie auf, man wird Ihnen ein Angebot machen! Sie haben Ihren Preis. Setzen Sie ihn so hoch an, daß den Amerikanern die Luft wegbleibt. Aber sie werden zahlen, weil man Sie braucht.«
»Ich habe Ihnen schon einmal gesagt: Ich bin nicht käuflich! Wer Rußland für Geld verläßt, sollte für immer ausgestoßen sein. Sie denken anders, ich weiß es. Nurgai, ich würde Sie verachten, wenn Sie es täten!«
»Mich wird niemand fragen.« Nurgai stieß sich von der weißgekachelten Wand ab. Das Gespräch hatte in Frantzenows Labor stattgefunden. Sicherheitstrakt Stufe eins. Durch drei Schleusen und drei Wachen mußte man hindurch, ehe man das Innere betreten durfte. »Nur eine Bitte hätte ich ...«
»Wenn ich sie erfüllen kann?«
»Sie können es. Seien Sie höflich zu den Amerikanern. Die Zeiten haben sich geändert, die Welt dreht sich irgendwie anders, wir befinden uns in einer Phase des dauerhaften Tauwetters. Das, was man kalter Krieg nannte, Block ge-

gen Block, Westen gegen den Osten, ist Historie. In ein paar Jahren wird man den Kopf schütteln, daß so etwas überhaupt einmal möglich war.«
»Heißt das, daß wir es aufgeben werden, Kommunisten zu sein?«
»Warten wir es ab, Andrej Valentinowitsch. Wir Russen waren schon immer für Überraschungen gut.«

Der erste Rundgang der amerikanischen Offiziere erreichte auch das Gebäude Nr. 1. Nurgai, der die Delegation herumführte, erklärte, daß in diesem Haus die Nuklearforschung ihre Labors habe, die er selbst leite. Der junge Captain blätterte in einer dicken Akte und schien Informationen nachzulesen, die der CIA ihnen herausgegeben hatte. Nach diesen Spionageberichten war Kirenskija durchaus keine unbekannte Stadt mehr, nur über das, was im einzelnen dort geschah, war man bis heute auf Vermutungen angewiesen.
Die Führung war schnell beendet. Nurgai berichtete von einem neuen Treibsatz für Satellitenraketen und Raumstationen, aber das war nichts Neues, die Amerikaner kannten ihn schon. Der General ließ das diskret durchblicken. Nurgai biß die Zähne aufeinander bei dem Gedanken, daß es doch eine undichte Stelle in dieser bisher nicht existenten Stadt gegeben hatte und noch gab. Unter den sorgsam ausgesuchten und immer wieder kontrollierten Mitarbeitern gab es also einen Maulwurf, dem es gelungen war, Geheimmaterial hinauszuschaffen. Er beschloß, diese Erkenntnis nicht nach Moskau weiterzugeben. Wer legt schon freiwillig seinen Kopf in die Schlinge? Einen schlafenden Hund soll man nie aufschrecken. Denn wachte Moskau auf, war der Schuldige allein Nurgai. Er war verantwortlich für alles, was im Forschungszentrum Kirenskija geschah.
Auch Professor Frantzenow wurde kurz vorgestellt. Widerwillig drückte er die Hände der amerikanischen Offiziere, aber er blieb zurückhaltend und gab auf gezielte Fragen nur allgemeine, nichtige Antworten.
Der junge Captain blieb, als die Delegation weiterging, ne-

ben Frantzenow stehen, blätterte wieder in seinen Papieren, sah den Forscher durchdringend an und sagte dann in einem perfekten, akzentlosen Russisch:
»Kann ich Sie später sprechen, Herr Professor?«
Frantzenow spürte, wie eine große innere Spannung in ihm aufstieg. Nurgai hat richtig vorausgesehen ... jetzt kommen die Angebote. Du wirst dich wundern, mein Junge. Ein Russe wie ich ist nicht käuflich. Bei euch mag der Dollar eine eigene Gottheit sein, mich interessiert er nicht.
»Das ist möglich«, sagte er kühl.
»Und wo?«
»In meiner Wohnung. Straße Nummer 12. Es wird für Sie nicht schwer sein, sie zu finden. Sie sprechen ja ein fabelhaftes Russisch.«
»Meine Mutter ist Russin. In Leningrad, Pardon, es heißt ja jetzt wieder St. Petersburg, geboren. Mein Vater war dort Vizekonsul. Damals mußte meine Mutter drei Jahre warten, bis sie ausreisen und heiraten durfte. Ihr gesamtes Vermögen wurde dabei beschlagnahmt, die Bahnhofswache des KGB nahm ihr den ganzen Schmuck ab.«
»Ja ... damals ...« Frantzenow blickte an dem jungen Captain vorbei. »Das war, wenn ich Ihr Alter schätze, unter Breschnew-Zeiten.«
»Sie schätzen gut, Herr Professor.« Der Captain sah Frantzenow wieder forschend an. »Wann ist es Ihnen recht?«
»Was?«
»Unser Gespräch.«
»Heute abend um acht?«
»Ich werde pünktlich sein.« Er zögerte und schämte sich sichtlich, aber er mußte es fragen. »Werde ich keine Schwierigkeiten haben, zu Ihnen zu kommen?«
»Jetzt nicht mehr. Noch vorgestern hätte man Sie ohne Schild mit Foto und Kennziffer am Revers festgenommen und möglicherweise sogar erschossen. Wir hatten hier unsere eigenen Bräuche und Gesetze.«
»Das ist bekannt. Und Sie waren glücklich mit diesem Leben?«

»Ich bin es noch.« Frantzenow lächelte, aber es war ein kaltes, abweisendes Lächeln. »Mit wem spreche ich?«
»Oh! Verzeihung. Ich hatte es vergessen. Mein Name ist Tony Curlis. Captain Curlis.«
»Ich erwarte Sie also um zwanzig Uhr, Mr. Curlis.« Jetzt sprach Frantzenow in einem etwas hart klingenden Englisch. »Sie trinken doch Wein?«
»Ab und zu. Einen Whiskey haben Sie wohl nicht im Haus.«
»Nein.«
»Ich bringe einen mit. Einen echten Kentucky.« Curlis grüßte höflich. »Bis nachher, Herr Professor.«
Die Zeit bis zum Abend verbrachte Frantzenow in seiner Wohnung in tiefem Nachdenken darüber, was er Curlis entgegnen würde, wenn dieser ihm ein Angebot machte, in die USA zu kommen. Was mögen sie bieten? dachte er. 10 000 Dollar oder mehr im Monat? Ein Haus mit allem Komfort? Einen großen Wagen, in dem man saß wie in einem Polstersessel? 10 000 Dollar und ein Haus – das war zu wenig. Dafür bekommt man keinen Frantzenow. Ich bin gespannt, wie hoch sie gehen werden, wieviel ich ihnen wert bin. Wenn jemand die geheimsten Pläne kennt, bin ich es. Glaubt ihr wirklich, ich würde euch für Geld mein Rußland in euren Sack stecken? Euer Ausspruch: Alles ist käuflich, es kommt nur auf die Summe an, hat bei mir seine Grenzen. Was sind eure Millionen gegen meine Liebe zu Rußland? Ihr müßtet auch mein Herz kaufen. Und welcher Russe verkauft sein Herz?
Er trank zwei grusinische Kognaks, stellte dann das Stadtradio an und freute sich, daß man klassische Musik sendete. Er setzte sich in den Sessel, streckte die Beine von sich, rutschte etwas nach vorn und genoß die Musik.
Nach einer Weile rutschte er noch ein wenig mehr nach vorn und lag schon halb in seinem Sessel. Es waren lebensrettende Zentimeter. Im gleichen Augenblick, als das Orchester neu einsetzte, splitterte hinter ihm die Scheibe eines Fensters. Ein dumpfer Knall, wie ein Schuß aus einem

Schalldämpfer, übertönte die Musik, und ganz knapp über Frantzenows Kopf hinweg zischte eine Kugel und schlug in der Wand ein. Vor einer Sekunde noch hätte sie von hinten seinen Schädel durchschlagen.
Frantzenow ließ sich sofort auf den Boden fallen, rollte sich zur Seite, warf den Tisch mit der Kognakflasche um und suchte hinter der Tischplatte Schutz. In diesem Augenblick handelte er nicht überlegt, sondern instinktmäßig. Erst als er hinter der Holzplatte lag und auf den zweiten Schuß wartete, begann er wieder zu denken.
Ist die Platte dick genug, die Kugel aufzufangen? Und: Wer schießt auf mich? Warum will man mich umbringen, hier in Kirenskija, und: Ist es Sabotage oder ein Befehl? Liquidiert den Mann, der zuviel weiß! Was hat sich eigentlich geändert seit Stalin?
Bitterkeit stieg in ihm hoch. Er lag flach auf dem Boden, den Tisch über sich und wartete auf seinen Tod. Im Radio dröhnte die Musik.
Er blickte auf seine Uhr, in zehn Minuten kam Tony Curlis. Und plötzlich bekam er Angst. War für Curlis der zweite Schuß aufgehoben? Wußte jemand von Curlis' Auftrag und wollte verhindern, daß ein solches Gespräch zustande kam? Natürlich, es würde einen ungeheuren Skandal geben. Ein amerikanischer Offizier der Abrüstungsdelegation wird in einer bisher geheimgehaltenen russischen Atomstadt erschossen. Und mit ihm der Mann, der die Geheimnisse im Kopf mit sich trug. Einen Augenblick würde die Welt empört sein, aber nur einen Augenblick, dann ging der Alltag weiter.
Frantzenow kroch hinter seinem Tisch hervor, richtete ihn wieder auf, rückte die verschobenen Möbel zurecht, lief in die Küche, holte Handfeger und Schaufel und kehrte die Glassplitter zusammen.
Jetzt hätte er mich gut im Visier, dachte er. Schieß doch, du hinterhältiger Hund. Schieß! Wenn ihr mich liquidieren wollt, dann tut es doch. Ihr bekommt mich ja doch, früher oder später. Es hat keinen Sinn, vor euch davonzu-

laufen. Worauf wartet ihr? Ich war immer ein guter, patriotischer Russe. Warum zweifelt ihr an mir?
Aber der zweite Schuß blieb aus. Dafür klingelte es an der Wohnungstür.
Frantzenow trug die Schaufel mit den Glasscherben in die Küche, wischte sich die Hände an einem Handtuch ab und öffnete die Tür. Captain Curlis stand davor, mit einem jungenhaften Lächeln und einer Flasche Kentucky-Whiskey in der Hand. Er streckte sie vor, als überreiche er Blumen.
Frantzenow ließ ihn eintreten und führte ihn ins Wohnzimmer. Im Radio spielten sie den ersten Satz aus der *Pastorale* von Beethoven. »Ich stelle leiser«, sagte Frantzenow, und dann: »Haben Sie vor dem Haus jemanden gesehen?«
»Nein! Nicht mal einen Hund.«
»Hier gibt es keine Hunde.«
»Eine Geisterstadt.«
»Ein Fremder kann sie so nennen. Für uns ist sie – war sie – eine Stadt des Geistes.«
»Trotzdem, es ist eine Geisterstadt. Ich sage das bewußt.«
Curlis setzte sich in den Sessel, in dem Frantzenow gerade sein Leben durch eine kleine Bewegung gerettet hatte, und wartete, bis sein Gastgeber den grusinischen Rotwein entkorkt und zwei Gläser eingeschenkt hatte. Sie prosteten sich zu, ohne Trinkspruch, wie es sonst bei Russen üblich ist, denn der improvisierte Trinkspruch zeigt jedesmal, in welcher inneren Verfassung der Prostende sich befindet. Es ist deshalb wichtig, bei russischen Trinksprüchen genau hinzuhören.
»Warum wollten Sie mich sprechen, Mr. Curlis?« begann Frantzenow das Gespräch.
»Ich wollte Ihnen gratulieren.«
»Wozu?«
»Nicht zu Ihren Erfolgen, da haben Sie Ehrungen genug erfahren. Ich freue mich einfach, daß Sie leben.«
Frantzenow kniff die Augen zusammen und starrte Curlis

an. Hatte er draußen das Attentat miterlebt? War er Zeuge des geplanten Mordes geworden? Warten wir ab, was er weiter sagt.

»Ich freue mich auch«, antwortete er nichtssagend.

»Vorhin sagte ich, Kirenskija sei eine Geisterstadt für mich.« Curlis nahm einen neuen Schluck des köstlichen Rotweins, der im Gaumen einen leichten Geschmack nach Brombeeren hinterließ. »Ich muß hinzufügen: Ein Geist davon sind Sie.«

»Ich fasse das als eine Art Kompliment auf, auch wenn ich es nicht verstehe. Erklären Sie bitte, was Sie meinen.«

Curlis nickte. Im Plauderton sagte er: »In den Akten des CIA ... Sie wissen, was der CIA ist?«

»Der amerikanische Geheimdienst.« Frantzenow beugte sich etwas vor. Jetzt wurde es interessant.

»Also, in den Akten des CIA, die man uns zur Verfügung gestellt hat, sind Fotos eines feierlichen Begräbnisses in Moskau. Damals brachten die Fernsehstationen einen kurzen Bericht über den Toten. Der CIA glaubte nicht – ich weiß nicht, warum – an den Herztod des berühmten Mannes. Man vermutete, daß nicht die Leiche in dem Sarg lag, sondern 76 Kilo Steine, das Gewicht des angeblich Toten. Aber es gab keine Spur, der man nachforschen konnte. Jahrelang nicht. Bis vor vier Tagen. Da gelang es einem Agenten des CIA endlich, einen Totengräber durch ein Bündel Dollarscheine zu überzeugen, daß die Öffnung eines längst vergessenen Grabes keine Schande sei. In der Nacht grub man den schon eingefallenen Sarg aus. Und es stimmte: Es lagen Steine darin. Schöne, blanke Steine aus der Moskwa. Der Tote lebte also noch.«

»Das klingt wie ein amerikanischer Krimi.« Frantzenow lachte ahnungslos. »Und warum erzählen Sie mir dieses Drehbuch?«

»Wir haben den toten Lebenden gefunden ... nach neun Jahren Suche. Möchten Sie seinen Namen wissen?«

»Bei so einem Krimi bin ich gespannt darauf.«

»Der für tot erklärte und öffentlich begrabene, internatio-

nal bekannte Wissenschaftler heißt Andrej Valentinowitsch Frantzenow.«
Schweigen. Tiefes, erdrückendes Schweigen. Im Gesicht des Forschers zuckte kein Muskel. Es war unglaublich, wie stark er sich selbst beherrschen konnte. Nur seine Augen hatten plötzlich einen anderen Ausdruck bekommen – sie starrten fassungslos ins Leere.
»Das ... das ist doch ein ganz dummes Märchen, Mr. Curlis«, sagte er endlich.
»Ich werde es Ihnen morgen mit den Berichten des CIA beweisen, Herr Professor.«
»Ich bin tot?«
»Ja, seit neun Jahren für die übrige Welt gestorben. Und Sie wären es noch, wenn mir nicht gerade Ihr Name im Gedächtnis geblieben wäre. Als man Sie gestern vorstellte – sicherlich ein Fehler Ihres Chefs Nurgai –, läuteten bei mir die Alarmglocken. Es war so einfach wie eins und eins zwei ist. Man holt Sie nach Kirenskija, und deshalb mußten Sie für die Umwelt sterben.« Curlis beugte sich vor. »Sie haben wirklich nichts davon gewußt?«
»Nein.« Frantzenow holte tief Atem. »Aber man wird sich bemühen, meinen Tod in der Realität nachzuholen.«
Jetzt haben wir die Erklärung für die letzte Stunde, dachte er voll Bitterkeit. Der KGB ahnt, daß man mich nun doch entdeckt hat, und muß jetzt seinen Toten haben. Seit neun Jahren bin ich tot. Rußland, mein Rußland, was hast du mit mir getan?
Curlis schwieg und sah Frantzenow abwartend an. Was geht jetzt in ihm vor, dachte er. Ein Mann erfährt, daß er seit neun Jahren tot ist, daß er prunkvoll begraben wurde mit allen Ehren, die einem großen Sohn Rußlands gebühren. Und alles war nur ein Theaterbegräbnis gewesen, um ihn in einer unbekannten Stadt an der Perfektionierung einer Atombombe arbeiten zu lassen. ›Blicken Sie sprachlos gegen die Wand, Sir. So etwas muß man erst verkraften.‹
»Und weiter?« fragte Frantzenow mit dumpfer, aber fester

Stimme. Er griff zum Wein und trank das Glas aus wie ein Verdurstender, in einem Zug.
»Weiter nichts, Herr Professor.«
»Das ist alles, was Sie mir zu sagen haben?«
»Genügt das nicht?«
»Nein.« Frantzenow goß sich neuen Wein ein. »Ich möchte mehr über mich wissen. Ihr Amerikaner kennt mein Leben besser als ich. Was hat Ihr CIA noch weiter über mich gesammelt?«
»Es wird von einem neuen Raketentreibstoff gemunkelt, für den es keine Entfernungen mehr gibt. Er könnte aus dem fernsten Sibirien problemlos eine Atomrakete nach New York bringen und punktgenau treffen durch ein neues elektronisches Zielsuchgerät.«
»Das stimmt«, sagte Frantzenow nüchtern.
»Auch dieses Superding soll Ihre Handschrift tragen.«
»Auch das stimmt. Ich bin an der Forschung beteiligt.«
»Und deshalb mußten Sie sterben.«
»Deshalb werde ich sterben. Welche Konsequenzen zieht Amerika daraus?«
»Dafür bin ich nicht zuständig.« Curlis lächelte breit. »Ich bin nur ein kleiner Captain ... im Dienste des CIA. Aber die Entdeckung, daß Sie noch leben, wird mir den Major einbringen.«
»Gratuliere, Tony Curlis.« Frantzenow erhob sich abrupt. »Das war ein sehr aufschlußreiches Gespräch. Ich danke Ihnen. Nehmen Sie mir übel, wenn ich Sie jetzt verabschiede? Ich habe morgen einen anstrengenden Tag vor mir.«
»Natürlich nicht. Ich wünsche Ihnen eine gute Nacht, Sir.« Curlis sprach jetzt englisch. »Darf ich Ihnen den Whiskey als Erinnerung hierlassen?«
»Ich werde ihn schluckweise genießen.«
Nach einem freundlichen Händeschütteln schloß Frantzenow hinter Curlis die Tür. Es hatte seine letzte Kraft verbraucht, so ruhig und überlegen zu tun. Jetzt löste sich alles von ihm, so wie ein Krampf nachläßt und eine unkontrol-

lierbare Schwäche folgt. Mit schleppenden Schritten ging er zurück ins Zimmer, warf sich in den Sessel und schlug beide Hände vor das Gesicht.
Ich bin tot ... tot ... tot ... Eine Leiche hat für Rußland einen neuen Treibstoff für Atomraketen entwickelt. Jede Rakete ein eigenes, kleines Atomkraftwerk. Das war meine Idee. Die Idee eines mit allen Ehren Begrabenen. Weiß Nurgai von meinem offiziellen Tod? Weiß er etwa auch von dem Anschlag vor zwei Stunden? In welches tödliche Spiel haben sie mich hineingezogen? Sollte ich tot bleiben bis an mein Lebensende oder bis zur Liquidation? Es ist ja so einfach, mich umzubringen, denn mich gibt es ja nicht mehr. Man kann nur einmal sterben ... und ich bin schon tot.
Bis gegen Morgen saß er in seinem Sessel, und sein Herz zerbrach, seine Seele versteinerte, sein Ich, das einundfünfzig Jahre lang ein russischer Mensch gewesen war, veränderte sich. Erst als es über der Steppe dämmerte und der Himmel mit goldenen Flecken übersät war, ein Himmel, der nirgendwo auf der Welt so ergreifend ist wie in Kasachstan, erhob sich Frantzenow, ging zu der Ehrenurkunde, die ihn zum Mitglied der Akademie ernannte, riß sie von der Wand und zertrat sie mitsamt Rahmen und Glas. Dann ging er zum Fenster, steckte den Kopf durch die zerschossene Scheibe und schrie in den frühen Morgen hinaus:
»Holt mich doch! Liquidiert mich! Wo bleibt der Genickschuß? Ich bin bereit. Macht endlich Schluß mit einem Toten!«
Später schlief er zwei Stunden auf dem Sofa, duschte sich kalt, zog seinen besten Anzug an und steckte eine kleine, aufklappbare Reise-Ikone aus getriebenem Messing und eine kleine runde Kerze, von einem dünnen Metallmantel umgeben, in die Tasche.
Er blickte auf die Wanduhr.
Acht Uhr früh.
Jetzt ist er aufgestanden und bereitet sich auf das Früh-

stück mit den amerikanischen Offizieren vor. Ich wünsche dir keinen guten Appetit. Du wirst ihn nicht haben ...

Professor Nurgai war mehr als erstaunt, als um diese frühe Zeit Frantzenow an seiner Tür klingelte. Er öffnete noch im Bademantel und war dementsprechend nicht sehr freundlich.
»Andrej Valentinowitsch! Haben Sie eine so schlecht gehende Uhr? Ich lasse Ihnen sofort aus dem Magazin eine neue bringen. Wissen Sie, wie spät – oder früh – es wirklich ist?«
»Ich weiß es, Kusma Borisowitsch. Ich muß Sie sprechen.«
»Um diese Zeit?«
»Ja, bevor Sie mit den Amerikanern am Frühstückstisch sitzen. Dann habe ich keine Gelegenheit mehr dazu.«
»Ist es so wichtig?« Nurgais Kopf schoß vor. »Hat man Ihnen schon ein Angebot gemacht? Ist es das? Kommen Sie rein. Erlauben Sie, daß ich im Bademantel bleibe?«
Frantzenow ging in das Wohnzimmer voraus. Nurgai zog den Gürtel enger und setzte sich an den Tisch. Frantzenow blieb stehen. Er sah sich um, erkannte, daß der Tisch am besten Platz bot, holte die Reise-Ikone aus der Tasche und klappte sie auf der Tischplatte auf. Dann holte er die Kerze hervor, zündete sie an und stellte sie vor die Ikone. Nurgai riß fassungslos die Augen auf und starrte dann Frantzenow an.
»Was soll das, Andrej Valentinowitsch?« fragte er und schnaufte tief auf. »Ist bei Ihnen etwas nicht in Ordnung? Wie kommen Sie dazu –«
»Wir sollten gemeinsam ein Gebet für einen Toten sprechen, Kusma Borisowitsch. Mehr nicht.«
»Sind Sie übergeschnappt? Ein Gebet? Ich? Für einen Toten? Packen Sie doch den Kram wieder zusammen!«
»Vor neun Jahren starb und wurde mit allen Ehren in Moskau begraben Professor Andrej Valentinowitsch Frantzenow. Was man nicht wußte: In dem Sarg lagen 76 Kilogramm Flußsteine. Beten wir für die Flußsteine.«

Nurgai atmete schwer, beugte sich dann über den Tisch und blies die kleine Kerze aus. Die Ikone klappte er nicht zusammen, er ließ sie stehen.
»Was soll dieses Theater, jetzt, nach neun Jahren«, sagte er hart.
»Sie haben es also gewußt, Nurgai?«
»Es war die einzige Möglichkeit, Sie ohne Aufsehen verschwinden zu lassen. Einem Sarg und einem prunkvollen Begräbnis mit vielen guten Reden glaubt man immer. Nur so kamen Sie zu der Ehre, in Kirenskija zu arbeiten.«
»Ehre, sagen Sie? Ehre! Sind alle Kollegen hier in der Stadt Tote?«
»Nein. Nur Sie. Sie waren eine internationale Berühmtheit, die sich nicht einfach in Luft auflösen kann. Wir waren gezwungen, die Welt zu täuschen.«
»Ohne mich zu fragen –«
»War das nötig?«
»Und meine Menschenrechte? Wie heißt es im Lied, das sich die *Internationale* nennt: ... *die Internationale erkämpft das Menschenrecht* ... Das war für uns alle wie ein zweites Vaterunser. Wir haben es mit glühendem Herzen gesungen und daran geglaubt. *Völker, hört die Signale, auf zum letzten Gefecht* –«
»Ihr Tod war *Ihr* letztes Gefecht«, sagte Nurgai ironisch. »Sie haben Ihrem Vaterland damit gedient. Sie sind ein Prachtexemplar von einem Russen.«
»Sie haben mich vom Leben abgeschnitten. Ich habe eine Schwester, die mir immer nach Moskau geschrieben hat. Plötzlich hörten die Briefe auf. Ich dachte, mein Schwager hätte es verboten, jetzt weiß ich, daß sie immer und immer wieder geschrieben hat. Wo sind die Briefe?«
»Sie wissen: Nach Kirenskija kommt keine Privatpost. Wie kann in einer Stadt Post ankommen, die es nicht gibt?«
Nurgai zog die Augenbrauen zusammen und sah Frantzenow geradezu böse an. »Sie scheinen bis heute, neun Jahre lang, nicht begriffen zu haben, wo Sie sich befinden! Sie zitieren die *Internationale*. Machen Sie sich doch nicht

lächerlich, Andrej Valentinowitsch! Es ist ein Lied für die Massen, aber kein Programm! *Unser* Programm ist es, in der Atomforschung führend zu sein, da haben persönliche Interessen keinen Platz mehr.«

Frantzenow drehte die Reise-Ikone zu sich herum. Es war, als spräche er jetzt mit den Heiligen, die in das Mittelstück geprägt waren.

»Vor elf Jahren lernte ich eine Frau, Raïssa Petrowna, kennen und lieben. Wir wollten heiraten. Dann wurde ich plötzlich nach Kirenskija gebracht, so schnell, daß ich ihr nur noch einen Brief schreiben konnte. Seitdem habe ich nichts mehr von ihr gehört. Ich habe geglaubt, daß sie meine Versetzung als Flucht ansah ... ich habe ihr mindestens zwanzig erklärende Briefe geschrieben. Jetzt weiß ich, daß kein Brief sie erreicht hat.«

»So ist es.«

»Hat sie meinen Abschiedsbrief bekommen, den ich in Moskau hinterlassen habe?«

»Natürlich nicht. Aber Raïssa Petrowna war bei Ihrem Begräbnis dabei ... und Tote schreiben keine Briefe. Ich nehme an, sie pflegt jetzt Ihr Grab.«

»Sie sind das schmutzigste Schwein, das ich kenne, Nurgai!«

»Beschimpfen Sie mich nur ... ich habe eine Haut wie Wachstuch. Es tropft alles ab. Denken Sie, Sie wären der einzige, der Opfer gebracht hat, um in Kirenskija zu arbeiten? Ich habe mich – angeblich war ich in Perm – von meiner Frau scheiden lassen müssen und habe drei prächtige Kinder verlassen. Was aus ihnen geworden ist, weiß ich nicht. Man hat in Moskau versprochen, für sie zu sorgen. Ich bin für die Öffentlichkeit verschwunden, aber das kümmert keinen. Bei Ihnen und Ihrem Ruf war das anders. Ich wiederhole mich: Wir *mußten* Sie sterben lassen. Für Rußland. Sie galten immer als guter Russe, aber ich sehe, daß der Deutsche doch tiefer in Ihnen sitzt.«

»Ich hätte es nie geglaubt, Kusma Borisowitsch.« Frantzenow klappte die Reise-Ikone zusammen und steckte sie

wieder in seine Rocktasche. »Aber Sie und das, was man mit mir gemacht hat, wecken in mir den Drang, mich mit meinen Ahnen zu befassen. Geht jetzt Post ab von Kirenskija?«
»Wenn schon die Amerikaner hier herummarschieren, sind wir kein Geheimnis mehr.« Nurgai erhob sich und rafft seinen Bademantel zusammen. »Woher wissen Sie überhaupt, daß Sie tot und begraben sind?«
»Von Captain Tony Curlis.«
»Interessant! Und woher weiß er das?«
»Aus den Akten des CIA.«
»Das heißt, die Amerikaner haben nie geglaubt, daß Sie gestorben sind.« Nurgai hob warnend die Hand. »Andrej Valentinowitsch, ich warne Sie. Nehmen Sie kein Angebot der USA an.«
»Aber Sie warten darauf, daß man Sie in den Westen holt.«
»Ich bin nicht wichtig für Rußland ... aber Sie! Man wird Sie nie freigeben, eher wird man Sie liquidieren.«
»Den ersten Versuch habe ich gestern abend erlebt.«
»Was soll das heißen?«
»Auf mich ist geschossen worden. Durch das Fenster. Nur Zentimeter fehlten für einen Kopfschuß.«
»Das ... das gibt es doch nicht.« Nurgai war ehrlich entsetzt. Er weiß es also nicht, dachte Frantzenow. Wer hat hier in der Stadt den Auftrag, mich zu töten? Der KGB? Traut man mir zu, daß ich Rußland heimlich verlasse, daß ich verrate, was ich weiß? Bin ich ein Unsicherheitsfaktor, weil ich für sie immer ein Rußlanddeutscher geblieben bin? Ich habe mein ganzes Können an Rußland gegeben – ist das der Dank dafür? Er sah Nurgai an, der sich nur schwer von seinem Entsetzen erholte.
»Sie können die Kugel in der Wand meines Zimmers besichtigen«, sagte Frantzenow voll Bitterkeit. »Rußlands Dank für meine Arbeit.«
»Außer dem Bewachungsbataillon ist niemand hier, der eine Waffe trägt.«

»Woher wollen Sie das wissen?«
»Alle hier Beschäftigten hatten nie Gelegenheit, sich eine Waffe zu besorgen. Woher auch?«
»Die Versorgungsflugzeuge. Es ist doch so einfach, in einer Kiste mit Milchpulver oder Nudeln eine Pistole oder ein zusammenlegbares Gewehr zu transportieren. Wird denn jede Kiste, jeder Karton, jeder Sack einzeln kontrolliert?«
»Im Magazin, ja ...«
»Sofort?«
»Es wird zunächst nur kontrolliert, ob die Menge mit dem Lieferschein übereinstimmt. Sie glauben nicht, was da alles passiert. Ganze Schweinehälften verschwinden spurlos ...«
»Man hat also Zeit genug, eine eingeschleuste Waffe herauszunehmen.«
»Theoretisch ja.«
»Und praktisch auch. Ich habe nur überlebt, weil ich beim Musikhören im Sessel nach vorn rutschte.«
»Wozu Musik alles gut ist«, sagte Nurgai voll Sarkasmus. »Jetzt läßt sie sogar eine russische Kugel vorbeisausen.« Er blickte auf die Uhr an der Wand, die neben einem Bild Lenins hing. In einer halben Stunde begann das Frühstück mit der amerikanischen Delegation. »Wollten Sie mich nur deswegen sprechen, Andrej Valentinowitsch?«
»*Nur?*« fragte Frantzenow gedehnt. »Was halten denn Sie für wichtig?«
»Die Zukunft. Alles, was Sie mir jetzt gesagt haben, war Vergangenheit. Das haben wir durchgestanden. Wissen wir aber, was in nächster Zeit sein wird? Was man mit uns an Plänen verwirklichen will? Wohin wir kommen? Wie wir unser Leben weiterführen? Geht diese Abrüstung so weiter, werden die Versuchsreihen eingestellt, gibt es keine neuen atomaren Waffensysteme mehr ... wohin mit einer großen Anzahl von Atomwissenschaftlern? Daran denke ich, an das Morgen, nicht an das Gestern. *Sie* brauchen sich keine Sorgen zu machen, für Sie denkt Moskau.«
»Mit der Waffe. Das zweitemal schießt man nicht daneben. Nurgai, ich fühle mich bedroht.«

»Ich kann Ihnen nicht helfen. Wie soll ich Ihnen helfen? Vielleicht war es ein Versehen? Wenn der Schuß nun Ihrem Besuch, diesem Tony Curlis galt?«
»Curlis war noch nicht da. Er kam zehn Minuten später.«
»Eine Warnung war's. Das ist die Erklärung. Jemand wollte Sie warnen, dem Amerikaner Geheimnisse anzuvertrauen.«
»Durch einen gezielten Schuß in meinen Hinterkopf? Nein, es war ein geplanter Mord!«
»Und was wollen Sie nun tun?«
»Ich werde zuerst einen Brief an meine Schwester Erna schreiben. Ich werde ihr erklären, warum sie neun Jahre lang von mir nichts gehört hat. Und dann nehme ich Urlaub und fahre zu ihr.«
»Eine rührende Familienzusammenführung. Hinein in die deutsche Gemeinschaft.«
»Ich bin Russe, Kusma Borisowitsch!«
»Wie lange noch? Aber glauben Sie nicht, daß das Angebot der Umsiedlung auch für Sie gilt –«
»Warum nicht auch für mich?« Frantzenow, schon auf dem Weg zur Tür, blieb ruckartig stehen und drehte sich wieder um. »Bin ich etwa kein Deutscher?«
»Das will ich nicht beurteilen.« Nurgai steckte die Hände in die Taschen seines Bademantels. »Für mich sind Sie ausschließlich Atomwissenschaftler. Und kein gewöhnlicher. Sie kennen alle unsere Geheimnisse. Sie sind ein Sicherheitsrisiko und – Sie sind ein Toter. Deswegen brauchen Sie sich an den Überlegungen Ihrer Landsleute gar nicht erst zu beteiligen.« Nurgai lachte kurz, aber gehässig auf. »Wahrscheinlich wissen Sie es nicht. Jetzt spaltet ein großer Streit Ihre Landsleute: Wohin? Bleiben, an die Wolga oder in die Bundesrepublik. Ihre Nationalhymne *Einigkeit und Recht und Freiheit* ... wird zur Frage. Die Einigkeit ist schon weg! Und Recht? Ihre deutschen Behörden sitzen da mit roten Köpfen und winden sich wie ein Wurm. Aber keiner spricht die Wahrheit aus: Bleibt da, wo ihr seid. Oder geht an die Wolga. Wir wissen ja nicht, wohin mit euch.«
»Ich danke Ihnen, Nurgai ...«

»Wofür?«
»Für diese Aufklärung. Wollen etwa viele nach Deutschland auswandern?«
»Man rechnet mit Hunderttausenden. Vor der deutschen Botschaft in Moskau stehen die Antragsteller Schlange, in Alma-Ata ebenso. Überall, wo eine deutsche Behörde ist. Nur weg aus Rußland. Ich möchte wissen, warum.«
»Vielleicht, weil es dort Menschen gibt wie Sie, Kusma Borisowitsch ...«
Frantzenow verließ die Wohnung Nurgais und kehrte in seine Wohnung zurück. Die Eingangstür stand offen, sie war aufgebrochen worden. Aber die Zimmer waren in Ordnung, nichts war durchwühlt, nichts gestohlen. Nur ein großer Zettel lag auf dem Wohnzimmertisch.

ICH WARNE DICH, ANDREJ VALENTINOWITSCH!

Frantzenow zerknüllte den Zettel in seiner Faust und warf ihn dann gegen die Wand, unterhalb des Einschusses. Ein unbändiger Trotz, den er bisher nie gekannt hatte, ergriff ihn. Er holte Papier und Kugelschreiber, setzte sich an den Tisch und schrieb mit seiner steilen Schrift:
»Meine liebe Schwester Erna –«
Er schrieb deutsch ... zum erstenmal seit neun Jahren. Sein letzter Brief hatte geendet: »Wenn Dein Mann nicht will, daß Du mir schreibst, dann behalte mich in guter Erinnerung. Ich werde immer für Dich da sein. Dein Bruder Andrej.«
Jetzt wußte er es besser, und er begann seinen Brief:
» ... ich lebe noch, auch wenn ich neun Jahre lang für Dich und alle Welt tot war. Ich muß Dich um Verzeihung bitten. Aber glaube mir, meine erste Tat nach meiner Wiedergeburt ist dieser Brief an Dich.«
Und er merkte gar nicht, wie weit er sich mit diesem Schreiben von dem früheren Frantzenow entfernte und wieder ein Andreas Frantzen wurde.

III. TEIL

Die verschlüsselte Expreß-Nachricht des CIA, die auf Egon Kallmeiers Schreibtisch im BND landete, alarmierte ihn, als habe er einen Hinweis bekommen, der Kanzler solle ermordet werden. Er ließ sich sofort beim »Chef« melden und wanderte im Vorzimmer ungeduldig hin und her, bis er vorgelassen wurde.
»Jetzt wird das Bild klarer«, sagte er erregt und legte den CIA-Text auf den Tisch. »Da ist eine riesige Schweinerei im Gange.«
»Wovon reden Sie, Herr Kallmeier?« fragte der Präsident. Im Augenblick verstand er dessen Erregung nicht.
»Von dem ›Fall Köllner‹.«
»Dem flüchtigen Spion im Auswärtigen Amt?«
»Sie erinnern sich: Köllner hatte einen Onkel in Moskau, einen Bruder seiner Mutter. Ein international bekannter Atomwissenschaftler. Ein Genie auf seinem Gebiet. Vor neun Jahren starb er plötzlich an einem Infarkt. Seine Beerdigung war fast ein Staatsbegräbnis. Jetzt gelang es einem Agenten des CIA, das Grab zu öffnen. In dem Sarg lagen Steine ...«
Der Präsident des BND lehnte sich in seinem Schreibtischsessel zurück und nickte mehrmals. »Jetzt fehlt uns ein James Bond«, meinte er sarkastisch.
»Es kommt noch toller.« Kallmeier holte tief Luft. »Der angeblich tote Professor Frantzenow taucht plötzlich wie-

der auf, in einer Forschungsstadt im Südosten Kasachstans, die Kirenskija heißen soll. Ein Offizier des CIA hat mit ihm gesprochen. Daraus können wir einwandfrei konstruieren: Ist Köllner auf der Flucht zu seinem Onkel und taucht bei ihm auf, hat Köllner über all die Jahre hinweg Kontakt mit Frantzenow gehabt. Er hat seinem Onkel die wichtigsten Nachrichten zukommen lassen.«
»Ich denke, sein Agentenführer ist der Mann mit dem Decknamen Ludwig?«
»Für den Alltagskram. Die dicken Dinger müssen über Frantzenow gelaufen sein.«
»Von Bonn über Kasachstan nach Moskau? Ein riesiger Umweg.«
»Es scheint so, als habe Frantzenow seine Kontaktstelle in Moskau nie aufgegeben. Jetzt müssen wir nur noch recherchieren, welche Rolle die Schwester in dem Familienkomplott spielt, diese Erna Weberowsky in Nowo Grodnow. Auch und schon wieder Kasachstan! Wie war der Kontakt zwischen ihr und Köllner? Haben Bruder und Schwester zusammengearbeitet? Enthielten Köllners Briefe an seine Tante verschlüsselte Meldungen aus dem Auswärtigen Amt? War hier ein Nachrichtenring aufgebaut worden? Niemand hat doch die Briefe kontrolliert, wenn ein Bürger der BRD an seine Tante nach Rußland schreibt. So einfach kann bei uns Spionage betrieben werden! Wir observieren jahrelang tote Briefkästen und Agentenführer ... und die Bundespost befördert unterdessen ein Staatsgeheimnis nach dem anderen.«
»Es gibt keine gesetzliche Handhabe, Briefe nach Rußland zu kontrollieren. Sie sind unantastbare Privatsphäre. Unser Grundgesetz, Kallmeier. Und eine Ausnahmegenehmigung? Zu spät. Köllner ist auf dem Weg nach Moskau. Das ist mir jetzt klar.« Der Präsident beugte sich etwas vor. »Wie gehen Sie weiter vor, Herr Kallmeier?«
»Wir werden uns jetzt intensiv um Professor Frantzenow und vor allem um diese Erna Weberowsky kümmern.« Kallmeier atmete wieder tief durch. »Ein Idealfall wäre es,

wenn sich die Weberowskys für eine Übersiedlung nach Deutschland melden.«
»Wenn Ihr Verdacht greift ... so dumm werden sie nicht sein.«
»Es ist alles möglich, Herr Präsident.« Kallmeier nahm die CIA-Meldung wieder an sich. »Möglich ist sogar, daß der Ehemann von der Tätigkeit seiner Frau nichts weiß.«

Im Kulturzentrum von Ust-Kamenogorsk saß Weberowsky dem Sprecher der Rußlanddeutschen, Ewald Konstantinowitsch Bergerow, gegenüber. Er war nicht der einzige, der den weiten Weg auf sich genommen hatte, um Klarheit zu bekommen. Man wußte nur, daß alles nicht so einfach war, wie es sich anhörte. Man konnte sich nicht in ein Flugzeug oder einen Zug setzen, eine Fahrkarte nach Deutschland lösen und losfahren. So, wie ein Deutscher von Hamburg nach München fahren kann. Man mußte erst beweisen, daß man überhaupt ein Deutscher und nicht in den vergangenen zweihundert Jahren zu einem Russen geworden war. Um diesen Beweis zu erbringen, hatte man in Bonn mit deutscher Beamtengründlichkeit einen Fragebogen erstellt, der vierundfünfzig Seiten umfaßte und Fragen stellte, die von den meisten der Rußlanddeutschen nicht beantwortet werden konnten. Dieser »Antrag auf Aufnahme als Aussiedler«, wie er amtlich hieß, zeigte sich voller Fallen, und wer in eine von ihnen hineintappte, bekam seinen Antrag zur »Vervollständigung« zurück und mußte sich hinten wieder anstellen.
Es war schwer, so etwas den Menschen zu erklären, die nichts als in die Heimat ihrer Urväter zurückwollten. Bergerow hatte sich die Mühe auf den Hals geladen, den Hoffenden die bittere Wahrheit zu verkaufen: Für die Deutschen müßt ihr erst beweisen, daß ihr Deutsche seid.
Bergerow hatte sich eine Methode ausgedacht, wie man seine Landsleute aufklären könnte. Nicht jeden einzeln, das überstieg seine Zeit. Er hielt zweimal pro Woche eine

Versammlung ab, in der er mit einem langen Vortrag alle Probleme anpackte und dann eine Diskussion anbot. Das war immer der kritischste Teil des Abends. Was er hier zu hören bekam, sollten doch einmal die Bonner Politiker und die Landesbehörden zu Ohren bekommen. Vor allem die deutschen Bundesländer gaben sich zugeknöpft. Wohin mit den Brüdern aus dem Fernen Osten? Von Hunderttausenden, vielleicht sogar von einer Million war neuerdings die Rede, wenn man den Zahlen der Allunionsgesellschaft »Wiedergeburt« glauben konnte. Deutschland ist dicht. Allein fünf Millionen Ausländer leben hier, täglich kommen Hunderte von Asylbewerbern in die Sammellager, in einem Monat bis zu 20 000. Und nun wollen auch noch die Rußlanddeutschen hinein, wollen Wohnung, Arbeit, Sozialleistungen. Woher nehmen, wenn die Kassen leer sind und der Wohnraum ausgeschöpft ist? Sollen auf jedem noch freien Platz der Städte und Gemeinden Container aufgestellt werden, in die man die Menschen hineinstopft und ihnen sagt: Ihr wolltet es ja nicht anders. Warum seid ihr nicht auf euren schmucken Höfen in Kasachstan geblieben? Warum wolltet ihr nicht zurück an die Wolga? Was hat euch nach Deutschland getrieben? Armut? Nein! Politischer Druck? Nein! Was also? Nur eins: Die große Hoffnung, in ein Paradies zu kommen.
Das alles wurde natürlich nicht ausgesprochen, aber es bestimmte die Handlungen bei der Bearbeitung der Anträge. Bergerow sah das alles, und er sagte es auch seinen Landsleuten mit dem Erfolg, daß man ihn in den Bonner Ministerien einen Aufhetzer, einen Agitator, einen Volksaufwiegler nannte.
Weberowsky hatte den langen Vortrag wortlos mit angehört. Während sich die anderen empörten, dazwischenschrien und im Sprechchor »Wir sind Deutsche! Wir sind Deutsche!« brüllten, was ja nur Bergerow und nicht die Politiker am Rhein hörten, wartete er ab, bis Bergerow erschöpft das Podium verließ und sich in sein Büro zurückzog. Er wäre nie zu ihm vorgedrungen, wenn er nicht sei-

ne Freundschaft mit Kiwrin betont hätte, der wiederum ein Freund von Bergerow war.
Nun saßen sie sich gegenüber, und Weberowsky sagte:
»Es stimmt also nicht, daß jede Familie einzeln zur Botschaft muß, um dort den Antrag auszufüllen?«
»Nein, es stimmt nicht. Du kannst den Antrag hier bei uns bekommen. Du füllst ihn aus, und wir schicken ihn nach Alma-Ata. Das deutsche Generalkonsulat wird ihn weiterreichen nach Moskau zur Botschaft, und die schickt die Anträge nach Köln, zum Bundesamt für die Anerkennung ausländischer Flüchtlinge. Dort werden die Anträge geprüft und kontrolliert, ob alle verlangten Nachweise auch vorhanden sind.«
»Und wie lange dauert das?«
»Wenn du Glück hast, wird dein Antrag in vier Monaten bewilligt. Aber das ist eine Ausnahme bei Härtefällen. Normal dauert das Verfahren ein Jahr ... es können auch zwei Jahre werden.«
»Das heißt –« Weberowsky starrte Bergerow fassungslos an.
»Ja, das heißt es.«
»Ich will als Deutscher nach Deutschland, und die machen drüben zwei Jahre lang die Tür zu?!«
»So kann man es nennen. Sie sind jetzt besonders gründlich, nachdem man mit den Asylbewerbern schlechte Erfahrungen gemacht hat.«
»Ich bin kein Asylant, ich bin ein Deutscher, der in seine Heimat will!« schrie Weberowsky. Sein bisheriges Bild von Deutschland begann fleckig zu werden. »Meine Vorfahren kommen aus dem Hessischen.«
»Das mußt du erst beweisen.«
»Wie denn? Es gibt doch keine Dokumente mehr! Es ist eine Überlieferung. Das einzige, was ich zeigen kann, ist eine Bibel, die mein Großvater uns schenkte. Da steht drin: Johannes Weberowsky, Grodnow an der Wolga. Ukraine.«
»Das kann jeder reinschreiben, das ist für die Beamten kein Beweis. Man will ja auch gar nicht die Jahrhunderte

zurück. Im Fragebogen steht, daß nachgewiesen werden muß, wo sich deine Familie von 1930 bis heute befunden hat. Nachweis aller Wohnorte durch die örtlichen Behörden. Da sind sich die Amtsstellen von Kasachstan, Rußland, Ukraine und natürlich Deutschland einig.«
»Das ist einfach. 1930 hatten wir einen Bauernhof in Grodnow. Mein Vater Anton hatte zehn Kühe im Stall.«
»Da hast du Glück, Wolfgang. Eine Bescheinigung des Bürgermeisters von Grodnow genügt.«
Weberowsky nickte schwer. »Wer soll sie ausstellen? Beim Vormarsch der deutschen 6. Armee auf Stalingrad ist Grodnow völlig zerstört worden. Man hat es nicht wieder aufgebaut. Ein Stahlkombinat steht auf dem Land. Unter dem Artilleriebeschuß sind damals alle Akten und Dokumente vernichtet worden.«
»Scheiße!«
»Du sagst es, Ewald.«
»Es kann also niemand bescheinigen, daß ihr 1930 in Grodnow an der Wolga gewohnt habt?«
»Wer? Es gibt Zeugen, unsre Nachbarn, die jetzt auch wieder unsere Nachbarn in Nowo Grodnow sind. Sie können beschwören ...«
»Und die euch wiederum auch als Zeugen brauchen.« Bergerow schüttelte den Kopf. »Das kann schiefgehen, Wolfgang. Man wird sagen: Da schwört einer für den anderen in schöner Eintracht, und so wandert der Eid reihum ...«
»Ich bin kein Betrüger!«
»Bei Unklarheiten solcher Art setzen die deutschen Behörden immer das Schlimmste voraus. Mißtrauen ist immer die erste Tür, die man eintreten muß, ehe man sich mit dir näher beschäftigt.
»Das heißt, mein Antrag würde wegen dieser Kleinigkeit nicht bewilligt?«
»Auf jeden Fall bedeutet es: Nachweis nicht erbracht. Und schon behinderst du den Ablauf des Verfahrens. Das hat kein Beamter gern.«

»Was muß ich sonst noch alles beweisen?« fragte Weberowsky mit mühsam beherrschter Stimme. Seine Brust schmerzte. Gleich platze ich, dachte er. Gott, gib mir Kraft, mich zu beherrschen.
»Lies es durch. Ich gebe dir den Fragebogen mit.« Bergerow zuckte mit den Schultern. »Ich kann nichts anderes machen als zu protestieren. Aber sie halten mich in Bonn sowieso für einen Querkopf. Wenn du von draußen kommst, vor allem aus Rußland, ist es eben schwer in Deutschland zu beweisen, daß du ein Deutscher bist. Und bist du in der alten Heimat, wirst du ein Mensch zweiter Klasse bleiben. Eine Generation mindestens wird es dauern, bis ihr integriert seid. Schon wenn du fragst: ›Uo ist Härr Krämmär‹, siehst du in den Augen der anderen: Aha, auch einer von drüben ...«
»Gib mir den Fragebogen, Ewald«, sagte Weberowsky hart und erhob sich. »Ich möchte dem gegenüberstehen, der mir ins Gesicht sagt: Sie haben fünf Fragen nicht beantworten können, Sie und Ihre Familie sind keine Deutschen.«
»Wolfgang, mach keine Dummheit!«
»Um diesen Satz zu hören, fliege ich nach Moskau und gebe meinen Antrag selbst bei der deutschen Botschaft ab. Weder die Zaren noch Lenin noch Stalin noch Breschnew haben einen Weberowsky in die Knie zwingen können ... und einem deutschen Beamten gelingt das schon gar nicht.«
»Sei nicht so sicher, Wolfgang. Ein Stempel ›Abgelehnt‹ läßt sich nicht mehr wegwischen.«
»Sagen wir es doch klar, Ewald: Deutschland will uns nicht.«
»Es weiß nicht, wohin mit euch.«
»Aber die Asylanten nimmt man auf!«
»Diese Frage mußt du den Politikern stellen. Ich weiß darauf keine Antwort.«
Nach vier Tagen fuhr Weberowsky zurück nach Karaganda und von dort aus nach Atbasar. Er blieb noch für einen

Tag in der Kreisstadt und besuchte am nächsten Morgen Kiwrin.
»Hast du den Fragebogen schon gelesen, den wir ausfüllen sollen, Michail Sergejewitsch?« rief er und warf ihm das dikke Formular auf den Schreibtisch. »Da lies! Benennen Sie Zeugen, daß bei Ihnen das deutsche Volkstum gepflegt wurde. Oder hier: Haben Sie durch Ihre deutsche Volkszugehörigkeit Nachteile erlitten? Was soll ich da schreiben? Man hat uns seit vierzig Jahren in Kasachstan angefeindet, aber es geht uns gut. Wir haben keine Sorgen. Ich bin befreundet mit dem Bezirkssekretär Kiwrin. Vereinzelt hat es im Land Flugblätter gegen uns gegeben, Schlägereien, Überfälle, ein Mord ... aber das sind alles Einzelfälle, menschliche Entgleisungen. Wieviel Morde gibt es jährlich in Deutschland? Fühlen sich dadurch achtzig Millionen bedroht? Wenn ich das schreibe, kann ich das Formular gleich wegwerfen. Und hier: Waren Sie Angehöriger der sowjetischen Armee? Ich nicht, aber mein Sohn Hermann, er wurde in Ehren entlassen, und die Sowjetrepublik bezahlte sein Ingenieurstudium. Wenn ich diese Frage wahrheitsgemäß beantworte, ist Hermann in den Augen der deutschen Beamten sofort ein Russe. Antrag abgelehnt! Und so geht es auf vierundfünfzig Seiten weiter. Falle nach Falle, und am Ende stehst du da als der Musterrusse, der unbedingt ein Deutscher sein will, um an die bundesdeutschen Schmalztöpfe zu kommen. Dieser Fragebogen ist eine einzige Frechheit.«
»Er ist ein geniales Beispiel, wie man ungebetene Gäste vor der Tür stehen läßt.« Kiwrin faltete den Fragebogen zusammen. »Du brauchst den Antrag ja nicht auszufüllen. Bleib hier ...«
»Ich will aber ausreisen!«
»Warum?«
»Das verstehst du nicht, Michail Sergejewitsch.«
»Du hast einen wundervollen Hof, herrliche Felder, vor Gesundheit strotzendes Vieh, du bist ein reicher Mann, du hast keine Feinde – die Beljakowa rechnen wir nicht, die hat einen Wurm im Hirn –, du bist überall gut angesehen, du hast eine

Frau, die dich Holzklotz über alles liebt, du hast drei prächtige Kinder. Himmel noch mal, was willst du denn noch mehr? Nicht Hessen, Kasachstan ist deine Heimat!«
»Michail Sergejewitsch ... sagen wir, du lebst in New York. Du hast es zu etwas gebracht, dir gehört ein Supermarkt. Du hast ein Stück Land in New Jersey, eine hübsche Frau, zwei Kinder, sogar eine Motoryacht kannst du dir leisten, machst jedes Jahr Urlaub auf den Bahamas oder auf Hawaii, fährst einen riesigen Wagen und spielst Golf im vornehmsten Club. Aber du bist Russe, ein Russe in New York. Was ist deine Heimat?«
»Das ist ein dämlicher Vergleich, Wolfgang Antonowitsch.« Kiwrin verzog das Gesicht, als habe man ihn gegen das Schienbein getreten. »Ich bin ein kleiner Bezirkssekretär und ...«
»In New York bist du ein Millionär.«
»Wenn ich das wäre, hätte ich das Geld, ab und zu Rußland zu besuchen.«
»Und warum besuchst du Rußland?«
»Weil es ... verdammt seist du, du hinterhältiger Hund ... weil es meine Heimat ist!« schrie Kiwrin.
»Verstehst du mich jetzt?«
»Du füllst den Antrag also aus?«
»Ja, und ich bringe ihn selbst nach Moskau.«
»Willst du die halbe deutsche Botschaft erschlagen?«
»Nein, ich will aus ihrem Mund nur hören, daß ich kein Deutscher bin, weil es mir in Kasachstan gutgeht, ich nicht jeden Tag ein Volkslied singe, meine Söhne eine sowjetische höhere Schule besucht haben und besser russisch sprechen als deutsch. Man soll mir sagen, daß ich kein Deutscher bin, weil mein Sohn eine russische Verlobte hat, ich nie das Messer eines Kasachen zwischen den Rippen hatte, mein anderer Sohn auf Kosten des Staates Medizin studieren soll und ich nur Freunde habe. Das soll man mir ins Gesicht sagen: Abgelehnt. Ihr Nachwuchs zeigt nichts von deutscher Brauchtumspflege.«
»So wird es kommen, Wolfgang Antonowitsch. Und du

änderst es nicht. An dieser Mauer wirst du dir den Kopf einrennen.«
»Das wollen wir sehen.«
»Versuch es erst gar nicht. Die Behörden sind stärker als du. Und gelingt es wirklich, sie zu überzeugen, dann werden sie dich drei Jahre zappeln lassen. Und dagegen kannst du gar nichts tun, bei den zahllosen Anträgen. Du kannst dem Staat kein Arbeitstempo vorschreiben.« Kiwrin schob Weberowsky das dicke Formular wieder zu. »Füll es aus oder nicht, aber laß mir meinen Frieden. Weißt du übrigens, daß Zirupa bei der Regierung in Alma-Ata Rubel beantragt hat, um deinen Hof zu kaufen?«
»Ehe er ihn bekommt, stecke ich ihn an!« schrie Weberowsky. Sein Lebenswerk in den Händen Zirupas! Das Haus, das Erna und er gebaut hatten, mit eigenen Händen. Er dachte daran, wie Erna das Dachholz gesägt hatte, wie sie Steine geschleppt, wie sie das erste Dach aus Reisern geflochten und wie sie stundenlang Sand gesiebt hatte und das alles ohne ein Wort der Klage. Und dieses Haus wollte Zirupa jetzt kaufen und der Sowchose »Bruderschaft« eingliedern?
»Abbrennen würde ich es nicht«, sagte Kiwrin. »Das kostet dich ein paar Jahre Gefängnis in Sibirien. Und dann hast du nichts mehr. Kein Haus und keinen Ausreiseantrag. Und enteignet wirst du auch, und Zirupa kassiert dein Land, ohne einen einzigen Rubel klingeln zu lassen. Was du alles in deinem Gehirn herumwälzt, mach Platz für einen guten Rat: Bleib hier.«
Weberowsky antwortete nicht, riß das Ausreiseformular an sich und stapfte hinaus. Draußen auf dem Vorplatz stieß er auf Zirupa, der sofort auf ihn zustürzte.
»Ich höre, du willst auch weg nach Deutschland? Ich habe aus Alma-Ata eine Vollmacht bekommen. Ich biete dir für deinen Hof 40 000 Rubel!«
Wortlos schob er den aufgeregten Zirupa einfach zur Seite, ging in die gegenüberliegende Wirtschaft und bestellte sich ein Bier.

Chinesisches Bier in Dosen. Die Grenze nach China war näher als jede sowjetische Brauerei. Er war ein gutes Bier, aus Mais gebraut.
Weberowsky setzte sich an einen Holztisch, der blank gescheuert war, goß das hellgelbe Bier in ein Wasserglas und trank.

Seit neun Tagen saß Weberowsky über dem dicken »Antrag auf Aufnahme als Aussiedler« und schüttelte immer wieder den Kopf. Fragen über Fragen, die er wahrheitsgemäß nicht beantworten konnte. Schließlich flüchtete er in die Ironie und schrieb unter »Pflege deutschen Volkstums«:
»Wir feiern jedes Weihnachten und Ostern. Ich bin der Weihnachtsmann, mein jüngster Sohn spielt den Osterhasen. Die Eier legen vierzehn Hennen von mir. Nach dem Eiersuchen singen wir alle gemeinsam ›Am Brunnen vor dem Tore ...‹ und freuen uns auf das Osterlammbrot, das meine Frau nach altem deutschen Rezept gebacken hat.«
»Das muß genügen!« sagte Weberowsky laut. »Das treibt einem Tränen in die Augen.«
Der Gesamtkomplex, ob er wegen seiner deutschen Abstammung zu leiden hatte, machte Weberowsky besonders wütend. Er schrieb:
»Abgesehen davon, daß wir 1941 von Stalin nach Kasachstan und Sibirien zwangsumgesiedelt wurden, man uns unsere Höfe wegnahm, das Vieh, alles, was meine Vorfahren seit 1806 an der Wolga aufgebaut haben, wurde unserer Familie in den letzten vierzig Jahren folgendes Leid angetan: Dreimal wurde ein Huhn gestohlen. Unserer Kuh Bascha schnitt man nachts den Schwanz ab. Ein böser Kasache gab unserem Hund Flockie einen Tritt in den Hintern. Bei einer Auseinandersetzung in der Schule wurde meinem ältesten Sohn Hermann der Schulranzen zerstört. Die ›Heldin der Nation‹ Katja Beljakowa beschimpfte mich auf das übelste. Seitdem grüßt sie mich nicht mehr.«
Zufrieden mit seinem Spott ackerte Weberowsky den dik-

ken Fragebogen durch. An einem Abend, an dem die ganze Familie anwesend war, was in letzter Zeit sehr selten vorkam, machte er sich die Mühe, seine Antworten vorzulesen. Schweigend hörten alle zu, bis er die letzte Frage zitiert hatte. Weberowsky ließ den Fragebogen sinken und blickte seine Familie an.
»Na, was haltet ihr davon?« fragte er.
»Bravo!« antwortete Gottlieb.
Daß gerade Gottlieb ihm Beifall zollte, machte Weberowsky plötzlich nachdenklich und vorsichtig.
»Was heißt hier bravo?« entgegnete er.
»Wir bleiben also hier?!«
»Wieso?«
»Ja glaubst du denn, daß die deutschen Behörden uns bei einem solchen Fragebogen ins Gelobte Land lassen? Die merken doch schon bei den ersten Antworten, daß du sie gegen das Schienbein trittst.«
»Wer so dämliche Fragen stellt, gehört nicht anders behandelt.«
»Du vergißt nur eins, Vater«, schaltete sich Hermann ein. »*Wir* bitten um Aufnahme in Deutschland, *wir* stellen den Antrag auf Aussiedlung! Deutschland hat uns nie gebeten zu kommen. Es ist froh, wenn wir hier bleiben. Darum der Fragebogen, der für viele unausfüllbar ist. Man verlangt Beweise, die gar nicht zu erbringen sind. Schon der Nachweis, ob die junge Generation – also wir – deutsch spricht, kann nicht ehrlich beantwortet werden. Wir sprechen russisch besser als deutsch. Schreibst du das hinein, werden nicht nur wir als ›Nicht mehr Deutsche‹ abgelehnt, sondern die ganze Familie, also auch du und Mutter. Der ganze Fragebogen ist nichts als ein Filter und eine Bremse. In diesem raffinierten Netz bleiben Hunderttausende hängen. Das hat System, ist beste deutsche Beamtenarbeit. Siehst du, wir sprechen jetzt russisch miteinander, auf deutsch bekäme ich von all dem keine drei Sätze zusammen.«
»Das ist ja die Tragödie unserer Familie!« schrie Weberow-

sky auf. »Meine Kinder haben verlernt, Deutsche zu sein!« Er warf den Fragebogen auf die Eckbank und sah seine Söhne und die Tochter aus zusammengekniffenen Augen an. »Aber das kann man ändern.«
»Und wie?« fragte Gottlieb kampfeslustig.
»Ihr lernt wieder Deutsch.«
»Das wird ein frommer Wunsch bleiben, Vater«, antwortete Hermann. »Du glaubst doch wohl nicht, daß ich als diplomierter Ingenieur noch einmal eine Schulbank drücke.«
»Das ist auch nicht nötig, mein hochnäsiger Sohn!« Weberowsky begann wieder innerlich zu glühen. »Vom Kulturzentrum in Ust-Kamenogorsk kann ich mir für unseren Fernseher einen Videorecorder leihen und Kassetten mit einem kompletten deutschen Sprachkurs. Dann werden wir hier jeden Abend sitzen und gemeinsam Deutsch lernen!«
»Warum?«
»Weil ihr Deutsche seid!« brüllte Weberowsky. »Weil wir in die alte Heimat heimkehren!«
»Er begreift es einfach nicht.« Gottlieb stand auf. »Es hat auch gar keinen Zweck, darüber zu sprechen.«
»Wo willst du hin? Ich bin noch nicht fertig.«
»Aber ich.«
»Wohin gehst du um diese Zeit?«
»Ich bin zweiundzwanzig Jahre alt, und ich gehe, wann und wohin ich will.«
»Solange du an meinem Tisch sitzt und ißt, will ich wissen, was um mich herum geschieht.«
»Das kann man ändern.« Gottlieb blieb trotzig in der Tür stehen. »Sag, ich will dich nicht mehr, dann siehst du mich auch nicht mehr.«
»Und was tut dann mein zukünftiger Chefarzt?«
»Bis ich die Zuweisung zur Universität bekomme, werde ich nicht verhungern. Es gibt Arbeit genug.«
»Und jeder wartet auf Gottlieb Wolfgangowitsch Weberowsky. Aber bitte. Geh, geh, wenn dir dein Elternhaus so widerlich ist!«

Ohne Antwort verließ Gottlieb das Haus. Erna und Eva verhielten sich still. Vater nur nicht noch mehr reizen, dachten sie. Warum hat Gottlieb seine Freude daran, mit Worten um sich zu schlagen? Noch ist doch gar nicht entschieden, ob man uns in Deutschland will, ob man uns einreisen läßt. Und die Entscheidung wird nicht vor einem Jahr bei uns eintreffen. Wer weiß, wie die Welt in einem Jahr aussieht? Wie schnell, wie rasend hat sie sich in den letzten Monaten verändert! Sowjetrußland ist inzwischen endgültig zusammengebrochen, Lenins Traum ist zu einem historischen Debakel geworden, die Weltmacht, die Angst und Schrecken verbreitet hat, zerstörte sich selbst. In Zukunft wird es das Riesenreich nicht mehr geben. Es wird in lauter kleine Staaten zerfallen, und es wird die jetzt immer wieder diskutierte Föderation bilden. Was haben da 1,8 oder 2 Millionen Rußlanddeutsche für eine Bedeutung?
»Willst du den Fragebogen wirklich in dieser Form abgeben, Vater?« unterbrach Hermann das gefährliche Schweigen.
»Denkst du, ich habe mir die Mühe, alles zu beantworten, umsonst gemacht?«
»Das sind keine Antworten, das ist dickster Hohn.«
»Anders kann man die Fragen nicht beantworten. Wenn unsere Vertreibung von der Wolga und unser jahrzehntelanger Existenzkampf in Kasachstan den deutschen Beamten nicht genügen, dann sollte man auf diesen Fragebogen spucken! Was verlangt man eigentlich von uns? Daß man uns hier die Köpfe abschlägt und wir mit dem Kopf unterm Arm zu den deutschen Behörden kommen und sagen: Dürfen wir jetzt nach Deutschland hinein?«
Hermann wechselte das Thema, es hatte keinen Sinn, mit dem Alten zu streiten. »Willst du dir den Videorecorder leihen mit dem deutschen Sprachkurs?«
»Ja. Es genügt nicht, daß wir Volkstänze aufführen und der Pfarrer in der Kirche deutsch predigt. Sie lassen uns nur ausreisen, wenn wir ein vernünftiges Deutsch sprechen. Ich kann sogar noch unsere hessische Mundart.«
»Dafür kann ich sprechen wie ein Kasache.«

»Das will keiner wissen.«
»Für mich ist es das Fundament meines Lebens, Vater. Ich bin ein russischer Ingenieur und heirate ein russisches Mädchen.« Hermann stand auch vom Tisch auf. »Vater, nimm einmal einen Rat an: Gib diesen Fragebogen nicht ab. Mit *den* Antworten kommst du nie nach Deutschland.«

Am nächsten Tag fuhr Weberowsky nach Atbasar, um noch einmal mit Kiwrin zu sprechen. Aber Michail Sergejewitsch war nicht zu sprechen. Er war mit größtem Eifer dabei, das Leben seiner Bürger zu schützen. Schon beim Eintritt in die Stadt hatte Weberowsky eine gewisse Aufregung bemerkt, eine ungewohnte Hektik und eine seltsame Leere auf den Straßen.
Das hatte seinen Grund in einem sehr seltenen Vorfall, auf den man in Atbasar nicht vorbereitet war.
Der Bauer Slatin Wassiljewitsch Markarewitsch hatte einen jungen Bullen zum Schlachthof gebracht. So ein Bulle bringt gutes Geld, sein Fleisch ist kräftig und fettlos, bestes Muskelfleisch und von einer nicht alltäglichen Qualität. Slatin war deshalb stolz, kassierte einen guten Rubelbetrag und trank mit dem Leiter des Schlachthauses, Wladimir Petrowitsch Micharin, zweihundert Gramm Wodka, was beide sehr beschwingte.
Weniger begeistert allerdings zeigte sich der junge Bulle. Wer weiß schon, was in einem Tier vorgeht, wenn es den Blutgeruch schnuppert und enthäutete und aufgeschlitzte Artgenossen an blitzenden Haken an sich vorbeiziehen sieht. Es begann damit, daß der Bulle einen bösen Blick bekam, die Augen rollte, durch die geblähten Nüstern schnaubte, den dicken Kopf senkte und sein linkes Horn dem Metzger Lew Igorowitsch Tomski in den Hintern rammte. Tomski vollführte einen rekordverdächtigen Hochsprung, hechtete dann aus der Reichweite des aufbrüllenden Tieres und schrie gellend durch die gekachelten Räume: »Hilfe! Hilfe! Er hat mich erwischt. Einen Arzt! Sofort einen Arzt! Ich verblute ...«

Für den Stier war das ein Signal, das ungastliche Gebäude zu verlassen. Er senkte wieder den Kopf, kratzte mit den Vorderhufen über den glatten Boden und stürmte dann los. Die anderen Metzger, die herbeigeeilt waren, um dem jammernden Tomski zu helfen, warfen sich zur Seite und ließen den Bullen passieren. Einer jagte ihm ein großes Messer nach, das, dem Himmel sei Dank, nicht traf, denn es hätte das Tier noch mehr gereizt.
Slatin und Wladimir saßen am Fenster des Büros und tranken ihren Wodka, als draußen der Bulle vorbeigaloppierte. Slatin setzte erstaunt sein Glas ab und schüttelte den Kopf, als müsse er eine Vision verjagen.
»Das ... das war doch Samson?« sagte er verblüfft.
»Wer ist Samson?« fragte Wladimir dumm.
»Mein Stierchen! Am Fenster vorbeigelaufen ist er, statt am Haken zu hängen.«
»Slatin, seit wann verträgst du keinen Wodka mehr?« fragte Wladimir gemütlich. »Lumpige 200 Gramm, und schon siehst du Stiere vorbeifliegen ...«
Das Klingeln des Telefons unterbrach ihn. Er hörte kurz zu, was eine aufgeregte Stimme ihm sagte, und warf dann den Hörer zurück auf die Gabel. »Er ist wirklich unterwegs!« rief er und sprang auf. »Er hat Tomski mit dem Horn aufgespießt! Hinterher! Wenn er auf die Straße kommt, eine Panik gibt das! Kannst du deinen Bullen wieder einfangen?«
»Wenn man ihn wütend gemacht hat, ist er wie ein spanischer Stier in der Arena.«
»Er darf nicht weit kommen! Slatin, was kann er alles anrichten?«
»Ich weiß es nicht«, antwortete Slatin hilflos. »Ich habe keine Erfahrung mit wilden Stieren! Warum hat man ihn nicht richtig angebunden?«
»Fragen! Haben wir noch Zeit zu Fragen? Es muß etwas geschehen.«
Er riß das Telefon wieder an sich und rief Kiwrin an. Dort war von einem Milizionär, der an einer Straßenkreuzung stand und den Verkehr überwachte, Alarm gegeben wor-

den. Samson hatte, seinem Namen entsprechend, ein Auto umgerannt, ein Obstgeschäft angegriffen und alle Kisten zerstört, während der Inhaber des Ladens flach hinter der Theke lag und betete. Und nun war er unterwegs in die Innenstadt. Das Chaos war vorauszusehen.
»Milizeinheiten werden gleich hinter ihm hersein!« rief Kiwrin ins Telefon. »Ich selbst fahre ihm auch nach. Wir werden ihn erschießen!«
»Kiwrin wird ihn erschießen lassen«, berichtete Wladimir und legte auf. Slatin sank auf seinen Stuhl zurück. »Welch ein unwürdiger Tod!« schnaufte er.
»Im Schlachthaus hätten sie ihn auch mit einem Bolzen erschossen.«
»Ein ehrlicher, anständiger Tod durch einen Metzger. Das ist etwas anderes, als von der Miliz gejagt und erschossen zu werden. Wie ein Schwerverbrecher! Samson ist kein Schwerverbrecher.«
»Warte ab, was er noch alles anstellt. Stell dir vor, er rennt eine Frau mit Kind um, eine kleine, junge, hübsche Frau mit einem Kind, das schwarze Locken hat. Er mordet sie dahin mit seinen Hörnern und seinen Hufen. Man *muß* ihn erschießen, Slatin.«
Kiwrin war unterdessen in einen Polizeijeep gesprungen und fuhr dem rasenden Bullen entgegen. Über Sprechfunk kannte er genau die Position. Samson kam direkt auf sie zu.
»Gewehre bereithalten!« rief Kiwrin.
»Ist geschehen«, antwortete der Milizionär hinter ihm. »Wo rennt er rum?«
»Er ist in der Nähe des Parteihauses. Bis jetzt hat er schon drei Autos auf dem Gewissen. Die Menschen flüchten in die Häuser. Ein wahres Ungeheuer muß er sein!«
»Sollten wir uns nicht an der Seite aufstellen, Michail Sergejewitsch?« fragte der Polizist bedrückt. Der Gedanke, einem so wütenden Stier genau entgegenzufahren, erzeugte ein mulmiges Gefühl im Magen.
»Warum auf der Seite?« rief Kiwrin.

»Von ... von der Seite habe ich die bessere Schußposition. Dann kann ich besser treffen, als wenn ich nur den Kopf vor mir habe. Der pendelt beim Rennen ja immer hin und her.«
»Unsinn! Gib mir das Gewehr, wenn wir das Scheusal sehen.«
Samson, der nach Freiheit und Leben Drängende, mußte wirklich mit einem sensiblen Gefühl ausgestattet sein. Noch bevor er auf den entschlossenen Kiwrin traf, änderte er seine Richtung, warf einen Handkarren mit tönernen Dachziegeln um und begrub den schreienden Besitzer unter dem Scherbenhaufen.
Neue Meldung an Kiwrin: »Der Stier ist auf dem Weg zum Friedhof.«
»Das Aas hat sogar Humor!« rief Kiwrin. »Flieht zum Friedhof.« Und plötzlich hob er die Schultern und fuhr langsamer. »Friedhof ... auch das noch ...«
»Wie meinen Sie das, Michail Sergejewitsch?« fragte der Polizist. Er reichte Kiwrin das Gewehr. Damit verschaffte er sich die Möglichkeit, in Deckung zu gehen, falls der Bulle ihn sichten sollte.
»Kann man auf einem Friedhof jemanden erschießen?«
»Warum nicht?«
»Wegen der Pietät, du Klotz! Ein Friedhof ist ein Ort des Friedens. Das sagt schon das Wort. Ein geweihter Ort. Erschießt man jemanden auf geweihter Erde?!«
»Es ist ja nur ein Bulle. Ein Tier.«
»Aber ein Geschöpf Gottes!«
Die Wandlung des Genossen Kiwrin nach Gorbatschows Reformen war wirklich sehenswert. Hatte er früher getönt, die Kirche sei nur für alte, halbblinde und am Stock humpelnde Menschen da, deren Geist sich altersmüde langsam verdunkelte, so legte er jetzt Wert darauf, sonntags und feiertags in der ersten Reihe der Kirche gesehen zu werden, wie er das goldene Kreuz küßte, das ihm der Pope besonders gern entgegenhielt. Bei jedem wichtigen Begräbnis war Kiwrin dabei, begleitete den offenen Sarg bis zum Grab, hatte aufrichtende Worte des Trostes für die

Hinterbliebenen und half sogar mit, den Sargdeckel draufzuschrauben.
»Aber wir können doch nicht den Stier auf dem Friedhof stehenlassen.«
»Wir müssen ihn herauslocken.«
»Aber wie?«
»Mit einer schönen Kuh. Ein echter, gesunder Bulle schnuppert das und vergißt alles andere. Wir müssen sofort eine Kuh besorgen.«
Wie befürchtet, so geschah es: Samson stürmte in den Friedhof, hielt mitten drin inne und ließ sich dann, doch etwas erschöpft, auf einem Grab nieder. Kiwrin und drei Polizeiwagen blieben vor dem Friedhofseingang stehen, mit entsicherten Gewehren, aber niemand wagte zu schießen.
»Ausgerechnet auf dem Grab von Jurij Iwanowitsch Zagolow, dem ehemaligen Bürgermeister der Stadt.« Kiwrin faßte sich mit den Händen an den Kopf. »Konnte er keinen anderen Platz finden?!«
»Eine Kuh!« schrie Kiwrin wieder. »Eine Kuh muß her!«
»Michail Sergejewitsch, woher sollen wir in Atbasar so schnell eine Kuh auftreiben?« Der Polizist hinter ihm fuchtelte mit dem Sprechfunkgerät herum.
Samson, der Sensible, schien sich auf dem Grab von Zagolow wohl zu fühlen. Er fraß die spärlichen Blumen auf, kaute sie genußvoll wieder, stieß ein paar fette Grunzlaute aus und blickte auf die Polizeiwagen, die den Eingang zum Friedhof versperrten. Der Kommandant der Miliz war mittlerweile auch eingetroffen und stand neben Kiwrin im Jeep. »Wir müssen ihn erschießen!« sagte er eindringlich. »Auch wenn er auf einem Grab liegt.«
»Ich möchte das Problem friedlich lösen«, antwortete Kiwrin.
»Wollen Sie seine Bilanz hören? Vier zertrümmerte Autos, drei verwüstete Geschäfte, ein vernichtetes Pferdefuhrwerk; der Dachdecker, dessen Ziegelwagen er umgerannt hat, liegt mit einem Nervenschock in der Bäckerei, in die er geflüchtet ist ... Genügt das nicht?«

»Ich will ihn lebend haben!«
»Um ihn dann zurück zum Schlachthof zu bringen.«
»Ja.«
»Michail Sergejewitsch, ob man ihn im Schlachthaus tötet oder jetzt erschießt, es kommt auf das gleiche hinaus: er stirbt!«
»Es geht hier um das Prinzip! Aber das verstehen Sie nicht.« Nun waren auch der Bauer Slatin W. Markarewitsch und der Schlachthofdirektor Wladimir P. Micharin zum Friedhof gekommen und starrten auf den liegenden Bullen.
»Ein schönes Stierchen«, sagte Micharin. »Das gibt vorzügliche Bratenstücke und Steaks. Zu schade, sie zu verkaufen. Man sollte sie selber essen.«
»Redet nicht vom Essen!« rief Kiwrin empört. »Slatin, hol das Tierchen zurück.«
»Ich?« Slatin hob beschwörend beide Hände. »Was habe ich damit zu tun?«
»Es ist dein Bulle!«
»Nicht mehr. Verkauft habe ich ihn. Alles ist jetzt Sache des Käufers.«
»Ha! Jetzt schiebt er mir das wilde Vieh unter!« schrie Micharin empört. »Hört ihr das? Hört ihr das? Ihr seid alle meine Zeugen: Liefert eine Bestie ab und hängt sie mir an den Hals! Genosse Kiwrin —«
»Ich bin nicht mehr Genosse!« schrie Kiwrin zurück. »Ich bin aus der Partei ausgetreten! Slatin hat recht: Der Bulle gehört dem Schlachthof. Der hat dafür zu sorgen, daß die öffentliche Sicherheit nicht gefährdet wird! Wladimir Petrowitsch, holen Sie das Tierchen.«
»Ich?« Micharin umfaßte seinen Kopf mit beiden Händen. »Was verlangen Sie von mir, Michail Sergejewitsch? Ich bin Direktor eines städtischen Betriebes, aber kein Torero! Slatin kennt seinen Bullen am besten. Nur er allein kann ihn weglocken.«
Wenn ich nur eine Kuh hätte!« Kiwrin blickte wild um sich.

»Versuchen will ich's.« Slatin seufzte tief auf. »Am liebsten möchte ich Samson behalten und ihn herzen und küssen. So ein mutiges Stierchen ... und soll in die Bratpfanne. Micharin, ich gebe Ihnen die Rubel zurück. Ich nehme Samson wieder mit.«

»Kein neuer Handel mehr! Und wenn, dann schuldest du mir Geld für die 400 Gramm Wodka, die wir zusammen getrunken haben.«

»Halsabschneider! Alles Halsabschneider. Die ganze Welt besteht nur noch aus Halsabschneidern!« Slatin ballte die Fäuste. »Aber ich zeig es euch! Kann ich Samson behalten, wenn ich ihn einfange?«

»Ja!« sagte Kiwrin laut.

»Nein!« schrie Micharin empört. »Ich bestehe auf diesem herrlichen Stück Fleisch.«

»So gefühllos kann auch nur ein Schlachter sein!« rief Kiwrin empört.

»Ich bin Direktor!«

»Aber mit Blutrühren hast du angefangen!« Kiwrin gab Slatin einen Stoß in den Rücken. »Los! Versuch es! Hol deinen Samson von Zagolows Grab.«

»Betet für mich«, sagte Slatin dumpf. »Und grüßt meine Familie, wenn mir was passiert.«

Er zog seine Hose hoch und betrat dann mutig den Friedhof. Der Stier glotzte ihm entgegen, die Polizisten legten die Gewehre an.

»Mein Tierchen«, sagte Slatin freundlich und lockend. Ganz langsam kam er näher. »Du kennst mich doch. Großgezogen habe ich dich, ein prächtiges Kerlchen bist du geworden. Komm her ... komm her ... es geschieht dir nichts. Ich lasse dich nicht schlachten. Wir fahren zurück in den Stall, zu der schönen, fetten Weide ... einen Haufen Sonnenblumen sollst du bekommen. Komm ... komm ...«

Samson ließ Slatin bis auf fünf Meter herankommen, dann sprang er auf, scharrte mit den Hufen, und dicke Erdbrocken flogen durch die Luft.

»Er gräbt Zagolow aus!« stöhnte Kiwrin.

Slatin blieb stehen. Er streckte beide Hände aus. Aber Samson hatte andere Gedanken. Er senkte den dicken Kopf, schnaubte laut, scharrte noch einmal eine ganze Erdwolke von Zagolows letzter Stätte und schoß plötzlich vorwärts. Es war ein halber Sprung, der Boden unter Slatin zitterte, als der massige Körper wieder aufprallte. Es war aber auch das Signal für Slatin, herumzuwirbeln und die Flucht zu ergreifen. Aber statt zum Friedhofstor zu rennen, wo die Polizei schußbereit wartete, lief Slatin weiter in den Friedhof hinein. Samson folgte ihm mit gesenkten Hörnern.
»Er ist verrückt geworden!« brüllte Kiwrin. »Warum rennt er nicht zu uns?!«
»Schießen!« stammelte Micharin. »Schießen!«
»Slatin ist im Schußfeld, und den Stier würden wir nur in den Rücken treffen und ihn noch wütender machen. Mein Gott, was macht er denn? Was macht er denn?«
Slatin hörte hinter sich das Dröhnen der Hufe und das wilde Schnaufen seines Stierchens. Er hetzte kreuz und quer durch die Grabsteine, seine Lungen pfiffen, er war ja kein sportlicher Jüngling mehr. In seinen Beinen spürte er ein Zittern, aber er raffte alle Kraft zusammen, denn ihm war klar, daß er unter die Hufe kam und Samsons Hörner keine Rücksicht darauf nehmen würden, ob er ihn großgezogen hatte.
Im Zickzack ging die Hetze um die Grabsteine herum, zwischen den Grabsteinen hindurch, und Samson, der Kluge, kürzte die Wege ab, indem er einfach mit seiner Masse die Steine umrannte. Das tat weh und reizte ihn zur blindwütigen Mordlust.
Slatin schien keine Chance mehr zu haben, seinem Stierchen zu entkommen. Soviel Haken er auch schlug, Samson walzte einfach über die Gräber hinweg und kam ihm deshalb immer näher. Der Kommandant der Miliz, neben Kiwrin stehend, schnaufte fast so laut wie der Bulle.
»Neunzehn Gräber zerstört ... das zwanzigste ... dreiundzwanzig ...«, stöhnte er verzweifelt. »Wir werden den ganzen Friedhof neu aufbauen müssen! Hat man so etwas

schon gesehen? Davon wird man in hundert Jahren noch sprechen! Und lachen wird man, lachen über Atbasar. Jetzt hat er Slatin gleich. Nur noch zwei Meter ... Halt! Halt!« Der Kommandant raufte sich die Haare und hüpfte auf der Stelle. »Jetzt ist er am Grab meines Großvaters! Zurück, du Teufel, zurück! Laß meinen Großvater in Frieden ruhen!«
Aber wie konnte Samson etwas hören, wenn er vor Wut blind und gehörlos war? Mit Schwung riß er den Grabstein um und geriet damit einen Meter näher an Slatin, dem die Augen aus den Höhlen quollen.
»Das ist zuviel!« schrie der Milizkommandant. »Das muß ein Ende haben.«
Er riß Kiwrin das Gewehr aus der Hand, legte an, zielte kurz und drückte ab. Ein Meisterschuß. Samson blieb einen Augenblick wie gelähmt stehen, seine kurzen Säulenbeine bohrten sich durch die Fliehkraft in die weiche Erde. Er zitterte, warf einen traurigen Blick dem weiterrennenden Slatin nach, und dann sackte er ganz langsam in die Knie, schnaufte noch einmal mit letzter Kraft und fiel dann auf die Seite.
Die Polizisten am Friedhofstor klatschten ihrem Chef Beifall. Kiwrin preßte die Zähne aufeinander und schwieg. Direktor Micharin murmelte: »Ich ess' ihn selbst. Er ist unverkäuflich. Er ist eine Notschlachtung.« Slatin sprang hinter einen Baum und bekam gar nicht mit, daß sein Verfolger nicht mehr hinter ihm war. Er hoffte nur, daß der Baum stärker war als ein Grabstein und den Hörnern standhalten würde.
Als nichts erfolgte, kein Aufprall, kein Gebrüll, kein Zittern des Stammes, wagte es Slatin, hinter dem Baum hervorzublicken. Er starrte ins Leere ... kein Stierchen mehr. Und dann entdeckte er seinen Samson hinter dem zertrümmerten Grab vom Großvater des Milizkommandanten, auf der Seite liegend, bewegungslos, und die Sonne ließ das braunweiß gefleckte Fell schimmern, als sei es aus Seide.
In Slatins Gesicht zuckte es. Er ging langsam auf Samson zu, kniete neben ihm nieder, beugte sich vor und legte sein

Gesicht auf die noch heißen, verschäumten Nüstern. Als Kiwrin und der Kommandant herankamen, sahen sie, daß Slatin weinte, und wer auch alles zusah – nur Kiwrin verstand ihn, und er wußte nicht zu erklären, warum.
Er zog Slatin hoch und führte den Schluchzenden zu seinem Wagen. Und genau in diesem Augenblick traf Weberowsky ein, hielt an und schwang sich von seinem ratternden Traktor.
»Zu spät!« sagte Kiwrin traurig. »Du kommst zehn Minuten zu spät. Du hättest Slatin und Samson retten können. Du hättest das geschafft.«
»Was ist denn los?« fragte Weberowsky. Er blickte auf die Polizeiautos und die bewaffneten Polizisten, er erkannte auch Micharin und fragte sich, was ein Schlachthofdirektor mit der Polizei auf einem Friedhof zu suchen hat. »Terroristen?«
»Samson war wild geworden«, erklärte Kiwrin.
»Wer ist Samson?«
»Mein Stierchen.« Slatin weinte wieder. »Erschossen haben sie ihn! Wie einen Verbrecher! Nun liegt er da und ist eine Notschlachtung geworden. Das hat er nicht verdient.«
»Ich wußte es schon immer«, sagte Weberowsky und schüttelte den Kopf. »Atbasar ist eine verrückte Stadt. Aber das übertrifft alles. Michail Sergejewitsch, ich muß mit dir sprechen.«
Im Haus der Bezirksregierung las Kiwrin sorgfältig den Fragebogen durch, das heißt, Weberowsky las ihn in der russischen Übersetzung vor. Ein paarmal nickte Kiwrin gedankenschwer, mehrmals schlug er sich auf die Schenkel, und als Weberowsky geendet hatte, sagte er fast das gleiche wie Sohn Gottlieb:
»Gratuliere, Wolfgang Antonowitsch. Das ist gut.«
»Ich habe ihn also richtig ausgefüllt?«
»Und wie richtig! Ich frage mich nur, warum?«
»Was heißt das?«
»Mit *dem* Fragebogen bleibst du hier! Jeder deutsche Beamte wird sagen: Das ist entweder ein Provokateur oder

ein Idiot! Beides reicht nicht für eine Ausreisegenehmigung nach Deutschland.«
»Ich werde selbst nach Moskau fliegen und ihn bei der deutschen Botschaft abgeben.«
»Sie werden den Antrag annehmen, das ist alles. Nach einem Jahr wirst du dann die Nachricht bekommen: Abgelehnt. Oder glaubst du, du bekommst sofort einen Stempel?«
»Ja.«
»Weil du Weberowsky bist ...«
»Nein. Weil ich die Botschaft nicht eher verlassen werde, als bis man mir die Aufnahme als Aussiedler erteilt.«
Kiwrin starrte Weberowsky ungläubig an. »Du willst die deutsche Botschaft besetzen?«
»Ich will mein Recht. Nichts weiter!«
»Mit Gewalt?!«
»Mit Überzeugungskraft.«
»So kann man es auch nennen! Du wirst im Gefängnis landen!«
»Ich möchte den Botschaftsangestellten sehen, der einen Bittsteller ins Gefängnis werfen läßt. Das wäre eine Sensation ... und brächte mir erst recht die Ausreiseerlaubnis ein. Denn dann würden alle über mich sprechen. Dann würde die Öffentlichkeit alarmiert werden!«
»Du wirfst mit zehn Messern auf einmal!«
»Es genügt, wenn nur eins trifft!«
»Und das trifft dich selbst.«
Weberowsky nahm den Fragebogen wieder an sich und verließ den verdutzten Kiwrin. Er will nach Moskau, er will in die Botschaft eindringen, er will den Sachbearbeiter zwingen, den Antrag sofort zu genehmigen – welch ein Wahnsinn! Kiwrin griff in die linke Seite seines Schreibtisches, in die er einen kleinen Kühlschrank hatte einbauen lassen, nahm eine Dose chinesisches Bier heraus, riß sie auf und setzte sie an den Mund.
Wie kann man ihn davon abhalten, dachte er. Wolfgang Antonowitsch, du bist ja nicht anders als Samson, der blindwütige Stier.

Die amerikanische Abrüstungskommission blieb länger in Kirenskija, als es Nurgai erwartet hatte. Eine Anfrage bei der Zentrale in Semipalatinsk bestätigte, daß Moskau keine Zeitbegrenzung veranlaßt hatte. Die US-Offiziere hatten das Recht, die Vernichtung der Atomsprengköpfe für Mittelstreckenraketen zu überwachen. Nurgai empfand das als eine nationale Schmach. Mit verdüsterter Miene lief er herum, vergaß, was er zuerst von seinen Mitarbeitern gefordert hatte, nämlich Höflichkeit, und ließ die Amerikaner spüren, wie unbeliebt sie in der Stadt waren. Wirkung zeigte das gar nicht. »Sie haben uns die dickfelligsten Typen geschickt«, klagte Nurgai im Kasino der Wissenschaftler.
Im Quartier der US-Kommission saßen währenddessen die Offiziere um einen rechteckigen Tisch und hörten zu, was ihnen Captain Tony Curlis erzählte. Obwohl er der Rangniedrigste war, galt er als der Bestinformierteste. Er kam vom CIA und besaß Unterlagen, die immer wieder verblüfften. So hielt er auch diesmal einen aufsehenerregenden Vortrag und blätterte in einer CIA-Statistik herum.
»Was uns alle verblüfft hat«, sagte er nüchtern, »ist die Tatsache, daß hier in Kasachstan das viertgrößte Atompotential der Welt lagert. Das glaubt zunächst niemand, aber ich habe die Zahlen hier vor mir liegen.«
Captain Curlis legte den rechten Zeigefinger auf eine Tabelle und fuhr mit ihm die Zeilen ab, während er mit bedächtiger Stimme vorlas:
»Die landgestützten modernen Interkontinentalraketen, auch kurz ICBM genannt, mit den Mehrfachsprengköpfen vom Typ SS-18 und SS-24 in Rußland sollen nach unseren Vorstellungen vernichtet werden. Rußland hat eingewilligt und verlangt als Gegenleistung, daß wir mehr als 35 Prozent der Trident-Raketen zerstören, die auf unseren U-Booten stationiert sind. Insgesamt soll die Zahl unserer Atomsprengköpfe auf 9 000 Stück, bei den Russen auf 7 000 Stück, verringert werden. Das sind nun alles vorläufige Zahlen, denn wieviel jeder an Sprengköpfen besitzt,

welche Systeme der Kernspaltung, welche Sprengwirkung, das weiß keiner, auch wenn der CIA bisher die größten Kenntnisse erworben hat. Wir sehen ja jetzt hier in Kirenskija, daß der Russe an völlig neuen Atomsprengköpfen arbeitet, an Intervallköpfen, die riesige Flächen verwüsten können. Vor allem aus dem Institut von Professor Frantzenow sollen sensationelle Neuigkeiten zu erwarten sein. Auch wenn man uns diese Forschungen nicht vorgeführt hat ... sie bestehen, das wissen wir. Kirenskija war eine nicht existente Stadt – nur für den CIA nicht. Im Vertrauen: Wir haben zwei Doppelagenten in der Stadt. Das aber allein ist nicht das Problem. Die Unklarheit der Abrüstung liegt bei der Verteilung der Atomsprengköpfe. Die Sowjetunion gibt es nicht mehr. Wir haben jetzt die Union der souveränen Sowjetrepubliken mit zwanzig Teilstaaten, die auseinanderstreben und jeweils ihre eigenen Interessen fördern. Und hier beginnen die Unsicherheiten: Wird sich zum Beispiel Kasachstan der Abrüstung anschließen? Ich sagte schon: In Kasachstan lagert heute das viertgrößte Atompotential. Hier der Beweis.«
Curlis' Gesicht wurde ernst. Wer so wie er in der Materie steckte, den erschreckten die Zahlen, die er jetzt vorlas. Die anderen Offiziere hörten betreten zu.
»Das heutige Rußland verfügt über: 4278 ICBM-Köpfe, verteilt auf 1064 landgestützte Werfer. 2804 Sprengköpfe auf 904 U-Booten, 101 schwere Bomber können 367 Atombomben abwerfen. – Jetzt zur Ukraine: 1240 ICBM auf 104 Werfern, 21 schwere Bomber mit 168 Köpfen. – Weißrußland: 54 schwere Bomber mit 54 Atomköpfen. Aber jetzt: Kasachstan: 40 schwere Bomber mit 320 Atomsprengsätzen und 1040 ICBM auf 104 Werfern! Das heißt: Die Ukraine und Weißrußland und Rußland sind offenbar an Abrüstung interessiert, aber wenn ein selbständiges Kasachstan nicht mitmacht, haben wir eine potentielle Atommacht vor der Tür! Dem CIA ist bekannt, daß die kasachische Regierung heimliche Kontakte zum Iran unterhält. Ferner ist uns bekannt, daß – in geschätzten Zahlen, die

von den Russen nicht dementiert wurden – in Hunderten Depots mindestens 15 000 Sprengköpfe lagern für Raketen mit einer Reichweite von 30 bis 500 Kilometern. Diese NahzielRaketen, die abgebaut werden sollen, werden nur zögernd zu den Vernichtungsstellen in der russischen Republik geliefert. Viele der Republiken betrachten den Besitz der Atombombe als Symbol ihrer Befreiung von der Moskauer Zentralregierung. Das ist ein gefährlicher Gedanke. Hinzu kommt, daß wir hier in Kirenskija und in Semipalatinsk mit noch unbekannten Weiterentwicklungen der Kernforschung konfrontiert werden. In Kasachstan, einem schon immer machtbewußten Staat! Weil man zur Sowjetunion gehörte, hat man uns bisher nachsichtig behandelt, aber mehr auch nicht! Überall spüren wir den Widerstand, mit dem man uns begegnet.«
»Ich weiß, wir sind hier nur geduldet«, sagte der General, beeindruckt von Curlis' Vortrag. »Von Kooperation keine Rede.«
»Haben wir die erwartet? Für diese Kategorie Menschen hier, für die geistige Elite, sind wir immer noch die bösen Feinde, die Rußland in die Knie zwingen wollen. Wir sind alle gespannt, was in den nächsten Monaten passiert. Eins wissen wir schon: Libyen, der Iran, der Irak und einige asiatische Staaten stehen bereits vor der Tür, um die Wissenschaftler und Atomexperten in ihre Länder zu holen. Ein Atomsprengkopf nutzt ihnen gar nichts, sie müssen auch die Geheimcodes kennen, mit denen die Sprengköpfe scharfgemacht werden. Und es fehlt ihnen an den geeigneten Abschußsystemen. Aber das ist kein Problem: Wir haben durchkalkuliert, daß ein Dutzend Nukleartechniker und Raketeningenieure genügen, solche Abschußbasen zu installieren und die Bomben zu bauen. Es wird in naher Zukunft genug freie Experten geben, die als Atomsöldner, als Landsknechte unserer Zeit, in alle Welt ziehen und fünfzig Jahre Atomforschung verkaufen, wenn die Dollarkasse stimmt. Dann haben wir auf der Welt ein Atomchaos, das nicht mehr einzudämmen ist.«

»Das heißt also: Jeder kleine Staat, der in der Lage ist, Atombomben durch die angeworbenen russischen Spezialisten zu bauen, kann die Welt in Atem halten und bedrohen!«
»So ist es, General.« Curlis nickte mehrmals. »Vor allem die Staaten der radikalen Moslems, an der Spitze der Iran, der sich seit Jahren bemüht, in den Besitz von Nuklearwaffen zu kommen. In der Hand von Fanatikern bedeutet die Atombombe die Vernichtung der Menschheit. Und wir befürchten, daß nun arbeitslos werdende Atomspezialisten dem Lockruf dieser Staaten erliegen. Wenn man bedenkt, daß ein taktischer Atomsprengkopf 2 Meter lang ist, 300 Kilogramm wiegt und einen Durchmesser von 75 Zentimetern hat, ist es erstaunlich, daß so ein leicht zu transportierendes Ding nicht schon in den islamischen Ländern ist!« Curlis klappte seine Unterlagen zu. »Es gibt im ehemaligen Sowjetrußland vielleicht zehn herausragende Atomwissenschaftler, die auf gar keinen Fall abwandern dürfen. Einer der wichtigsten ist Professor Frantzenow hier in Kirenskija.«
»Wie will der CIA seine Abwerbung verhindern?«
»Zunächst durch eine Zusammenarbeit mit dem russischen Geheimdienst, die bereits Erfolge zeigt im Austausch von Informationen. Dann hat uns der russische Atomminister Viktor Michailow versprochen, diese zehn besonders zu beobachten. Er hat sie als ›verantwortungsbewußte Patrioten‹ bezeichnet, aber gleichzeitig mit einem Anflug von Resignation hinzugefügt: ›Wessen Familie hungert, der könnte an Auswanderung denken.‹ Aber wir haben auch Möglichkeiten.«
»Und welche?«
»Wir könnten – zum Beispiel Frantzenow – die ›großen Geister‹ an der Auswanderung hindern.«
»Indem wir sie selbst abwerben.«
»Unter anderem.« Curlis lächelte leicht. »Oder daß sie zur Auswanderung nicht mehr fähig sind. Es gibt im Leben seltsame Unfälle, rätselhafte Anschläge, medizinisch nicht erklärbare Todesursachen ... es ist alles denkbar. Für die

Erhaltung des Weltfriedens muß man Opfer bringen können.«
»Und was wird unsere Aufgabe in Kirenskija sein?« fragte der General den bestimmenden Captain.
»Abwarten! Nichts als abwarten. So tun, als wären wir mit den Abrüstungsarbeiten zufrieden.« Curlis räusperte sich. Es war ihm unangenehm, ja peinlich, mehr zu wissen als der General, der die Kommission anführte. »Ich muß Ihnen eins verraten, was mir aus Washington zugegangen ist: Unsere Hauptaufgabe ist ab sofort, Professor Frantzenow zu überwachen. Ich hatte mit ihm ein Gespräch. Er spielt den starken Mann, ist aber durch die sich geradezu überstürzenden Ereignisse der Reformen angeschlagen. Er ist im Grunde ein labiler Mensch in einem Eisenpanzer. Er darf uns nicht durch die Finger rutschen. Frantzenow in Teheran – das wäre ein Unglück für die Welt!«
»Das heißt –« Der General stockte. Es war schwer, so etwas deutlich auszusprechen, »in letzter Konsequenz wird man Frantzenow umbringen?«
»Er galt ja schon als tot. Man wird nur durchführen, was man damals vorgetäuscht hat.«
»Soll ... soll es hier in Kirenskija geschehen?« fragte einer der Obersten.
»Das hängt von Frantzenow ab.« Curlis hob die Schultern, als wolle er sein Bedauern ausdrücken. »Wenn er die Stadt verläßt, um beispielsweise nach Moskau zu fliegen, fällt es in Moskau weniger auf, wenn er einen Unfall hat. Die Möglichkeiten sind größer.«

Das dritte Flugblatt war verteilt worden. Weberowsky las schon gar nicht mehr die Hetzparolen gegen die Rußlanddeutschen, die von der Beljakowa ausgebrütet wurden. Erstaunlich fand er nur, woher Zirupa das viele Papier bezog und wer vor allem die Aktion bezahlte. Weder Katja noch Semjon Bogdanowitsch hatten so viel eigenes Geld, die Hetze zu finanzieren. Bei allem Patriotismus, man bekam nichts umsonst, es sei denn, sie wurden vom Staat oder von

der Partei unterstützt. Das aber, so schwor Kiwrin beim Augenlicht seiner Mutter, sei nicht der Fall. Das war zwar nur ein halber Schwur, denn Kiwrins Mutter lebte seit sieben Jahren nicht mehr, aber Weberowsky glaubte ihm.
Woher also die Rubel?
»Es gibt nur eine Erklärung«, sagte er zu Erna, Eva und Hermann, als Gottlieb nicht zu Hause war, denn – traurig ist es, zu sagen – Weberowsky traute seinem jüngsten Sohn zu, den Verdacht an die Sowchose »Bruderschaft« weiterzugeben. »Zirupa betrügt die staatliche Kontrolle, fälscht die Bücher und tauscht Fleisch und andere Produkte gegen Papier und Druckfarbe um. Ha, dabei möchte ich ihn erwischen.«
Und Weberowsky legte sich auf die Lauer. Als Unterschlupf diente ihm eine alte, verfallene Scheune der Sowchose, die nicht mehr benutzt wurde, weil sich eine Reparatur nicht mehr lohnte. Gerümpel, Abfall, verrostete Maschinen und ein ausgeschlachtetes Auto waren hier abgestellt worden, und niemand betrat mehr die Scheune, es sei denn, er lud weiteren Unrat ab.
Hier, zwischen schimmeligen Balken und in einem durchdringenden Geruch, der in den Kleidern hängenblieb, wartete er auf eine günstige Gelegenheit. Er konnte von einem vergitterten Fenster mit zerbrochenen Scheiben hinübersehen zum Magazin, denn gab es Schiebungen, dann vor allem vom Magazin aus.
Weberowsky hatte eine kühne Rechnung aufgestellt: Die Flugblätter wurden immer samstags verteilt, gedruckt wurden sie also am Freitag, das Papier mußte spätestens am Donnerstag geliefert werden, Mittwoch und Dienstag waren Schlachttage und Ablieferung der Frischware an die Zentrale in Atbasar. Also mußte man den Mittwoch und den Donnerstag auf der Lauer liegen, um Zirupa zu überführen.
Weberowsky schlich schon in der Nacht zum Mittwoch in die verfallene Scheune, hatte eine Decke mitgebracht und ein Kissen, mit Stroh gefüllt, legte sich auf eine zerrissene Matratze, die auch als Gerümpel herumlag, und schlief zu-

frieden ein. Er wußte: Keiner stört mich. Hier ist der sicherste Ort der ganzen Provinz. Selbst ein heimliches Liebespaar würde sich hier nicht treffen, dazu stank es zu sehr nach Fäulnis und altem Öl.
Als der Morgen graute, verließ Weberowsky sein Lager, ging zur Tür, setzte sich auf einen Holzklotz und blickte durch das vergitterte Fenster. Der Betrieb auf der Sowchose begann. Eine Reihe Lastwagen mit den Landarbeitern verließ den Parkplatz, Traktoren ratterten vorbei, Zirupa betrat das Magazin, aus den Werkstätten klang Hämmern und Sägen. Mittwochmorgen. Im Schlachthaus warteten die Metzger. Heute war Schweinetag. In drei Stunden kamen die Kühlwagen aus Atbasar. Dann mußten die Schweinehälften an den Haken hängen und das Soll erfüllt sein.
Weberowsky drückte die Stirn gegen die rostigen Gitterstäbe. Der Antrieb von den Schweineställen begann. Ein ungeheures Quieken erfüllte die Luft, und dann trampelte ein Heer von Schweinen über die Straße, getrieben von zehn Arbeitern und sechs Schäferhunden, die keinen seitlichen Ausbruch duldeten. Es hagelte Stockschläge, die Tiere quiekten und rannten voller Panik, mit um den Kopf fliegenden Ohren die Straße hinunter. Ihr letzter, kurzer Weg.
Und da sah Weberowsky, wie Zirupa die Flugblätter finanzierte.
Er erschien in der Tür des Magazins, hatte einen mächtigen Knüppel in der Hand, schlug damit einem vorbeirennenden, schönen, dicken Schwein auf den Kopf und trieb dann das etwas taumelig gewordene Tier durch die Tür ins Magazin. Da gerade in diesem Augenblick die Herde zur Seite ausbrechen wollte und alle Treiber beschäftigt waren, das zu verhindern, fiel es nicht auf, daß ein Schwein fehlte. Nur nachher bei der Zählung fehlte es, eines der vielen Rätsel in einem so großen Betrieb wie die »Bruderschaft«. Zirupa bekam die Meldung auf den Tisch und zeichnete sie als »Krank/Abfall« ab. Wer wollte das später, bei einer Buchprüfung, kontrollieren?

Aha, sagte Weberowsky zu sich. Das war der erste Schritt. Wie wird der zweite sein?
Gegen Mittag, als die Kühlwagen beladen wurden und aus dem quiekenden Heer schöne, in der Sonne rosa schimmernde Schweinehälften geworden waren, fuhr ein kleiner, unauffälliger und unbeschrifteter Lieferwagen vor dem Magazin vor. Zwei Männer schleppten Kartons ins Haus – das Papier für die neuen Flugblätter. Darauf erschien Zirupa in der Tür, blickte sich nach allen Seiten um, verschwand wieder im Magazin, und dann trugen sie zu dritt das lebende, aber betäubte »Abfall-Schwein« in den Lieferwagen und verschlossen schnell die Ladetür.
Wie ich's mir gedacht habe! Zufrieden trat Weberowsky vom Fenster zurück, legte sich auf die zerschlissene Matratze und wartete bis zum Abend. In der Dunkelheit schlich er sich dann wieder aus der Sowchose und wanderte zu seinem Traktor, den er auf einem Feldweg abgestellt hatte.
In der hellen Nacht sah er schon von weitem, daß etwas nicht stimmte. Merkwürdig schräg stand der Traktor am Wegesrand, so, als sei er seitlich etwas in den Boden gesunken. Aber das war unmöglich. Die Erde war durch die wochenlange Sonne knochenhart und rissig und nicht schlammig, daß man einsinken konnte. Weberowsky beschleunigte seine Schritte. Seine Ahnung wurde noch übertroffen, als er vor seinem Traktor stand.
Jemand hatte alle Reifen zerstört. Und da es dicke, grobstollige Reifen waren, an denen ein Messer abprallte, hatte der Täter mit einer Axt gearbeitet. Mit gewaltigen Hieben hatte er die Reifen aufgeschlagen, ganze Keile herausgetrennt. Sie waren unbrauchbar geworden, als hätte man sie gesprengt. Und der Täter hatte seine Visitenkarte hinterlassen, nur konnte man nicht daraus ersehen, wie er hieß. Er hatte mit Kreide an das Blech des Traktors geschrieben: ARSCH!
Weberowsky betrachtete die Schrift, umkreiste seinen Traktor, entschied, daß seine Gedanken auf der richtigen Spur waren, und machte sich zu Fuß nach Hause. Er muß-

te drei Stunden laufen, bis er Nowo Grodnow erreichte, es war schon weit nach Mitternacht, und Erna wartete immer noch auf ihn. Mit schweren Beinen trat er ein, setzte sich auf die Ofenbank und sagte müde:

»Sie haben meinen Traktor lahmgelegt. Alle Reifen zerhackt.«

»Mein Gott!« Erna faltete die Hände. »Jetzt greifen sie uns an!«

»Nein, nur mich. ARSCH, haben sie an den Traktor geschrieben. Das ist ein persönlicher Krieg.«

»Und die Reifen! Die Reifen! Woher bekommst du neue Reifen?«

»Ich weiß es nicht. Ich werde die abgefahrenen wieder aufziehen müssen.«

»Aber die rutschen dir doch weg auf dem Feld.«

»Du weißt, wie lange es dauert, neue Reifen zu bekommen. Anträge, Warten, Anfragen, dumme Antworten, Warten. Die Zuteilungsquote ist längst überschritten.« Weberowsky klemmte die Hände zwischen die Knie. »Ich könnte Reifen bekommen, aber damit gebe ich wertvolle Munition aus der Hand.«

»Dann tu es, Wolferl.«

»Ich habe Zirupa, ja, ich habe ihn! Ich kann ihm den Hals umdrehen. Aber wenn ich mein Wissen gegen vier Reifen eintausche, kann Zirupa den Kopf wieder in den Nacken werfen! Und die Flugblätter erscheinen weiter.«

»Was ist für uns wichtiger: Die Flugblätter oder der Traktor? Leben wir von Papier? Gräbt ein Flugblatt die Spätkartoffeln aus? Kann ein Flugblatt Furchen aufreißen, kann es pflügen? Wolferl –«

»Du bist eine unersetzliche Frau, Erna.«

»Ich bin die einzige, die dir gegen den dicken Kopf hämmern kann.«

»Und dafür danke ich dir.« Er stand auf, kam auf sie zu, zog sie an sich und küßte die Verblüffte auf den Mund. »Was wären wir ohne dich? Bestimmt keine Familie mehr. Schon morgen gehe ich zu Semjon Bogdanowitsch und tausche mein Wissen gegen die Reifen.« Er hob die Stimme und zugleich auch die Faust. »Aber das sage ich dir auch: Ich bekomme den, der das an meinen Traktor geschrieben hat! Er wird seinen eigenen Arsch nicht wiedererkennen!«

Ein Bauer ohne Traktor ist der bedauernswerteste Mensch, vor allem, wenn man soviel Land zu bearbeiten hat wie Weberowsky. Er zögerte deshalb nicht mehr, schon am nächsten Tag zur Sowchose »Bruderschaft« zu fahren. Er stieg auf ein altes Fahrrad, das seit Jahren nicht benutzt worden war, und strampelte mit verbissener Miene die Straße hinunter. Er kam sich lächerlich vor auf dem quietschenden Gefährt und mußte ein paarmal ab- und wieder aufsteigen, weil er oft das Gleichgewicht verlor. Immerhin gelang es ihm, in gerader Haltung bei der Sowchose anzukommen und vor dem Büro abzuspringen wie ein Profiradler. Zirupa, der ihn durch das Fenster beobachtete, grinste vor sich hin und war gespannt, was Weberowsky zu ihm trieb. In einem Nebenraum saß die Beljakowa an einem Tisch und brütete das neue Flugblatt aus. Thema: Was können wir tun, die Aussiedlung der Deutschen zu beschleunigen?
»Willkommen!« rief Zirupa mit gespielter Begeisterung, die wie ein Tritt wirkte. »Was führt dich zu mir, Wolfgang Antonowitsch?«
»Nur eine Kleinigkeit, Semjon Bogdanowitsch.« Weberowsky setzte sich unaufgefordert Zirupa gegenüber. Er schlug die Beine übereinander und verbreitete einen zufriedenen Eindruck. Das ließ in Zirupa Verdacht aufsteigen. Wenn Weberowsky sich ihm gegenüber so freundlich benahm, kam eine große Sauerei auf ihn zu. Im wahrsten Sinn des Wortes, denn Weberowsky fuhr fort: »Ich möchte mir ein Schweinchen abholen.«
Zirupa starrte Weberowsky ungläubig an. »Du hast doch selbst genug Schweine. Außerdem weißt du, daß wir an keine Privatpersonen verkaufen, was immer auch die Sow-

chose herstellt. Alles muß abgeliefert werden – bis auf den genau festgelegten Eigenbedarf.«
»Ich möchte ein schönes, dickes Schwein von dir geschenkt bekommen.«
Zirupa war einen Augenblick sprachlos. »Geschenkt?« fragte er dann gedehnt. Hat Wolfgang Antonowitsch den Verstand verloren, dachte er dabei. Schon daß er auf einem Fahrrad herumfährt, ist ungewöhnlich. Man kennt ihn nur auf seinem Traktor, den er über alles lieben mußte. »Geschenkt?« wiederholte er.
»So wie du gestern dem Papierlieferanten Pyljow ein Schwein aus der Herde gefischt hast. War eine Meisterleistung, Semjon Bogdanowitsch. Mit einem Knüppel betäuben und schnell ins Magazin mit dem Tier. Wirklich großartig. Jetzt weiß man, daß du die Stellung als Direktor der Sowchose verdient hast.«
Zirupa saß steif hinter seinem Tisch und verzog keine Miene.
»Du bist krank«, sagte er gepreßt. »Du hast Halluzinationen. Fahr nach Hause, leg dich ins Bett und laß dir von Erna kalte Wickel um den Kopf machen.«
»Ich weiß, was ich gesehen habe.«
»Was hast du gesehen?«
»Wie man aus einem gesunden prächtigen Schwein ein Abfallprodukt in den Büchern macht. Wenn ich jetzt Kiwrin anrufe, er möchte einmal im Hof von Pyljow nachsehen lassen – na, was wird man finden? Ein Schwein mit einem Stempel der ›Bruderschaft‹. Hast du genug Koffer für deinen Wegzug?«
Zirupa knirschte mit den Zähnen, sein Blick war mit Haß erfüllt. »Du willst also ein Schwein von mir?« fragte er steif. »Willst du's hinten auf das Fahrrad schnallen?«
»Ich schlage einen Tausch vor, Semjon Bogdanowitsch.«
»Noch eine Gemeinheit?«
»Für dich eine Lebensrettung. Ich tausche mein Schwein gegen vier Reifen für meinen Traktor. Und stell dir vor: Ich bezahle die Reifen auch noch! Ist das ein Angebot?«

Zirupa ballte die Fäuste und legte sie demonstrativ auf den Tisch. »Schweine habe ich genug, aber keine Reifen«, stieß er heiser hervor. »Wenn du weißt, wie schwer es ist, einen Reifen ...«
»Deshalb komme ich ja zu dir. Ein Staatsbetrieb wird immer bevorzugt gegenüber einem Privatmann. Ich weiß, du hast Reifen auf Lager.«
»Und wie soll ich begründen, daß sie plötzlich verschwunden sind, he?! Ein Schwein kann man ... na ja ... aber vier große Reifen? So viel auf einmal kann nicht verschleißen.«
»Dann melde eine Sabotage.«
»Eine ... Wolfgang Antonowitsch, du hast wirklich Fieber im Hirn! Weißt du, was das Wort Sabotage in Karaganda auslöst? Innerhalb von wenigen Stunden wimmelt es hier von KGB-Leuten! Ich werde verhört, alle werden verhört, die Bücher werden geprüft, sie setzen sich bei uns fest wie die Läuse und ziehen nicht eher ab, bis sie was gefunden haben.« Zirupa sprang auf, als habe sein Stuhl Feuer gefangen. »Und finden werden sie was! Müssen was finden, sonst gelten sie als unfähig. Ob KGB oder Steuerfahndung – sie sind verpflichtet, Erfolge zu melden.« Zirupa stand plötzlich der Schweiß auf der Stirn. Sein Gesicht zerfloß. »Was kann allein mit der Milch passieren? In den Büchern stehe, wir haben unser Soll erfüllt –«
»Was natürlich eine Lüge ist.«
»Lüge! Nur ein wenig nach oben hat man die Zahlen geschoben! Alle machen das. Aber wenn der KGB ...«
»Es *war* Sabotage, Semjon Bogdanowitsch.«
»Was?«
»Daß ich keine Reifen mehr habe.« Weberowsky fühlte sich in Hochstimmung. »Als ich auf der Lauer lag, um deine Bezahlung des Papiers zu beobachten, hat jemand die Reifen meines abgestellten Traktors mit Axthieben völlig zerstört.«
»Wahnsinn!« schrie Zirupa. »Wer tut so etwas?!«
»Und an den Traktor hat er mit großen Buchstaben ARSCH geschrieben.«

»Es muß einer sein, der dich genau kennt«, sagte Zirupa sarkastisch.
»Du kennst ihn nicht?«
»Ich war doch hier, wie du beobachtet hast.«
»Es sagt keiner, daß du es warst.« Weberowsky stand nun auch auf. »Wo ist Katja Beljakowa?«
Zirupa druckste herum, dann antwortete er: »Sie arbeitet.«
»Am Flugblatt Nummer vier? Das Geld werft ihr zum Fenster hinaus!«
Er ging an dem verdutzten Zirupa vorbei, riß die Tür zum Nebenraum auf und trat ein. Die Beljakowa kaute gerade an einem Bleistift. Sie schrak hoch, als Weberowsky plötzlich vor ihr stand.
Aber es war nur eine Schrecksekunde. Dann reagierte sie sofort, sprang auf und baute ihren massigen Körper vor Weberowsky auf.
»Was willst du hier?« schrie sie. »Eine Ohrfeige einstecken? Raus aus meinem Zimmer!«
»Ich dachte, ich könnte dir helfen«, erwiderte Weberowsky und grinste dabei ausgesprochen gemein.
»Wobei?«
»Bei deiner neuen Dichtung. Schreib doch einmal: Sonntags essen die verdammten Deutschen kein Ferkelchen, sondern braten kasachische Babys. Im Ersten Weltkrieg hat man das praktiziert: Da erschienen große Plakate, auf denen ein deutscher Soldat zu sehen war, wie er drei kleine Kinder auf sein Bajonett aufspießt! Und man hat das geglaubt, vor allem in Amerika! Willst du's in dieser Richtung nicht auch in Kasachstan versuchen?«
»Semjon Bogdanowitsch, hörst du das?« kreischte die Beljakowa. »Er hält mich so einer Gemeinheit fähig! Er beleidigt mich wieder! Er schlägt mit Worten auf mich ein! Du bist mein Zeuge!«
»Wolfgang Antonowitsch hat nur ein historisches Ereignis erzählt«, antwortete Zirupa vorsichtig. »Es reicht nicht für einen neuen Prozeß.«
»Wo warst du gestern abend?« fragte Weberowsky plötz-

lich. Aber die Beljakowa war nicht zu überrumpeln. Im Gegenteil, sie sah Weberowsky hochmütig an.
»Auf meinem Zimmer, wo sonst?«
»Du hast dich nicht mit einem Liebhaber getroffen?«
»Zirupa, er beleidigt mich schon wieder!« Ihr riesiger Busen wogte auf und ab, so heftig und empört atmete sie. »Genügt das nicht?«
»Nein. Es war nur eine Frage, auf die man keine Antwort zu geben braucht.«
»Ich habe auch nicht an einen Mann gedacht.« Weberowsky blickte der Beljakowa voll in die Augen. Er bewunderte sie, wieviel Gewalt sie über sich selbst hatte. In ihrem Gesicht war nicht das leiseste Zucken zu sehen. »Ich habe so ein Gerücht gehört. Du sollst eine Vorliebe für Traktorreifen haben.«
»Das reicht.« Die Beljakowa zog sich hinter einer eisigen Miene zurück.
»Nein!« Zirupa schüttelte fast verzweifelt den Kopf. »Er hat nur ein Gerücht weitergegeben.«
»Semjon Bogdanowitsch, entferne diesen Kerl aus meinem Zimmer, oder ich gebe Wolfgang Antonowitsch einen Tritt in ...«
»Laß uns gehen«, unterbrach Zirupa sie und zog Weberowsky am Jackenärmel fort. »Sie tut es wirklich. Dann kannst du nicht mehr auf dem Fahrrad sitzen und nach Hause fahren. Komm, sie kann blitzschnell sein. Das glaubt man ihr gar nicht.«
Er zog Weberowsky wieder am Ärmel, und dieser folgte ihm widerwillig. Er stieß mit dem Fuß die Tür hinter sich zu und klopfte Zirupa auf die Schulter.
»Ich glaube, ich habe den Attentäter entdeckt. Morgen hole ich die Reifen bei dir ab. Und dann vergessen wir, was ich weiß.«

In einem langen Leben wird man mit vielen Geheimnissen konfrontiert, die man nie lösen kann und die deshalb für immer Geheimnisse bleiben. Es sind die Augenblicke, die

jenseits des Begreifens liegen oder die ein unauflösbares Staunen hervorrufen.
Katja Beljakowa erlebte einen solchen Augenblick.
Sie fuhr mit ihrem Pferdewägelchen von Atbasar zurück zur Sowchose. Ein warmer, angenehmer Abend war's, Zufriedenheit erfüllte ihr Herz, denn sie hatte die neuen Flugblätter abgeliefert mit einem Text, von dem selbst Zirupa sagte, er sei gut zu lesen und treffe ins Schwarze. Die Dunkelheit legte sich wie eine warme Decke über das Land, Katja zündete eine Petroleumlampe an und hängte sie an einen Haken außerhalb des Fahrersitzes. Eine Batterielampe besaß sie nicht, und hätte sie eine besessen, wäre die Batterie längst verbraucht gewesen, und neue Batterien gab es nicht. Sie zockelte friedlich durch die Dunkelheit, ließ die Zügel locker und das Pferd von selbst laufen; es kannte ja den Weg zum Stall und brauchte nicht gelenkt zu werden. Der Weg führte auch durch ein Buschgelände, das wie ein Flekken auf der sonst flachen Landschaft lag und deshalb auch von den Bewohnern poetisch »Haare auf der Brust« genannt wurde.
Die Beljakowa träumte vor sich hin und wurde auch nicht munter, als das Pferdchen den Kopf hob, kurz wieherte und ein schnelleres Tempo vorlegte. Zu spät. Plötzlich wurde es völlig dunkel um Katja, und ehe sie begriff, daß man einen großen Sack über sie geworfen hatte, wurde sie schon vom Kutschbock gezerrt und auf den Boden gedrückt.
Die Beljakowa war ein kräftiges Frauenzimmer, ohne Zweifel. Aber jetzt, in einem Sack steckend, der auch ihre Arme einengte, war sie hilflos. Nur um sich treten konnte sie, und schreien, schreien. Das Geschrei wurde zum Kreischen, als sie spürte, wie der Untäter ihren Rock hochriß und ihren Schlüpfer herunterzog.
Daß sie auf ihre alten Tage noch vergewaltigt werden sollte, erzeugte bei ihr neben Panik auch Staunen. Es muß ein Irrer sein, durchfuhr es sie eiskalt. Und wenn er's hinter sich hat, bringt er mich um. Mit einem Messer, einem Strick, wer weiß das?

Sie kreischte wieder, strampelte wild, aber es nützte nicht viel. Der Unhold drückte ihre Beine auf die Erde, setzte sich darauf, schob den Rock noch höher und hieb ihr dreimal auf den nackten Hintern.
Jetzt, durchzitterte es sie. Jetzt passiert's. Ich werd's überleben, wenn er mich leben läßt. Sie streckte sich, gab den sinnlosen Widerstand auf und wartete bebend auf das, was der geile Wolf mit ihr vorhatte.
Zu ihrem großen Erstaunen geschah nichts. Sie spürte nur zwei Hände auf ihren Schenkeln, vier dumpfe Drucke, für die sie keine Erklärung hatte, ja und dann war alles vorbei. Der merkwürdige Sittenstrolch umwickelte sie noch mit einer Leine und schnürte sie mit dem Sack zusammen. Sie hörte, wie es in den Büschen raschelte, der Dreckskerl entfernte sich, sie war allein und lag bewegungslos auf der Erde.
»Du verdammter, räudiger Hund!« brüllte sie ihm nach, und dann begann sie zu strampeln und wälzte sich hin und her und versuchte, den Strick abzustreifen. Es war ganz einfach. Der Unhold hatte sie bewußt so locker gefesselt, daß sie sich leicht befreien konnte. Sie riß den Sack vom Kopf, zog ihren Schlüpfer hoch, strich den Rock glatt, stand ächzend auf und lehnte sich gegen den Wagen. Das Pferd stand ruhig da, mit gesenktem Kopf, und glotzte in die Nacht.
»Was war das nun?« fragte die Beljakowa laut. »Was wollte er von mir? Fällt einfach über mich her. Was soll das?«
Es war eben eines jener Rätsel, denen man im Leben manchmal begegnet. Nur war es diesmal bloß ein halbes Rätsel.
Zirupa schreckte aus tiefem Schlaf empor, als es wie wild an seine Tür klopfte. Dann hörte er Katjas Stimme. »Mach auf! Mach auf! Ich bin überfallen worden. Man hat mir –«
Zirupa sauste aus dem Bett. Die Beljakowa überfallen – das bedeutete Mißlichkeiten bis nach Karaganda. Da konnte auch Kiwrin nicht mehr helfen. Er warf einen Bademantel über, denn in den heißen, schwülen Nächten schlief Zirupa

nackt, öffnete die Tür und ließ Katja hereinstürmen. Ihr Gesicht war verstört. Sie ließ sich auf das Bett plumpsen und starrte auf die Stelle, wo Zirupas Bademantel etwas auseinanderklaffte. Er raffte den Mantel zusammen und zog den Gürtel enger.
»Ich bin überfallen worden«, wiederholte sie, diesmal mit zitternder Stimme.
»Wo?«
»In den ›Haaren auf der Brust‹. Einen Sack stülpt man über mich, zerrt mich vom Wagen, fesselt mich, wirft mich auf die Erde, reißt den Rock hoch –«
»O nein!« stöhnte Zirupa, sichtlich erschüttert. »Sprich nicht weiter ... Das hat man dir angetan? Hat man dich verletzt? Sicher war's ein Idiot.«
»Nichts hat man getan!« Die Beljakowa stand noch ganz unter dem Eindruck ihres Schocks.
»Nichts? Aber du hast doch gesagt, man hat dir den Rock ...«
»Er hat mich trotzdem entehrt. Sieh dir das an, Semjon Bogdanowitsch.« Sie sprang auf, hob ihren Rock und entblößte sich. Zirupa mußte mehrmals schlucken. Der Anblick übertraf jede Phantasievorstellung. »Sieh es dir genau an!«
Die Beljakowa streckte ihm ihr dickes nacktes Hinterteil hin. Auf dem fetten Fleischgebirge prangten jetzt, auf beiden Seiten, je zwei Stempel, zwei runde Stempel, wie sie nach einer Fleischbeschau im Schlachthaus verwendet werden:
Trichinenfrei. Fleisch Güteklasse 1.
Zirupa hielt den Atem an. Er glaubte zu ersticken. Hellrot wurde sein Gesicht. Und dann platzte er, brüllte vor Lachen auf, krümmte sich und fiel neben der Beljakowa auf das Bett.
Er lachte noch immer haltlos, als Katja längst das Zimmer verlassen hatte und unsagbare Flüche ausstieß.
Ein Geheimnis blieb allerdings, wie es möglich war, einen solchen Stempel aus dem Schlachthof zu klauen. Aber danach fragte keiner mehr, als die »Vergewaltigung« der

Beljakowa bekannt wurde. Der ganze Bezirk geriet in fröhliche Stimmung.
Und – es gab auch keine Flugblätter mehr.

Der erste Brief nach neun Jahren Schweigen war für Erna Weberowsky wie ein Schock. Sie drehte ihn immer wieder zwischen den Fingern und konnte es nicht begreifen. Er lebt, dachte sie, er ist nicht verschollen, nach neun Jahren denkt er wieder an seine Schwester. Sie scheute sich, den Brief aufzuschlitzen und wartete, bis Wolfgang Antonowitsch vom Feld nach Hause kam.
»Wolferl, wir haben Post bekommen«, sagte sie mit gedämpfter Stimme, als säßen sie nebeneinander in der Kirche.
»Wieder so ein Wisch aus Karaganda oder Semipalatinsk? Was wollen sie denn jetzt von uns?«
»Mein ... mein Bruder hat geschrieben.«
»Andreas?« Weberowsky sah ungläubig auf den Brief in Ernas Hand. »Wenn das auch wieder so ein gemeiner Scherz ist ...« Er nahm ihr das Kuvert aus der Hand und betrachtete es von allen Seiten. »Es ist ja noch zu.«
»Ich wollte warten, bis du da bist. Ich habe Angst, ich weiß noch nicht, was er schreibt.«
»Wo kommt er her? Aus Ust-Kamenogorsk? Ich denke, Andreas ist in Moskau?!«
»Mach ihn auf, Wolferl. Mach den Brief auf, dann werden wir vielleicht alles wissen.«
Und dann saßen sie nebeneinander auf der Eckbank. Weberowsky las den Brief vor, der zu ihrem Erstaunen in deutscher Sprache geschrieben war. Nach den Worten: »Wenn Ihr noch an mich denkt, umarme ich alle. Euer Andreas«, legte Weberowsky den Brief vorsichtig auf den Tisch, als sei er auf Glas geschrieben worden.
Erna hatte zu weinen begonnen und lehnte den Kopf an Weberowskys Schulter. »Er hat keinen Brief von mir bekommen«, sagte sie leise.» Alle sind beschlagnahmt worden und verschwunden.«

»Und er hat geglaubt, ich hätte dir das Schreiben verboten. Wie kommt er nur auf diesen Gedanken?«
»Du hattest einmal eine Auseinandersetzung mit ihm und hast ihn angeschrien: ›Du bist ja ein Russe geworden!‹ Da kann man so etwas glauben.«
»Dummheit! Ich mag Andreas.«
»Neun Jahre lang war er tot, schreibt er. Feierlich ist er in Moskau begraben worden, es gibt ein Grab mit seinem Namen auf einem Stein ... kannst du das begreifen, Wolferl?«
»Damals war alles möglich. Es war zur Zeit Breschnews. Man hat ihn aus politischen Gründen sterben lassen, Jelzin läßt ihn wieder auferstehen. Daran sieht man, wie Rußland sich gewandelt hat.« Er blickte auf den Brief, rührte ihn aber nicht an. »Andreas ist belogen und betrogen worden, während er sein ganzes Wissen der Sowjetrepublik schenkte. Wie enttäuscht muß er sein. Er war doch immer der große Idealist, der russische Patriot, der mithelfen wollte, Rußland zur stärksten Macht der Welt werden zu lassen.« Er stockte und sah Erna mit zusammengezogenen Brauen an. »Wäre es möglich, daß Andreas mit uns kommt?«
»Wohin?«
»Nach Deutschland.«
»Nie! Er ist mehr Russe als Deutscher.«
»Nach all dem, was er erlebt hat. Das kann man nicht abstreifen wie Wasser von der Haut! Das ist tief eingebrannt. *Ich* wüßte, was ich jetzt täte.«
»Du bist auch nicht Andreas. Mein Bruder ist einer der bekanntesten Atomforscher.«
»Eben darum. Ihm steht die ganze Welt offen. Man wird ihm Angebote machen, von denen er selbst nicht zu träumen wagt.«
»Das hieße für ihn, Rußland zu verraten.«
»Rußland hat *ihn* verraten. Es hat ihn sterben und begraben lassen.«
»Auch das neue Rußland wird ihn nicht herauslassen. Draußen, in der anderen Welt, würde er eine Gefahr für

Rußland sein. Was in Zukunft auch immer wird ... er wird Rußland nie verlassen können.«
»Schreib ihm wieder und frage vorsichtig an, Erna.«
»Es ist doch völlig sinnlos, Wolferl.«
»Versuche es wenigstens. Mehr als nein kann er nicht sagen.« Weberowsky stand auf und ging im Zimmer unruhig hin und her. »Ich hätte große Lust, nach Ust-Kamenogorsk zu fahren und mit ihm zu sprechen. Mein Gott, hätte ich das vor ein paar Wochen gewußt, als ich im deutschen Kulturzentrum war.«
»Da war er noch tot«, sagte Erna leise.
»Ich muß zu ihm eine Verbindung aufnehmen! Stell dir vor, ich bringe Deutschland als Geschenk einen der besten Atomforscher der Welt mit. Dann hätten auch wir keine Sorgen mehr.«
»Du willst Andreas verkaufen?« fragte sie starr. »Du willst mit meinem Bruder Geschäfte machen? Hier der Experte – gebt mir dafür einen Bauernhof mit gutem Land! Wolferl!«
»Du siehst das falsch, Erna. Wenn Andreas Rußland verlassen will ...«
»Er will es nicht!«
»Nehmen wir es an.«
»Er darf es nicht. So großzügig kann auch Jelzin nicht sein, seinen besten Mann der Atomforschung in den Westen zu lassen.«
»Dann wird Andreas flüchten.«
»Und auf der Flucht erschießen sie ihn.«
»Es kann ganz einfach sein. Von Ust-Kamenogorsk ist die chinesische Grenze zum Greifen nahe. Auch die Mongolei grenzt an Kasachstan. Zwei Wege, auf denen er entkommen kann.«
»Wem sollte er entkommen? Niemand verfolgt ihn.«
»Er ist dein einziger Bruder. Soll er wieder verschwinden, und diesmal für immer? Weißt du, was nach Gorbatschow und Jelzin kommt? Die russische Geschichte ist ein großer Topf voll Blut. Wem man heute zujubelt, kann morgen

schon geköpft sein. Davor habe ich Angst ... und deshalb will ich nach Deutschland. Da weiß ich, ich kann ohne Zittern vor Morgen leben, da weiß ich, daß ich in Frieden und Freiheit lebe. Wer das nicht sieht, ist politisch blind!«
»Es kann aber auch ganz anders kommen, Wolferl.«
»Es kann ... ! Aber darauf verlasse ich mich nicht. Die Familie Weberowsky soll endlich zur Ruhe kommen – nach fast zweihundert Jahren! Ist das ein zu großer Wunsch?«
»Für dich nicht, aber laß Andreas aus dem Spiel. Er weiß besser als du, was für ihn gut ist.«
Aber damit war für Weberowsky das Thema noch nicht erledigt. Er dachte auch an die Auswirkungen auf seine Familie, wenn Professor Frantzenow sich entschloß, mit ihnen nach Deutschland auszuwandern. Sein Entschluß konnte Hermann und vor allem Gottlieb, den strammen Kommunisten, überzeugen, daß der Weg nach Westen sinnvoller war als der Weg nach Osten, in das noch immer unbekannte Sibirien. »Wenn Sibirien erschlossen wird –«, hatte Gottlieb einmal gesagt –, »wenn dort neue Städte entstehen, wenn revolutionäre Pionierarbeit getan wird, dann braucht man auch dort gute Ärzte. Viele Ärzte. Das ist mein Ziel: Ein Arzt im eroberten Sibirien sein! Und nicht ein Praxisverwalter, der jeden Monat die Krankenscheine zählt.«
Wenn ein Mann wie Frantzenow Rußland verließ, mußte auch ein Gottlieb Weberowsky nachdenklich werden.
Schreiben wir Andreas erst einmal zurück, dachte er. Nach neun Jahren ist er zurückgekehrt, und er soll unsere Freude spüren. Und dann fahre ich wieder nach Ust-Kamenogorsk zur Organisation »Wiedergeburt« und dem deutschen Kulturzentrum und werde mich durchfragen bis zu Andrej Valentinowitsch Frantzenow. Und wenn sie sagen: Den gibt es nicht, werde ich antworten: Ha! Geschrieben hat er mir! Hier ist sein Brief. Also geht aus dem Weg, ehemalige Genossen, und laßt mich zu ihm.
Zufrieden mit diesen Gedanken duschte er sich, zog sein Nachthemd an und legte sich ins Bett.

Erna blieb noch auf. Sie las zum vierten Mal den Brief ihres Bruders. Es war wirklich, als sei er von den Toten auferstanden.

Im BND und beim Verfassungsschutz hatte man wenig Hoffnung, den flüchtigen Karl Köllner noch aufzuspüren. Den Schaden, den er im Außenministerium angerichtet hatte, war noch nicht zu überblicken. Eine kleine Sonderkommission des Amtes, die zur Untersuchung gebildet worden war, schien jedoch davon überzeugt, daß Köllner alles nach Moskau verraten habe, was von den einzelnen Botschaften als streng vertrauliche Sache nach Bonn gegeben wurde. Das war eine Katastrophe, und im Auswärtigen Amt war man bemüht, alles herunterzuspielen und vor allem der Öffentlichkeit diesen neuen Fall vorzuenthalten.
»Es ist eine absolut interne Sache«, stellte der Staatssekretär mit knappen Worten klar. »Ich möchte fast sagen: eine Verschlußsache. Meine Herren, es ist nichts gewesen. Absolut nichts.«
Um so eifriger kümmerten sich CIA und BND um die noch unklaren Verbindungen von Karl Köllner zu seiner Tante Erna Weberowsky und seinem zu neuem Leben erweckten Onkel Professor Frantzenow. »Das kann ein ganz raffinierter Ring sein«, sagte Egon Kallmeier im Kollegenkreis. »Ein international berühmter Atomforscher, eine biedere Bäuerin und der Referent im Außenministerium ... alles integre Personen, wenn nicht – und da brutzelt der Hase in der Pfanne – alles zu harmlos aussähe. Der CIA hatte zwei V-Männer in diese geheimnisvolle Atomstadt geschickt. Wir werden mit neuen, überraschenden Erkenntnissen rechnen müssen. Ideal wäre es, wenn Köllner in Kasachstan auftaucht. Aber das wäre ja schon ein Märchen ...«
In Kirenskija saß Professor Frantzenow untätig herum und vervollständigte sein Tagebuch, von dessen Existenz nur er allein wußte. Ein geheimes Buch voller Zündstoff. Er schilderte darin nicht nur seine Gedanken, sondern notierte in einer raffinierten Verschlüsselung unter Verwendung von

Tolstois »Krieg und Frieden« die Ergebnisse seiner nuklearen Forschungen und die Entwicklung neuer russischer Sprengköpfe mit Scharfmacher-Codes, die bei jeder Raketenwerfer-Einheit täglich geändert wurden. Dadurch wurde ein Atomsprengkopf, gelangte er wirklich in fremde Hände, völlig wertlos und war nur ein Klumpen Metall. Auch die Zusammensetzung vom Uran-235 und Plutonium, als Grundmaterial für eine Kernwaffe, hatte er neu berechnet. Schon fünf Kilogramm Plutonium reichten aus, eine Bombe zu entwickeln, die verheerender war als die Bombe von Hiroshima. Fünf Kilogramm ... man konnte sie wegen ihrer schwachen Alphastrahlung bequem in einer Plastiktüte wegtragen. Erst wenn das Plutonium oder Uran-235 im Reaktor aufgearbeitet wird, wird der nukleare Brennstoff zur tödlichen Waffe.

An einem Nachmittag meldete sich ein junger Mann bei Frantzenow. Er trug eine Brille mit goldenem Gestell, einen guten Anzug und machte den Eindruck, daß er nicht zu denen gehörte, die einen Rubel erst in Kopeken zerlegen, ehe sie ihn ausgeben. Er stellte sich als Boris Olegowitsch Sliwka vor und benahm sich so, als kenne er Professor Frantzenow von Kindheit an.

»Sie wollten mich sprechen?« fragte Frantzenow abweisend. »Ich kenne Sie nicht. Ich habe Ihren Namen noch nie gehört.«

»Was ist ein Name? Ein Schild, das man auswechseln kann. Sliwka ist so ein Name – im Augenblick ist er im Gebrauch.«

»Ich habe keine Zeit, mich über solche Dummheiten zu unterhalten«, erwiderte Frantzenow ungehalten. Er stand auf, um die Tür zu öffnen und den Besucher hinauszubitten, aber Sliwka blieb im Zimmer stehen und lächelte hintergründig.

»Sie haben Zeit, Andrej Valentinowitsch. Darf ich mit einer Frage beginnen? Wieviel Gehalt zahlt Ihnen Rußland?«

»Geht Sie das etwas an?!«

»Ich kenne Ihr Gehalt. Rund 100 000 Nuklearspezialisten

arbeiten für Rußlands Vormachtstellung, davon sind ungefähr 3000 jene Wissenschaftler, die mit den geheimsten Forschungen vertraut sind. Experten der höchsten Geheimhaltungsstufe. Sie sind einer der Topspezialisten. Dafür bekommen Sie vom Staat 1500 Rubel. Ist das nicht lächerlich, wenn man bedenkt, daß zum Beispiel ein Kilo Rindfleisch schon 150 Rubel kostet. Ein Braten – das Zehntel Ihres Gehaltes!«
»Ich lebe zufrieden!« entgegnete Frantzenow steif.
»Ich kenne einen Staat, der Ihnen im Monat 15 000 Dollar zahlen will.«
Frantzenow schloß die Tür wieder, kam ins Zimmer zurück, wies auf einen Sessel, und beide setzten sich.
»Wer sind Sie?« fragte Frantzenow. Und dann gab er sich selbst die Antwort. »Sie sind ein Agent, einer von den Doppelagenten, die Nurgai in der Stadt vermutet.«
»Ich gebe dazu keine Erklärung, Andrej Valentinowitsch.«
»Wie sind Sie nach Kirenskija gekommen? Bei diesen vollkommenen Sicherheitssperren? Hier wird sogar ein Floh entdeckt.«
»Das war unter anderem auch meine Aufgabe, für eine lückenlose Überwachung zu sorgen.«
»Wie bitte? Höre ich recht ... Sie ... ?«
»In Rußland hat sich vieles geändert. Nichts ist mehr wie früher, die Reformen zerstören viele Einrichtungen, ohne die man in der ehemaligen Sowjetunion nicht auskommen konnte. Viele Dienststellen werden verkleinert oder erhalten andere Aufgaben. Ich habe das bei Gorbatschows Übernahme der Macht im Kreml rechtzeitig kommen sehen und mich etwas seitwärts orientiert.« Sliwka grinste unverschämt. »Nennen wir es so. Ich bin eigentlich ein KGB-Mann –«
»Und jetzt ein Überläufer zu einem westlichen Geheimdienst.«
»Unter anderem. Heute, bei Ihnen, arbeite ich auf eigene Rechnung.«
»Und Sie haben keine Angst, daß ich Sie anzeige?«

»Nein. Sie tun es nicht. Ihr Patriotismus ist gestorben, als Sie von den Toten wieder auferstanden. Die Erkenntnis, was man mit Ihnen getan hat, war ein Schock für Sie. Von dieser Stunde an sind Sie für Rußland ein großes Risiko.«
»Haben *Sie* auf mich geschossen?«
»Ja.«
»Warum?«
»Als KGB-Mann war es meine Aufgabe, alle Unsicherheiten zu liquidieren.«
»Und jetzt nicht mehr?«
»In Rußland ändern sich jetzt die Situationen von Tag zu Tag. Immer neue Überraschungen dringen aus dem Kreml. Warum soll ich mich selbst nicht überraschen? Ich weiß so ziemlich sicher, daß ich bei einem Personalabbau des KGB auf der Straße sitze. Ganz natürlich ist es dann doch, für die eigene Zukunft vorzusorgen.«
»Indem Sie Nuklearexperten abwerben.« Frantzenow musterte Sliwka eindringlich. Wie ein biederer Mensch sieht er aus. Ein harmloser Buchhaltertyp. Ein Angestellter der mittleren Gehaltsklasse. Nur sein teurer Anzug paßt nicht dazu. »Wer interessiert sich für mich?«
»Oh, Andrej Valentinowitsch ... alle Länder, die von einer Atombombe träumen. Iran, Irak, Libyen, Südkorea, Nordkorea, Vietnam ... ich möchte sie nicht alle aufzählen. Es wäre langweilig.«
»Sie sind der erste, der mir ein Angebot machen will, Boris Olegowitsch.«
»Weil ich am nächsten bei Ihnen bin. Man weiß ja erst seit kurzem, daß Sie noch leben. Aber das Rennen hat begonnen. Man weiß nur nicht, wie man an Sie herankommt. Die Geheimdienste arbeiten fieberhaft, das weiß ich vom CIA.«
»Ihrem zweiten Arbeitgeber.«
»Vergessen wir das.« Sliwka winkte ab und grinste wieder. »Haben Sie schon mal etwas von Mahdi Chamran gehört?«
»Nein.«

»Er ist der Kernwaffenexperte des iranischen Oberkommandos. Seit drei Tagen ist er in Kasachstan. Ich hatte eine Unterredung mit ihm.«
»Und nannten meinen Namen.«
»Schlicht gesagt: Ich habe Sie angeboten. Chamran ist bereit, mit Ihnen zu sprechen und jede akzeptable Summe zu zahlen, wenn Sie Ihren Wohnsitz verändern.«
»Man glaubt, man könnte mich in den Iran locken?«
»Bei 15 000 Dollar Monatsgehalt ... mindestens. Sie wären einer der höchstbezahlten Wissenschaftler der Welt.«
»Und Sie glauben wirklich, daß ich mich an den Iran verkaufe, Boris Olegowitsch?«
»Ich habe Ihnen nur eine Anregung gegeben. Eine Hypothese. Auch Ihre Zukunft ist ungewiß. Gewiß ist nur, daß Rußland Sie nie und nimmer ins Ausland gehen läßt. Eher werden Sie liquidiert.«
»Was Sie schon versucht haben.« Frantzenow richtete sich gerade auf. Seine Stimme klang fest und endgültig. »Ich lehne das Angebot ab. Ich gehe in kein islamisches Land, in dessen Händen eine Atombombe eine globale Bedrohung bedeuten würde. Religiöse Fanatiker sind zu allem fähig, auch die Selbstvernichtung ist ein heiliger Akt. Die höchste Ehre ist es, ein Märtyrer zu sein. Außerdem bin ich als Einzelperson wertlos. In der Atombombe stecken fünfzig Jahre Forschung und Erfahrung. Allein die Sicherheitszahlencodes und die elektronischen Sperren, die nur durch ein Funksignal aktiviert werden, können nicht im Eilverfahren hergestellt werden.«
»Es genügt, wenn ein Sprengkopf ›abgezweigt‹ wird.«
»Dann kennen Sie noch immer nicht die eingegebenen Codes. Auch ein Computer kann ihn nicht aufspüren – es ist eine Kombination aus zehn Zahlen!«
»Man kann den Sprengkopf aufschrauben und die elektronischen Zahlensperren überbrücken.«
»Nein, das kann man nicht! Eine mit Sprengstoff kombinierte Demontagesperre verhindert solche Manipulationen.«

»Lächerlich!« Sliwka wurde unsicher. »Eine Atombombe ist im Grunde eine simple Sache. Was braucht man denn? Zehn Kilogramm hochangereichertes Uran, ein Stahlrohr und einen Wassereimer mit Schießpulver. Fertig ist die Hiroshima-Bombe! Die Amerikaner nennen dieses Zusammensetzungssystem ›Gun Design‹. Sie sollten das nicht kennen? Da muß ich lachen.«
»Ich muß Ihnen die Freude verderben, Boris Olegowitsch.« Jetzt lächelte Frantzenow überlegen. »Woher bekommen Sie zehn Kilo hochangereichertes Uran? Es selbst aus dem an sich schwachen Uran-235 herzustellen, ist den interessierten Ländern nicht möglich. Ihnen fehlen die komplizierten Anlagen. Und hochaktives Nuklearmaterial zu bekommen, es gefahrlos zu transportieren, ist fast unmöglich – wenn es illegal geschehen soll. Außerdem: Die Hiroshima-Bombe nach dem System ›Gun Design‹ ist ein alter Hut, den keiner mehr aufsetzt. Die neue Waffe ist die Wasserstoffbombe, und in jeder H-Bombe verbirgt sich als Zünder eine winzige Atombombe.«
»Ihr Spezialgebiet, Andrej Valentinowitsch. Deshalb zahlt man Ihnen ja 15 000 Dollar im Monat.«
»Dieses Wissen ist unbezahlbar, Sliwka.«
»Sie haben es für lächerliche 1500 Rubel zur Verfügung gestellt.«
»Für Rußland! Ich war ein glühender Patriot.«
»Das beruhigt mich.«
»Was?«
»Daß Sie ›war‹ sagten.«
»Sie sollten nicht auf Worten herumreiten. Ich bin Russe.«
»Sie sind deutschstämmig. Sie kommen aus einer alten deutschen Familie. Das bleibt, auch wenn Sie äußerlich ein Russe sind.«
»Ich habe keinerlei Kontakt zu Deutschland gehabt und werde ihn auch nie haben.«
»Was verstehen Sie unter Kontakt? An Ihre Schwester in Nowo Grodnow haben Sie einen Brief geschrieben.«

»Ach, das wissen Sie auch?« Frantzenow hob die Augenbrauen. Die Bewachung hat nicht aufgehört. Sie ist perfekt. Auch wenn sich alles um mich herum verändert, ob Gorbatschow oder Jelzin, ob ein selbständiges Kasachstan oder eine russische Föderation – ein Andrej Frantzenow wird immer ein Gefangener bleiben. Einmal tot, einmal lebendig, einmal hochgeehrt, einmal stillgeschwiegen, ganz wie man es braucht. Als Mensch bist du ein Nichts, als dienender Geist Eigentum des Staates.
»Wir wissen sogar noch mehr«, fuhr Sliwka fort und grinste wieder.
»Als KGB-Mann.«
»Ich bin im Range eines Oberleutnants. Aber nicht nur der KGB, auch der CIA beobachtet Sie genau.«
»Wie zum Beispiel Captain Tony Curlis.«
»Er wird ein Problem ... für mich.«
»Aber wenn Sie selbst –«
»Er weiß nicht, daß ich nach allen Seiten arbeite. Für ihn bin ich der Atomtechniker Sliwka, ein unwichtiger Mann. Aber Curlis überwacht *Sie*.«
»Von ihm kam noch kein Angebot.«
»Er hat zunächst die Aufgabe, zu verhindern, daß Sie überhaupt Angebote annehmen.« Sliwka sah sich um. »Haben Sie nichts zu trinken, Andrej Valentinowitsch? Ich habe einen trockenen Hals.«
»Ich habe einen guten Kentucky-Whiskey hier.« Jetzt lächelte Frantzenow. »Von Curlis.«
»Auch gut.«
Sliwka wartete, bis Frantzenow den Whiskey geholt und zwei Gläser eingeschenkt hatte. »Mit Wasser?« fragte er dabei.
»Nein. Ein echter Whiskey-Trinker verwässert doch das edle Zeug nicht.« Sliwka trank, stieß diskret auf und setzte das Glas ab. »Der KGB weiß auch, daß Ihr Schwager Wolfgang Antonowitsch Weberowsky ein glühender Rußlanddeutscher ist, der unbedingt nach Deutschland umsiedeln will. Nun schreiben Sie Ihrer Schwester Erna. Warum?«

»Weil sie meine Schwester ist, für die ich neun Jahre lang verschollen war.«
»Es könnte der Verdacht aufkommen, daß auch Sie mit dem Gedanken spielen, nach Deutschland auszuwandern.«
»Nie! Was soll ich in Deutschland?«
»Es als Sprungbrett benutzen für eine neue Nuklearforschungsstelle in einem der besagten Länder. Das wäre ein umständlicher Weg, das könnten Sie einfacher und vor allem schneller haben.«
»Fangen Sie nicht wieder von Ihren dunklen Hintermännern an!«
»Ich muß, weil Sie offensichtlich ein dummer Mensch sind bei all Ihrem Genie!« Sliwka trank noch einen Schluck Whiskey und rülpste wieder leise. Starker Alkohol regte ihn dazu an. »Eine Reihe Ihrer weniger berühmten Kollegen sind da großzügiger. Beauftragte des Irans sind massiv tätig in Aserbaidschan, Tadschikistan, der Ukraine und hier in Kasachstan. Vier Atomwissenschaftler sind heimlich aus dem Land geschmuggelt worden. Es ist Mahdi Chamran gelungen, durch Mittelsmänner einzelne Bombenteile aus dem Moskauer Kurtschatow-Atominstitut zu besorgen, die man im Iran dann wieder zusammensetzen will. Die iranischen Botschaften in Duschanba und Baku haben Anträge von ehemaligen sowjetischen Experten vorliegen, die bereit sind, für den Iran zu arbeiten.«
»Gewissenlose Lumpen!«
»Nicht jeder kann 10 000 Dollar Monatsgehalt ausschlagen. Nach uns die Sintflut, ist die Ansicht vieler. Die Welt ist sowieso ein Scherbenhaufen, und das Leben ist kurz. Laß uns die letzten Jahre genießen.« Sliwka beugte sich vor. »Oder glauben Sie, die arabischen und asiatischen Staaten bekämen die Atombombe nicht, wenn sie keine russischen Genies herüberholen? Dann gibt es eben andere Möglichkeiten ...«
»Nicht, wenn die Nuklearwaffen weltweit geächtet werden.«
»Geächtet. Auch so ein hohles politisches Wort! Als ob sich

ein Mullah darum kümmert, was eine Runde alter, müder Schwätzer irgendwo, in New York oder Brüssel oder sonstwo beschließt. Ob UNO, Sicherheitsrat oder andere Debattierklubs ... eine unbesiegbare Macht in den Händen zu halten, ein Druckmittel, das immer Angst erzeugt, macht doch alle Resolutionen zu Makulatur. Was geht einen Saddam Hussein ein UNO-Beschluß an, wenn er für den Irak die Atombomben nachbauen kann? Wer das klar sieht, hat keine Skrupel mehr, sich für 10 000 oder sogar 15 000 Dollar pro Monat zu verkaufen, ehe ein anderer ihm zuvorkommt. Professor Frantzenow, mein Angebot steht.«
»Und meine Absage auch!«
»Wenn das Ihr letztes Wort ist –«
»Das ist es, Boris Olegowitsch.«
»... dann leben Sie gefährlich. Ich werde Sie dann fortan in meiner Eigenschaft als KGB-Angehöriger beobachten. Was das bedeutet, wissen Sie.«
»Und wenn ich mich dem CIA anvertraue?«
»Dann bin ich auch zuständig.«
»Ich meine Captain Curlis.«
»Andrej Valentinowitsch, bitte, vermeiden Sie doch unnötige Komplikationen und tödliche Härten.«
Das war deutlich genug. Frantzenow war klar, daß der elegante, aber sonst unscheinbare Mann mit der Goldbrille und dem Alltagsgesicht gefährlicher war als ein hungriges Raubtier. Für ihn ging es sicherlich um Millionen, und er würde alles tun, um sie nicht zu verlieren. Er war ein Mensch jenseits aller Moral, frei von allen Skrupeln, ein Muster an Gewissenlosigkeit, aber er trank seinen Whiskey wie ein Gentleman, in kleinen, genußvollen Schlukken. Nur die Rülpser paßten nicht dazu.
»Das war ein guter Abschlußsatz!« sagte Frantzenow und erhob sich abrupt. »Ich glaube, wir haben uns alles gesagt, was zu sagen war. Und zu sagen ist! Passen Sie gut auf mich auf, Boris Olegowitsch.«
Auch Sliwka erhob sich und ging freiwillig zur Tür. »Was werden Sie als nächstes tun?«

»Auf die Antwort meiner Schwester warten.«
»Und dann?«
»Vielleicht besuche ich sie in Nowo Grodnow. Vielleicht. Ich bin ja jetzt nicht mehr tot. Und sonst? Ich warte.«
»Worauf?«
»Rußland vernichtet zwar die Atomsprengköpfe, aber nicht die gesamte Nuklearforschung. Irgendwo wird man einen Platz für mich finden.«
»Wo Sie an einer neuen, weltbedrohenden Waffe basteln werden.«
»Möglich, aber nicht für einen islamischen oder asiatischen Staat!«
Sliwka hob die Schultern, als wolle er damit sagen: Überleg es dir noch einmal genau, und verließ dann das Haus. Frantzenow blickte ihm durch das Fenster nach, ging dann ins Zimmer zurück und trank sein Whiskeyglas leer. Der Ausverkauf hatte also begonnen. Russische Atomwissenschaftler wurden zu modernen Söldnern und ließen sich für viel Geld anwerben. Sie wurden in den Iran, den Irak und nach Libyen geschmuggelt, ein profitabler Menschenhandel, über den sich die entsetzte russische Regierung in Schweigen hüllte. Zu verhindern war er nicht. Plötzlich fehlte ein Experte in den Forschungsstätten von Aserbaidschan oder Kasachstan, war einfach verschwunden, und wo wollte man suchen in den Weiten der Länder? Auch ein anderer, weniger abenteuerlicher Weg stand offen: Man buchte einen normalen Flug nach Rußland oder in die Ukraine, aber wenn man in St. Petersburg oder Kiew ausgestiegen war, verloren sich alle Spuren. Von dem ukrainischen Präsidenten Leonid Krawtschuk wußte man, daß er von einer Großmacht Ukraine träumte, von einer Atommacht, der drittgrößten der Welt, und daß er den Abtransport der in seinem Land lagernden Sprengköpfe zur Vernichtung in Rußland einstellen wollte. Auch er – so mutmaßte der CIA – würde den Werbern der Mullahs aus dem Iran und dem Libyer Gaddafi wohlwollend gegenüberstehen. Dabei spielte Geld keine Rolle

mehr, und die neuen russischen Staaten brauchten Geld für den eigenen Aufbau der heruntergekommenen Wirtschaft. Wie ernst die Lage war, demonstrierte auf einer islamischen Konferenz in Teheran der iranische Vizepräsident Seyyed Attoallah Mohadscherani in einer Rede. Er sagte: »Weil Israel im Besitz von Atomwaffen ist, müssen wir, die Moslems, zusammenarbeiten, um eine Atombombe zu produzieren.«
Wer aber könnte das besser als die freiwerdenden sowjetischen Experten?
15 000 Dollar Monatsgehalt, das man durch geschicktes Taktieren bis auf 500 000 Dollar Jahresgehalt steigern konnte – das war ein Preis, der das Gewissen beruhigte.
Frantzenow schüttelte den Kopf.
Ohne mich, dachte er. Wenn man mich wirklich nicht mehr braucht, ziehe ich mich auf eine kleine Datscha zurück, werde lesen und Bücher schreiben, mich um Kunst und Literatur kümmern, viel spazierengehen und den Wolken am Himmel nachsehen, die rein und weiß sind und nicht schwarz und schweflig gelb wie eine Atomwolke. Und ich werde sterben in dem Bewußtsein, nichts Unrechtes getan zu haben ... nur meine Pflicht.
Am späten Abend traf er mit Nurgai zusammen. Der Chef von Kirenskija war guter Laune, man saß in der Kantine zusammen, die amerikanische Kommission war unterwegs an die chinesische Grenze, um einen Blick in das rote Land der Mitte zu werfen, das bei einem Amerikaner immer noch ein wohliges Gruseln hervorrief, vor allem seit dem Massaker auf dem »Platz des Himmlischen Friedens« in Peking nach dem Aufstand der Studenten.
»Ich könnte in den Irak, Andrej Valentinowitsch«, sagte Nurgai zufrieden. »Saddam Hussein ließ mich wissen, Geld spiele keine Rolle und sei keine Frage mehr.«
»Und Sie nehmen das Angebot an?« fragte Frantzenow und runzelte die Stirn. Der große Kommunist Nurgai, der Herr über Kirenskija, der bisher glühende Patriot, würde in ein anderes Land und zu einem irren Diktator gehen,

würde sein Vaterland verraten, nur um ein paar tausend Dollar einzustecken? Was war aus Rußland geworden –
»Ich nehme nicht an!« antwortete Nurgai zum Erstaunen Frantzenows. »Hatten Sie das erwartet?«
»Nach unserem letzten Gespräch –«
»Das war nur ein Test, Andrej Valentinowitsch.« Nurgai verzog den Mund zu einem teuflischen Lächeln. »Ich wollte erfahren, wie Sie über eine Abwerbung denken. Sie lehnten sie kategorisch ab. Das hat mir gefallen. Alle paradiesischen Bilder, die ich Ihnen vom Westen schilderte, konnten Sie nicht überzeugen.«
»So wenig haben Sie mir vertraut?«
»Sie sind ein Rußlanddeutscher.«
»Verdammt! Ich bin Russe!« Frantzenow verlor die Nerven. Er hieb mit der Faust auf den Tisch. Die Teetasse schwappte über, und eine Teelache zerfloß auf der Platte.
»*Sie* sehen das so. Aber amtlich –«
»Ich weiß. Ich war ja bis jetzt ein Toter! Mit einem blumengeschmückten Grab und einer Beerdigung, die das Fernsehen übertragen hat.«
»Da sehen Sie, was Sie uns wert sind«, sagte Nurgai sarkastisch.
»Wenn ich schon so wertvoll bin, was wird nun aus mir nach den Reformen?«
»Unser Atomminister Viktor Michailow wird für Sie sorgen. Ich habe bereits einen Ruf nach Moskau bekommen, als Ressortleiter im Kurtschatow-Atominstitut. Ich nehme an, Sie bekommen eine bessere Stelle. Natürlich nicht für 15 000 Dollar, sondern für höchstens 7000 Rubel. Immerhin, das ist ein Gehalt, von dem andere Russen träumen.«
»Bis auf die Schieber, die als Leichenfledderer die ehemalige Sowjetunion ausschlachten. Ich habe erst gestern im Radio gehört, daß es eine Menge neuer Millionäre gibt. Es muß überall ein schreckliches Durcheinander herrschen. Hier erfährt man ja nichts. Keiner weiß, was wird, niemand kann sagen, wie die einzelnen Republiken handeln werden. Rußland, das wie eine Mutter alle nun selbständigen Staaten

unter ihrem Rock sammeln will, wird von ihren Kindern laufend betrogen und belogen, jeder will nur Geschäfte machen, untereinander und mit ausländischen Staaten. Alle wollen schnell reich werden, während die Leute wieder vor den Geschäften anstehen, aber der unbezahlbare Schwarzmarkt floriert. Soll das ein neues starkes Rußland werden?«
»Wir müssen uns damit abfinden, daß Reformen Opfer kosten.« Nurgai hob die Arme. Es war eine Geste der Hilflosigkeit und Handlungsohnmacht. »Ein Umbau ist immer komplizierter und macht mehr Dreck als ein Neubau. Alles braucht seine Zeit. Am meisten die Sicherung des Weltfriedens. Und davon sind wir noch weit entfernt, trotz nuklearer Abrüstung. Kasachstan wird bestimmt Schwierigkeiten machen, andere werden ihm nacheifern. Das plötzliche Machtdenken ist zu groß. Aber was können wir tun? Nichts!«
»Ich habe Vertrauen – wenigstens in Jelzin.«
»Mir geht es nicht anders.« Nurgai schob nachdenklich die Unterlippe vor. »Nur – was ist Jelzin wirklich in den Augen des Volkes? Einerseits eine Art Volksheld, der die Eisenklammern des Kommunismus abstreift, andererseits ein laut brummender Bär, der an einer langen Kette angepflockt ist und eins über den Rücken bekommt, wenn er zu sehr an ihr zerrt. Ich sage immer wieder: Warten wir ab.«
»Sie wissen mehr, Kusma Borisowitsch, als Sie sagen.« Frantzenow stand auf und machte Anstalten, zu gehen. »Wann und wohin will Moskau mich versetzen?«
»Ich schwöre, dieses Mal weiß ich gar nichts. Ich schwebe genauso im luftleeren Raum wie Sie. Nichts hat man mir mitgeteilt, gar nichts. Ich weiß nur, daß Sie zu der Handvoll Wissenschaftler gehören, auf die Rußland nie verzichten wird. Eine große und verdiente Ehre für Sie. Vor allem als Deutschrusse.«
»Reiten Sie nicht immer auf dem ›Deutsch‹ herum!« erwiderte Frantzenow unwillig. »Wenn Sie mich damit ärgern wollen, ist das die falsche Vokabel.«
Er verließ das Kasino, ging zurück in seine Wohnung, wo mittlerweile das Glas im Fenster ersetzt worden war. Er

warf sich auf das Sofa, starrte zur hellgelb gestrichenen Decke hinauf und kam sich irgendwie verloren vor. Die Langeweile griff nach ihm.
Er hatte zu nichts Lust. Um sich aus der Leere zu flüchten, dachte er an Erna, seine Schwester in Nowo Grodnow, und an die Familie Weberowsky.
Plötzlich kam ihm ein Neffe in Erinnerung, der schon lange in Deutschland lebte. Der Sohn seiner jüngsten Schwester, die im damaligen Leningrad gelebt hatte. Karl Köllner.
Oder Karl Viktorowitsch Köllnerow, wie er getauft worden war. Er wußte auch nicht, warum er jetzt an ihn dachte. Er hatte nie mit ihm in Verbindung gestanden, er wußte nur, daß es ihn gab und daß er in Deutschland lebte. Ob Erna wußte, was aus diesem Karl geworden war?
Frantzenow schloß die Augen und vergaß Köllner schnell wieder. Er beschloß, eine Schallplatte aufzulegen. Aber über diesen Gedanken schlief er ein und wachte erst am späten Abend wieder auf. Die Haustürklingel ließ ihn aufschrekken. Er ging hinaus, öffnete, aber niemand stand draußen. Er sah sich kopfschüttelnd nach allen Seiten um. Die Straße lag einsam da, umsäumt von Häusern, in denen noch kein Licht brannte. Eine tote Straße in einer toten Stadt.
Erst beim Schließen der Tür sah er den Brief, der in der Ecke lag. Er bückte sich, riß das Kuvert auf und fand darin ein Stück Papier. Mitten darauf stand nur eine Zahl.
15 000.
Frantzenow zerknüllte das Papier in seiner Faust, sah sich noch einmal nach allen Seiten um und schrie dann in die Leere hinein:
»Nein! Nein! Nein!«
Der Psychoterror hatte begonnen.

In diesen Tagen fand in Bonn eine kurze Besprechung statt. Ein Ministerialdirigent im Innenministerium und ein Ministerialdirigent im Außenministerium saßen zusammen und tauschten Erfahrungen aus.
»Das Dossier Köllner, das wir vom BND bekommen haben,

läßt vieles offen«, berichtete der Ministeriale vom Innenministerium. »Viele Fragen, die Herrn Minister Schäuble sehr interessieren. Was ist aus dem Auswärtigen Amt nach Moskau weitergegeben worden?«
»Ehrlich, wir wissen es nicht.« Der Beamte des Außenministeriums sog nervös an einem Zigarillo. »Köllner arbeitete im Konsularreferat. An interne außenpolitische Geheimsachen ist er nie herangekommen.«
»Aber er kannte die dienstlichen Anweisungen an die Konsulate in aller Welt.«
»Ja. Sie gingen größtenteils über seinen Tisch und von dort an unsere Vertretungen. Was er erfahren konnte, war nichts Hochbrisantes. Aber es ist ja auch genug, wenn Moskau über die Instruktionen, die an unsere Botschaften gingen, informiert war. Aus solchen Mitteilungen geht etwa hervor, in welchem Verhältnis wir zu dem betreffenden Staat stehen.«
»Also ein großer Schaden. Erstaunlich, daß davon noch nichts an die Medien durchgesickert ist. Bei Ihnen gibt es genauso wie bei uns undichte Stellen, die eine Verschlußsache zum Sieb machen.«
»Wir haben den Fall Köllner völlig abgeblockt. Er ist nur einer Handvoll Mitarbeitern bekannt.«
»Weshalb ich zu Ihnen komme.« Der Mann vom Innenministerium holte einen Zettel aus der Jackentasche. »Dem BND ist bekannt, daß Köllner Verwandte in Rußland hat.«
»Das steht in der Akte, die wir auch haben.«
»Nur das Neueste fehlt. Der Onkel von Köllner, ein gewisser Wolfgang Weberowsky in Kasachstan ...«
»... steht auch in meiner Akte.«
»... dieser Onkel hat einen Ausreiseantrag nach Deutschland vom deutschen Kulturzentrum in Ust-Kamenogorsk mitgenommen. Es ist zu erwarten, daß er ihn ausfüllt und im Generalkonsulat von Alma-Ata oder Kiew oder direkt in Moskau bei der Botschaft abgibt. Wir alle wissen, wie lange bei diesem Ansturm der Rußlanddeutschen die Bearbeitung dauert, vor allem, wenn die Bögen fehlerhaft ausgefüllt

sind. Der Herr Innenminister läßt nun bitten, wenn von der Familie Weberowsky ein Antrag eingereicht wird, diesen bevorzugt, das heißt sofort zu bearbeiten und die Ausreise zu genehmigen. Der BND ist sehr daran interessiert. Es müßte auch im Interesse des Auswärtigen Amtes liegen, wenn wir Weberowsky und seine Frau Erna baldmöglichst vernehmen könnten. Hochbrisant, das steht ja in der Akte, ist die Tatsache, daß einer der berühmtesten Nuklearforscher Rußlands, Professor Frantzenow, der Bruder von Erna Weberowsky und der Onkel des flüchtigen Köllner ist. Der BND vermutet da Zusammenhänge. Die Auswanderung Weberowskys kann auch bedeuten, einen neuen, harmlosen Stützpunkt in Deutschland aufzubauen. Ein armer Auswanderer wird natürlich nicht verdächtigt und überwacht. Ich möchte überhaupt wissen, wer da alles herüberkommt. Es sind nicht alles Heimwehkranke.«
»Man spricht von Hunderttausenden Rußlanddeutschen, die in die Bundesrepublik drängen.«
»Ein Wahnsinn, sage ich.«
»Es wäre eine gute Aufgabe des Innenministeriums, diesen Strom zu lenken.«
»Wir sind ja dabei! Der umfangreiche Fragebogen ist das erste Sieb. Die zweite Bremse ist das Angebot Jelzins, einen eigenen Wolgastaat mit den Rußlanddeutschen zu gründen. Wir werden uns bemühen, den Umsiedlern dieses Angebot so schmackhaft wie nur möglich zu machen. Wer sich in den Gebieten Saratow, Wolgograd und Samara ansiedelt, soll von uns finanziell unterstützt werden in Form einer Aufbauhilfe. Das ist wesentlich billiger als eine Aufnahme der Aussiedler in der BRD. Die Hilfe kommt als Rubel zur Verteilung. Bei dem jetzigen Umtauschkurs ein Minimum an D-Mark im Vergleich zu dem, was uns die Eingliederung der Rußlanddeutschen kosten würde. Das Innenministerium wird den Staatssekretär Horst Waffenschmidt zum Aussiedlerbeauftragten der Bundesregierung ernennen. In den neuen autonomen Gebieten, die Jelzin anbietet, soll Ackerboden für 400 000 Wolgadeutsche zur

Verfügung gestellt werden. Außerdem ein Zuschuß von 500 Millionen Rubel, also rund 10 Millionen DM. Woher Jelzin die nehmen wird, weiß keiner. Am Ende bezahlen wir sie – und mit Freuden. Wenn alle Deutschstämmigen rüberkommen, kostet uns das Milliarden an Sozialhilfe, Überbrückungsgeldern, neuen Wohnungen und Sprachkurse. Die meisten sprechen zwar deutsch, aber ein ungewöhnliches Deutsch. Noch schlimmer ist es mit dem Schreiben. Waffenschmidt muß alles Erdenkliche tun, um eine Massenauswanderung aus Rußland zu verhindern und mit Jelzins Hilfe – das heißt Landvergabe – einen großen Teil in Rußland lassen. Psychologisch wichtig ist der Ort: Ansiedlungen diesseits des Urals. Hinter dem Ural spukt in den Gehirnen: Das ist Sibirien. Ein absolutes Reizwort. Und aus Sibirien will man raus, auch aus Kasachstan. Es ist ein selbständiger, moslemisch ausgerichteter Staat geworden, in dem die Rußlanddeutschen Fremdkörper, Verhaßte, ja Feinde werden könnten. Ihnen kann dann von uns nicht mehr geholfen werden. Das ist ein Hauptargument, das Waffenschmidt so gezielt anbringen wird, daß viele in das Land vor 1941, an die Wolga, zurückkehren. Wir haben die Hoffnung, daß unser Plan gelingt. Wenn doch eine Million zu uns kommen, weil sie meinen, hinter den westlichen Türen liegt das Paradies, wird die Lage katastrophal, zumal 1993 dann die Türen für die EG-Länder offenstehen.«

»So ist die allgemeine Lage. Aber kehren wir zum Speziellen zurück.« Der Ministerialdirigent im Innenministerium sah seinen Kollegen fast bittend an. »Wenn die Familie Weberowsky sich irgendwo bei einer deutschen Stelle meldet, ist es möglich, das Verfahren sofort durchzuziehen?«

»Ich werde es dem Herrn Staatssekretär vortragen. Hat man eine Spur von unserem flüchtigen Köllner?«

»Nicht die geringste. Aber wir sind uns fast sicher, daß er nicht mehr in der BRD ist. Er ist längst in Rußland angekommen. Er hat ja Helfer genug. Schon daß er vor der Verhaftung gewarnt worden ist, obwohl sie geheim war,

beweist, daß hier ein Netz vorhanden ist, in dem vieles hängenbleibt. Der BND behauptet mit allem Nachdruck: Im Außenministerium muß ein Maulwurf sitzen!«
»Wir sind dabei, alle wichtigen Mitarbeiter noch einmal gründlich zu überprüfen ... bis zur Sekretariatsebene. Man kennt das ja: Eine verliebte Sekretärin, die im Bett von den Briefen plaudert, die sie geschrieben hat.«
»Und dann liegen immer die Falschen im Bett.«
Nach einem kurzen Gelächter erhoben sich die Herren und reichten sich die Hand – Dr. Lucius Kammerer vom Innenministerium und Dr. Eduard von Veyhen vom Außenministerium.
Sie trennten sich in dem Bewußtsein, daß es ein nützliches und gutes Gespräch gewesen war. Schon am nächsten Tag gingen die Anweisungen an alle deutschen Konsulate in der ehemaligen Sowjetunion hinaus. In der deutschen Botschaft in Moskau legte der Botschaftsrat Gregor von Baltenheim eine Akte »Weberowsky« an.
Aus dem ahnungslosen, bisher unbekannten Bauern Wolfgang Antonowitsch war ein Fall geworden.

Was Weberowsky sich einmal in den Kopf gesetzt hatte, war schwer wieder herauszubringen, vor allem, wenn er überzeugt war, das Richtige zu tun.
Also packte er seine alte Reisetasche, die er von seinem Vater geerbt hatte und die ein Sattler damals an der Wolga im Dorf Grodnow genäht hatte, legte den dicken Fragebogen auf zwei Hemden, zwei Unterhosen, ein Paar Strümpfe und das Rasierzeug und fuhr noch einmal mit dem Zug nach Ust-Kamenogorsk. Am späten Abend kam er an, suchte Ewald Konstantinowitsch Bergerow in dessen Wohnung auf und bekam ein Zimmer bei einem anderen Rußlanddeutschen, der auch Mitarbeiter im Kulturzentrum war. Er war ein Mann mit einem Vollbart, der an Rasputin erinnerte, im gleichen Alter wie Weberowsky, ein Witwer, dessen Frau vor vier Jahren gestorben war. Sie hatten einen Fisch gegessen, und Sophia war eine große Gräte im Hals stek-

kengeblieben. Ehe der Arzt eintraf, war sie qualvoll erstickt. Auf Weberowskys Frage: »Siedelst du auch nach Deutschland aus?« hatte er kurz geantwortet: »Nein!«
»Und warum nicht?«
»Hier liegt meine Frau begraben. Meine Mutter, mein Vater, mein Sohn, alle liegen in dieser Erde. Was soll ich in Deutschland? Ich will bei meiner Familie begraben werden.«
Damit war der Gesprächsstoff ausgeschöpft. Weberowsky legte sich ins Bett, schlief unruhig, stand am Morgen früh auf, saß dann in der kleinen Küche, kochte Tee und verließ die Wohnung, während der Gastgeber noch schlief.
Im Kulturzentrum mußte er eine halbe Stunde warten, bis Bergerow eintraf und ihn mitnahm in sein Büro.
»Was treibt dich in die ferne Stadt?« fragte er.
»Ich habe Privates zu erledigen, Ewald.« Weberowsky holte den Fragebogen aus der Tasche und legte ihn Bergerow auf den Schreibtisch. »Lies einmal durch, was ich ausgefüllt habe. Einige Fragen habe ich ausgelassen, sie sind einfach nicht zu beantworten.«
»Das ist nicht gut.« Bergerow drückte sich vorsichtig aus. »Jede nicht oder unvollständig beantwortete Frage verzögert die Bearbeitung.« Er zog den Fragebogen näher heran und blätterte darin herum. Ein paarmal warf er einen fast entsetzten Blick auf Weberowsky und schob die Papiere dann von sich. »Bist du verrückt, Wolfgang?« fragte er, sichtbar erregt.
»Warum?«
»Diesen Fragebogen willst du einreichen?«
»Ja.«
»Du lieber Himmel! Er strotzt von Ironie und Gemeinheiten.«
»Ich habe nur die Wahrheit geschrieben.«
»Und was soll da die Antwort auf: ›Wurden Sie verfolgt!‹ – ›Ja. Im Jahre 1950 wurde ich von einer Frau verfolgt, die mich unbedingt heiraten wollte, obwohl ich bereits verheiratet war. Sie war eine Kasachin und bedrängte mich mit den Worten: ›Zwei Frauen sind besser als eine.‹ Sie verfolgte

mich ein Jahr lang und drohte mir dann, mein Haus anzustecken.‹ – So etwas zu schreiben, ist doch blanker Hohn!«
»Es ist die Wahrheit, Ewald.«
»Unter ›verfolgt‹ versteht das Ministerium etwas anderes.«
»Ich weiß, aber ich hatte Lust, meinen eigenen Begriff von Verfolgung zu erklären.«
»Wolfgang, du sturer Hund. Ich gebe dir einen neuen Fragebogen und den füllst du vernünftig aus.«
»Gibt es viele Anträge auf Aussiedlung?«
»Wir rechnen mit nahezu einer Million. Es können aber noch mehr werden. Viele überlegen noch, aber es gibt schon ganze Dörfer, die sich geschlossen gemeldet haben.«
»Das ist auch mein großes Ziel für Nowo Grodnow. So wie wir fünfzig Jahre lang eine große Familie waren, so sollten wir auch gemeinsam nach Deutschland auswandern.«
»Ohne dich. Mit *den* Antworten läßt dich keiner in die alte Heimat rein.«
Bergerow gab ihm einen neuen Fragebogen, und Weberowsky steckte ihn zusammen mit dem alten in seine Tasche. »Ich möchte ihn persönlich abgeben«, sagte er dabei. »Wo ist es am besten?«
»Die schnellste Weiterleitung ist von der Botschaft in Moskau aus. Von der deutschen Botschaft in Alma-Ata dauert es etwas länger. Aber sie ist für dich näher. Und billiger.«
»Ich habe genug Rubel gespart, um nach Moskau zu fliegen und dort ein paar Tage zu bleiben.«
»Wissen die Leute von Nowo Grodnow davon?«
»Ich werde nächste Woche eine Versammlung abhalten und es ihnen erklären. Noch weiß ich nicht, wie viele ausreisen wollen. Die einen sagen ja, die anderen zögern, aber keiner hat bisher gesagt: Ich bleibe in Kasachstan. Ich glaube, sie wollen alle nach Deutschland. Einige haben Briefe von Verwandten und Bekannten bekommen, die schon vor einem Jahr ausreisen durften. Alle schreiben: Das Leben hier ist nicht leicht, aber es lohnt sich. Man muß sich ein-

gewöhnen, und das geht langsam. Aber wenn du ein Hemd kaufen willst oder Schuhe oder einen Rock oder sogar einen Anzug ... du kannst aus Hunderten auswählen. Willst du ein Stück Fleisch? Die Metzgereien sind prallvoll. Hast du Lust auf ein Glas Wein? Tausend Flaschen lachen dich an! Und im Winter brauchst du nicht mehr die Fenster verkleben und gefrorenes Holz in das Haus tragen ... du drehst an einem Schalter, und die Ölheizung hüllt dich in herrliche Wärme ein. Ja, es ist schön hier, wenn man sich eingelebt hat. Nur die Anfangszeit ist schwer. Aber wir haben soviel Schweres hinter uns, es hat uns nicht geschreckt. Das Leben hier und das Leben in Rußland ... eine ganze Welt liegt dazwischen.« Weberowsky holte tief Atem. »So schreiben sie, und wer das von uns liest, den kann keiner mehr abhalten, nach Deutschland überzusiedeln.«
»Das Wichtigste ist: Geduld«, sagte Bergerow.
»Die haben wir jahrzehntelang geübt.«
»Du weißt: Ein Antrag kann bis zur Genehmigung ein Jahr dauern. Wir haben schon eine Beschwerde beim Innenministerium in Bonn eingereicht. Was da praktiziert wird, ist eine bewußte Verzögerungstaktik der Bundesregierung, die künstlich aufgeblähte Einreiseschwierigkeiten als Bremse benutzt. Ich habe Angst, daß die Beamten in Bonn die Gesetze verschärfen und die Tore in die Heimat noch weiter verrammeln. Das solltest du wissen, und alle Ausreisewilligen sollten sich darauf einstellen. Eine Schande ist das. Und wie reagiert Bonn? Das Innenministerium nennt mich einen Volksaufwiegler, einen politischen Verführer, einen Machtbesessenen! Ich und Macht? Was soll ich mit Macht anfangen? Ich will nur eine gerechte Behandlung.«
Bergerow hatte sich in Rage geredet. Die Empörung über das Bonner Innenministerium stand ihm im Gesicht geschrieben. Er sprang auf, ging zu einem Kühlschrank, ein altes Modell, das schon dreimal repariert worden war mit dem Improvisationstalent der Russen, denn einen neuen

Kühlschrank zu bekommen, war fast unmöglich, riß die Tür auf und holte zwei Dosen chinesisches Bier heraus.
»Du auch eine?« fragte er dabei.
Weberowsky nickte. »Gern.«
Bergerow riß den Verschluß auf und reichte ihm eine Dose. Ein Glas sparte er sich. »Weißt du übrigens, daß die Regierung von Kasachstan plant, in Alma-Ata und Karaganda deutsche Brauereien zu bauen, mit deutschen Braumeistern, vornehmlich von der bayerischen Bier-Universität Weihenstephan? Außerdem will sie Industriebetriebe ansiedeln. Alles, um Geld in die leeren Kassen zu holen und einen Teil der Rußlanddeutschen in Kasachstan zu halten. Dann gibt es kein chinesisches Bier mehr, sondern nur noch deutsches. Gebraut nach dem Reinheitsgebot. Es soll auch in andere Republiken exportiert werden. Ich bin gespannt, was dann aus den Schreiern wird, die überall das Volk aufwiegeln. ›Kein Viertes Deutsches Reich in Rußland‹ ist ihre Lieblingsparole. In Kasachstan und der Ukraine kommt sie gut an. Die ersten Berichte von Pogromen gegen Deutsche habe ich schon auf dem Tisch liegen.« Er nahm wieder einen langen Schluck und sah dann Weberowsky mit einem Blick voller Vorwurf an. »Was ist eigentlich bei euch im Gebiet Atbasar los? Da werden hundsgemeine Flugblätter verteilt.«
»Nimm sie nicht wichtig, Ewald.« Weberowsky winkte ab. »Ein dickes, fanatisches Weib schreibt sie. Eine ehemalige Scharfschützin eines Frauenbataillons im Großen Vaterländischen Krieg. Genau betrachtet ist es ein Privatkrieg zwischen ihr und mir. Aber ich glaube, daß es keine neuen Flugblätter mehr gibt.«
»Woher weißt du das?«
»Ich habe das wilde Frauenzimmer gestempelt.«
»*Was* hast du?« Bergerow riß die Augen auf. »Wenn das deine Frau erfährt!«
»Sie weiß es. Ich habe es ihr erzählt.«
»Und das nimmt sie so ohne weiteres hin? Du stempelst ... du treibst es mit einer anderen Frau und –«

Weberowsky starrte Bergerow verständnislos an. »Von was redest du, Ewald?«
»Du hast selbst gesagt ...«
»Ich habe gesagt: Ich habe Katja Beljakowa gestempelt. Ich habe aus dem Schlachthof einen Stempel der Fleischbeschau gestohlen und ihn ihr auf beide Arschbacken gedrückt. Der ganze Bezirk hat sich gebogen vor Lachen. Es wird behauptet, die Beljakowa habe eine Woche lang geschrubbt, aber den Stempel ist sie nicht losgeworden. Mir kann man nichts nachweisen, aber es wird Katjas letztes Flugblatt gewesen sein.«
»Darauf trinken wir noch ein Bier der chinesischen Freunde.« Auch Bergerow lachte jetzt laut und meinte dann: »Wenn man bei uns alle Probleme so einfach lösen könnte! Aber da sieht man, wie wertvoll ein Stempel ist. Stempel beherrschen unser Leben. Wenn du nicht den richtigen Stempel auf dem richtigen Papier hast, bist du kein Mensch mehr. Zum Wohle und einen tiefen Schluck auf Katja Beljakowa.«
Sie tranken auch diese Bierdose leer, und dann stellte Weberowsky die Frage, die ihn eigentlich nach Ust-Kamenogorsk getrieben hatte.
»Wo liegt Kirenskija, Ewald?«
»Kirenskija? Nie gehört! Wo soll es sein?«
»Hier, in der Nähe von Ust-Kamenogorsk.«
»Unmöglich! Ich kenne hier jeden Ort, jedes Dorf. Was soll dieses Kirenskija sein?«
»Eine Stadt.«
»Sogar eine Stadt! Wolfgang, das muß ein großer Irrtum sein. Die einzige Stadt in der Umgebung ist Zyranowsk, und dann kommt nichts mehr bis zur Grenze von China. Ödes Land, Steppe, zwei Gebirgszüge, der Saissan-See, wo der später große Strom Irtysch entspringt. Ein Land ohne Menschen, einsam und feindlich. Wie kommst du auf den Namen Kirenskija?«
»Mein Schwager wohnt dort. Ernas Bruder.«
»In –«
»Der Absender lautet so. Ich habe schon bei der Post in At-

basar gefragt und bei der Post in Karaganda. Niemand kennt die Stadt. Und wenn ich den Brief zeige, den mein Schwager Andrej Valentinowitsch geschrieben hat, wundert man sich und schüttelt noch mehr den Kopf. Aber es muß dieses Kirenskija geben, denn es wohnen ja Menschen da!«
»Und hier in der Nähe soll es sein?«
»Ja. Andrej schreibt: Die nächste größere Stadt von uns aus ist Ust-Kamenogorsk. Oder gibt es noch eine andere Stadt mit diesem Namen?«
»Nein.« Bergerow streckte die Hand aus. »Gib mir mal den Brief, Wolfgang.«
Weberowsky reichte ihm das Schreiben hin. Zunächst las Bergerow den Absender. Professor Andrej V. Frantzenow. Kirenskija bei Ust-Kamenogorsk. Haus Nr. 11. Verblüfft ließ er das Kuvert sinken.
»Professor Frantzenow ist dein Schwager?« fragte er.
»Ja. Kennst du ihn?«
»Seinen Namen. Er soll einer der größten Atomwissenschaftler sein.« Bergerow riß plötzlich die Augen auf und starrte Weberowsky an. »Atom«, sagte er mit plötzlich belegter Stimme. »Das ist es! Da haben wir's.«
»Was haben wir?« fragte Weberowsky erstaunt.
»Darüber wurde schon immer geflüstert, seit Jahren, nur wußte niemand etwas Genaueres. Aber das Gerücht flog von Mund zu Mund und hörte nicht auf. Eine Stadt in der Wildnis, die keiner kennt. Eine Stadt, durch vier Sicherheitsringe völlig von der Welt abgeschnitten. Vor etwa vier Jahren kamen Nomaden aus dem Süden vom Saissan-See zurück und berichteten, daß vier von ihnen aus dem Hinterhalt erschossen wurden, weil sie einen Drahtzaun überklettern wollten. Daraufhin haben sie drei Tage und Nächte auf der Lauer gelegen, um ihre Toten zu rächen, denn einmal mußten sich die Schützen ja zeigen. Aber was sie aus der Ferne sahen, war eine Lastwagenkolonne mit Militär und einen Hubschrauber, der den Stacheldrahtzaun abflog. Dafür hatten sie keine Erklärung und zogen

dann weiter auf dem alten Nomadenweg nach Norden. Natürlich war das neue Nahrung für das Gerücht von einer geheimen Stadt. Ein paar junge Leute voller Abenteuerlust machten sich vor etwa zwei Jahren mit einem Jeep auf den Weg, um diesen Südostzipfel Kasachstans zu untersuchen. Sie sind nie wieder aufgetaucht, waren einfach verschwunden, spurlos. Eine Kompanie der Garnison von Ust-Kamenogorsk sollte ausrücken, sie zu suchen. Da traf ein Befehl aus Alma-Ata ein, der den Einsatz verbot.« Bergerow holte tief Atem. »Verdammt, Wolfgang, sollte das wirklich dieses Kirenskija sein, wo heimlich Nuklearforschung betrieben wird?«
»Es muß so sein.« Weberowsky nahm den Brief wieder an sich. »Ich will meinen Schwager besuchen.«
»Willst du unbedingt erschossen werden oder für immer verschwinden?«
»Wenn Andrej schreiben kann und die Post kommt bei uns an, ist es keine geheime Stadt mehr.«
»Das ist verdammt logisch.« Bergerow kratzte sich den Kopf und dachte nach. »Aber wo liegt dieses Kirenskija?«
»Sicherlich da, wo man die Nomaden erschossen hat.«
»Das weiß man ganz genau. Aber da gibt es nur einen zwei Meter hohen Drahtzaun. Und dahinter, so vermutet man, eine Art Todeszone, die von Erdbunkern aus beobachtet wird. Wer sie betritt, hat seinen letzten Schritt getan. Es wird dir nicht anders ergehen. Ein Brief beweist gar nichts. Er kann auch hinausgeschmuggelt worden sein.«
»Ich werde fragen«, erwiderte Weberowsky stur.
»Wen?«
»Den Kommandeur der Garnison Ust-Kamenogorsk.«
»Du bist total verrückt. Sie werden dich sofort verhaften.«
»Nicht mehr, Ewald. Die Sowjetunion ist tot. Das neue Rußland ist kein totalitärer Staat mehr. Der KGB hat seine ungeheure Macht verloren.«
»Wenn das bloß nicht ein Märchen ist, Wolfgang. In Moskau ist gegenwärtig Stille, aber die Reformer um Jelzin werden noch viel von der alten Kommunistengarde hören

und spüren. Und an ihrer Spitze stehen die Generäle des KGB. So einfach geben die nicht ihre siebzigjährige Macht her. Aber bitte, versuch es. Ich kann dich doch nicht davon abhalten.«
»Nein. Das kannst du nicht.«

Eine Stunde später stand Weberowsky dem General Leonid Lewonowitsch Tistschurin gegenüber. Es war schneller gegangen, als er erwartet hatte. Schon bei der Erwähnung des Namens Kirenskija beim Wachoffizier wurde er sofort an einen Major weitergereicht, der ebenso schnell den Kommandierenden anrief. Zwei Unteroffiziere brachten ihn bis vor die Zimmertür des Generals. Weberowsky hatte das Gefühl, verhaftet und abgeführt zu werden.
Tistschurin war ein großer, stämmiger Mann mit einem dicken, buschigen Schnurrbart, wie ihn im Großen Vaterländischen Krieg der legendäre Reitermarschall Budjonny getragen hatte. Semjon Michailowitsch war auch das große Vorbild Tistschurins. Auf einem edlen kasachischen Vollblutpferd ritt er oft hinaus in die Steppe und beneidete Budjonny, daß dieser einen Krieg miterleben durfte und ein Kriegsheld geworden war, der in allen Geschichtsbüchern und Lexika zu finden war. Tistschurin war deshalb auch ein heimlicher Gegner von Gorbatschow und Jelzin, deren Friedenspolitik er für eine Schande Rußlands hielt. Nur ein starkes, hartes Rußland konnte in dieser Welt bestehen, war seine Ansicht, ein Rußland als größte Atommacht der Erde. Furcht ist ein Friedensgarant, hatte er damals gesagt, als Gorbatschows Perestroika und Glasnost die ersten Erfolge zeigten. Furcht ... und nicht Anbiederung an den Feind. Und ein Feind war für ihn alles, was nicht russisch war.
Nun standen sich der russische General und der deutschstämmige Bauer Weberowsky gegenüber. Keiner sprach ein Wort. Sie musterten sich wie zwei Ringer, ehe sie aufeinander zustürzten. Zwei Stiere, die ihre Hörner bereits gesenkt hatten.

»Sie wollen nach Kirenskija?« fragte Tistschurin als erstes.
»Ja!« sagte Weberowsky laut. Blicke konnten ihn nicht einschüchtern.
»Woher wissen Sie, daß es Kirenskija gibt?«
»Ich habe einen Brief aus der Stadt bekommen.«
»Unmöglich! Für welchen Staat arbeiten Sie als Agent?«
»Ich ein Agent?« Weberowsky tippte sich mit dem Zeigefinger an die Stirn. »Wäre ich dann so dämlich, mich ausgerechnet an Sie zu wenden? Als Agent wüßte ich, wo die Stadt liegt, da würde ich nicht fragen.«
»Was wollen Sie dort?«
»Meinen Schwager besuchen. Den berühmten Professor Frantzenow. Er hat mir geschrieben.«
»Frantzenow? Frantzenow? Den Namen habe ich schon mal gehört. Vor langer Zeit.«
»Im sowjetischen Fernsehen wurde sein Begräbnis gesendet, vor neun Jahren.«
»Sie wollen jetzt sein Grab besuchen?«
»Nein. Sein Grab liegt in Moskau. Man hat ihn in Moskau an einem Herzinfarkt sterben lassen.«
»Zum Teufel, was wollen Sie dann in Kirenskija?«
»Wie der Brief beweist, lebt er noch.« Weberowsky reichte Tistschurin den Brief. »Breschnew hat meinen Schwager in die höchste Geheimstufe versetzt, und die ist der offizielle Tod. Jelzin hat ihn wiederauferstehen lassen ...«
»Diese verdammte, aufgeweichte Politik!« Tistschurin las den Brief nicht, nur den Absender. Er gab ihn zurück, ging zu seinem Schreibtisch und wählte eine Nummer, die ihn mit dem Kommandanten der Truppen in Kirenskija verband.
»Hier Tistschurin«, sagte er freundlich. »Ist dort Valerie Wassiljewitsch am Apparat?«
»Ist er, Leonid Lewonowitsch.« General Wechajew in Kirenskija wunderte sich. Man hörte es seiner Stimme an. Wie selten rief Tistschurin an; eine persönliche Beziehung gab es kaum zwischen ihnen. Im Gegensatz zu Leonid Lewonowitsch war Wechajew ein Anhänger Jelzins und sei-

ner Reformen. Daß diese Reformen, vor allem aber die Abrüstung, auch sein Leben verändern konnten, regte ihn nicht auf. Wenn es sein muß, hatte er zu seiner Frau Neonila gesagt, lasse ich mich gern in Pension schicken. Dann werde ich den Garten in unserer Datscha bearbeiten, wir werden viel reisen, im See baden oder im Kaspischen Meer oder sogar in Sotschi am Schwarzen Meer, und ich werde steinalt werden auf Kosten des Staates. Was will man mehr vom Leben, mein Täubchen?
»Wo drückt der Schuh?« fragte er jetzt.
»Meine Schuhe passen immer!« antwortete Tistschurin steif. Die Späßchen seines Generalskameraden waren ihm zuwider. Mit Wechajew war – auch bei Konferenzen der Generalität – ein ernstes Wort kaum zu reden. Auf alles hatte er einen Witz oder einen Sinnspruch bereit, dem man kaum etwas entgegnen konnte, was Tistschurin am meisten ärgerte, denn er wollte nie, in keiner Lage und Gelegenheit, der Unterlegene sein. Aber gegen Wechajews Sprüche kam er nicht an. »Ich habe nur eine Frage.«
»Ich höre. Fragen mag ich.«
»Gibt es in Kirenskija einen Professor Frantzenow?« fragte er.
Wechajew wartete mit der Antwort und fragte zurück:
»Wie kommen Sie auf diesen Namen, Leonid Lewonowitsch?«
»Es gibt ihn also?«
»Ja«, antwortete Wechajew zögernd. »Was wollen Sie von ihm?«
»Ich will gar nichts von ihm! Vor mir steht ein Mann, Wolfgang Antonowitsch Weberowsky, der Frantzenow besuchen will.«
»Verhaften!« Wechajew war plötzlich nüchtern und gar nicht mehr fröhlich. »Verhaften und weitergeben nach Semipalatinsk. Ich werde ihn sofort beim KGB anmelden.«
»Weberowsky ist der Schwager von Professor Frantzenow. Er hat einen Brief von ihm bekommen.«
»Eine Sauerei!«

»Das kann ich nicht beurteilen.« Tistschurin freute sich, daß es ihm gelungen war, Wechajew in Unruhe zu versetzen. »Ich habe keinen Grund, ihn zu verhaften. Das überlasse ich Ihnen, Valerie Wassiljewitsch. Ich schicke Ihnen Weberowsky mit drei Mann Bewachung rüber.«
»Ich danke Ihnen, General.«
»Gern geschehen, General.«
Tistschurin legte den Hörer auf und sah Weberowsky mit zusammengekniffenen Augen an. »Sie haben gehört, wie Sie in die Stadt kommen?«
»Ja, als Verhafteter.«
»Irrtum. Sie fahren in Begleitschutz, damit Ihnen nichts passiert. Ich garantiere für Ihre Sicherheit.«
»So kann man es auch nennen«, meinte Weberowsky sarkastisch. »Der Fuchs frißt das Küken und sagt: Du bist noch so klein, in meinem Bauch bist du sicherer.«
»Das könnte sogar von Wechajew sein. Sie werden sich gut mit ihm verstehen.«
Eine Stunde später saß Weberowsky neben zwei Unteroffizieren der Armee in einem Jeep, der dritte Soldat fuhr den Wagen. Man hatte ihn weder gefesselt noch bedroht, und als sie in das Sperrgebiet kamen, verband man ihm auch nicht die Augen, wie er erwartet hatte. Lediglich ein Posten mit umgeschnallter Maschinenpistole stand an einer völlig sinnlosen Schranke der Steppenstraße. Man hatte den Schlagbaum einfach in die Wildnis gesetzt, und jeder konnte drum herumgehen. Was Weberowsky nicht wußte: Von dieser Schranke ab war links und rechts über Hunderte von Metern ein Minenstreifen angelegt. Wer ihn betrat, wurde sofort in Stücke zerrissen. Es war nach dem Drahtzaun mit den Hinweisschildern *Militärgelände. Betreten verboten!* der zweite Sicherheitsgürtel um die geheimnisvolle Stadt. Es schien sich viel geändert zu haben. Wenig weiter von der Stelle, wo man die vier Nomaden erschossen hatte, befand sich ein doppelflügeliges Tor im Zaun. Es stand weit offen.
Sie fuhren noch an zwei Wachen vorbei, die gelangweilt

vor ihren Erdbunkern unter einer Zeltplane saßen und Schach spielten und den Jeep gar nicht beachteten. Auch einen Wachturm passierten sie, der nicht mehr besetzt war. Aber das war ein trügerischer Eindruck. Fernsehkameras überwachten das Gelände. In einer Einsatzzentrale flimmerten die Bilder über die Bildschirme. Hier wurde jede Bewegung beobachtet. Es war die einzige offene Straße, auf der man Kirenskija erreichen konnte. Wer sich aus einer anderen Richtung näherte, riskierte auch jetzt noch sein Leben.
Bei General Wechajew kam die Meldung herein: Sie kommen. Ein Offizier, ein Major, fuhr dem Jeep entgegen. Hinter dem vierten Sperrgürtel standen sie sich dann auf der Straße gegenüber. Der Unteroffizier aus Ust-Kamenogorsk erstattete Meldung, der zweite sagte zu Weberowsky: »Sie können aussteigen. Ihre Übergabe ist erfolgt.«
»Wie gütig.« Weberowsky sprang aus dem Jeep und ging dem Major entgegen. Der Offizier grüßte höflich. Er trug eine leichte, erdbraune Uniform und eine Schirmmütze, an der noch die Kokarde der Sowjetunion in der Sonne blinkte. Der Jeep von General Tistschurin wendete und fuhr schnell davon. Man schien froh zu sein, den Mann los zu sein.
»Steigen Sie ein«, sagte der Major freundlich. »Der Kommandierende erwartet Sie. General Wechajew.«
»Ist Rußland eigentlich das Land mit den meisten Generälen?« fragte Weberowsky.
»Ja.« Der Major lächelte nachsichtig. »Wir haben ja auch die größte Armee der Welt – mit Ausnahme von China.«
Die Einfahrt nach Kirenskija war imposant. Befestigte Asphaltstraßen, Häuserzeilen aus Fertigteilen, blühende, gepflegte Gärten, ein Kino, eine Halle für Versammlungen und Theater, ein künstlicher See, ein Schwimmbad, ein kleines Sportstadion, die Stadtverwaltung und langgestreckte, flache, nach außen fensterlose Bauten, die sich nur zu den Innenhöfen öffneten: die Labors und Versuchswerkstätten, das größte Geheimnis Rußlands. Was man sonst über der Erde sah, war nur ein kleiner, verhält-

nismäßig harmloser Teil. Das Grauen lagerte unter der Erde.
Hinter einer Parkanlage, in der sich unentwegt Wassersprenger drehten, und das bei der Wasserknappheit in diesem einsamen, wilden Gebiet zwischen zwei Gebirgszügen und einem kleinen See an der Grenze Chinas, lag das Hauptquartier der Armee. Das Wasser wurde aus dem Saissan-See in die Stadt gepumpt, ein gutes Wasser, das kaum gereinigt werden mußte.
»Ich wundere mich«, hatte Weberowsky während der Fahrt gesagt.
»Worüber?« fragte der Major zurück.
»Sie holen mich allein ab. General Tistschurin stellte drei Mann zur Bewachung ab.«
»Das ist der Unterschied. Wir bewachen Sie nicht, ich begleite Sie nur.«
»Ich bin nicht verhaftet?«
»Nein. Warum denn?«
»Ich hatte den Eindruck, daß ich ein Staatsgeheimnis entdeckt habe.«
»Das war einmal. Vor einigen Wochen hat sich das geändert. Jetzt ist Kirenskija eine Stadt wie alle anderen. Jeder kann sie besuchen. Nur kommen keine Besucher, weil keiner weiß, daß es diese Stadt gibt. Außer denen, die auch bisher Zutritt hatten, sind Sie tatsächlich der erste Besucher von außerhalb, der nichts mit der Stadt zu tun hat. Deshalb möchte General Wechajew Sie sehen.«
Sie hielten vor der Kommandantur, stiegen aus, gingen an zwei salutierenden Posten vorbei ins Haus und trafen auf den Adjutanten des Generals. Er hatte sie erwartet. Auf dem Fernsehschirm hatte man ihre Fahrt verfolgt. Der Major grüßte, drehte sich um und ging davon.
»Haben Sie einen Wunsch, Herr Weberowsky?« fragte der Adjutant. Er war im Rang eines Hauptmanns und war in Kasachstan geboren.
»Ja. Ich habe Durst«, antwortete Weberowsky. »Das war eine wahre Höllenfahrt. Ich bin wie ausgedörrt.«

»Ich will sehen, was ich herbeischaffen kann.« Der Adjutant klopfte an eine weiße Tür und stieß sie dann auf. »Gehen Sie hinein.«
General Wechajew war ein ganz anderer Typ als sein Vorgänger Schemskow, der vor kurzem in den Ruhestand versetzt worden war. Er war für seinen Rang noch ziemlich jung, was in Rußland eine Seltenheit war, denn die Generalität bestand größtenteils aus alten Männern. Wechajew, so schätzte Weberowsky, war höchstens fünfzig, drei Ordensspangen zierten seine Uniform, er hatte braunes, gewelltes Haar, war von mittlerer Statur und hatte ein Gesicht wie ein Mensch, der gerne genießt und das Leben heiter nimmt. Vor allem die braunen Augen waren lebhaft. Jetzt musterten sie Weberowsky mit deutlicher Neugier.
»Sie sind die erste Schwalbe, die bei uns einfliegt. Nach Kirenskija kommt der Frühling«, sagte er heiter. »Leider sind wir auf Schwalben nicht eingestellt. Sie werden ein Nest in Semipalatinsk bekommen. Die Freunde vom KGB sind schon unterwegs.«
»KGB?!« Weberowsky zog unwillkürlich die Schultern hoch. »Ich bin also doch verhaftet?«
»Sie wollen Professor Frantzenow besuchen?«
»Ja, meinen Schwager.«
»Das kann jeder sagen.«
»Ich kann es beweisen! Ich habe einen Brief von ihm.«
»Briefe kann man fälschen.«
»Was hätte ich sonst für einen Grund, nach Kirenskija zu kommen?«
»Das ist die Frage, die mich beschäftigt.« General Wechajew streckte die Hand aus. »Den Brief bitte.«
Weberowsky holte das Schreiben aus der Tasche und hielt es Wechajew hin. Der General las es stumm, faltete den Bogen dann wieder zusammen und steckte ihn in das Kuvert.
»Sieht echt aus«, sagte er und gab den Brief an Weberowsky zurück.

»Er ist echt.«
»Kommen Sie mal her.« Der General deutete auf einen Monitor und schaltete ihn ein. Das Bild zeigte das Schwimmbad. Eine Menge Badender füllte das Becken, auf der Wiese lagen mehrere Männer und lasen, dösten vor sich hin oder spielten Federball. Die Kamera schwenkte hin und her. Wechajew zeigte auf den Bildschirm. Langsam glitt die Kamera über Wiese und Schwimmbecken. »Erkennen Sie unter den Männern Ihren Schwager? Wenn ja, dann sagen Sie ›halt‹!«
»Ich erkenne ihn sofort – wenn er sich in den letzten neun Jahren nicht allzusehr verändert hat. Neun Jahre sind eine lange Zeit.«
»Zweimal dürfen Sie sich irren, beim drittenmal werden Sie wirklich verhaftet. Also, sehen Sie genau hin.«
Weberowsky beugte sich vor und betrachtete das vorbeiziehende Bild. Ist es eine Falle? dachte er dabei. Ist Andrej gar nicht unter den Männern? Will man auf diese Art einen Grund finden, mich nach Semipalatinsk zu bringen?
General Wechajew schien seine Gedanken zu erraten. »Professor Frantzenow ist unter diesen Männern, ich garantiere dafür. Wo ist er? Sagen Sie ›halt‹.«
Die Kamera schwenkte zum Beckenrand, zur chromblitzenden Einstiegsleiter. Ein Mann mit jetzt nassen, weißen Haaren kletterte aus dem Wasser. Er trug eine schwarze Badehose und sah für sein Alter noch recht sportlich aus. Weberowskys Kopf zuckte vor.
»Halt!« rief er. »Das ist er. Das ist Schwager Andrej Valentinowitsch.«
»Sind Sie sicher?«
»Vollkommen sicher bin ich! Das ist er. Schmaler und natürlich älter ist er geworden. Als ich ihn das letztemal sah, hatte er braune Haare mit ein paar grauen Strähnen. Jetzt sind sie weiß.«
General Wechajew schaltete den Monitor aus, zeigte auf einen Sessel und setzte sich Weberowsky gegenüber. Es klopfte an der Tür. Der Adjutant trat ein. Was brachte er auf ei-

nem Tablett mit zwei Gläsern? Natürlich chinesisches Bier.
»Sie haben recht«, sagte Wechajew. »Es ist Professor Frantzenow. Aber Sie können ihn auch von Fotos her kennen!« Sie gossen das Bier in die Gläser und tranken. Weberowsky trank sein Glas in einem Zug leer, so durstig war er und so ausgetrocknet. »Ich habe mir gedacht, jetzt machen wir es umgekehrt. Wenn Andrej Valentinowitsch das Schwimmbad verläßt, kommen Sie ihm entgegen. Wenn er Sie sieht, erkennt und Ihnen um den Hals fällt, glaube ich Ihnen. Geht er an Ihnen achtlos vorbei –«
»Ich weiß.« Weberowsky lächelte sauer. »Semipalatinsk. Aber auch ich habe mich in den neun Jahren verändert.«
»Ihr Gesicht vergißt so schnell niemand, am wenigsten ein Verwandter. Warten wir ab. Ich bekomme sofort Meldung, wenn Professor Frantzenow das Bad verläßt. Dann marschieren wir los.«
Sie hatten das chinesische Bier noch nicht ausgetrunken, als das Telefon läutete. Wechajew hob ab, sagte knapp: »Danke!« und wandte sich Weberowsky zu. »Er ist unterwegs. Gehen Sie ihm allein entgegen, aber glauben Sie nicht, Sie würden nicht scharf beobachtet. Kommen Sie.«
Vor der Kommandantur wartete wieder der Jeep. General Wechajew begleitete Weberowsky bis an die Straße, die zum Schwimmbad führte, ließ ihn dort aussteigen und nickte ihm zu.
Gott gebe, daß mich Andrej erkennt, dachte Weberowsky. Er setzte sich in Bewegung, ging langsamen Schrittes mitten auf der Straße seinem Schwager entgegen, und je näher sie sich kamen, um so heftiger klopfte sein Herz und wurden seine Beine schwerer.
Geh nicht an mir vorbei, flehte er innerlich. Andrej, du mußt mich doch erkennen. Warum hältst du den Kopf gesenkt, sieh mich doch an, ich bin's, Wolfgang Antonowitsch, der Mann deiner Schwester Erna. Andrej –
Drei Meter waren sie voneinander entfernt, als Frantzenow den Blick hob und Weberowsky ansah. Mit einem Ruck blieb er stehen, schüttelte den Kopf, als wolle er ein

Traumbild verjagen, aber der Mann vor ihm war Wirklichkeit und lächelte ihn an, und er sah aus wie Wolfgang, nur etwas dicker und grauer geworden, aber dieses von der Sonne gegerbte Gesicht war unverkennbar, so ein Gesicht gab es nicht zweimal, es war –
»Wolfgang!« rief Frantzenow und breitete die Arme aus.
»Schwager! Du hast es geschafft, hierherzukommen?!«
Sie rannten aufeinander zu, umarmten sich, küßten sich auf die Wangen, und sie bissen die Zähne zusammen, als sie spürten, wie ihre Augen naß wurden und ein Schluchzen im Hals hochstieg.
»Ich hatte nie geglaubt, dich je wiederzusehen«, sagte Frantzenow mit unsicherer Stimme.
Und Weberowsky antwortete: »Auch wir haben gesagt: Andrej Valentinowitsch ist verschollen. Oder er ist zu stolz geworden, um mit einem einfachen Bauern zu reden.«
»Das habt ihr mir zugetraut?«
»Wie oft hat Erna an dich geschrieben, und nie hast du geantwortet. Jetzt wissen wir, warum. Du warst für alle tot, begraben in Moskau. Darüber müssen wir noch sprechen, Andrej.«
»Komm mit in meine Wohnung. Weißt du schon, wo du schläfst?«
»Ich bin vor einer Stunde angekommen.«
»Natürlich wohnst du bei mir. Ich werde sofort die Verwaltung informieren.«
Sie faßten sich unter und gingen die Straße hinunter und kamen auch an dem Jeep vorbei, in dem General Wechajew saß. Frantzenow stieß Weberowsky an.
»Siehst du den Jeep da drüben?«
»Ja.«
»General Wechajew sitzt darin. Der Kommandant der Truppen in und um Kirenskija. Ich kenne ihn nur von einigen Herrenabenden her, damals war er aber noch nicht Kommandant. Starr nicht zu ihm hinüber, es ist besser, nichts mit ihm zu tun zu haben.«
Weberowsky schwieg. Es ist besser, dachte er, Andrej er-

fährt nichts davon, was am heutigen Tag alles geschehen ist. Man kann das später erzählen.
»Ist dieser General ein so grausamer Mensch?«
»Grausam? Nein!« Frantzenow zog seinen Schwager weiter. »Aber es ist immer besser, mit dem Militär nichts zu tun zu haben.«
»Das sagst du?!« Weberowsky blieb stehen. »Du hast dein ganzes Leben lang für das Militär gearbeitet. Du hast mitgeholfen, daß immer schrecklichere Atombomben konstruiert werden konnten.«
»Ich bin Nuklearforscher, Wolfgang. Die Atomforschung beschränkt sich nicht allein auf Atomsprengköpfe. Sie umfaßt unser tägliches Leben, sie hat das Leben verändert und wird das Leben noch mehr verändern. Ohne Atomenergie wird es in Zukunft nicht mehr möglich sein, auf unserer Welt zu wohnen. Sie wird in alle Bereiche eindringen. In die neue Zeit der Menschheit hineinzuführen, das ist meine Aufgabe.«
»Und du glaubst wirklich, was du sagst?«
»Du ahnst gar nicht, was in naher Zukunft alles möglich sein wird.«
»Man steckt wie eine Kopeke eine Atomtablette in einen Schlitz und hat für eine Woche Strom im Haus. Jeder Mensch besitzt sein eigenes kleines Atomwerk.«
»So ähnlich.«
»Eine teuflische Vision ist das, Andrej Valentinowitsch. Und damit kannst du leben?«
»Ich habe es für Rußland getan, für seine Vormachtstellung auf der Welt. Wir haben als erste ein Tier in den Weltraum geschossen – die Hündin Laika –, wir haben in der Satellitenforschung Amerika überholt, wir haben mit Juri Alexejewitsch Gagarin am 12. April 1961 den ersten bemannten Weltraumflug gewagt, sein Raumschiff *Wostok 1.* wurde zum Grundmodell aller Raumschiffe. Wir haben mit unserer Nuklearforschung Weltgeschichte geschrieben, ja, und wir haben auch die Mehrfach-Sprengköpfe entwickelt, gegen die die Hiroshima-Bombe ein

kleiner Knallfrosch war. Soll ich mich dafür schämen? Ich habe nur an Rußlands Ehre gedacht.« Frantzenow hakte sich bei seinem Schwager wieder ein. »Sollen wir das auf der Straße erörtern? Komm, wir werden bei mir ein Gläschen trinken und dann zum Essen in die Kantine gehen.«
»Das ist gut, das höre ich gern.« Weberowsky setzte sich wieder in Bewegung. »Ich habe seit heute morgen sieben Uhr nichts mehr gegessen, nur chinesisches Bier getrunken.«
In seinem Jeep blickte General Wechajew ihnen nach. Was sprechen sie miteinander, dachte er. Nach neun Jahren hat man sich viel zu erzählen. Aber *was* wird Frantzenow erzählen? Ein Geheimnisträger erster Klasse ist er, man muß auf ihn aufpassen, gerade jetzt, wo Kirenskija keine geheime Stadt mehr ist.
Er fuhr zurück zur Kommandantur, griff in seinem Dienstzimmer zum Telefon und rief Nurgai an.
»Kusma Borisowitsch«, sagte er. »Ich habe eine Neuigkeit für Sie: Frantzenow hat Besuch bekommen.«
»Besuch?« Man hörte Nurgais Stimme eine Art Unglauben an. »Das ist doch unmöglich.« Jetzt ist er da, dachte er dabei. Der Abwerber aus dem Iran oder Irak. Jetzt wird man Andrej Valentinowitsch einen Millionenvertrag vorlegen. Aber er irrt sich, wenn er hofft, in Teheran oder Damaskus eine Villa zu beziehen. Eher lassen wir ihn wieder sterben. Man wird in Moskau nicht tatenlos zusehen, wie einer unserer größten Wissenschaftler ins Ausland verschwindet. Auch Jelzin wird es nicht zulassen bei aller neuen Freiheit, die er propagiert.
»Der Besuch ist mir von General Tistschurin aus Ust-Kamenogorsk geschickt worden. Ich habe ihn überprüft – er ist harmlos.« Wechajew räusperte sich. »Ich hielt es für nützlich, Sie darüber zu informieren.«
»Welche Nationalität hat der Besucher?«
»Ein Russe ist er. Ein Deutschrusse aus Nowo Grodnow bei Atbasar.«

»Das kann ein Trick sein. Ein vorgeschobener Mittelsmann. Was will er von Frantzenow?«
»Er ist sein Schwager, der Mann seiner Schwester.«
»Ich danke Ihnen, General. Das war wirklich eine wichtige Mitteilung.«
Wechajew legte auf. Was meinte Nurgai mit »vorgeschobener Mittelsmann«, grübelte er. Was wurde hier, unter dem Deckmantel des langweiligen Alltags, wirklich gespielt? Wen erwartete Nurgai?
Nach längerem Zögern griff Wechajew wieder zum Telefon und rief die Stadtverwaltung an. »Boris Olegowitsch Sliwka will ich sprechen«, sagte er. »Sofort!«
Es dauerte dennoch eine Weile, bis Sliwka am Apparat war.
»Sliwka«, meldete er sich. »Wer ist dort?«
»Wechajew.«
»Der General?«
»Kennen Sie einen anderen Wechajew?«
»Es gab einen Wechajew zu meiner Zeit in Semipalatinsk ... ein Straßenräuber. Er bekam zehn Jahre Zwangsarbeit. Die Zeit müßte herum sein.«
Wechajew war weit davon entfernt, sich beleidigt zu fühlen. »Ein Bär«, entgegnete er, »raubt einen Bienenstock. Ein Fuchs kommt ihm entgegen und sagt: Bär, du Hirnloser, weißt du nicht, daß es sich um Nuruku-Bienen handelt? Die vergiften ihren Honig, nur sie können ihn vertragen. Der Bär wirft den Bienenkorb weg und trottet davon, und der Fuchs macht sich über den Honig her und frißt ihn. Genau betrachtet sind wir alle Straßenräuber, Boris Olegowitsch.«
»Haben Sie mich angerufen, General, um mir diese Parabel zu erzählen?« fragte Sliwka. Wechajew war nicht zu schlagen.
»Professor Frantzenow hat Besuch«, erwiderte Wechajew in fröhlichem Ton. »Interessiert Sie das?«
»Besuch?« Sliwkas Stimme hob sich. »Ein Moslem?«
»Ich wußte bis jetzt nicht, daß Frantzenows Schwager zu Allah betet.«

»Weberowsky ist hier?«
»Sie kennen ihn?«
»Nur aus den Akten. Rußlanddeutscher wie Frantzenow. Aktiv tätig in der Aussiedlerfrage. Hat engen Kontakt zum Deutschen Kulturzentrum in Ust-Kamenogorsk.«
»Ihr vom KGB wißt wohl alles?«
»Wir tun unsere Arbeit gründlich. Ich danke Ihnen, General, für den Hinweis.«
»Das sagte Nurgai auch.«
»Sie haben auch Nurgai benachrichtigt?«
»Natürlich. Er ist doch der Vorgesetzte von Frantzenow.«
»Das war – Verzeihung, General – ein Fehler.«
»Wieso?«
»Solche wichtigen Neuigkeiten sollte man zuerst dem KGB melden.«
»Ich war der Annahme, daß der Besuch eines Schwagers kein Anlaß zum Eingreifen des KGB ist. Daß ich Nurgai und Sie anrufe hat nur den Grund, daß dieser Weberowsky wirklich der erste Mensch ist, der bis zu uns vorgedrungen ist und ohne Sondergenehmigung Kirenskija betritt.«
»Genau das interessiert den KGB. Frantzenow hat einen Brief an seine Schwester Erna geschrieben, und schon ist der Schwager da. Üblich ist doch, daß man mit einem Brief auf einen Brief antwortet. Aber was geschieht? Plötzlich ist Weberowsky da! Kein Brief, er kommt selbst. Warum?«
»Fragen Sie ihn selbst. Er ist jetzt bei Frantzenow in der Wohnung.«
»Wie hat Nurgai auf diese Mitteilung reagiert?«
»Zuerst verblüfft, dann nachdenklich.« General Wechajew verstand Sliwkas Frage nicht. »Ich fand es nur merkwürdig, daß er, bevor er wußte, daß es Weberowsky ist, wissen wollte, welche Nationalität der Besucher habe.«
Sliwka nickte mehrmals, was Wechajew nicht sehen konnte. Er erwartet also die Werber aus dem Orient oder aus Asien. Wir wissen, daß überall, auch in Alma-Ata, die iranischen Aufkäufer massiv tätig sind, um an Sprengköpfe

und Atomtechnologie heranzukommen. Bald wird ein Sturm auf Kirenskija beginnen, sobald bekannt ist, daß es diese Atomstadt gibt. Und es wird bekannt werden. Die Amerikaner in ihrer Naivität und Pressevernarrtheit erzählen es ja überall herum.
»Darf ich Ihnen einen Rat geben, General?« fragte Sliwka.
»Erfahrungen eines Straßenräubers?« Wechajew lachte. »Ich höre.«
»Bremsen Sie etwas Ihr Vertrauen zu Nurgai.«
»Was heißt das? Was ist mit Nurgai los?«
»Erwarten Sie von mir bitte keine Auskunft. Es war nur ein privater Hinweis.«
»Was wird hier gespielt, Boris Olegowitsch?«
»Ein verflucht heißes und weltbewegendes Spiel! Und wir alle spielen mit, als Akteure oder Statisten. Auf jeden Fall als Betroffene. Mehr darf ich Ihnen im Augenblick nicht sagen.«
»Das klingt nach Alarm, Sliwka!« Wechajews Stimme war plötzlich sehr ernst. »So, als sei es fünf Minuten vor zwölf ...«
»Es ist bereits fünf Minuten nach zwölf, aber wir versuchen das Unmögliche: Der Zeit vorauszulaufen. Im Augenblick dementieren wir alles.«
»Wo gibt es was zu dementieren?«
»Es sollen zwei Atomsprengköpfe im Iran gelandet sein. Mit Wissen der kasachischen Regierung. Ein glattes Geschäft: Sprengköpfe gegen Benzin und Devisen. Ein tödlicher Handel.«
»Ist das wahr?!« Entsetzen klang in Wechajews Stimme.
»Leider, General. Und es ist nur die Spitze des Eisberges, wie man so plastisch sagt. Was wirklich geschieht, weiß niemand, und wenn es Moskau weiß, dann schweigt es aus Scham über diese Schande. Die verhätschelte Elite der ›Großen Geister‹, die glühenden Patrioten, von denen Atomminister Viktor Michailow sprach, entpuppen sich als verkappte Kapitalisten! Nach den Unterlagen, die dem KGB vorliegen, sind schon mindestens ein Dutzend Exper-

ten verschwunden. Sie werden im Iran, im Irak und in Libyen wieder auftauchen. Es gibt noch viel zu tun für uns.«
Wechajew, mit den Praktiken des KGB vertraut, zögerte nicht, es auszusprechen: »Man wird die Abtrünnigen liquidieren?«
»Wenn nötig ... ja.« Sliwka sagte es so kalt, daß Wechajew unwillkürlich den Kopf zwischen die Schultern zog. »Wir werden wieder Sonderkommandos bilden müssen, dieses Mal in enger Zusammenarbeit mit dem CIA. Die Situation verlangt eine enge Zusammenarbeit. Nur so bekommen wir das Problem in den Griff und können es lösen. Wie ich schon sagte –«
»Ist es bereits fünf Minuten *nach* zwölf!« Wechajew runzelte angestrengt die Stirn. »Ist der Iran in der Lage, eine Atombombe zu bauen?«
»Eine einfache ... ja. Aber keinen elektronisch gesicherten Zünder für eine Plutoniumbombe. Sie enthält eine ganz bestimmte Anordnung des Sprengstoffes und über fünfzig hochpräzise Zündsperren! Daran haben unsere Wissenschaftler ein halbes Jahrhundert lang gearbeitet. Man kann unsere Bomben durch Ausschlachten nicht einfach kopieren. Dazu sind sie zu kompliziert.«
»Und Professor Frantzenow arbeitet auch an diesen Teufelsdingern?«
»Er ist einer der maßgebenden Nuklearexperten.«
»Haben Sie den Verdacht, daß er auch in den Iran verschwinden könnte?«
»Nein. Dazu ist er immer noch ein zu großer russischer Patriot. In ein islamisches Land geht er nie!«
»Und Nurgai?«
»Kein Kommentar, General.«
»Die Antwort genügt mir. Ich werde mich mehr um Nurgai kümmern.«
»Nicht nötig, das tun wir schon. Das ist unsere Aufgabe. Nochmals danke, General.«
Sliwka beendete das Gespräch. Wechajew legte nachdenklich den Hörer zurück. Irgend etwas an dem Gespräch ge-

fiel ihm nicht, reizte sein Gespür für eine dunkle Gefahr. Sliwka war ungewöhnlich informiert: Ein an sich kleiner Offizier des KGB, im Range eines Oberleutnants, wußte bis ins Detail von allen Plänen des Geheimdienstes. Woher kam dieses Wissen? Es war nicht der Stil des KGB, subalterne Mitarbeiter in alles einzuweihen, was in den neuen Republiken an Ungereimtheiten und machtpolitischen Bestrebungen vorkam.
Der revolutionäre Plan Jelzins, alle russischen Staaten um einen großen Topf zu versammeln und gemeinsam zu essen, würde nie funktionieren. Schon jetzt kochte jeder unabhängig gewordene Staat sein eigenes Süppchen und ließ die anderen nicht in seinen Kessel gucken. Vor allem die Ukraine und Georgien kapselten sich völlig von Rußland ab, im Kaukasus tobte sogar ein Bürgerkrieg mit Hunderten von Toten. Die Krimtataren wollten zurück in ihre Heimat und drohten offen mit Terror, wenn – nach einem anderen Plan Jelzins – den Rußlanddeutschen Land auf der Krim gegeben werden sollte. Die ehemalige sowjetische Schwarzmeerflotte weigerte sich, sich dem Kommando Rußlands zu unterstellen. Krawtschuk beanspruchte sie für sich, besessen von der Idee eines mächtigen ukrainischen Staates. Die ehemaligen sowjetisch-islamischen Staaten im Süden und in Asien waren bereits vom Virus der moslemischen Bruderschaft infiziert. Aserbaidschan, Turkmenien und Tadschikistan wurden zu Stützpunkten der iranischen Mullahs, die ihre bisherigen Konsulate in Botschaften umwandelten, um die Souveränität dieser Staaten zu unterstreichen, was jedem Politiker schmeichelt. Usbekistan und Kirgisistan lachten über die Bemühungen Jelzins, ihnen den Willen Moskaus aufzuzwingen, und Kasachstan tat, was es wollte, der Politik Rußlands völlig entgegengesetzt. Und die Republiken mit dem größten Atompotential? Schlossen sie ihre Tore vor allen Atomhändlern, oder wurde die Bombe in ihren Händen zum Kapital, zum Goldesel für ihr Land?
Wechajew lehnte sich zurück und blickte an die Decke. Das

war alles, was man wußte und täglich ergänzt wurde durch neue Meldungen. Aber Sliwka wußte mehr. Woher bezog er sein Wissen? Welche Verbindungen hatte er zu den vertraulichen Informationen des KGB? Was wußte ein kleiner Oberleutnant von der internen Zusammenarbeit mit dem CIA?

Es ist alles sehr verwirrend, stellte Wechajew fest. Ein Wespennest, dem man am besten aus dem Weg geht. Man lebt ruhiger, wenn man sich dumm stellt und in die Fröhlichkeit flüchtet. Das ist der beste Schutz: ahnungslos sein und im geheimen doch vieles zu wissen. Rußlands Zukunft ist ungewisser als zuvor. Gott, stehe uns bei.

Er war nie ein gläubiger Mensch gewesen, erzogen in einer Zeit, wo man aus Kirchen noch Fabrikbetriebe gemacht hatte, Handwerkerkommunen und Lagerhallen, aber jetzt schien es nötig, eine Macht anzurufen, die über dem Kreml stand.

Rußland, sei wachsam. Zerbrich nicht an der neu gewonnenen Freiheit.

Zunächst kochte Frantzenow in seiner kleinen Küche eine Nudelsuppe und wärmte im Backofen *pelmini* auf, das sind mit Hackfleisch gefüllte Teigtaschen. Als Weberowsky helfen wollte, zeigte er hinaus ins Wohnzimmer.

»Du setzt dich jetzt in den Sessel und ruhst dich aus!« befahl er. »Keine Widerrede, Schwager! Hier bin ich der Herr im Haus. Erzähl mir von euch. Meiner Schwester. Erna geht es gut?«

»Ich weiß es nicht, ob sie mit mir zufrieden ist.« Weberowsky setzte sich in den Sessel, in dem Andrej Valentinowitsch fast erschossen worden wäre. Er sah das Loch in der Wand, aber er dachte sich nichts dabei. »Wir leben, wie wir immer gelebt haben. Harte Arbeit von früh bis spät. Aber wenn man ihre Früchte sieht, ist man glücklich. Mittlerweile bin ich zum Dorfvorstand gewählt worden.«

»Und es stimmt, daß ganz Nowo Grodnow nach Deutschland auswandern will?«

»Ich hoffe es. Wer hierbleibt, wird es sehr schwer haben. Die Häuser werden von Kasachen oder Russen gekauft werden und die zurückgebliebenen Rußlanddeutschen wie Feinde behandelt. Und sie werden sich nicht wehren können, sie werden eine Minderheit sein, um die sich niemand kümmert. Wer ein bißchen Verstand hat, kommt mit uns.«
Frantzenow brachte zuerst die aufgebackenen *pelmini* hinein, dazu dicke, duftende Salzgurken und in Essig eingelegte Pilze. In der Küche brodelte das Salzwasser mit den Nudeln.
»Was sagen deine Kinder dazu?« fragte er.
»Hermann ist mit einer Russin verlobt, die Kasachstan nicht verlassen will. Gottlieb wartet auf seine Zulassung an eine Universität. Die Partei hat ihm versprochen, daß er Medizin studieren darf. Er soll ein Stipendium bekommen. Ein kluger Junge ist er. Außerdem liebt er ein Mädchen, das er vor uns versteckt. Ich weiß nicht, aus welchen Gründen, aber ich frage ihn auch nicht. Er will auch bleiben.«
»Und Eva?«
»Sie wird mitkommen.«
»Erna?«
»Welche Frage, Andrej. Sie ist dort, wo ich bin.«
»Weberowsky, der Patriarch!«
Frantzenow sah zu, wie Weberowsky mit Heißhunger die *pelmini* aß, ging ab und zu in die Küche, prüfte die Nudeln, goß sie dann ab und schüttete sie in einen Topf mit Hühnerbrühe, den er aus dem alten Kühlschrank holte. Weberowsky schnupperte mit hoch erhobener Nase.
»Du lebst nicht schlecht!« rief er. »Was man so aus den Städten hört –«
»Kirenskija war bei Sonderzuteilungen bevorzugt. Im Kaufhaus gab es alles, was man zum täglichen Leben brauchte. Ob sich das jetzt ändert? Ich habe öfter für mich gekocht, das Essen in der Kantine schmeckt immer gleich. Außerdem immer die gleichen Gesichter, die gleichen

Themen, die gleichen Klagen. Man setzt sich an den Tisch und weiß im voraus, was man zu hören kriegt.«

Weberowsky löffelte zwei Teller voll Nudelsuppe und war dann so satt, daß ihn Müdigkeit ergriff. Er legte den Kopf gegen die Sesselpolster und sah seinen Schwager mit schläfrigem Blick an.

»Du lebst sehr zurückgezogen?«

»Ja. Ich bin am liebsten mit mir allein.«

»Hast du keine Freunde?«

»Hier gibt es keine Freunde, nur neidische Arbeitskollegen. Jeder will den anderen übertreffen, um einen lobenden Eintrag in die Personalakte zu bekommen. Seit Wochen ist es noch schlimmer. Die Angst der Arbeitslosigkeit hat alle im Griff. Jeder hofft, unentbehrlich zu sein, und kriecht Nurgai in den Hintern. Dabei zittert Nurgai selbst um seine Zukunft. Was bisher unter uns eine Art Kameradschaft war, bricht auseinander.«

»Du bist unentbehrlich, Andrej.«

»Das bekomme ich täglich zu spüren. Was sagen sie zu mir? ›Dir wird nie ein Zahn wackeln. Mit Gold werden sie ihn dir ausgießen.‹ Und dabei sehen sie mich voller Verachtung an!«

»Wie lange willst du das noch aushalten, Andrej?«

»Das ist eine Frage des Charakters. Ich ziehe mich zurück, lebe für mich – und warte.«

»Worauf?«

»Ich weiß es nicht. Aber irgend etwas wird geschehen, *muß* geschehen. Im Augenblick sind wir alle wie gelähmt. Amerikaner in Kirenskija! Amerikaner überwachen die Vernichtung der Atomsprengköpfe. Amerikaner schnüffeln überall herum. Spekulanten gründen Firmen, kaufen Betriebe auf, erwerben die Erschließungsrechte für sibirische Gebiete, setzen sich in Fabriken fest, bestechen ganze Beamtenheere – Rußland billig zum Ausverkaufspreis! So kann es nicht weitergehen.«

»Eines Tages wirst auch du verkauft werden.«

»Bis jetzt will man mich *kaufen*. Eine halbe Million Dollar

Jahresgehalt, dazu Prämien sind mir angeboten worden. Ein sorgenfreies Leben. Eine Traumvilla in der Gartenvorstadt von Teheran. Dafür habe ich nichts anderes zu tun, als für den Iran Atome zu spalten.«
»Mein Gott – Andrej!« Weberowsky starrte seinen Schwager entsetzt an. »Und du willst annehmen?«
»Nein! Ich arbeite nicht für religiöse Fanatiker.«
»Und für die Amerikaner?«
»Erst recht nicht. Dazu bin ich zu sehr Russe!«
»Bist du das wirklich, Schwager?«
»Ich bin nie etwas anderes gewesen.«
Frantzenow holte eine Flasche Weißwein und entkorkte sie. Er probierte, nickte beifällig und goß Weberowsky ein.
»Ein 1983er«, sagte er dabei. »Ein Sonnenjahrgang. Nur für besondere Gelegenheiten. Ich habe ein paar Flaschen aufgehoben. Heute ist so ein Tag: Ich habe meine Familie wieder.«
»Ich denke, du bist Russe?« Weberowsky blickte in das Glas mit dem honiggelben Wein. »*Wir* sind Deutsche.«
»Der Abstammung nach. Aber 1763, als unsere Urahnen auswanderten, die deutsche Goldgräberzeit, als jeder sein Glück im Osten suchte, ist lang vergangen. Jetzt wollt ihr rückwärts laufen und in der alten Heimat nach Gold suchen. Aber auch das neue Deutschland ist kein Eldorado! Warum hat euch Katharina II. nach Rußland gelockt? Nicht, weil sie eine deutsche Prinzessin war, sondern um euch die Dreckarbeit machen zu lassen, aus Schlammfeldern und verkommenem Land, aus Unkraut und saurem Boden fruchtbare Erde zu zaubern. Das haben unsere Vorväter geschafft, und ihr habt es auch in Kasachstan geschafft. Ihr seid doch mehr Russen als Deutsche!«
Weberowsky schwieg und sah seinen Schwager verbissen an. Als Frantzenow sein Glas hob und ihm zuprostete, rührte er seinen Wein nicht an. Andrej hatte ihn an seiner empfindlichsten Stelle getroffen.
»Böse?« fragte Frantzenow.
»Ich wundere mich, wie sehr du dich verändert hast. Als

du noch in Moskau warst, bist du zweimal im Jahr nach Nowo Grodnow gekommen. Zum Frühlingsfest und zum Erntedankfest. Du hast unsere alte Tracht getragen, du hast unsere Tänze mitgetanzt, du hast in der Kirche unsere alten Lieder mitgesungen und unter der Linde gesessen und unseren nach alter Tradition gekelterten Obstwein getrunken. Du warst immer einer von uns. War das alles nur gespielt? Ein Bauerntheater? Du hast nicht als Russe unsere Volkslieder gesungen, sondern als Deutscher. Ist das alles nicht mehr wahr?«
»Die gute alte Zeit ... unsere Jugend. Was ist dann in all den kommenden Jahren geschehen?«
»Du bist eine Berühmtheit geworden und schämst dich jetzt, daß du deutsche Vorfahren hast. Wenn das Erna hören könnte. Ich kann es ihr gar nicht erzählen. Was hat denn dein ›Vaterland Rußland‹ mit dir getan? Es hat dich sterben und begraben lassen, hat dich einfach weggenommen aus deiner Welt und versteckt in einer Stadt, die nichts anderes war als ein Luxusstraflager. Nein, ihr seid nicht in Gitterkäfigen zur Arbeit gefahren worden wie die Sträflinge in den sibirischen Lagern, man hat euch nur in modernste Labors eingeschlossen, um dem Tod immer neue Waffen zu liefern. Und während ihr geglaubt habt, besondere Menschen zu sein, wart ihr nichts anderes als Arbeitstiere an marmornen Krippen. Jetzt erst gehen euch die Augen auf. Ein kleiner Hund und eine kleine Katze brauchen nur wenige Wochen, um aus ihrer Blindheit herauszuwachsen; ihr, die Krone der Schöpfung, seid Jahrzehnte blind geblieben und könnt auch heute noch nicht klar sehen.«
»Bravo!« Frantzenow hob wieder sein Glas. »So lange habe ich dich noch nie reden hören. Bist du fertig mit deiner Bergpredigt?«
»Im Augenblick – ja.«
»Du trinkst nicht mit mir?«
»Wäre ich wie du, müßte ich sagen: nein! Es ist russischer Wein! Ich bin Deutscher, ich trinke nur Mosel,

Pfälzer oder unseren Rheinhessen, da, woher wir stammen. Aber ich bin nicht so stur.« Weberowsky hob nun doch sein Glas. »Was ist? Ein Russe trinkt nie ohne Trinkspruch.«

»Es lebe die Einigkeit und die Harmonie unter den Menschen!« sagte Frantzenow ernst.

»Und ich antworte: Es lebe die Vernunft, den richtigen Weg zu gehen!«

Sie tranken und schwiegen eine Weile, als habe man alles gesagt und hätte nun keine Gedanken mehr.

»Ich habe eine Idee«, fuhr Weberowsky endlich fort. »Du kommst mit uns nach Deutschland.«

»Wolfgang ...« Frantzenow sah seinen Schwager tadelnd an und schüttelte den Kopf. »Fang nicht wieder an! Selbst wenn ich wollte, man wird mich nie weglassen.«

»Darfst du nach Moskau fliegen?«

»Ich habe Nurgai nicht gefragt. Aber nach Moskau, das wird möglich sein. Warum?«

»Du könntest nach Moskau fliegen, um mit dem Atomminister Michailow über deine Zukunft zu sprechen. Das ist glaubhaft.«

»Natürlich. Aber warum soll ich seinen Entscheidungen vorgreifen?«

»Du verstehst mich nicht, Andrej.« Weberowsky beugte sich über den Tisch vor. »Es geht darum, daß du ungehindert nach Moskau fliegen kannst. Bist du in Moskau, ist es leicht, in die deutsche Botschaft zu gehen und um politisches Asyl zu bitten. Du wirst sofort weiter nach Deutschland gebracht werden.«

»Und was soll ich da?«

»Du könntest für einen westeuropäischen Staat arbeiten. Zum Beispiel Frankreich.«

»Warum?«

»Weil sie dich hier fertigmachen werden!« schrie Weberowsky. »Weil du hier immer ein Gefangener bleiben wirst. Und das weißt du!«

»Ich kann Rußland nicht verlassen«, sagte Frantzenow. Ein

Ton von Verzweiflung schwang in seiner Stimme mit. »Ich kann es nicht.«
»Nenn mir einen Grund.«
»Er ist ganz simpel. Ich käme um vor Heimweh.«
»Heimweh nach einem Gefängnis?«
»Weißt du nicht, was Heimweh ist?«
»Nein.«
»Mir würde in Deutschland oder in Frankreich oder in England oder sonstwo der Himmel fehlen, dieser ungeheure herrliche Himmel über Kasachstan, diese Weite, wo Erde und Himmel miteinander verschmelzen, wo wir aufgehen in die blaue Unendlichkeit und wo wir demütig werden vor dieser Schönheit. Was kann das ersetzen?«
»Du redest von Weite und arbeitest in unterirdischen Betonburgen. Das ist doch kein Argument, das ist doch verrückt!«
Frantzenow sprang auf und wanderte unruhig im Zimmer hin und her. Vom Fenster bis zur Wand mit dem Einschußloch, rund um den Tisch, quer durch den Raum. Plötzlich blieb er vor dem Loch in der Wand stehen und starrte es an. Weberowsky hatte es als völlig harmlos betrachtet. Da hat ein Bild an einem Haken gehangen, hatte er gedacht. Nun ist der Haken herausgezogen. Man sollte ein wenig Gips anrühren und das Loch zuschmieren.
»Wenn ich um politisches Asyl bitte, kann ich nie mehr nach Rußland zurück.«
»Das ist nicht wahr. Auch Solschenizyn und Kopelew können wieder einreisen.«
»Sie sind unter anderen Umständen ins Ausland gegangen. Sie haben eine Diktatur verlassen, ein unfreies Land. Ich aber verlasse ein Land, das sich umgestaltet, das sich im Aufbruch in eine neue Zeit befindet. Ich würde Jelzin verlassen, der mich braucht. Ich habe keine Gründe, in den Westen zu flüchten wie Solschenizyn oder Kopelew. Ich werde nicht verfolgt, verboten, verachtet. Wir haben wieder eine Freiheit.«
»Rußland war nie ein freies Land, seit tausend Jahren nicht.

Ob Zar oder Sowjetbonzen, das Volk spürte immer die Faust im Nacken! Weißt du überhaupt, was Freiheit ist?«
»Weißt du es?«
»Nein ... deshalb will ich ja nach Deutschland.«
»Gibt es überhaupt ein freies Land?«
»Ja. Die Schweiz, Österreich ... und Deutschland. Frankreich und England. Andrej, du weißt es ganz genau, besser als ich, aber du wehrst dich dagegen.«
»Man wollte mich ermorden«, sagte Frantzenow plötzlich. Er ging zwei Schritte nach vorn und legte den Zeigefinger auf das Einschußloch.
»Was wollte man?« Weberowsky fuhr von seinem Stuhl hoch. »Dich ermorden?!«
»Mit einem Kopfschuß. Hier ist der Einschlag.«
»Wer?«
»Der KGB.«
»Und da zögerst du auch nur eine Sekunde, dieses Land zu verlassen?«
»Wenn ich bleibe, lebe ich sicherer. Sie werden mich jagen, rund um die Welt. Sie haben Sonderkommandos für diese Kopfjagd. Die früheren Dissidenten waren für Rußland verhältnismäßig harmlos. Schriftsteller, Poeten, Musiker. Sie erzeugten nur einen harmlosen Wirbel in den Medien des Westens. Aber in mir ist das Wissen von über fünfzig Jahren Atomforschung, ich bin gefährlicher als ein gestohlener Sprengkopf, denn ich habe mitgeholfen, diesen Sprengkopf zu konstruieren. Ich *muß* in Rußland leben.«
»Und du glaubst wirklich, der KGB läßt dich in Ruhe?«
»Nein. Er wird mich und meine Arbeit beobachten.«
»Und das nennst du Leben?«
»Ich kann es nicht ändern. Ich bin verdammt dazu.«
»Nein! Es ist etwas anderes, was dich festhält.«
»Und was?«
»Die Feigheit. Du bist zu feige, das allein ist es. Du hast Angst.«
»Ich kann nicht über meinen Schatten springen.«

»Selbst einen Schatten hast du nicht mehr! Der große Professor Frantzenow – ein Nichts!«
Frantzenow zog seinen Zeigefinger von dem Einschußloch weg, ging zum Tisch und trank mit einem Schluck sein Glas leer. »Mag sein, daß du recht hast«, erwiderte er. Weberowsky fiel auf, daß er mit schwerer Zunge redete, so, als sei sie halb gelähmt. »Gib mir noch etwas Zeit ...«
»Ich glaube, du hast nicht mehr viel Zeit, Andrej. Denk an die Kugel, die dort in der Wand steckt.« Weberowsky kam zu seinem Schwager und legte ihm den Arm um die Schulter. »Ich kann dir nachempfinden, wie schwer es für dich ist, aber zögere nicht zu lange. Flieg nach Moskau, angeblich um mit Minister Michailow zu sprechen, und suche Schutz in der deutschen Botschaft. Ich werde auch nach Moskau fliegen und dort meinen Aussiedlerantrag abgeben. In Deutschland, in der wirklichen Heimat, treffen wir uns dann wieder.«
Sie sprachen noch lange miteinander. Vertraut und freundlich. Weberowsky erzählte von den vergangenen Jahren, und es wurde spät, bis er sich auf dem Sofa ausstreckte und schlafen konnte. Auch ein wenig betrunken war er, denn Frantzenow hatte noch eine Flasche Wodka entkorkt, und jeder hatte genügend getrunken.

In seinem Dienstzimmer schaltete Sliwka das Tonband ab. Die Wanze, dieses kleine Mikrophon, das er Frantzenow bei seinem letzten Besuch unter das Sofa geklebt hatte, hatte vorzüglich gearbeitet. Es war, als habe die Unterhaltung bei ihm im Raum stattgefunden. Sliwka lehnte sich müde zurück und steckte sich eine Zigarette an.
Welch ein Tonband! Welch ein Beweis, daß Frantzenow begann, unsicher zu werden. Dieser Weberowsky, dachte Sliwka. Dieser satanische Verführer! Er konnte es erreichen, daß sein Schwager wirklich nach Moskau flog und in die deutsche Botschaft flüchtete. Das Nukleargenie im Westen und nicht im Iran! Er zog die Unterlippe herunter und schloß die Augen. Die Prämie, die ihm Teheran versprochen hatte, wenn er

Frantzenow zu den Mullahs schmuggeln würde, wäre dahin. Eine Prämie, die sein Leben völlig umgestalten würde. Mit neunundzwanzig Jahren ein reicher Mann, der sich alles leisten könnte. Eine Datscha am Schwarzen Meer, die schönsten Frauen, zum Frühstück Krimchampagner, Reisen in alle Welt und vor allem weg von KGB und CIA, ein freier Mensch, der sein Leben genießen konnte. Alles vorbei ... ?
Weberowsky wurde für ihn die Gefahr, die alle seine Pläne zerstörte.
Im Quartier der amerikanischen Delegation drückte Captain Tony Curlis auf den Haltknopf eines kleinen Bandgerätes, das von außen aussah wie ein tragbares CD-Abspielgerät. Der Major, der ihm gegenüber saß, seufzte tief auf.
»Wie gut, daß ich ihm eine Wanze unter den Sessel geklebt habe«, sagte Curlis. Da Frantzenow und Weberowsky miteinander auf russisch geredet hatten, konnte Curlis jedes Wort verstehen. »Wenn es ihm gelingt, in den Westen zu kommen, ist es möglich, daß er sein Wissen nach Frankreich, England oder sonstwohin trägt. Das muß verhindert werden.« Curlis ließ das Band zurückspulen. »Auf gar keinen Fall darf er in den Iran! Das wäre eine Bedrohung des Weltfriedens! Unsere neue Politik mit Rußland ist zukunftweisend, aber nicht Gorbatschow ist der wichtigste Mann, sondern Frantzenow. Gorbatschow tanzt von einer Reform zur anderen, verkündet immer neue Ideen, aber Frantzenow kennt alle Geheimnisse der Nuklearforschung. Wir müssen jetzt etwas tun!«
»Aber was, Tony?« fragte der Major unsicher. »Wir können ihn nur mit Millionen Dollars locken.«
»Und wenn es Milliarden wären – du hast es gehört: Mit den USA will er nichts zu tun haben. Der stolze Russe! Der Patriot, der die Welt vernichten könnte, wenn er in die falschen Hände fällt. Entweder er bleibt in Rußland, oder –«
»Was heißt oder?«
»Uns muß und wird etwas einfallen«, antwortete Curlis ausweichend. »Und zwar schnell. Dieser Weberowsky kriegt ihn herum, darauf wette ich meinen Kopf.«

IV. TEIL

In der russischen Botschaft in Helsinki meldete sich in diesen Tagen ein Mann und verlangte, den leitenden Sicherheitsbeauftragten zu sprechen. Es war ein regnerischer Tag mit mäßiger Wärme. Der Herbst kündigte sich in Finnland an, die Bäume begannen bereits sich zu verfärben. Der Mann trug einen zerknitterten, fleckigen Trenchcoat und hinterließ bei der Wache der Botschaft einen zwiespältigen Eindruck.
Ein Angestellter der Botschaft, der in Wirklichkeit ein Leutnant des KGB war, musterte ihn abschätzend und fragte dann:
»Was wollen Sie?«
Er sprach ein hartes Deutsch, denn der Besucher hatte ihn in dieser Sprache angesprochen. »Was wollen Sie von Herrn Denissow?« wiederholte er.
»Ihn sprechen.«
»In welcher Angelegenheit?«
»Das möchte ich ihm und nicht Ihnen sagen.«
»Herr Denissow ist beschäftigt und nicht frei«, antwortete der Botschaftsangestellte kühl. »Es ist besser, Sie melden sich schriftlich an.«
»Es ist noch besser, wenn Sie mich zu ihm bringen. Wenn ich schreibe, dann einen Brief an Wladimir Dubrowin. Eine Beschwerde über Sie.«
Der Angestellte wurde sichtbar freundlicher. Der Name

Dubrowin genügte, um äußerst wachsam und vorsichtig zu werden.
In der KGB-Zentrale in Moskau leitete er die Abteilung »Information«. Über seinen Schreibtisch liefen alle Agentenmeldungen und die Berichte der Agentenführer im Bereich Mitteleuropa, vornehmlich Deutschland.
»Wie ist Ihr Name?« fragte er höflicher.
»Auch den möchte ich nur Herrn Denissow nennen.«
»Einen Augenblick.«
Der Angestellte hob das Telefon ab, wählte eine Hausnummer und sprach auf russisch ein paar Worte. Dabei nickte er mehrmals, sah den Besucher an, als beschreibe er ihn und legte dann auf.
»Herr Denissow ist zufällig frei. Kommen Sie mit mir.«
Auf dem Weg zu dem Büro fragte der Besucher: »Spricht Herr Denissow deutsch?«
»Sehr gut sogar. Er war ein paar Jahre in unserer Botschaft in Wien.«
»Das ist gut.«
Der Leutnant klopfte an eine Tür und schob den Besucher in ein großes Zimmer. Hinter einer umfangreichen Telefonanlage, einem kleinen Monitor und vor einem großen Bild von Lenin, das man trotz der neuen Politik nicht entfernt hatte, erhob sich ein mittelgroßer, stämmiger Mann mit gestutztem blondem Bart, der wie ein übriggebliebener Wikinger aussah. Sein Anzug war etwas zu eng geworden und spannte über dem Bauch. Auch er musterte den Besucher und schien sich kein klares Bild machen zu können.
»Grüß Gott!« sagte der Besucher und ahmte einen wienerischen Tonfall nach. »Herr Denissow?«
»Sie kennen Wladimir Sergejewitsch Dubrowin?« Denissow ging auf den lockeren Ton nicht ein. Aber er sprach deutsch und tatsächlich mit einem Hauch Wiener Dialekt.
»Dem Namen nach.«
»Und sonst nicht?«
»Er ist – wie man so schön sagt – einer meiner Brötchengeber. Zur Zeit ist er mein einziger.«

»Wer sind Sie?«
»Mein Name ist Karl Köllner —«
»Der Name sagt mir gar nichts.«
»Mein Deckname ist ›Helmut Haase‹, kurz HH oder, wenn man ganz präzise ist, die Nummer 7/12. Ich komme aus Bonn.«
Denissow war ehrlich verblüfft. Ein deutscher Agent des KGB meldete sich bei ihm in Helsinki. Das konnte nur Schlechtes bedeuten.
»Ich freue mich, Sie bei uns zu sehen«, erwiderte er zuvorkommend. »Oder sollte es keine Freude sein, Herr Köllner-Haase?«
»Ich glaube, es ist keine Freude. Ich bin auf der Flucht.«
»Man hat Sie enttarnt?«
»Ja, auf einen Wink hin konnte ich mich in letzter Minute absetzen. Im deutschen Außenministerium, wo ich bis jetzt arbeitete, habe ich noch zwei Sympathisanten. Es ist mir, wie Sie sehen, gelungen, bis nach Finnland durchzukommen. Aber jetzt brauche ich Ihre Hilfe.«
Denissow sah Köllner wieder forschend ins Gesicht, setzte sich und bot auch ihm einen Stuhl an. Ein enttarnter Agent ist immer ein Problem. Man weiß nie, auch wenn er flüchtig ist, wie dicht sich das Netz über ihm zusammengezogen hat und ob er observiert wird. Oder auch: Ist er wirklich ein Agent oder versucht er mit diesem Trick, sich in den KGB einzuschmuggeln! Das wäre plump und eigentlich nicht der Stil der deutschen Spionage.
»Wie können Sie beweisen, daß Sie Nummer 7/12 sind?« fragte Denissow.
»Rufen Sie Dubrowin an.«
»Er wird bestätigen, daß es Nummer 7/12 gibt. Natürlich. Aber ob Sie das sind?«
»Es liegt ein Foto von mir vor. Lassen Sie es sich durchfaxen. Ich warte gern. Ich habe Zeit, viel Zeit.«
»Und was wollen Sie von mir?«
»Die Benachrichtigung an Dubrowin, daß ich hier in Helsinki bin, und eine Flugkarte nach Moskau.«

»Wenn man Sie dort haben will. Sie waren unser Ohr im deutschen Außenministerium?«
»Auge und Ohr, wenn man es poetisch sieht.« Köllner ahnte langsam, daß sich alles anders entwickeln könnte, als er es sich gedacht hatte. Ein gejagter, flüchtiger Spion ist wie eine heiße Kartoffel, die man nicht anfassen möchte. Man hat ihn nie gesehen, nie gesprochen, er ist völlig unbekannt. »Wenn man mich haben will«, wiederholte er.
»Ja, mein Gott, wo soll ich denn sonst hin? Ich habe jahrelang dem KGB –«
Denissow winkte ab.
»Sie haben vergessen, daß Sie diesen Namen nie erwähnen sollen!« unterbrach er ihn kalt. »Ich will versuchen, Dubrowin zu erreichen. Dann können Sie mit ihm selbst sprechen. Aber erst verlange ich Ihr Foto.«
Es dauerte eine Stunde, bis endlich aus Moskau das Bild gefaxt wurde und von der Telefonzentrale der Botschaft auf den kleinen Bildschirm auf dem Schreibtisch übertragen wurde. Denissow beugte sich vor, studierte das Foto genau und verglich es mit Köllners Aussehen.
»Sie sind es!« sagte er dann. »Sie werden jetzt mit Dubrowin verbunden.«
Er stellte das Telefon auf einen Lautsprecher um. Ein paarmal knackte es laut, dann hörten sie eine tiefe Stimme mit dem typisch harten Akzent eines deutschsprechenden Russen.
»Dubrowin am Apparat.«
Denissow nickte Köllner zu. »Sprechen Sie jetzt.«
»Hier ist Köllner. Deckname Haase – Nummer 7/12.«
Dubrowin schien in eine Liste zu sehen. »Aus Bonn?«
»Ja.«
»Mir ist bekannt, daß man Sie enttarnt hat. Wie war das möglich?«
»Ich weiß es nicht.«
»Eine unangenehme Situation, vor allem für unsere Botschaft in Bad Godesberg. Es liegt eine Beschwerde vor, die uns zwingt, eine Demarche zu verfassen. Sehr unange-

nehm. Sie haben sich bis nach Finnland durchschlagen können. Hat man Sie verfolgt?«
»Ich habe nichts bemerkt. Ich bin von Berlin unter dem Namen Haase nach Helsinki geflogen, bevor die Grenzbehörden einen Hinweis bekommen haben.«
»Und jetzt möchten Sie nach Moskau kommen.«
»Ja.«
»Das erwarten auch die Deutschen. Warum bleiben Sie nicht in Finnland?«
»Ich fühle mich in Rußland sicherer.«
»Aber in Moskau könnten Sie eher entdeckt werden als in Helsinki.«
»Es wird doch wohl in dem Riesenreich Rußland eine Ecke geben, wo man mich nicht findet.« Köllner schoß ein Gedanke durch den Kopf, man sah es förmlich an seinem sich verändernden Gesichtsausdruck. »Wie wäre es mit Kasachstan?«
»Was wollen Sie denn dort?«
»Eine Tante von mir wohnt in Kasachstan. In der Nähe von Atbasar, in dem Dorf Nowo Grodnow. Sie ist verheiratet mit Wolfgang Antonowitsch Weberowsky. Einem Bauern. Dort könnte ich untertauchen.«
»Rußlanddeutsche?« fragte Dubrowin gedehnt.
»Ja. Aus dem ehemaligen Wolgagebiet. Stalin hat sie 1941 zwangsumgesiedelt.«
»Sie haben Kontakt mit Weberowsky?«
»Nur lose. Aber ich weiß, daß meine Tante mich aufnehmen wird.« Köllner atmete tief durch. »Und ich habe noch eine Adresse, an die ich mich wenden kann. Einen Onkel.«
»In Kasachstan?«
»Nein. In Moskau. Professor Andrej Valentinowitsch Frantzenow.«
Einen Augenblick war es still. Denissow starrte Köllner voll Unglauben an, und auch Dubrowin in Moskau schien einen Moment sprachlos zu sein.
»Frantzenow?« fragte er dann.
»Ja. Der Atomwissenschaftler. Kennen Sie ihn?«

»Das ist Ihr Onkel?«
»Ja, der Bruder von meiner Tante Erna Weberowsky. Auch zu ihm könnte ich.«
»Das wäre ein fatales Quartier. Frantzenow ist vor über neun Jahren gestorben. Sein Grab liegt in Moskau.«
»Das ... das wußte ich nicht.« Köllner wischte sich über die Stirn. Onkel Andrej tot. Nun war erklärbar, warum er nichts mehr von ihm gehört hatte. »Dann bleibt nur Kasachstan übrig.«
»Ich will sehen, ob das möglich ist.« Dubrowins Stimme veränderte sich, sie wurde weniger amtlich. Außerdem sprach er jetzt russisch. »Jakob Mironowitsch?«
»Bin hier«, antwortete Denissow sofort.
»Behalten Sie Köllner in der Botschaft, bis genaue Weisungen von uns kommen. Er darf die Botschaft nicht verlassen.«
»Keine Sorge. Er wird unsichtbar sein.«
»Welchen Eindruck macht er?«
Denissow warf wieder einen schnellen Blick auf Köllner. »Er sieht müde aus, etwas zerzaust und trägt einen unmöglichen, fleckigen Mantel. Sollen wir ihm neue Kleider kaufen?«
»Wozu? In Kasachstan wird man ihn als elegant ansehen.« Dubrowin lachte abgehackt. Mit Kasachstan verband ihn der Gedanke an Schweiß und Dreck. Er war nie dort gewesen, aber alles, was hinter dem Ural lag, war für ihn ein wüstes Land. »Hat er kein Gepäck bei sich?«
»Haben Sie einen Koffer bei sich?« fragte Denissow auf deutsch. Köllner nickte.
»Eine große Reisetasche mit dem Nötigsten. Es ging ja um Minuten.«
»Eine Reisetasche«, wiederholte Denissow auf russisch. »Er hatte keine Zeit mehr zum Packen.«
»Dann kaufen Sie ihm ein Hemd und eine Unterhose, das genügt.« Dubrowin schien es Spaß zu machen, einen nun unwichtigen Agenten, einen Niemand, in der Luft hängen zu lassen. »Hat er Geld bei sich?«

»Haben Sie Geld?« fragte Denissow.
»Ja. Fünftausend DM.«
»Fünftausend DM.«
»In Verwahr nehmen.« Dubrowin schlug wieder einen dienstlichen Ton an. »Untersuchen Sie ihn genau. Von oben bis unten, alle Kleidungsstücke, die Reisetasche, suchen Sie nach doppelten Böden oder ins Futter genähten Banknoten. Der Botschaftsarzt soll ihn untersuchen, und auch röntgen soll er ihn. Der Magen ist ein gutes Versteck. Köllner darf auf keinen Fall Geld behalten, um sich heimlich von Helsinki absetzen zu können! Wir werden ihn so schnell wie möglich abholen.«
»Ist er zu gefährlich für uns?«
»Nein ... zu dumm!«
Dubrowin lachte wieder kurz auf und beendete das Gespräch. Denissow erhob sich und kam um den Schreibtisch herum. Er blieb vor Köllner stehen und sagte freundlich:
»Sie sind unser Gast, bis Sie nach Moskau fliegen. Es wird Ihnen an nichts fehlen. Welche Kragenweite haben Sie?«
»Vierzig. Warum?«
»Der KGB spendiert Ihnen ein neues Hemd und Unterwäsche.« Sein blonder Bart wippte vor Vergnügen. »Sie sehen, wir können auch spendabel sein. Geben Sie mir die fünftausend DM.«
Köllners Kopf zuckte hoch. Jetzt ließ er sich nicht mehr von Denissows Freundlichkeit täuschen, plötzlich begriff er, daß Gastfreundschaft soviel hieß wie Isolierung.
»Sie haben nicht das Recht –«, fuhr er hoch, aber Denissow winkte ab.
»Wir haben die Pflicht, das ist vordringlicher. Geben Sie Ihr Geld ab und machen Sie uns nicht unnötige Schwierigkeiten.«
»Und wenn ich mich weigere?«
»So dumm werden Sie hoffentlich nicht sein.«
»Ich stehe also unter Arrest, bis man in Moskau über mein Schicksal entschieden hat?«
»Sie sind ein Gast der Botschaft, ein besonderer Gast. Ich

bin jetzt für Ihre Sicherheit verantwortlich. Dazu gehört, daß Sie unsere Anordnungen befolgen.«
Köllner sah ein, daß es sinnlos war, weiter mit Denissow zu diskutieren. Er griff in die Brusttasche seines Anzuges und zog ein Kuvert heraus. Demonstrativ warf er es Denissow vor die Füße. »Die Fünftausend!« sagte er dabei.
Denissow rührte sich nicht. Er stand nahe vor Köllner, und das Kuvert mit dem Geld lag zwischen ihnen. Er blickte nicht einmal hinunter auf den Teppich.
»Bedienen Sie sich.« Köllner hatte nichts mehr zu verlieren, das wußte er jetzt. Ich bin ein Idiot, dachte er. Warum bin ich davongelaufen? Ich hätte mich verhaften lassen sollen, säße jetzt in einer sauberen Zelle des Untersuchungsgefängnisses, ein Anwalt würde für mich sorgen und einen Haftprüfungstermin beantragen. Es würde einen Prozeß geben und eine Haftstrafe von vielleicht drei Jahren, denn man könnte mir nicht nachweisen, was ich alles verraten habe. Und bei guter Führung würde ich nach zwei Dritteln der Zeit entlassen werden. Wo aber bin ich hier hingeraten? Was hat Moskau mit mir vor? Habe ich drei Jahre gegen »lebenslänglich« eingetauscht? Wieso warst du so dämlich, an eine Art Dankbarkeit zu glauben? Dankbarkeit für Jahre der Mitarbeit! Nun stehst du hier als enttarnter Agent und bist für die Russen ein Stück Dreck!
Er zuckte zusammen, als er Denissows kalte Stimme hörte.
»Aufheben!«
»Ich habe mein ganzes Geld abgeliefert.«
»Aufheben!«
»Bedaure, aber ich kann mich nicht bücken. Ich habe einen Bandscheibenschaden.«
Denissows Augen verengten sich. Ehe Köllner zurückweichen konnte, hatte er das Gefühl, zwei Stahlklammern wären um seinen Hals geschlungen worden. Mit einem gewaltigen Ruck zog ihn Denissow an sich und drückte ihn auf die Knie. Ein Faustschlag auf den Rücken warf ihn nach vorn, ein neuer Griff in seinen Nacken zwang seinen Kopf auf den Teppich. Seine Stirn berührte das Kuvert.

»Aufheben!« hörte er Denissows Stimme. Vor seinen Augen flimmerte es. Die stahlharten Hände drückten ihm die Halsschlagader ab.
Köllner gab den Widerstand auf. Er griff nach dem Kuvert, und im gleichen Augenblick löste sich der tödliche Griff. Mit einem Ächzen erhob er sich und reichte Denissow das Geld hin. Vor seinen Augen tanzten bunte Sterne, die Blutleere im Gehirn verflüchtigte sich erst langsam.
»Danke!« sagte Denissow gleichgültig. Er steckte das Kuvert in seine Rocktasche. »Sehen Sie, so heilen wir in Rußland Bandscheibenschäden.«
Die Tür öffnete sich, und zwei starke Männer nahmen Köllner in ihre Mitte und führten ihn ab.
Die nächsten Stunden waren das Entwürdigendste, was Köllner je erlebt hatte.
Er mußte baden. Man sperrte ihn im Badezimmer ein. Unterdessen durchsuchten die bulligen Männer seinen Anzug, seine Hose, die Reisetasche, die mitgebrachte Wäsche. Die Schuhe schickten sie zur Röntgenstation und ließen sie durchleuchten, ebenfalls alle festen Gegenstände, die sich in der Tasche befanden. Die Haarbürste, ein Kamm, den elektrischen Rasierapparat, einen Füllfederhalter, die lederne Brieftasche, den Paß – denn in dem festen Deckel konnte man auch etwas verstecken –, die Tube Rasiercreme und eine Sprühdose mit Haardressing.
Man fand nichts.
Köllner hieb mit den Fäusten an die Tür, als er sein Bad beendet hatte. Einer der Männer öffnete und reichte ihm einen roten Bademantel hinein. Köllner streifte ihn über und trat hinaus in den Flur.
Was nun, dachte er. Lassen Sie mich ab jetzt nackt herumlaufen, aus Angst, ich könnte aus der Botschaft fliehen? Wenn ich das könnte, würde ich es auch nackt tun.
Der Mann winkte und ging voraus. Der zweite Mann folgte hinter Köllner. Sie fuhren mit einem Lift ein Stockwerk höher, gingen einen langen Gang entlang und betraten dann ein Zimmer, das wie eine kleine Ambulanz aussah. Ein OP-

Tisch, Schränke mit Medikamenten, eine kleine Röntgeneinrichtung, aber mit Bildwandler, auf dessen Schirm das Röntgenbild übertragen wurde, ein Ultraschallgerät, ein Doppler, ein EKG-Gerät – es war alles vorhanden, was zu einer gut ausgestatteten Arztpraxis gehörte. Köllner erinnerte sich, daß die neue russische Botschaft in Bad Godesberg sogar über eine eigene kleine Klinik verfügte, wo kranke Botschaftsangehörige behandelt werden konnten.
Ein älterer Herr in einem weißen Kittel erhob sich aus einem Ledersessel und kam auf Köllner zu.
»Dr. Nenachew«, stellte er sich vor. Er sprach im Gegensatz zu den anderen Russen ein fehlerfreies, akzentloses Deutsch und zeigte auf die Untersuchungsliege an der Längswand. »Machen Sie es sich bequem.«
»Ich bin nicht krank.« Köllner blieb trotzig stehen. Hinter ihm standen die beiden hünenhaften Männer und bliesen ihm ihren Atem in den Nacken.
»Das werden wir feststellen. Ziehen Sie bitte den Bademantel aus.«
Er sagt wenigstens bitte, stellte Köllner fest. Und er sieht nicht aus, als ob er mich gleich schlachten würde. Er streifte den Bademantel ab und legte sich auf die Liege.
Die gründliche Untersuchung dauerte eine Stunde. Dr. Nenachew ließ nichts aus, die Röntgenbilder des Magens waren negativ.
»Sie können sich wieder anziehen.« Dr. Nenachew legte die Instrumente weg.
»Danke!« Köllner zog seinen Bademantel an. »Und wie ist das Ergebnis?«
»Sie haben einen kleinen Polypen im Darm. Ungefährlich. Kommt beim Stuhlgang ab und zu Blut?«
»Nein, nie.«
»Das wird noch kommen. Man kann das operieren. Ein harmloser Eingriff. Sie sollten das bald machen lassen.«
»Von Ihnen?«
»Dazu ist die Zeit, die Sie bei uns bleiben, zu kurz. Aber ich gebe Ihnen für einen Kollegen in Moskau die Diagnose

mit. Sie operieren da mit den modernsten Geräten, mit Laserstrahlen. Sie werden gar nichts merken.« Dr. Nenachew nickte ihm freundlich zu. »Sie können gehen.«
Die beiden Männer brachten Köllner zurück zu Denissow, der bereits telefonisch von Dr. Nenachew unterrichtet war. Völlig sauber. Kein Versteck im Körper. Denissow zeigte wieder auf den Stuhl, auf dem Köllner vorher gesessen hatte.
»Wo ist meine Zelle?« fragte Köllner provozierend und blieb stehen.
»Wir haben ein sehr schönes Gästezimmer für Sie hergerichtet. Sie sollen sich bei uns wohl fühlen.« Denissow hatte einen vergoldeten Samowar vor sich stehen und zwei dünnwandige Teetassen aus der berühmten Porzellanmanufaktur von Sankt Petersburg. Er goß den Teesud hinein, füllte ihn mit kochendem Wasser auf und schob Köllner eine Tasse zu. »Ich weiß, was Sie jetzt denken.«
»Um Himmels willen, bloß das nicht!«
»Sie bereuen Ihren Wunsch, nach Rußland flüchten zu wollen?«
»Ich sage mir: Es war ein Fehler. Mein Entschluß war übereilt. Ich hätte nicht in Panik geraten dürfen.«
»Es freut mich, daß Sie so ehrlich sind.«
»Was bleibt mir anderes übrig? Es ist die Kraft der Verzweiflung. Ich bin vor den Handschellen davon- und in die Fesseln hineingelaufen. Was habe ich noch zu verlieren? Ein enttarnter Spion ist ein toter Spion, wenn er nicht gerade Guillaume heißt.«
»Das waren Agenten der DDR, des Staatssicherheitsdienstes. Sie haben für uns gearbeitet, Herr Köllner. Das ist ein Unterschied. Aber was fürchten Sie? Wir werden für Sie sorgen. Ich habe große Hoffnung, daß Herr Dubrowin Ihren Wunsch, nach Kasachstan zu gehen, erfüllt.«
»Das wäre wunderbar.«
Köllner griff nach der Teetasse und trank. Es war kein russischer Tee, sondern ein Rauchtee, wie er vor allem in Tibet getrunken wird, über dem Feuer fermentiert und ge-

räuchert. Denissow liebte diese Art von Tee, die eigenartige Würze regte ihn an.

»Wie ist mein Onkel gestorben?« fragte Köllner plötzlich. Das Gesicht Denissows versteinerte wieder. Köllner schnitt ein Thema an, das ihm gar nicht gefiel. Denissow wußte keine Einzelheiten, nur soviel, wie man in den Zeitungen lesen und im Fernsehen sehen konnte; damals war er noch in Wien und Professor Frantzenow war ihm völlig gleichgültig, aber das Flüstern über seinen plötzlichen Tod hatte auch ihn erreicht, als er im Range eines Botschaftsrates die KGB-Zentrale in Finnland übernommen hatte. Aber Gerüchte bleiben eben Gerüchte, und je mehr man sie weitererzählt, um so verschleierter wird die Wahrheit.

»Ich weiß nur von einem Herzinfarkt«, antwortete Denissow abweisend. »Ein Freund soll ihn tot in der Wohnung gefunden haben. Im Schlafanzug.«

»Werde ich sein Grab in Moskau besuchen können?«

»Sicherlich. Herr Dubrowin wird Sie hinbringen lassen. Nun verziehen Sie nicht wieder das Gesicht - jede Begleitung dient nur Ihrer Sicherheit.«

Das Zimmer, das man Köllner in der Botschaft zuwies, war klein, aber immerhin war es keine Zelle im Keller, wie er vermutet hatte. Er hatte sogar ein eigenes Badezimmer mit bunten Frotteetüchern, sein Rasierzeug und seine Kosmetika standen auf einer gläsernen Ablage, nur seine Kleidung fehlte. Der Bademantel war das einzige, was man ihm ließ.

»Leider kann ich Ihnen keine Nachtgespielin zur Verfügung stellen«, meinte Denissow, der ihn begleitete, voll Sarkasmus. »Darauf sind wir nicht eingerichtet. Aber ich glaube, die Ruhe wird Ihnen guttun.«

»Werde ich eingeschlossen?«

»Es ist bei uns nicht üblich, daß man Gäste einschließt.«

»Ich kann mich also frei bewegen?«

»Innerhalb der Botschaft.« Denissow fühlte sich erleichtert. Das Thema Frantzenow schien beendet zu sein. »Ich werde Ihnen Bücher bringen lassen, deutsche Illustrierte

und einen Schachcomputer, gegen den ich immer verliere. Sie spielen doch Schach?«
»Mäßig. Bestimmt nicht so gut wie Sie.«
»Das gehört bei uns zum Leben. Es gibt kaum einen Russen, der nicht Schach spielt. Langweilen werden Sie sich nicht.«
Und dann war Köllner allein. Er setzte sich auf das Bett, starrte gegen das Fenster und überlegte, ob er in der Nacht hinausklettern sollte. Aber wohin flüchten? Wohin ohne einen Pfennig Geld? Wohin, nackt, nur mit einem Bademantel bekleidet? Zur deutschen Botschaft? Das wäre der einzige Weg ...und eine Rückkehr nach Bonn. Dort wartete schon die Staatsanwaltschaft auf ihn. War das eine Lösung?
Er dachte an Kasachstan und an Tante Erna, an den Bauernhof, den er nie gesehen hatte, und er sagte sich, daß es vielleicht klüger wäre, nicht nach Bonn zurückzukehren, sondern auf Dubrowins Versprechen zu vertrauen, ihn nach Nowo Grodnow fliegen zu lassen.
Er legte sich zurück, verschränkte die Arme hinter seinem Nacken und schlief bald ein.
Bei Denissow klingelte das Telefon. Moskau. Dubrowin rief noch einmal zu dieser späten Stunde an.
»Jakob Mironowitsch«, sagte er freundschaftlich, »ich habe die Akte Köllner noch einmal durchgelesen. Er war ein Topagent. Seine Dummheit bestand darin, daß er von Jahr zu Jahr sorgloser wurde nach dem Motto: Mich entdeckt doch keiner! Später hat er die Lage nicht mehr überblickt. Nach seiner Flucht hat man in Bonn, Köln und Essen drei unserer V-Männer verhaftet, alles Mitglieder der Russischen Handelsgesellschaft in Köln. Man mußte sie wieder freilassen, aber sie wurden als unerwünschte Personen ausgewiesen und abgeschoben. Sie sind gestern in Sankt Petersburg eingetroffen. Durch Köllners Enttarnung ist ein ganzer Ring aufgeflogen, den wir mühsam aufgebaut hatten. Hat Köllner Material bei sich gehabt?«
»Nichts. Wir haben ihn genau untersucht.«

»Keine Mikrofilme?«
»Gar nichts. Er war vollkommen ›rein‹!« Denissow räusperte sich. »Nur ein Notizbuch haben wir bei ihm gefunden.«
»Werten Sie es sofort aus, Jakob Mironowitsch!«
»Das habe ich. Nur Telefonnummern von Frauen und deren Wünsche im Bett.«
»Das kann ein Geheimcode sein! Schicken Sie das Tagebuch mit dem nächsten Kurier zu mir. Ich werde es in der Dechiffrierabteilung untersuchen lassen. Ich halte es für ausgeschlossen, daß ein Mann wie Köllner ohne Material herüberkommt. Schon als Einstand oder Gastgeschenk muß er etwas mitbringen. Das war's. Gute Nacht, Jakob Mironowitsch.«
Dubrowin legte auf. Denissow schüttelte den Kopf. Diese mißtrauischen Kollegen in Moskau. Sicherheitshalber suchte er doch ein paar Telefonnummern aus dem Notizbuch heraus und wählte sie an. Viermal meldete sich eine Frau, die fünfte Nummer schwieg. Nicht jede blieb abends zu Hause. Aber er machte hinter der Eintragung ein Kreuz und nahm sich vor, sie am nächsten Morgen anzurufen.
Ein Ziffer- und Zahlencode, dachte er. Daran habe ich nicht gedacht, aber möglich ist alles. Wenn sich das bestätigt, ist Köllner ein ganz raffinierter Hund. Dann habe ich ihn unterschätzt.

Weberowsky schlief lange auf dem alten Sofa. Je nach Lage seines Körpers schnarchte er laut und rasselnd, oder er lag auf dem Rücken und pfiff bei jedem Atemzug. Er hörte nicht, wie am Morgen Andrej Valentinowitsch sich duschte und dann in die Küche ging, um das Frühstück vorzubereiten.
Erst als ihm Frantzenow die Nase zuhielt, schrak er auf und boxte um sich, weil er glaubte, zu ersticken.
»Du hast eine besondere Art, jemanden zu wecken«, murrte er und setzte sich auf. Der Tisch war gedeckt, aus der Küche kam der Duft von gebratenen Eiern.

»Hat sich Erna eigentlich nie beschwert?« fragte Frantzenow.
»Worüber?«
»Du gibst im Schlaf Töne von dir wie ein Wasserbüffel!«
»Erna hat noch nie einen Wasserbüffel gesehen oder gehört.«
»Aber sie kennt das Geräusch einer Holzsäge.«
»Nein! Erna hat sich nie beschwert.«
»Eine bewundernswerte Frau.« Frantzenow sah, wie Weberowsky schnupperte.
»Ja, es gibt Eier mit Speck! Dazu Zwiebeln und Gurken und Brot.«
»Hast du eingedickte Milch da? Ich esse jeden Morgen eingedickte Milch mit Beerenkompott.«
»Ich kann mich erinnern. Mich ergriff immer ein Grauen, wenn ich dir beim Essen zuschaute.«
»Aber es ist gesund und gibt Kraft.« Weberowsky erhob sich und ging zum Tisch. Da die Eier schon brutzelten, blieb keine Zeit für die Dusche. Das konnte man auch nach dem Frühstück besorgen. »Wie hast du geschlafen?«
»Schlecht. So viele Gedanken gingen mir im Kopf rum.«
»Das ist gut.« Weberowsky setzte sich. »Es ist schon ein Fortschritt, wenn du dir überhaupt Gedanken über das machst, was ich dir gesagt habe.« Frantzenow ging in die Küche, holte die Bratpfanne mit den Eiern und dem gebräunten Speck, verteilte sie auf zwei Teller, ging zurück und kam mit zwei Gläsern voller eingemachter Gurken und Zwiebeln zurück. Das Brot und ein großes Messer hatte er unter den Arm geklemmt. Eine Kanne mit Kaffee und die Tassen und Teller standen bereits auf dem Tisch.
»Ich glaube, du hast bisher nie an deine Zukunft gedacht«, fuhr Weberowsky fort.
»Nie. Warum auch?« Frantzenow setzte sich und begann zu essen. »Ich hatte meine Stellung, meine Aufgabe, ein sorgloses Leben –«
»In einem riesigen Gefängnis.«
»Das ist mir nie zu Bewußtsein gekommen. Erst als ich er-

fuhr, daß ich tot bin und in einem Grab in Moskau liege, war das wie ein Schock. Da sah ich plötzlich alles anders. Es war eine Veränderung, die meine Seele zerriß. Ich habe in diesem Augenblick begriffen, daß ich als Mensch ein Nichts bin ... nur mein Wissen war wichtig.«
»Du warst eine Denkmaschine.«
»Ich habe mich seitdem gegen diese Erkenntnis gewehrt.« Er zeigte mit der Gabel auf Weberowskys Teller. »Iß, Schwager, die Eier werden kalt.«
»Hast du dich entschlossen, mit uns zu kommen? Flug nach Moskau – deutsche Botschaft – Bonn –, das ist ein gerader und einfacher Weg.«
»Und wo soll ich in Bonn hin?«
»Dort, wo auch wir die erste Zeit wohnen werden. Bei unserem Neffen Karl Köllner. Er hat eine gute Stellung im Außenministerium und Verbindungen genug, dir und uns eine Wohnung zu besorgen. Erna hat ihm geschrieben.«
»Und was hat er geantwortet?«
»Noch nichts. Ein Brief von Atbasar bis Bonn kann vierzehn Tage dauern oder länger. Außerdem hat Karl genug Zeit, sich um eine Wohnung für uns zu kümmern, denn wie ich höre, kann ein Aussiedlerantrag bis zur Genehmigung fast ein Jahr dauern. Da bist du längst in Frankreich oder sonstwo.«
»Ich gehe in keine Atomforschung zurück! Wenn ich Kirenskija verlasse, will ich nichts mehr von Atomen hören. Nuklearforschung – was ist das? Die Entwicklung eines neuen Medikamentes?«
»Das schaffst du nie, Andrej. Ohne die Forschung kannst du nicht leben.« Weberowsky wischte mit einem Stück Brot seinen Teller leer. Er war es gewöhnt, am Tisch einen sauberen Teller zu hinterlassen.
»Ich will nicht mehr!« Frantzenow schob seinen Teller weg und vierteilte auf einem neuen Teller eine dicke Essiggurke. »Ich schließe ab mit dem, was ich bisher geschaffen habe. Ich habe es für Rußland getan. Gibt es für mich kein Rußland mehr, gibt es auch keine neue Nuklearforschung.

Und wenn man mir Millionen bietet. Ich will irgendwo auf dieser Welt in einer stillen Ecke sitzen und das Leben an mir vorbeifließen lassen. Vielleicht züchte ich Erdbeeren oder neue Kakteenarten. Ich weiß es noch nicht.«
»Und wovon willst du leben? Die Rubel, die du hast, werden kaum ausreichen, ein Jahr zu überstehen.«
»Ein Jahr?« Frantzenow lachte kurz auf. »Zwei Monate bei dem jetzigen Umrechnungskurs. Ich bin ein armer Mann, Wolfgang Antonowitsch. Alle hier sind nur wohlhabend im Bereich von Kirenskija. Reich ist in Rußland noch kein Wissenschaftler geworden. Darauf spekulieren ja die Aufkäufer aus dem Orient und aus Asien. Ein praller Geldsack ist ein besseres Ruhekissen als die beste Gänsedaune.«
Er aß die saftige Gurke und dazu noch zwei dicke Zwiebeln, trank drei Tassen Kaffee und lehnte sich dann zurück. Auch Weberowsky füllte sich den Bauch. Er fühlte sich ausgeschlafen, wohl und satt.
»Jetzt ein Gläschen Wodka!« sagte Frantzenow und erhob sich.
»Schon am Morgen?«
»Eine Essiggurke und Zwiebeln am Morgen sind genug, aber sie entfalten erst ihre volle Wirksamkeit durch den Katalysator Wodka. Was trinkst du denn morgens?«
»Heiße Milch mit Honig.«
»Und dazu deine Sauermilch mit Beeren ... mich packt das Grausen.« Frantzenow lachte, ging zum Schrank, holte die Wodkaflasche heraus und goß sich ein Gläschen ein. Weberowsky winkte dankend ab.
»Zwei Monate reicht dein Vermögen, aber im Westen liegt das Geld auf der Straße. Du brauchst dich nur zu bücken.« Weberowsky bohrte weiter. Er ahnte, daß jedes Wort den inneren Riß in Frantzenow vergrößerte. Aus dem russischen Patrioten wurde ein nachdenklicher, noch zögernder Kritiker des eigenen Wesens.
»Wenn ich wüßte, wie sich bei uns alles noch entwickeln wird«, meinte Frantzenow nach dem Wodka. »Wenn wir wirklich wie die Vereinigten Staaten von Amerika die Ver-

einigten Staaten von Rußland werden, hat es einen Sinn, zu bleiben. Aber schaffen das Jelzin und Gorbatschow? Doch zerfällt Rußland in ein Mosaik selbständiger, eigenwilliger, machtstrebender Staaten, von denen jeder seine eigene Politik betreibt, dann *muß* ich auswandern. Denn dann gibt es keine Kontrolle mehr über die Vernichtungsmittel der Menschheit. Dann wird nicht mehr abgerüstet, sondern noch mehr aufgerüstet, denn ein mächtiges Militär ist der Stolz dieser Staaten. Aber wer weiß, wie die Zukunft aussieht?«
»Sieh dir Rußlands Zukunft aus der Ferne an. Das ist sicherer.«
»Aber es ist feige.«
»Ich habe dir schon einmal gesagt: Genaugenommen bist du ein feiger Mensch. Für dein Leben wagst du nichts. Und dabei ist dein Leben so wertvoll.«
Vor seinem Tonband saß Boris Olegowitsch Sliwka und ließ die Finger knacken. Sein Gesicht mit der Goldbrille war wie eine Maske. »Jetzt wird es Zeit!« sagte er laut zu sich selbst. »Zur Hölle mit dir, Weberowsky! Dahin, du Satan, wo du hingehörst!«
Und Captain Tony Curlis vom CIA sagte, ebenfalls vor seinem Tonband sitzend:
»Gleich hat er ihn! Wenn sich Frantzenow über Moskau nach Bonn absetzt, fangen wir ihn ab. Wir regeln das schon mit der deutschen Regierung. Auf gar keinen Fall darf er mit seinem Wissen nach Frankreich. Das würde das Gleichgewicht stören. Ein atomares Europa ohne amerikanische Kontrolle muß verhindert werden. Nicht auszudenken, wenn Frantzenow für Frankreich eine neue Atombombe konstruiert, das heißt, die Grundlagen dafür schafft! Die russischen Mehrfachsprengköpfe liegen uns noch heute im Magen. Los, Weberowsky, bearbeite ihn weiter. Wir warten auf den großen Geist.«
In seiner Wohnung räumte Frantzenow den Tisch ab und trug das Geschirr in die Küche. Weberowsky duschte sich wie gewohnt kalt, um den Kreislauf anzukurbeln.

»Was unternehmen wir heute?« rief er durch die offene Tür, während er sich abtrocknete.
»Viel Abwechslung gibt es hier nicht. Wir können schwimmen gehen, ich kann dir die Stadt zeigen, wir können uns in ein Café setzen, das Kino öffnet erst am Abend. Bisher hatte keiner Zeit, sich um Abwechslung zu kümmern. Wir haben gearbeitet.«
»Und wenn wir einen Ausflug machen?«
»Wohin? Die Gegend ist trostlos. Steppe, Felsentäler, karge Bergzüge, verkrüppelte Wälder, Dornengestrüpp – die Sonne brennt alles Grüne weg. Kirenskija lebt nur durch eine künstliche Bewässerung.«
»Ich habe auf der Herfahrt einen kleinen See gesehen. Rundherum ein Wäldchen. Tiefblaues Wasser ...«
»Der einzige Lichtblick. Eine Oase in der Steinwüste. Aber wie kommen wir da hin? Hier gibt es keine Autos bis auf die Versorgungskolonnen. Kirenskija ist autofrei.«
»Nicht ganz. Ich habe bei der Kommandantur –«
»Militärfahrzeuge.«
»Vor dem Schwimmbad standen einige Autos.«
»Sie gehören den Funktionären. Ausnahmen.«
»Ist hier nirgendwo ein Wagen aufzutreiben?«
»Ich weiß es nicht. Ich habe mich nie darum gekümmert. Ich brauchte keinen Wagen. Ich ging morgens in meine Labors und kam abends wieder heraus.«
»Neun Jahre lang.«
»Ja.«
»Du Rindvieh!«
»Danke. Aber ich vermißte nichts.«
»Frauen?«
»Auch nicht. Ich habe mich nie den anderen angeschlossen, die nach Ust-Kamenogorsk ins Bordell fuhren.«
»Die hatten also Autos?«
»Nein. Wenn ›Puff-Tag‹ war, standen vier Omnibusse bereit. Mir war das zu entwürdigend. Ich bin lieber hiergeblieben und habe Musik gehört. Ich hatte auch gar keine Bedürfnisse. Die leichte radioaktive Bestrahlung, die trotz

aller Filter und Sicherheitsschleusen ständig vorhanden ist, macht auf die Dauer impotent.«
»Auch das noch!« Weberowsky kam aus dem Bad und zog sich an. »Was muß eigentlich noch passieren, damit du die Nase voll hast?«
»Ich kann es nicht erklären. Vielleicht dann, wenn ich Grund bekäme, Rußland zu hassen. Aber das ist unvorstellbar. Warum sollte ich Rußland jemals hassen? Es gibt mir keinen Anlaß.«
Frantzenow stellte das Radio an. Marschmusik, ein Programm, das am meisten gespielt wurde. Selbst in den Straflagern, so erzählte man sich, spiele man den ganzen Tag Märsche, nur unterbrochen von propagandistischen Reden der Umerziehung.
Sie wurden aufgeschreckt vom Klingeln an der Außentür. Frantzenow blickte auf die runde Wanduhr. »Um diese Zeit Besuch?«
»Vielleicht kommt der Briefträger.«
»Der kommt nicht vor drei Uhr nachmittags. Und erst seit drei Wochen, vorher gab es doch keine Post für Kirenskija. Wir existierten doch nicht.«
Er ging zur Tür, schloß sie auf und öffnete sie.
Sliwka stand draußen und wirkte fröhlich und voll Tatendrang.
»Einen schönen guten Morgen«, sagte er. Er hob die Nase und schnüffelte. »Zum Frühstück gab es Spiegelei mit Speck.«
»Kommen Sie herein, Boris Olegowitsch.« Frantzenow trat aus der Tür. »Ich habe Besuch bekommen.«
»Besuch?« Sliwka gab sich erstaunt.
»Mein Schwager aus dem Bezirk Atbasar. Aus Nowo Grodnow. Ich wollte ihn heute morgen bei der Verwaltung anmelden. Er will einige Tage bei mir bleiben.«
»Ist das eine schöne Überraschung!« Sliwka brach in eine Art Beifall aus. »Welch eine Freude für Sie. Natürlich kann Ihr Schwager bleiben, so lang wie er will. Es ist ja alles anders geworden bei uns.«

»Das dachte ich auch. Kommen Sie rein, Boris Olegowitsch.«
Sliwka betrat die Wohnung und stand Weberowsky gegenüber. Vom ersten Blick an wußte er, daß er hier auf einen Gegner traf, der all seine Härte und seine Tricks herausfordern würde. Dieser stämmige Bauer mit dem Stierkopf hatte seinem Schwager voraus, daß er die Lage nicht intellektuell mit dem Skalpell sezierte, sondern mit dem Hammer des gesunden einfachen Menschenverstandes zerschlug. Das war gefährlicher und überzeugender.
»Wolfgang Antonowitsch Weberowsky«, stellte Frantzenow seinen Schwager vor. »Boris Olegowitsch Sliwka ... von ...«, ein kurzes Zögern, »von der Stadtverwaltung.«
Warum hat er nicht gesagt, vom KGB, wunderte sich Sliwka. Fürchtete er, daß Weberowsky stutzig würde bei einer solchen Bekanntschaft.
»Wie gefällt Ihnen Kirenskija?« fragte er leichthin.
»Scheußlich.«
»Ihre Ehrlichkeit ist erfrischend in einer Umgebung, in der viel geheuchelt wird.«
»Ich habe es nicht nötig, irgend jemandem Honig ums Maul zu schmieren.«
»Was finden Sie an der Stadt so scheußlich, Wolfgang Antonowitsch?«
»Zunächst, daß es sie überhaupt gibt.«
»Hat Andrej Valentinowitsch Ihnen erzählt, welche Bedeutung sie noch vor ein paar Wochen hatte?«
»Das ist die zweite Scheußlichkeit. Eine Stadt, die Vernichtung produziert.«
»Amerika hat sie auch, zum Beispiel Los Alamos. Dort wurde die erste Atombombe entwickelt, die Hiroshima auslöschte und Nagasaki wegfegte.« Sliwka machte den ersten Schritt zum Angriff. Er wußte, daß er Frantzenow so beeindrucken würde. »Rußland hat noch keine Atombombe abgeworfen, noch keine Hunderttausende damit getötet. Da war Amerika führend. Rußland hat die Nuklearforschung bisher ausschließlich für friedliche Zwecke eingesetzt.«

»Da hat Sliwka recht.« Frantzenow sah ihn fast dankbar an. »Nicht Rußland, sondern Amerika war es, das mit der Atomspaltung die Welt bedrohte. Skrupellos, menschenverachtend, mit eiskalter Gewissenlosigkeit hat es das Atom zum Massenvernichtungsmittel mißbraucht.«
»Ist es für eine Großmacht wie der unseren nicht selbstverständlich, daß sie zum eigenen Schutz auch die Atombombe entwickelt? Zum Schutz, Herr Weberowsky, nicht zum Angriff. Ich wiederhole: Angegriffen mit dem Atom hat zuerst Amerika! Und dann begann die Spirale ohne Ende: immer mehr Rüstung, immer neue weltvernichtende Waffen, immer weiterreichende Atomraketen, immer raffiniertere Sprengköpfe. Mit Laserkanonen wurde ein Weltraumkrieg heraufbeschworen, unter den Sternen sollten sich die elektronisch gesteuerten Raketen bekämpfen. Visionen nie geahnten Ausmaßes wurden Wirklichkeit ... von Rußland ausgelöst? Nein, durch die amerikanische Bombe auf Hiroshima. Warum macht man uns Russen den Vorwurf, den Weltfrieden zu gefährden? Wir haben nie daran gedacht. Wie einfach wäre es gewesen, mit drei oder vier Atombomben das damalige Problem Afghanistan mit einem Schlag zu lösen! Haben wir's getan? Hätten wir so gehandelt, wie es Amerika mit Japan getan hat, wie sähe die Welt jetzt aus?« Sliwka holte tief Luft. »Aus dieser Sicht, Wolfgang Antonowitsch, waren Städte wie Kirenskija notwendig. Lebensnotwendig! Und Andrej Valentinowitsch hat mitgeholfen, Rußland zu einem Garant des Friedens zu machen. Keiner wird mehr wagen, die Menschheit mit dem Atom zu bedrohen. Denn auf den ersten Schlag folgt der zweite – und die Welt zerbricht.«
Frantzenow schwieg und wunderte sich. Wie er redet, dachte er. Wie Marc Anton an der Leiche des ermordeten Cäsar, den er mit getötet hat. Er spricht vom Weltfrieden und ist bereit, mich für Millionen Dollar an den Iran zu verkaufen, an die fanatischen Mullahs, die sich nicht scheuen würden, im Namen Allahs die Atombombe für den Sieg des Islams zu benutzen! Was ist dieser Sliwka für

ein Mensch? Ein Mann des KGB und heimlicher Agent des CIA. Ein russischer Patriot und ein skrupelloser Aufkäufer von Atomexperten. Ein Freund und ein Feind zugleich, ein Prediger der Moral und ein Henker der Gewalt.

»Was sagst du dazu, Wolfgang?« fragte er, als einen Augenblick Pause war.

»Er hat recht ... wenn man es von diesem Standpunkt aus sieht. Aber er hat unrecht, weil das Rüsten heimlich weitergeht.«

»Sind Sie so gut informiert?« fragte Sliwka höhnisch. »Sitzen Sie am Tisch der vertraulichen Kabinettsbesprechungen? Haben Sie ein Ohr im Pentagon und im Kreml? Was Sie da hinausposaunen, ist Stammtischweisheit. Je mehr Wodka man trinkt, um so teuflischer werden Politik und Politiker.«

»Ich habe keine Lust, jetzt zu diskutieren. Sie sind gekommen, Boris Olegowitsch, um meinen Schwager zu besuchen. Ich will nicht stören, ich gehe spazieren.«

»Du störst nicht. Herr Sliwka kommt bestimmt gerne wieder.« Frantzenow lächelte Sliwka an. Ich weiß, warum du gekommen bist, hieß dieses Lächeln. Hat man das Preisgeld erhöht? Ich werde dir mit deinen eigenen Worten antworten: Ich will dem Weltfrieden dienen, nicht einer unberechenbaren Macht.

»Ich komme gern wieder«, erwiderte Sliwka. »Sie wollten etwas unternehmen?«

»Wie wollten zum Spasski-See hinaus. Das ist Wolfgang Antonowitschs Idee. Aber ich habe ihm gesagt, ohne Auto geht das nicht. Und wir haben keins.«

Ich weiß es. Ich habe es ja gehört, und deshalb bin ich hier, dachte Sliwka. Ich tue alles, um dir zu helfen, Andrej Valentinowitsch.

»Ein Auto?« sagte er freundlich. »Kein Problem. Draußen steht eins. Ich biete Ihnen meinen Jeep an. Ich brauche ihn heute nicht. Sie können ihn leihen, sogar ohne Leihgebühr!« Er strahlte herzliche Fröhlichkeit aus. »Das Benzin stifte ich unserem Besuch.«

»Das kann ich nicht annehmen.« Frantzenow hob beide Hände. »Das ist zu großzügig.«
»Nehmen Sie die alte Kiste und sausen Sie los. Beim zweiten Gang müssen Sie aufpassen, der hängt. Und die Bremsbeläge sind auch nicht mehr die besten. Wo bekomme ich neue Bremsbeläge her? Keiner weiß, wo's welche gibt. Selbst in Semipalatinsk nicht. Wißt ihr, was mir der Automechaniker sagte? ›Neue Bremsen? Mein lieber Freund, wenn ich die bekommen könnte, wäre ich ein reicher Mann. Ich ginge damit auf den Schwarzmarkt. Ein Vorschlag von mir: Ich schneide Ihnen ein Loch in den Wagenboden, und Sie bremsen mit den Schuhsohlen!‹ – So ist die Situation. Also nicht scharf bremsen, langsam ausrollen lassen und mit der Handbremse nachhelfen. Aber auch die ist abgeschliffen wie ein alter Wetzstein.«
»Versuchen wir es.« Weberowsky freute sich. Er ahnte nicht die Verbindung zwischen Frantzenow und Sliwka, er dachte nur an einen schönen Tag an diesem blauen See mit dem Mischwald drum herum. »Wenn Sie mit der Karre fahren, Boris Olegowitsch, dann schaffen wir das auch.«
Eine halbe Stunde später fuhren sie los. Frantzenow hatte noch so etwas wie einen Picknickkorb gepackt. Einen guten, alten, bäuerlichen Henkelkorb, in den er Brot, Wodka, Hartwurst, Marmelade, Mineralwasser, Dosen mit chinesischem Bier, ein Glas Birnenkompott und Gurken legte.
»Da wird aber geschlemmt und gesoffen!« meinte Sliwka lustig. »Schade, daß ich nicht mitfahren kann. So eine richtige Herrenpartie habe ich lange nicht mehr gemacht. Und wenn ihr zu besoffen seid, um nach Hause zu fahren, es schadet nichts. Schlaft im Wald und bringt mir den Jeep morgen zurück. Übrigens –«, er hob die Hand und seine Stimme wurde geheimnisvoll. »Über den See gibt es ein altes kasachisches Volksmärchen. Sie kennen es nicht? Im Wald soll eine Fee wohnen und im See ein Wassermann. Und der Wassermann ist unsterblich verliebt in die schöne Fee, aber die Fee liebt den Sternenmann. Jede Nacht tritt

sie aus dem Wald, sieht in den Himmel zu den Sternen und ruft mit ihrer süßen Stimme: ›Ich gehöre dir. Nur dir allein!‹ Das ärgert natürlich den Wassermann. Er kocht vor Eifersucht, und der See brodelt. Und jeder, der nachts am See ist, wird sein Feind, den er töten muß. Aber die Fee beschützt jeden und stellt sich vor ihn, denn sie ist unsterblich. Nur einmal gelang es dem Wassermann zu töten. Er zog sein Opfer mit sich hinab in die Tiefe. Es war ein Bär. Seitdem heißt der See bei den Kasachen auch ›Der schlummernde Bär‹. Wenn ihr also am See übernachtet, achtet auf die Fee und den Wassermann und bleibt im Schatten der Bäume.«
Lachend brachen sie auf. Sliwka wünschte ihnen nochmals viel Spaß, und dann verließen sie Kirenskija, durchfuhren die jetzt nutzlos gewordenen drei Sperrgürtel und sahen in der Ferne, verschwommen im Sonnenglast, die graue Hügelkette.
»Dort muß es sein«, rief Weberowsky, der den Jeep lenkte. Frantzenow hatte darauf verzichtet. »Ich bin jahrelang nicht mehr gefahren«, hatte er gesagt. »Ich werde die Bremse mit dem Gas verwechseln.« Weberowsky hatte, Sliwkas Rat folgend, den Wagen ausrollen lassen. Die Bremsen waren wirklich miserabel und griffen erst, wenn man das Pedal fast ganz durchdrückte. »Auf der Herfahrt lag der See links von der Straße, also ist er jetzt rechts.«
»Eine zwingende Logik, Schwager.«
»Wenn er rechts gelegen hätte ...«
» ... wäre er jetzt links. Fahr, du alter Esel!«
Nach ungefähr vier Werst erreichten sie tatsächlich den See und das Wäldchen, in dem die schöne Fee wohnen sollte. Sie suchten einen schattigen Platz am grasbewachsenen Ufer, stellten den Jeep am Waldrand ab, nahmen den Freßkorb und setzten sich an den See.
Von einem Nest in einem der hohen Bäume erhob sich ein Fischreiher und schwebte lautlos und majestätisch über das spiegelnde Wasser. Er zog ein paar Kreise, tiefer und immer tiefer, und schien die fremden Menschen zu beäugen.

»Komm nur her!« rief Frantzenow und lachte laut. »Bist du vielleicht die Fee in anderer Gestalt?«
»So gefällst du mir, Schwager.« Weberowsky sah ihn lächelnd an. »Du beginnst, dich wieder zu freuen. Verdammt, es war wirklich nötig und höchste Zeit, daß ich nach Kirenskija gekommen bin. Du bist hier völlig versauert.«
»Hör auf damit, Wolfgang.« Frantzenow packte den Korb aus. Sogar Bestecke und eine kleine, weiße Tischdecke hatte er mitgebracht. Er breitete sie im Gras aus und stellte die Flaschen, Dosen und Gläser darauf. Weberowsky zog sein Hemd aus, es war heiß, obwohl es die Zeit des Herbstes war. Die Laubbäume im Wald färbten sich schon gelblich, in zwei, drei Wochen würden sie in allen Farben leuchten, von Gold bis Dunkelrot.
»Womit fangen wir an?« fragte Frantzenow.
»Mit dem China-Bier, bevor es warm wird. Dann riecht es nach Mottenpulver.« Sie rissen zwei Dosen auf, stießen mit ihnen an und fühlten sich wohl wie seit langem nicht.
»Auf dein Kommen!« rief Frantzenow. »Es lebe die Zukunft!«
Kein Russe ohne Trinkspruch.
Und Weberowsky antwortete, die Dose schwenkend: »Auf alles, was uns fröhlich macht. Es lebe die Heimat, in die wir zurückkehren.«

Im Quartier der amerikanischen Kommission zog sich Captain Curlis um; er vertauschte die Uniform mit einem Zivilanzug. Einer der Majore, er hieß Campell, schüttelte zum wiederholten Male den Kopf.
»Tony, du hast dich da in eine Sache verbissen wie ein Bullterrier. Auch die schnappen zu und lassen nicht mehr los, auch wenn man auf sie einprügelt. Was regt dich daran so auf, daß der Professor mit seinem Schwager ins Grüne fährt?«
»Das ist es nicht.« Curlis holte aus einem Koffer mit einem doppelten Boden eine 9-mm-Pistole und steckte sie in die

Hosentasche. »Mir gefällt nicht, daß Sliwka ihnen seinen Wagen geliehen hat.«
»Warum sollte er nicht?«
»Es ist nicht seine Art. Es paßt einfach nicht zu ihm. Kein KGB-Mann gibt seinen Wagen in eine fremde Hand. Und Weberowsky kennt er erst seit ein paar Minuten. Er läßt sich sogar von ihm zum Stadthaus zurückbringen und winkt ihnen nach, und niemand wundert sich. Und zehn Minuten später sitzt er in einem anderen Wagen und fährt auch davon.« Curlis steckte noch ein Reservemagazin in die andere Hosentasche. »Das gefällt mir nicht.«
»Du siehst Gespenster, Tony. Nur weil dir Sliwka unsympathisch ist, verbohrst du dich in eine Sache, für die es gar keinen Hinweis gibt.«
»Ich habe ein merkwürdiges Gefühl. Nur ein Gefühl, weiter nichts. Aber das reicht.«
»Und was willst du tun?«
»Ich sehe mir die Herrenpartie einmal an. Einer mehr kann der Stimmung nicht schaden. Ich nehme als Einstand sogar eine Flasche Whiskey mit.«
»Und dann?«
»Dann bin ich sicher, daß es wirklich ein gemütlicher Tag wird.«
Campell seufzte. Curlis war wirklich verbohrt. Seit er die Gespräche zwischen Weberowsky und Frantzenow mit Hilfe der Wanze unter dem Sessel mitgehört und auf Band aufgenommen hatte, war er wie verändert. Er war von dem Gedanken besessen, Rußlands besten Nuklearforscher nach Amerika zu bringen, wenn er sich nach Bonn absetzen würde. Auch wenn Frantzenow sich weigern würde ... ihn erst einmal drüben haben. Alles Weitere würde sich entwickeln.
Curlis zog eine leichte Leinenjacke an, setzte eine Baseballmütze auf und klopfte Campell auf die Schulter.
»Halt die Stellung, Junge«, sagte er. »Und wenn ich in der Nacht noch nicht zurück bin, schlag keinen Alarm. Erst wenn ich zwei Tage wegbleibe. Dann ist was passiert. Und

halt den Mund dem General gegenüber. Der ist so unbeschwert wie ein Baby und würde gar nichts verstehen. Laß ihn weiter im Kasino herumprosten und mit Nurgai Schach spielen. Das kann er wenigstens.«
»Viel Glück.« Campells Stimme klang etwas gepreßt. »Denk daran, wir sind hier Gast in einem fremden Land.«
»Du traust mir aber auch alles zu.«
»Allerdings.«
Lachend verließ Curlis das Zimmer. Vor dem Gästehaus der Stadt – es war früher extra für Besuche aus Moskau eingerichtet worden – stieg er in den amerikanischen Jeep. Der Wagen war vor einer Woche mit einer Transportmaschine eingeflogen worden, nach langen Verhandlungen mit den russischen Behörden und einer bewußten Verzögerung der Regierung in Alma-Ata. Es waren die kleinen Nadelstiche, mit denen Kasachstan beweisen wollte, daß es ein selbständiger Staat geworden war, der sich von Moskau nicht mehr befehlen ließ.
Da es nur eine offene Straße nach Kirenskija hinaus und hinein gab, fuhr Curlis die gleiche Strecke, die auch Weberowsky genommen hatte. Der sinnlos gewordene Wachposten an der inneren Sperre, der immer noch besetzt war, um die Soldaten zu beschäftigen, sah dem Jeep nach und griff zum Telefon. Der Wachoffizier im Erdbunker VI meldete sich.
»Soeben hat einer der Amerikaner die Stadt verlassen«, meldete der Posten.
»Irgend etwas Auffälliges?«
»Er hatte keine Uniform an, sondern war in Zivil.«
»Und sonst?«
»Sonst nichts.«
Der Wachoffizier legte auf und trug in sein Berichtsbuch ein: 11.47 Uhr. Mitglied der US-Kommission verläßt die Stadt in Zivil. Meldung von Posten III. Betreffende Person ist allein.
Es war eine Eintragung, die sich später als sehr wichtig herausstellte.

Frantzenow und Weberowsky hatten jeder zwei Dosen China-Bier getrunken und dazu eingelegte Gurken gegessen. Jetzt lagen sie im Schatten der Bäume am Waldrand, dösten vor sich hin und waren zufrieden wie kleine Jungen, denen man ein Zelt geschenkt hat. Den Wodka und einige Dosen Bier hatte Weberowsky am Seeufer ins Wasser gelegt, um sie etwas kühl zu halten. Immerhin war der See kälter als die Luft, die an den Berghängen vor Hitze flimmerte. Ein außergewöhnlich heißer Herbst war es. Nach alter kasachischer Bauernregel würde es also einen strengen, eisigen Winter geben mit Stürmen aus dem wilden Altai-Gebirge.

»Ich denke immer darüber nach«, sagte Weberowsky träge, »was mir Bergerow erzählt hat.«

»Wer ist Bergerow?« fragte Frantzenow.

»Ein Mitglied des außerordentlichen Kongresses der Rußlanddeutschen in Ust-Kamenogorsk und Leiter des deutschen Kulturzentrums. Ein mutiger Mann, der für uns Aussiedler eintritt.«

»Und was sagt Bergerow?«

»Die Bundesregierung in Bonn soll gar nicht begeistert sein, daß wir zurück in die alte Heimat wollen. Ihr wäre es lieber, wenn wir in Rußland blieben, hier oder in einem neuen Siedlungsgebiet an der Wolga.«

»Ich habe auch darüber nachgedacht, Schwager. Ich weiß nicht viel von Deutschland, nur was in den Zeitungen steht. Aber soviel habe ich gelesen, daß es keinen Platz mehr gibt, eine Million von euch aufzunehmen.«

»Wenn Tausende von Asylanten aufgenommen werden –«

»Ein großer Teil wird wieder abgeschoben. Euch kann man nicht abschieben. Land für euch gibt es nicht, du wirst kein Bauer mehr sein können.«

»Dann arbeite ich in einer Fabrik oder sonstwo. Wer arbeiten will, findet Arbeit! Beim Wohnungsbau, beim Straßenbau. Mir wird keine Arbeit zu schwer oder zu dreckig sein.«

»Und was wird Erna dazu sagen?«

»Wir beißen uns schon durch, Wolferl, wird sie sagen.«
»Und Eva?«
»Da habe ich gar keine Sorgen. Eva ist gelernte Schneiderin, sie wird überall eine Stelle finden. Ich habe schon daran gedacht, daß sie sich selbständig machen kann. Ein Atelier für Änderungen, das gibt es kaum noch. Da könnte Geld zu verdienen sein. Ich habe darüber auch mit Bergerow gesprochen. Er ist gut informiert, kennt den deutschen Arbeitsmarkt. Schneiderinnen sind gesucht. Bei Eva habe ich keine Bedenken.« Weberowsky drehte den Kopf zu Frantzenow. »Du hast eben gesagt, du machst dir auch Gedanken –«
»Ja.«
»Das gefällt mir.«
»Wieso?«
»Es ist ein gutes Zeichen, wenn du beginnst, an Deutschland zu denken.«
»Für euch, nicht für mich.« Frantzenow winkte mit der Hand ab. »Nein, Wolfgang, sei still! Nicht wieder die alte Leier. Du hast dir schon den Mund fusselig geredet. Ich bleibe hier.«
»Abgemacht. Kein Wort mehr darüber. Auch du wirst eines Tages von selbst vernünftig werden.« Weberowsky setzte sich und blickte über den See. Der Fischreiher war wieder unterwegs, zog seine Kreise und ging dann am Ufer nieder, stelzte auf hohen, dünnen Beinen ins seichte Wasser und begann, auf dem Seegrund zu kratzen. Weberowsky sah ihm gespannt zu. »Die Fee im Vogelkleid ist wieder da.«
»Wer?«
»Der Fischreiher. Er kratzt im Wasser und lockt damit die Fische an. Das ist eine besondere Fangtechnik der Fischreiher.«
»Ich bin Nuklearwissenschaftler und kein Ornithologe.«
»Wußtest du, daß Fische im See sind?«
»Keine Ahnung.«
»Das ist eine gute Abwechslung, wir werden angeln. Mor-

gen mache ich eine Angelschnur zurecht. In Kirenskija gibt es ja doch keine richtigen Angeln.«
»Kaum. Und wo willst du einen Angelhaken herbekommen?«
»Ich brauche nur ein Stück Draht und feile eine Spitze daraus.« Weberowsky blickte wieder zu dem Fischreiher. »Wenn ich an meine Jugend an der Wolga denke. Da habe ich auch aus Draht Haken gemacht. Eine Schnur dran, und fertig war die Angel. Im Winter haben wir Löcher ins Eis geschlagen und die Schnur reingehängt. Mein Gott, was haben wir für Fische gefangen! Drei, vier Pfund schwer. Oder wir haben es wie die Eskimos gemacht. Am Eisloch sitzen und warten, bis ein Fisch vorbeikommt. Dann blitzschnell mit einem Speer zustoßen, und schon hatten wir ihn. Das alles kennst du nicht.«
»Ihr habt Fische gefangen, ich habe Mathematik und Physik gepaukt.«
»Hast du eigentlich eine richtige Jugend gehabt?«
»Ich war Komsomolze. Zeltlager. Aufmärsche. Vormilitärische Ausbildung. Paraden am Tag der Oktoberrevolution. Im Komsomolzenchor habe ich mitgesungen. Zweiter Sopran, später nach dem Stimmbruch Bariton. Ich war stolz, ein Aktiver zu sein. Als Student habe ich Eishockey gespielt, ich war ein guter Schlittschuhläufer.« Frantzenow setzte sich nun auch. Nachdenklich blickte er auf den Fischreiher, der noch immer am Ufer kratzte. »Ja, ich hatte auch eine schöne Jugend, nur anders als du.«
»Immer unter Staatsaufsicht.«
»Wir kannten es nicht anders. Aber wir fühlten uns als Elite des Kommunismus.«
»Und das bist du geblieben.«
»Ich bin Russe.«
»Rußland ist nicht Kommunismus.«
»Nicht mehr. Das macht vielen zu schaffen. Sie sind irgendwie heimatlos geworden. Die Partei war ihr Lebenssinn. Nun stehen sie da und sind plötzlich nichts.«
Der spitze Schnabel des Fischreihers zuckte ins Wasser.

»Jetzt hat er einen!« rief Weberowsky begeistert. »Ein Prachtexemplar! Glänzt wie Silber.«
Der Reiher würgte den Fisch hinunter und scharrte weiter im flachen Wasser.
»Ja, so ist es, Schwager.« Frantzenow stützte sich nach hinten ab. »Fressen und gefressen werden. Ich möchte nicht gefressen werden.«
»Das bist du bereits. Du lebst im Magen der Isolation.«
»Themawechsel!« Frantzenow winkte ab. »Du kannst es nicht lassen.«
»Wenn der Reiher satt ist, gehen wir schwimmen«, meinte Weberowsky. »Kannst du überhaupt schwimmen?«
»Natürlich.« Frantzenow dehnte sich wohlig. »Ist das ein Tag! Wir sollten Sliwka dankbar sein, daß er uns seinen Wagen geliehen hat. Wir wären sonst nie hierhergekommen.«
»Ich mag ihn nicht«, erwiderte Weberowsky.
»Was hast du gegen ihn?«
»Er hat kalte Augen. Augen wie ein Bär. Augen, in denen man nichts erkennen kann.«
»Nicht jeder kann einen strahlenden Blick haben. Was habe ich für Augen?«
»Traurige.«
»Du bist verrückt, Schwager.« Frantzenow stemmte sich hoch und dehnte sich mit ausgebreiteten Armen. »Ein Mädchen hat einmal zu mir gesagt: Du hast Augen wie die untergehende Sonne.«
»Wie lange ist das her?«
»Ungefähr dreißig Jahre.«
Er bückte sich, holte eine dicke Gurke aus dem Glas und aß sie. Dabei beugte er sich vor, damit der Saft nicht über sein Kinn und den Hals lief. Der Fischreiher schlug mit den Flügeln, erhob sich dann in die Luft und schwebte davon zu seinem Nest in einem der Baumwipfel. Frantzenow blickte ihm nach.
»Wirklich ein schöner Vogel. Welche Eleganz in den Bewegungen. Du siehst, auch das trostloseste, wüsteste Land kann Schönheit hervorbringen.«

»Der Fischfresser ist weg, jetzt gehen wir schwimmen.«
Weberowsky zog sich aus. Sein nackter Körper war braungebrannt und muskulös. Frantzenow dagegen war blaß, fast bleich. Sein Körper, sonst gut geformt, hatte in den vergangenen Jahren wenig Sonne gesehen. Es war der Körper eines Mannes, der selten aus seinem Anzug hinausgekommen war. Weberowsky sah ihn mit geschürzten Lippen an.
»Du hast eine Hautfarbe wie Grießpudding«, sagte er.
»Danke. Und du wie vertrocknetes Leder.«
Sie liefen hinunter zum See, wateten hinein und schwammen dann nebeneinander bis zum gegenüberliegenden Ufer.
»Das tut gut!« rief Weberowsky. »Das Wasser ist kühler, als ich gedacht habe. Der See muß einen unterirdischen Zulauf haben. Bestes Quellwasser.«
»Der Wassermann ist eben ein Feinschmecker.« Frantzenow lachte und schwamm wieder zurück zur Seemitte. »Wer ist schneller von uns? Machen wir ein Wettschwimmen?«
»Einverstanden. Aber ich warne dich. Ich schwimme wie ein Seehund.«
»Und ich wie ein Delphin.«
»Also los!«
Wie zwei übermütige Jungen begannen sie im Kraulstil den See zu durchqueren. Weberowsky war im Vorteil, er hatte die stärkeren Muskeln. Dennoch war er Frantzenow nur eine Körperlänge voraus, der keuchend die letzten Meter noch aufholen wollte. Sie platschten durch das Wasser, traten kleine Fontänen hoch und wirbelten mit den Füßen das in der Sonne glänzende Wasser auf.
So hörten sie nicht die Schüsse, die vom Wald her peitschten. Verwundert sah Frantzenow nur, wie Weberowsky plötzlich die Arme hochwarf, in einem letzten Schwimmstoß noch das seichte Wasser erreichte und dort liegenblieb.
»Was ist denn, Wolfgang?« wollte Frantzenow rufen, aber

da traf ihn ein harter Schlag am linken Oberschenkel, sein Bein und dann der ganze Körper begannen wie bei Schüttelfrost zu zittern. Er spürte keinen Schmerz, sondern nur das Zucken seines Beines und ein Gefühl der Taubheit.
Erst da begriff er, daß man auf ihn geschossen und ihn auch getroffen hatte. Er erreichte das flache Wasser, wollte sich aufrichten, aber knickte sofort ein und fiel auf die Knie. Vor ihm lag Weberowsky schräg im See und rührte sich nicht.
»Wolfgang!« schrie Frantzenow. »Wolfgang! Ich komme, ich komme!«
Ohne daran zu denken, daß weiter auf sie geschossen werden könnte, kroch er auf Händen und Knien zu Weberowsky hin, drehte ihn auf den Rücken und drückte ihn an sich. Mit geweiteten Augen starrte ihn Weberowsky an, versuchte zu sprechen, aber es war nur ein undeutliches Lallen. Dann entspannten sich seine verkrampften Gesichtszüge, und ganz deutlich sagte er plötzlich:
»Der Wassermann hat mich erwischt.«
Darauf fiel er in Bewußtlosigkeit, sein Körper erschlaffte.
»Wolfgang!« schrie Frantzenow und drückte Weberowsky wieder an sich. »Wolfgang. Nein! Wach auf! Geh nicht weg!«
Er starrte auf den Waldrand, aber da sah er niemanden. Der hinterhältige Schütze war verschwunden. Jetzt zuckte auch der Schmerz durch seinen Oberschenkel, Blut sickerte aus der Wunde, und er wunderte sich, daß es nicht mehr war, kein Blutstrom, der das Bein überschwemmte.
Ächzend und mit knirschenden Zähnen, denn der Schmerz jagte jetzt in sein Gehirn, zog er Weberowsky aus dem flachen Wasser ans Ufer und legte ihn auf den Rücken. Zunächst sah er keine Verletzung, aber als er ihn auf die Seite drehte, sah er den Einschuß im Rücken, ein rotes Loch mit einem Blutfaden.
Er verblutet innerlich, durchfuhr es Frantzenow. Wer weiß, was im Inneren zerfetzt ist ... und wir sind hier in völliger Einsamkeit, weit weg von allen Menschen, die uns helfen könnten.

Er kroch zum Lagerplatz, riß die Tischdecke an sich, kroch zurück zu dem Ohnmächtigen und drückte das Tuch gegen die Wunde. Es war eine verzweifelte Geste ohne Sinn. Frantzenow schluckte mehrmals, sein Hals war wie zugeschnürt, der Schmerz in seinem linken Oberschenkel vergrößerte sich. Auch der Blutstrom wurde jetzt stärker, er lief aus dem Einschuß wie aus einem verstopften Wasserhahn.
Frantzenow nahm das Tischtuch von Weberowskys Rücken und preßte es auf die eigene Wunde. Dann zerriß er es – er hatte kaum noch Kraft dazu – und band mit zwei Streifen seinen Oberschenkel ab.
Ich muß weg, schrie es in ihm. Ich muß Wolfgang wegbringen. Ich muß es schaffen, ihn in den Jeep zu schleppen und nach Kirenskija zu fahren. Wolfgang, Schwager, halt durch. Wir schaffen es!
Er kroch zu dem Jeep, um ihn näher an Weberowsky heranzufahren, aber es gelang nicht. Neben dem Einstieg brach er zusammen, sein Kopf schlug gegen die Karosserie. Er versuchte noch, sich hochzuziehen, aber dann wurde es dunkel um ihn, der Schmerz zerstörte jede Wahrnehmung, und das letzte, was er dachte, war wie ein Schrei: Halt durch, Wolfgang. Halt durch!
Er erwachte. Kaltes Wasser rann über sein Gesicht, und der Geschmack von Whiskey brannte auf seinen Lippen. Als er die Augen aufschlug, sah er Tony Curlis vor sich knien.
Neben ihm lag Weberowsky, starr und immer noch besinnungslos. Sein massiger Körper sah schrecklich eingefallen, wie verschrumpft aus.
»Curlis, Sie schickt der Himmel«, flüsterte Frantzenow und leckte sich über die Lippen.
»Nein, mich schickt ein verdammtes Gefühl. Wie fühlen Sie sich?«
»Die Schmerzen ...«
»Es ist Gott sei Dank nur eine Fleischwunde. Ein Steckschuß. Die Kugel sitzt im Muskel. Man kann sie ohne

Schwierigkeiten herausholen. Sie haben unverschämtes Glück gehabt. Es sollte ein Kopfschuß werden, aber Sie müssen sich im Wasser rechtzeitig gedreht haben.«
»Wie schon einmal. Da rutschte ich im Sessel weg.« Frantzenow warf einen Blick auf den regungslosen Weberowsky. »Lebt er noch?«
»Ja. Aber er ist schlimmer dran als Sie. Er hat einen Rückenschuß.«
»Ich hab' es gesehen. Seit wann sind Sie hier?«
»Seit ein paar Minuten. Verdammt, ich bin zu spät gekommen. Ich habe die Schüsse gehört und war auf der Straße. Nur dadurch habe ich Sie gefunden.« Curlis hatte die Tischtuchstreifen weggenommen und den Oberschenkel mit einem Gürtel abgebunden.
»Sie müssen Wolfgang sofort in eine Klinik bringen.« Frantzenow hatte Mühe zu sprechen. »In Kirenskija gibt es ein Krankenhaus, aber nur für alltägliche Fälle. Schwerkranke werden nach Ust-Kamenogorsk gebracht. Wird Wolfgang den Transport überleben?«
»Das weiß ich nicht. Davon verstehe ich nichts. Ich habe nur einen Erste-Hilfe-Kurs mitgemacht.«
Curlis wandte sich Weberowsky zu. Mit größter Kraftanstrengung stemmte er den schweren Körper hoch und schob ihn auf den Rücksitz des Jeeps. Frantzenow wollte ihm helfen, aber er knickte wieder ein und fiel gegen die Motorhaube. Das linke Bein trug ihn nicht mehr. Auch ihn hob Curlis in den Wagen und setzte ihn neben sich.
»Soll ich Ihnen noch einen Whiskey geben?« fragte er. »Besoffene spüren weniger Schmerzen.«
»Im See liegt eine Flasche Wodka. Der ist mir lieber.« Curlis lief ans Ufer, fand neben vier Dosen China-Bier auch den Wodka, kam zurück und reichte ihn Frantzenow. Mit geschlossenen Augen setzte dieser die Flasche an den Mund und trank. Es brannte höllisch, ein Hustenreiz schüttelte ihn, vor Schmerzen schrie er auf, aber dann trank er weiter, bis Curlis ihm die Flasche aus der Hand riß.

»An Alkoholvergiftung möchte ich Sie nicht sterben sehen«, sagte er. »Genug. Halten Sie sich am Fensterrahmen fest. Wir werden einen Affenzahn drauflegen.«
Er startete, fuhr langsam vom See weg bis zur Straße und gab dort Gas. Der Jeep schien einen Sprung zu machen und schoß dann vorwärts. Frantzenow stöhnte auf, aber der Wodka wirkte schon. Er schwebte in einer Nebelwolke, und der Schmerz wurde dumpfer und dumpfer. Er wollte etwas sagen, aber er lallte nur. Die Finger hatte er in den Fensterrahmen verkrallt und den Kopf darauf gelegt.
Als sei die Straße eine Rennpiste, preschte Curlis an dem staunenden Posten III vorbei, der sofort zum Telefon lief.
»Der Amerikaner ist zurück!« rief er zu dem wachhabenden Offizier. »Jetzt ist er nicht mehr allein. Ein Mann sitzt neben ihm, ein zweiter liegt hinten.«
Der Offizier schlug wieder das Berichtsbuch auf und trug gewissenhaft ein: 13.29 Uhr. Amerikaner zurück mit zwei neuen unbekannten Begleitern. Sonst keine besonderen Vorkommnisse.
Vor dem kleinen Krankenhaus von Kirenskija hielt Curlis mit kreischenden Bremsen. Der Lärm lockte einen Mann in einem weißen Kittel vor die Tür, einen Krankenpfleger. Frantzenow versuchte auszusteigen, schwankte und fiel auf die Straße. Curlis sprang aus dem Jeep.
»Du lieber Himmel«, sagte der Pfleger und starrte auf Frantzenow. »Der Professor ist aber besoffen!«
»Eine Trage!« brüllte Curlis, und plötzlich sprach er russisch. »Glotz nicht so dämlich! Wo ist der Arzt?«
Er stürmte in das Krankenhaus, rannte fast einen zweiten Pfleger um und schrie durch die Eingangshalle: »Einen Arzt! Einen Arzt! Wo ist ein Arzt?«
Es hallte durch das ganze Haus. Eine Tür wurde aufgerissen, und ein Mann, ebenfalls in Weiß, ein weißes Käppi auf dem Kopf, kam heraus.
»Ruhe!« brüllte er als erstes. »Ruhe!« und dann etwas leiser. »Was ist denn los?«
»Draußen in meinem Wagen liegen zwei Männer, die man

angeschossen hat!« schrie Curlis zurück. »Professor Frantzenow –«
Der Name genügte. Der Arzt hetzte ins Freie.
Von jetzt an ging alles sehr schnell. Es war, als hätte es in Kirenskija Alarm gegeben. Nacheinander erschienen Nurgai, General Wechajew, Sliwka, der amerikanische General mit zwei Obersten, der Bürgermeister der Stadt und der Chefarzt, der gerade ein Nickerchen gehalten hatte.
Frantzenow lag, besinnungslos betrunken, auf einer fahrbaren Liege. Ein junger Arzt stand hilflos neben ihm und war verzweifelt.
»Ich kann ihm keine Injektion geben«, stammelte er, als der Chefarzt hereinstürzte. »Er ist voll Wodka. Das hält das Herz nicht aus ...«
»Coramin!« schrie der Chefarzt. »Geben Sie Coramin!«
Weberowsky lag auf dem Bauch auf einem OP-Tisch und war noch immer ohne Bewußtsein. Sein Atem war flach, aber auf dem Monitor, an den man ihn sofort angeschlossen hatte, zeigte sich eine konstante Herztätigkeit. Der Blutdruckabfall war nicht besorgniserregend. Der Chefarzt atmete auf. Keine inneren Blutungen – das war schon das halbe Leben. Curlis stand am Kopf des Schwerverletzten und ballte die Fäuste, als der Chefarzt sich nach kurzer Untersuchung aufrichtete.
»Nun tun Sie doch etwas!« rief er empört.
»Ich kann röntgen und sehen, wo die Kugel sitzt. Aber mehr kann ich nicht. Ich bin Internist und kein Chirurg.«
»Was ist denn das für ein Krankenhaus?« schrie Curlis. »Es gibt hier keinen Chirurgen?«
»Nein.« Der Bürgermeister versuchte Curlis zu beruhigen. »Alle chirurgischen Fälle kommen nach Ust-Kamenogorsk. Aus Konzentrationsgründen. Wir haben Schwerpunkt-Krankenhäuser, die ...«
»Das interessiert mich nicht. Weberowsky muß sofort ...«
»Es startet schon ein Hubschrauber der Armee«, unterbrach ihn General Wechajew. »Während Sie hier herum-

brüllten, haben wir bereits Ust-Kamenogorsk verständigt. Ein OP-Team steht bereit.«
»Das wollte ich auch sagen«, warf der amerikanische General ein. »Mäßigen Sie sich, Curlis.«
»Hier sind zwei Männer überfallen und angeschossen worden. Sir, das stinkt zum Himmel! Hier wollte man vollendete Tatsachen schaffen.«
»Darüber sprechen wir gleich.« Wechajew blickte Sliwka an. »Waren Sie nicht für die Sicherheit unserer Besucher zuständig, Boris Olegowitsch?«
»Ja, General. Aber wer denkt an so was?« Sliwka begann zu stottern. »Ich habe Professor Frantzenow sogar meinen Wagen für diesen Ausflug geliehen. Sie wollten an den See ›Der schlummernde Bär‹. Sie haben sich so gefreut auf diesen Ausflug. Ich weiß nicht, was ich sagen soll. Es müssen rachsüchtige Nomaden gewesen sein.«
Auf dem Platz vor dem Krankenhaus landete der Militärhubschrauber. Sanitäter brachten Weberowsky und Frantzenow hinaus und luden sie in die Maschine. Während Weberowsky noch immer in tiefer Bewußtlosigkeit lag, lichtete sich bei Frantzenow der Alkoholnebel ein wenig. Die Injektionen kräftigten ihn etwas. Er sah Nurgai an, der in seltener Kameradschaft seine Hand hielt, und hob den Kopf.
»Lebt ... lebt er?« stammelte er.
»Noch. Ihr fliegt jetzt nach Ust-Kamenogorsk, dort haben sie hervorragende Chirurgen. Man wird tun, was man tun kann.«
»Was kann man noch tun?«
»Da fragen Sie mich zuviel. Ich besuche Sie übermorgen, Andrej Valentinowitsch. Viel Glück.«
Nurgai winkte Frantzenow nach, als man ihn in den Hubschrauber schob. Die Tür klappte zu, der Propeller begann schneller zu kreisen und erzeugte Windstöße, die Nurgai zurückweichen ließen. Dann hob sich der Helikopter in die Luft, flog einen Bogen und nahm Kurs auf Ust-Kamenogorsk.

Er wird es nicht überleben, dachte Frantzenow und begann zu zittern. Sie werden ihn als Toten herausholen. Und dann werde ich ihn persönlich zu Erna bringen und bei ihr bleiben. Solange sie will. Niemand wird mich daran hindern.
Er blickte auf Weberowsky, der neben ihm lag, mit fahlgelber Haut und spitz gewordenem Gesicht. Da begann Frantzenow zu weinen, zum erstenmal seit über vierzig Jahren. Damals war er zehn Jahre alt gewesen, und ein Lastwagen hatte seinen Hund Sascha überfahren.

Noch im Krankenhaus, im nun leeren Behandlungszimmer, übernahm General Wechajew die Untersuchung des skandalösen Vorfalls.
»Zunächst, meine Herren, muß ich meine Betroffenheit zum Ausdruck bringen. Daß so etwas bei uns möglich ist, betrachte ich als eine Ungeheuerlichkeit. Ich habe keine Erklärung dafür. Oder fällt Ihnen zu diesem Attentat etwas ein?«
»Es kann sich nur um Nomaden handeln«, meldete sich Sliwka zu Wort. »Rache für die vier Toten.«
»Boris Olegowitsch, das ist doch fast fünf Jahre her!«
»Die haben eine Elefantenmentalität: Sie vergessen nichts.«
»Zu solchen Aktionen hätten sie längst Gelegenheit genug gehabt.«
»Nein, General. Was bisher nach Kirenskija hineinkam und hinaus, das waren immer nur Lastwagenkolonnen. Funktionäre kamen mit dem Flugzeug. Es war das erstemal, daß zwei einzelne Männer allein die Stadt verließen und einen Ausflug ins Nomadengebiet unternahmen.«
»Dann wäre es Ihre Pflicht gewesen, Sliwka, sie davon abzuhalten, wenn Sie die Gefahr kannten!« Wechajews Stimme wurde hart und laut. »Statt dessen leihen Sie ihnen auch noch Ihren Wagen!«
»Das war ein Fehler, ich sehe ihn ein«, erwiderte Sliwka zerknirscht. »Aber die Herren haben sich so auf diesen

Ausflug gefreut. Ich gebe zu, ich bin etwas zu sorglos gewesen. Nach all den Jahren Ruhe –«
»Eine Kompanie ist ausgerückt und sucht das Gelände ab, begleitet von zwei Kampfhubschraubern. Die Nomaden müssen sich noch in dem Gebiet aufhalten.«
»Es kann sich um einen Reitertrupp handeln, und die haben schnelle Pferde. Diese kleinen mongolischen Gäule, die mit dem Wind um die Wette rennen. Aus der Luft sieht man sie kaum, ihr gelbes Fell verschmilzt mit der Farbe der Felsen.«
»Das könnte eine Erklärung sein. Anscheinend haben Frantzenow und Weberowsky nichts gehört und gesehen, so lautlos kamen die Burschen heran.«
»Sie konnten nichts hören«, wandte Curlis mit Nachdruck ein.
»Wie können Sie das wissen? Hat Ihnen Professor Frantzenow das noch sagen können?«
»Als ich die Verletzten fand, waren ihre Körper noch naß vom Seewasser und abgekühlt. Man hat auf sie geschossen, als sie im Wasser waren.«
»Als Sie die Verletzten fanden ...«, wiederholte Wechajew. »Wie kommen Sie an den See, Mr. Curlis? Ein Ausflug, ausgerechnet um die gleiche Zeit?«
»Darüber habe ich auch schon nachgedacht«, warf der US-General ein. »Und – wie ich sehe – tragen Sie Zivil.«
»Sie sind die gleiche Straße gefahren wie die Überfallenen«, meinte Sliwka hämisch.
»Es gibt ja nur die eine.«
»Und wo wollten Sie hin?« fragte Wechajew. »Nur so herumfahren?«
»Nein. Ich habe Frantzenow und Weberowsky wegfahren sehen. Sie kamen bei uns vorbei. Im Jeep des KGB. Das fiel mir auf, und ich dachte mir, fahr ihnen nach und sieh dir an, was sie da draußen machen. Leider kam ich ein paar Minuten zu spät.«
»Und auch Sie haben nichts gehört und gesehen? Keine Reiter?«

»Ich habe mich um die Verletzten gekümmert, das war wichtiger. Sollte ich sie liegenlassen und erst die Gegend absuchen?« Er blickte zur Seite auf Sliwka. »Ihr Wagen steht noch am Waldrand, und im See kühlen einige Dosen chinesisches Bier. Wenn Sie wollen, bringe ich Sie hin.«
»Ich nehme das Angebot an. Danke, Mr. Curlis.« Sliwka nickte ihm zu, aber seine Bärenaugen zeigten keine Regung. »Es eilt nicht so.«
»Die Nomaden könnten den Jeep mitnehmen. Sie können ihn gut gebrauchen. Sie werden dann eine Menge Schereien mit Ihrer Zentrale in Semipalatinsk bekommen.«
»Das stimmt.« Sliwka lächelte schwach, als sei er Curlis dankbar. »Wann könnten wir fahren?«
»Wenn General Wechajew der Meinung ist, es wäre nichts mehr zu dem Fall zu sagen.«
»Warum sind Sie den Herren nachgefahren?« fragte nun ausgerechnet der US-General. Curlis seufzte auf.
»Sir, ich hatte so ein komisches Gefühl«, antwortete er.
»*Was* hatten Sie? Ein Gefühl?« Der General sah Curlis verständnislos an. »Erklären Sie das.«
»Das kann man nicht erklären.«
»Man kann alles erklären!«
»Bestimmte Gefühle nicht. Sie sind einfach da. Und ich hatte das Gefühl der Gefahr, als ich die Herren wegfahren sah. Ich mußte einfach hinterher.« Er wandte sich zu General Wechajew. »Kennen Sie auch solch ein Gefühl?«
»Nein. Wir Soldaten handeln nicht nach Gefühlen, sondern nach Befehlen. Eine Notlage kann auch ein Befehl sein ... wie jetzt. Sie witterten also Gefahr?«
»Wittern – das ist der richtige Ausdruck. So wie ein Tier die Gefahr wittert.« Curlis hob schaudernd die Schultern. »Wäre ich nicht gefahren, lägen Frantzenow und Weberowsky jetzt tot am Seeufer. Ich bin zu spät gekommen und doch nicht zu spät.«

Am Abend fuhren Sliwka und Curlis mit dessen Jeep hinaus zum See »Der schlummernde Bär«. Sliwka war bester

Laune, erzählte Witze am laufenden Band, schilderte ein Erlebnis in einem diskreten Privatpuff in Ust-Kamenogorsk und lachte mehr als Curlis. Der grinste nur und nickte, als Sliwka fragte:
»Soll ich Ihnen die Adresse geben?«
»Gern. Vielleicht kann ich sie mal gebrauchen.«
So ging es weiter bis zum See. Die Dämmerung war gekommen, das Wasser schimmerte blaugrau, und die Oberfläche bewegte sich kaum. Nur der Fischreiher schwebte wieder lautlos über seinem Revier.
»Da steht Ihre Karre«, sagte Curlis und zeigte nach vorn. »Bei uns dürften Sie mit so einem Ding nicht mehr fahren. Es sei denn, Sie sind so pervers und zelebrieren einen langsamen Selbstmord.«
Er hielt neben Sliwkas Jeep, sprang auf die Wiese und wartete, bis Sliwka ihm folgte. Der Henkelkorb lag umgestürzt auf der Erde, das Gurkenglas war umgekippt und ausgelaufen. Über das Brot krabbelten Ameisen, kleine, rötliche Tiere, die es nur in Kasachstan gibt. Zwergtermiten. Curlis zeigte zum Ufer.
»Dort ist es passiert. Im Wasser.«
»Dann müssen die Schützen hier im Wald gelauert haben.«
»So ist es. Und die Pferde standen weiter hinten. Wir müßten also Spuren finden, von Hufen oder Kot. Ein Pferd äpfelt immer. Wir werden die Gegend gleich absuchen.«
»Es wird schnell dunkel, Tony.« Sliwka blickte hinauf zu dem Fischreiher. Schwerelos glitt er im Aufwind dahin. »Wir müssen uns beeilen.«
»Pferdespuren sehe ich auch im Mondschein. Ich stamme von einer Farm in Indiana. In den Collegeferien habe ich als Cowboy gearbeitet, das war immer ein Erlebnis, auf das ich mich jedesmal freute.«
Er ging hinunter zum Seeufer, und Sliwka folgte ihm.
»Wollen wir das chinesische Bier trinken?« fragte Curlis, bückte sich und holte zwei Dosen aus dem Wasser.
»Eine gute Idee. Ich habe wirklich Durst.«

»Na, dann *cheerio!*«
Sie rissen den Verschluß auf, stießen miteinander an, tranken die Dosen mit langen Schlucken leer. Wie ein Junge warf Curlis seine Dose in die Luft und kickte sie in den See. Sliwka warf seine ins Gras.
»Das ist Umweltverschmutzung, Tony.« Sliwka lachte laut.
»Es gibt so viel Schmutz auf dieser Welt.« Curlis wirbelte herum und hatte plötzlich eine Pistole in der Hand. »Geben Sie Ihre Waffe her!« befahl er kalt.
»Wie bitte?«
»Sie haben in einem Halfter eine Pistole, unter der linken Achsel. Ich kenne diese typischen Ausbuchtungen. Her damit!«
»Was soll der Quatsch?« Sliwka zog die Schultern hoch. Seine Bärenaugen glänzten böse.
»Versuchen Sie keinen Trick, Boris Olegowitsch. Ich bin schneller als Sie. Ich habe den Finger am Abzug. Kommen Sie, was soll die Ziererei. Werfen Sie die Pistole ins Wasser.«
Sliwkas Gesicht versteinerte sich. Aber dann sah er ein, daß er keine Chance hatte, griff unter den Rock und holte die Pistole hervor. Sie war dummerweise gesichert, und es war nicht möglich, den Hebel mit dem Daumen herumzuschieben. Curlis würde sofort schießen, das wußte er. Mit Augen voller Haß warf er die Waffe in den See.
»So ist es gut.« Curlis ließ seine Pistole sinken. »Man unterhält sich besser ohne Blick auf die Mündung. Sie sind das mieseste Subjekt, das mir je begegnet ist. Und ich hatte so manche Begegnung. Sie sind vom KGB, aber gleichzeitig arbeiten Sie auch für den CIA. Ein Doppelagent.«
»Das ist nicht wahr, Tony.«
»Eine Neuigkeit für dich: Ich bin vom CIA!«
Sliwka starrte Curlis an. Seine Backenmuskeln mahlten, um seinen Mund lief ein Zucken. »Ich wußte nicht«, sagte er gepreßt.
»Aber ich wußte es. Dein Name steht auf meiner Liste,

weil ich mit dir Kontakt aufnehmen sollte. Ich habe – wieder aus einem Gefühl heraus, als ich dich sah – gezögert. Und ich hatte wieder das richtige Gefühl. Du bist dabei, den CIA aufs Kreuz zu legen. Du hast Professor Frantzenow ein Millionenangebot aus dem Iran überbracht, statt ihn in die USA zu lotsen. Der kleine Boris wollte ein großer Kapitalist werden.«
»Wie willst du das beweisen?!«
»Ach, mein Lieber ...« Curlis grinste breit. »Genau wie du, habe ich Frantzenow eine Wanze ins Nest gelegt. Unter dem Sessel. Du und ich, wir haben alle Gespräche mitgehört und auf Band aufgenommen. Und wir haben gehört, daß Weberowsky seinen Schwager zu überreden versuchte, mit ihm nach Deutschland zu kommen. Flug nach Moskau, Flucht in die deutsche Botschaft, Bitte um Asyl ... uns alles bekannt. Fast wäre es Weberowsky gelungen, und er hatte noch nicht aufgegeben. Er hätte seinen Schwager weiter bearbeitet und – das war deine größte Sorge – vielleicht Erfolg gehabt. Futsch wären die Millionen aus Teheran. Für uns war noch eine Chance drin: Wir hätten Frantzenow aus Bonn weggeholt. Und da hörtest du heute, wie auch ich, daß die beiden einen Ausflug planten, aber keinen Wagen haben. Das war der große Zufall, den man nutzen mußte. Du bist zu ihnen gefahren und hast ihnen deinen Jeep angeboten. Und die Ahnungslosen griffen begeistert zu. Ein guter Schachzug. Ich habe ihn mitgehört. Was nun, dachte ich. Wie geht's weiter? Und da sah ich dich mit einem anderen Jeep davonbrausen und wußte: Jetzt geht es um Minuten. Ich habe deine Gedanken nachvollzogen: Wenn schon der Iran nicht durch mich Professor Frantzenow erhält, soll ihn Bonn auch nicht haben. Keiner soll ihn haben. Und dieser Weberowsky, dieser Versucher in der Wüste, soll die Rechnung bezahlen und geradestehen für den verlorenen Reichtum. Zwei Fliegen auf einen Schlag.«
»Mensch, Tony, was spinnst du dir da zurecht?« Sliwka atmete schwer. »Das ist doch alles Unsinn, was du da sagst.« Seine Goldbrille beschlug. Er nahm sie ab und putzte die

Gläser mit einem Rockzipfel. »Laß uns mal vernünftig reden. Wir sitzen doch im gleichen Boot.«
»Bilde dir das ja nicht ein!« schrie Curlis. »Auf den Tonbändern ist der Beweis. Du hast den KGB verraten, du hast den CIA verraten, und du hast von dort, vom Wald her, die beiden umgelegt!«
»Das ist nicht wahr!«
»Im Berichtsbuch des Wachoffiziers sind deine und meine Daten genau eingetragen. Du warst eine halbe Stunde später als die beiden am See und hast im Wald auf eine Gelegenheit gewartet. Als sie schwammen und dann aus dem Wasser kamen, hattest du sie im Visier. Was hast du für ein Gewehr?«
»Tony...« Sliwka schluckte krampfhaft. »Ich habe wirklich nicht...«
»Dein Märchen mit den Nomaden war viel zu dünn. Wechajew hat es dir abgenommen, vielleicht, um schnell Gras darüber wachsen zu lassen und keine Staatsaffäre daraus zu machen. Er hat ja nicht wie ich alles mitgehört.« Curlis blickte Sliwka fast mitleidig an. »Eine Frage: Was macht der KGB mit einem Verräter?«
»Tony!« Sliwka wich zurück. Seine Brille beschlug wieder, aber diesmal putzte er sie nicht. »Ich habe für den CIA -«
»Auch uns hast du verraten. Beim KGB und auch bei uns, wie bei vielen Geheimdiensten, ist es üblich, Verräter zu bestrafen. Der KGB diskutiert da nicht lange, das weißt du. Ihr habt den sicheren Genickschuß eingeführt.«
»Tony!« Es war ein Aufschrei. Sliwka warf beide Arme vor. »Du bist verrückt! Ich werde mich absetzen und in die USA gehen.«
»Ein Mörder? Wir brauchen keinen Mörder aus Rußland. Wir haben selbst genug davon.«
»Ich habe niemanden umgebracht. Beide leben noch!«
»Weil du ein miserabler Schütze bist. Und ob Weberowsky überlebt, das scheint mir mehr in Gottes als in des Chirurgen Hand zu liegen.« Curlis hob seine Pistole. »Los. Knie nieder!«

»Das kannst du nicht tun!« Sliwkas Stimme verwandelte sich in ein Heulen. Wie die Hungerklage eines jungen Wolfes klang es. »Dazu bist du nicht fähig. Tu es nicht. Tu es nicht! Ich flehe dich an! Gib mir die Gelegenheit ...«
»Knie dich hin!«
»Nein! Nein!« Sliwka riß die Brille von seinen Augen, warf sie weg und schlug beide Hände vor das Gesicht. »Ich gestehe ja alles, ich bereue alles, ich will ... ich will ...« Er begann zu weinen und zitterte am ganzen Körper. »Ich bin schwach geworden, ich gebe es zu. Aber ich bin ja auch nur ein Mensch. Tony, bitte –«
»Willst du in Raten sterben? Ein Anruf beim KGB. Weißt du, was sie dann mit dir in Semipalatinsk machen? Hier geht es schneller.«
»Ich will leben!« brüllte Sliwka. »Ich will weiterleben! Ich will ein guter Mensch werden.«
»Dazu ist es zu spät, und außerdem schaffst du es nie. Ich gebe dir eine Chance. Du nimmst die Pistole, gehst an den See und drückst selbst ab.« Curlis holte aus seiner Hosentasche ein Paar dünne Stoffhandschuhe und zog sie über. Sliwkas Bärenaugen weiteten sich.
»Handschuhe. Was hast du vor, Tony?«
»Du mußt mich für reichlich idiotisch halten, Boris Olegowitsch.« Curlis zeigte mit der Pistole auf das linke Hosenbein von Sliwka. »Man trägt heute keine Strumpfbänder mehr, mein Kleiner. Es sei denn, man klemmt eine kleine Waffe dahinter.« Er stürzte auf Sliwka zu, streifte ihm das Hosenbein hoch und holte die 6-mm-Pistole aus der Halterung. »Weißt du jetzt, warum ich Handschuhe trage? Keine Fingerabdrücke, das ist wichtig. Nur deine ... man wird sich fragen, warum Sliwka Selbstmord begangen hat. Nimm!« Er hielt ihm die Waffe hin.
Sliwka rührte sich nicht. Sein Gesicht war ein einziges Zucken.
»Du kannst nicht verlangen ...«, stammelte er. »Das kannst du nicht –«

»Entweder ich oder der KGB. Wie du willst. Du bist ein feiger Hund. Nimm die Pistole und geh zum Ufer.«
Sliwka schloß die Augen. Dann streckte er die Hand aus und nahm die kleine Pistole.
»Laß uns noch einmal über alles reden, Tony«, schluchzte er.
»Steck sie zwischen deine Zähne. Den Lauf schräg nach oben, das ist 100 Prozent sicher. Hältst du sie gerade, kommt das Geschoß im Nacken wieder raus.«
Sliwka nickte. Mit schleppendem Gang taumelte er zum See, kniete am Ufer nieder. Zwei Dosen China-Bier lagen noch im Wasser, links von ihm sah er eine dünne Blutspur im Gras. Frantzenows oder Weberowskys Blut?
Er weinte wieder, entsicherte die Waffe, hob sie hoch an seinen Mund ... und dann wirbelte er herum, ließ sich gleichzeitig fallen und zielte auf Curlis.
Aber Curlis war schneller. Ehe Sliwka abdrücken konnte, den Bruchteil einer Sekunde zu spät, spürte er einen Schlag gegen seine Stirn. Nicht einmal wundern konnte er sich. Er war sofort tot. Der Einschlag riß ihn herum, er lag auf dem Rücken im Wasser, und sein Körper drückte die beiden Dosen China-Bier in den sandigen Seeboden.
Curlis ließ die Pistole sinken.
»Sorry, Boris Olegowitsch«, sagte er fast feierlich. »Es war Notwehr. Ich habe es nicht anders erwartet.«
Er nahm Frantzenows Henkelkorb aus dem Gras, ging zu seinem Jeep und fuhr zurück nach Kirenskija.
Major Campell wartete auf ihn im Gästehaus. Er war nicht, wie die anderen, ins Kasino essen gegangen.
»Nun?« fragte er. »Habt ihr den Wagen geholt?«
»Sliwka ist noch am See. Er hat ein Problem mit der Zündung. Die alte Karre ist schrottreif. Daß Weberowsky damit überhaupt bis zum See gekommen ist, grenzt fast an ein Wunder. Ich wollte Sliwka mitnehmen und morgen früh wieder mit ihm hinfahren, aber der Bursche hat seinen Stolz. ›Ich krieg es hin‹, hat er gesagt. ›Fahr zurück!‹ Da bin ich abgefahren. Mal sehen, was er morgen erzählt.«

Er zog die Zivilkleidung aus und die Uniform an, wusch sich die Hände, kämmte die Haare und sah zu Campell hinüber.

»Keinen Hunger?«

»Ich habe auf dich gewartet.«

»Ich könnte ein Pferd essen! Gehen wir.«

Im Kasino blickte General Wechajew von seinem Teller auf. Es gab Kohlrouladen, Kartoffeln und Preiselbeerkompott. Curlis setzte sich, nachdem er stramm gegrüßt hatte.

»Kommt Sliwka auch?« fragte der General.

»Er fummelt an seinem Wagen herum und flucht fürchterlich.«

»Er hat wirklich einen neuen Wagen nötig. Aber in Semipalatinsk bekommen sie keinen. Vielleicht wird es besser, wenn die Abrüstung weitergeht. Dann werden Armeefahrzeuge frei. Haben Sie eine Spur von den Nomaden, diesen Banditen, gesehen?«

»Nichts. Es war zu dunkel. Aber wir wollen morgen wieder zum See. Im weichen Waldboden bleiben Hufabdrücke länger erhalten.« Curlis blickte hinüber zu seinem General. »Hat man schon Nachricht aus Ust-Kamenogorsk?«

»Frantzenow ist versorgt, die Kugel ist raus aus dem Oberschenkel.« Der Chefarzt, der mit am Tisch saß, machte ein ernstes Gesicht. »Weberowsky wird noch operiert. Es sieht schlecht aus.«

»Wird er durchkommen?«

»Das weiß Gott.«

Am Morgen kehrte die Kompanie, die Wechajew in die Berge geschickt hatte, um die Nomaden aufzuspüren, müde nach Kirenskija zurück. Am Anfang der Kolonne fuhr ein Unteroffizier Sliwkas Jeep, seine Leiche lag, mit einer Plane zugedeckt, auf dem Rücksitz. Die Dosen China-Bier, die man aus dem Wasser, unter Sliwkas Körper hervorholte, hatte der Kompaniechef, Oberleutnant Wychristjuk, ausgetrunken, um seine Erschütterung und sein Entsetzen zu verbergen.

Lange stand General Wechajew dann vor dem Toten. Man

hatte ihn im Kasino aufgebahrt, in einem einfachen Sarg aus Buchenholz, bedeckt mit der Fahne des neuen Rußland. Ein großer Strauß Blumen aus den künstlich bewässerten Gärten der Stadt stand in einem Plastikeimer hinter Sliwkas Kopf. Den runden Einschuß in seiner Stirn hatte der Chefarzt der Stadtklinik mit einem Pflaster überklebt.
Wechajew war allein, er hatte das so gewünscht. Was er in diesen Minuten dachte, war nur zu ahnen. Zwei Schwerverletzte und ein Toter – das bedeutete, daß aus Alma-Ata und sicherlich auch aus Moskau eine Untersuchungskommission der Generalstäbe nach Kirenskija kommen würde, um festzustellen, welche Zustände in diesem Gebiet von Kasachstan herrschten. Verantwortlich war er als Kommandant der Armeegruppe, die für die Sicherheit der Wissenschaftler zu sorgen hatte. In den Augen des Moskauer Oberkommandierenden hatte er versagt. Man würde keine Argumente gelten lassen, keine Erklärungen, keine Entschuldigungen. Ein Versager in der Armee, auch noch im Range eines Generals, hatte die Konsequenzen zu ziehen. Wechajew, zieh deine Uniform aus, versteck dich in deiner Datscha und züchte Tomaten. Oder laß dich versetzen als Militärattaché in eine lausige Botschaft in Afrika oder Asien, etwa nach Kirabati, wo du unter Palmen liegen und dösen kannst und keinen Unfug mehr anrichtest.
Fast eine halbe Stunde blieb Wechajew mit dem toten Sliwka allein. Als er aus dem Kasino herauskam und wieder hinter seinem Schreibtisch in der Kommandantur saß, hatte er sich verändert. Seine sprichwörtliche Fröhlichkeit war wie weggeblasen, sein altersloses Gesicht mit den jungenhaften Augen hatte alle Lebensfreude verloren.
»In einer Viertelstunde alle Offiziere zu mir!« befahl er knapp mittels der Sprechanlage, die alle Räume verband. »Die Truppe zum Abmarsch antreten lassen.«
Fünfzehn Minuten später standen die Offiziere in einer Reihe vor General Wechajew. Auf dem Kasernenhof traten die Kompanien an, feldmarschmäßig ausgerüstet, als

ginge es zum Kriegseinsatz. Die Kommandos schallten bis in Wechajews Zimmer.
»Meine Herren«, sagte Wechajew mit bewegungsloser Miene und erhob sich hinter seinem Schreibtisch. Hinter ihm hing eine große Karte des Gebietes zwischen der chinesischen Grenze und Ust-Kamenogorsk. »Sie sind unterrichtet, was vorgefallen ist.« Er drehte sich um, umkreiste mit der Hand die Karte und wandte sich dann wieder seinen Offizieren zu. »Die ganze Garnison rückt aus und durchkämmt das gesamte Gebiet.« Und dann, mit harter Stimme: »Wenn Sie auf herumstreifende Nomaden treffen, das Feuer eröffnen! Gnadenlos! Keine Gefangenen, keine Verhöre ... schießen! Jeder ist schuldig. Ich erwarte von Ihnen die Erfolgsmeldung, daß mein Gebiet frei ist von diesen Banditen! Ich danke, meine Herren. Lassen Sie abrücken.«
Betroffen verließen die Offiziere den Raum. Sie waren stumm vor Entsetzen. Nur ein Hauptmann sagte draußen auf dem Flur mit erstickter Stimme:
»Wie kann er das verantworten?! Ich möchte nicht in seiner Haut stecken. Was er befohlen hat, ist Wahnsinn!«
»Nicht denken ... ausführen!« Ein Major hob die Schultern. »Es ist nicht unsere Aufgabe, Befehle zu kritisieren. Und im übrigen, ich mag die Nomaden auch nicht. Ich weiß nicht, warum. Ich mag sie eben nicht.«
Die Kompanien rückten aus, sogar die Granatwerfer-Abteilung war dabei. Zwei Raketengeschütze folgten ihnen. Wechajew blickte ihnen von seinem Fenster aus nach. Er hatte die Meldung, die er nach Alma-Ata zum Generalkommando schicken wollte, schon im Kopf. Eine Säuberungsaktion. Rebellen gegen die Reformen hatten Sabotageakte verübt. Ein Toter, Oberleutnant des KGB, und zwei Schwerverletzte, einer davon Professor Frantzenow, waren die Opfer. Das überzeugte, vor allem der Name Frantzenow.
Sliwka muß seine Mörder gesehen haben, dachte Wechajew. Er hatte eine Pistole in der Hand, als man ihn fand. Er

hat versucht, sich zu wehren, doch noch zu entkommen, rätselhaft ist nur, warum er nicht geschossen hat. Die Untersuchung der Waffe hatte ergeben, daß kein Schuß aus ihr abgefeuert worden war. Es mußte alles sehr schnell gegangen sein. Sliwka hatte keine Zeit mehr gehabt, sich zu wehren. Unverständlich war auch, warum die Banditen nicht den Jeep mitgenommen hatten. Captain Curlis hatte ausgesagt, Sliwka habe an der Zündung gearbeitet, die versagte. Aber was machte er dann am See? Sich die Hände waschen? Sie waren nicht schmutzig oder ölverschmiert, wie das der Fall gewesen wäre, wenn man an einem Motor gearbeitet hat. Außerdem: Im kalten Wasser des Sees kann man kein Öl abwaschen, dazu muß man heißes Wasser haben und Seife. Hatte man ihn erschossen, bevor er den Jeep reparieren konnte? Curlis hatte berichtet, daß er Sliwka verlassen hatte, als er mit dem Oberkörper unter der Motorhaube lag. Da paßte einiges nicht zueinander, dachte Wechajew. Einwandfrei ist nur, daß Sliwka mit der Pistole in der Hand im seichten Wasser lag und einen präzisen Kopfschuß erhalten hatte. Der Mörder mußte ein Kunstschütze sein.
Schon am nächsten Tag wurde Sliwka mit allen militärischen Ehren begraben. Die amerikanische Delegation gab ihm in Galauniform das Geleit, Curlis war sogar einer der Sargträger, als der Sarg von der Lafette gehoben und zum Grab gebracht wurde. Die Militärkapelle spielte einen Trauermarsch und hinterher die russische Nationalhymne. Unter lautem Trommelwirbel wurde der Sarg in das Grab gesenkt. Ein Gewehrsalut fiel aus. Die Soldaten waren im Einsatz und suchten nach Nomaden. Vor allem das Gebiet an der Grenze zu China wurde gründlich durchkämmt. Wenn die Nomaden flüchteten, dann nicht ins Innere Kasachstans, sondern ins sichere China. Auch hatte man einen alten russischen Brauch bei Sliwka gestrichen: Er wurde nicht im offenen Sarg zum Grab getragen, sondern Wechajew ließ den Deckel gleich vor der Trauerfeier verschrauben. Es hätte Curlis aber auch wenig gestört, wenn er Sliwka in das bleiche Gesicht geblickt hätte.

Nach dem Begräbnis rief Nurgai von neuem in Ust-Kamenogorsk an. Der Chefchirurg kam selbst an den Apparat, räusperte sich und schien nach den richtigen Worten zu suchen.
»Die Operation ist gelungen«, antwortete er nach dem Motto: Die gute Nachricht zuerst.
»Gott sei Dank!« Nurgai war erleichtert. »Er wird also überleben?«
»Ich spreche von Weberowsky. Professor Frantzenow geht es den Umständen nach gut. Er hat Glück gehabt. Was man von Weberowsky nicht sagen kann.«
»Ich denke, die Operation ist gelungen?«
»Das ist der erste Teil, Kusma Borisowitsch.« Der Chirurg räusperte sich wieder. »Wir mußten noch einen neurochirurgischen Experten hinzuziehen.«
»Was heißt das?«
»Die Kugel hat die Wirbelsäule verletzt. Die dritte Vertebra thoracica ist glatt durchschlagen.«
»Ich verstehe kein Wort!« erwiderte Nurgai ungehalten. Diese Mediziner mit ihrem verfluchten Latein. Kann man das nicht vernünftig ausdrücken?
»Der dritte Brustwirbel ist zerstört. Der Nervenkanal ist verletzt.«
Nurgai zog laut die Luft durch die Nase. Sein Hals war wie zusammengeschnürt.
»Querschnittlähmung«, sagte er stockend.
»Das wissen wir noch nicht. Aber alles spricht dafür. Weberowsky liegt auf der Intensivstation. Wir tun, was möglich ist.«
»Aber er kommt durch?«
»So, wie es jetzt aussieht, ja. Aber Komplikationen sind nicht auszuschließen bei so einer Verletzung.«
»Er wird also nicht mehr gehen können?«
»Gehen? Wir sind froh, wenn er den Kopf bewegen kann. Wenn er schlucken kann.«
»Ein Stück Fleisch und Knochen ohne Funktionen.« Nurgai wischte sich über die Augen. Seine Erschütterung war

grenzenlos. »Wäre ... wäre es da nicht besser, Sie würden alle Maschinen, an denen er hängt, abstellen? Es wäre eine Gnade für ihn.«
»Das können weder Sie noch ich verantworten, Kusma Borisowitsch. Das müßte seine Familie entscheiden. Und auch dann wüßte ich nicht, ob ich es täte. Gerade bei Querschnittgelähmten gibt es kleine Wunder, vor denen wir Mediziner sprachlos stehen. Da versagt alles empirische Wissen. Wir haben Fälle gehabt, wo wir sagten: Der wird bis zu seinem Lebensende flach auf dem Rücken liegen müssen, und auf einmal sitzt er im Rollstuhl! Sterbehilfe aus Mitleid ist eine verteufelte Sache.«
»Kann man ihn besuchen?« fragte Nurgai.
»Frantzenow natürlich. Weberowsky können Sie nur durch eine Glasscheibe sehen. Er ist nicht ansprechbar. Wir mußten ihm gegen die Schmerzen starke Mittel geben. Er liegt in einer Art Dämmerschlaf.«
»Kann ich morgen kommen?«
»Jederzeit.«
»Hat man Weberowskys Angehörige benachrichtigt?«
»Woher denn? Er hat keine Papiere bei sich. Wir wissen gar nicht, woher er kommt.«
»Professor Frantzenow weiß es. Er ist doch sein Schwager.«
»Das können wir ja nicht riechen.« Der Chefchirurg war ungehalten. Unberechtigte Vorwürfe erzeugten bei ihm eine besondere Aggressivität, die sich in Grobheit ausdrückte. »Frantzenow steht noch unter Schock und spricht zur Zeit kein Wort. Er steht offensichtlich unter Alkoholeinfluß. Muß der gesoffen haben!«
»Mindestens 750 Gramm.«
»Du meine Güte. Dann hat er von dem Schuß ja kaum etwas gemerkt.«
»Ein amerikanischer Offizier hat ihm *nach* der Verletzung den Wodka gegeben, zur Schmerzbetäubung.«
»Wieso? Haben Sie Amerikaner bei sich?«
»Eine Abrüstungskommission, die der Vernichtung der Atomsprengköpfe zusieht.«

»Dann sind Sie doppelt und dreifach bestraft, Kusma Borisowitsch. Ich verzeihe Ihnen, daß Sie mich vorhin angeranzt haben. Amerikaner in Kirenskija – wo sind wir hingekommen! Wir verschenken unsere Ehre.«
Nurgai gab darauf keine Antwort, sondern beendete das Gespräch mit einem knappen: »Bis morgen!«
Es wird nicht überall Beifall für die Reformen geben, dachte er. Die alte Nomenklatura lebt noch, sie hat nur die Köpfe eingezogen, wartet ab und arbeitet im stillen. Auch wenn die Neuen sie überall auswechseln gegen die Reformanhänger, es wird lange dauern, bis das Sowjetdenken aus den Köpfen verschwunden ist. Man kann ein Riesenreich wie Rußland nicht im Handumdrehen verändern.
Im Gästehaus der Stadt saßen Curlis und Major Campell vor dem Fernsehapparat und sahen das Programm an, das Radio Alma-Ata sendete. Impressionen aus Kasachstan: schmucke Dörfer, wogende, goldene Kornfelder, Vogelschwärme über tiefblauen Seen, Adler in den Bergmassiven. Volkstänze fröhlicher Menschen in alten Trachten, Reiterspiele, die majestätische Stille der endlosen Steppe, Industriebauten modernster Art, eine Talsperre, Segelflieger, Märkte voll von wimmelndem, buntem Leben, Kinder, die Ringelreihen tanzten und dabei sangen – eine wunderschöne, heile Welt.
Die Trauerfeier war vorbei, Curlis und Campell hatten die Galauniformen ausgezogen und saßen in Hose und Unterhemd in den Sesseln. Curlis hatte auf einem Handtuch seine Pistole liegen und reinigte sie. Vor allem den Lauf putzte er vom Schmauch frei und ölte ihn gründlich. Von innen sah er aus wie neu. Ungebraucht.
»Warum hast du das getan?« fragte Campell plötzlich.
Curlis blickte erstaunt auf. »Was?«
»Du hast doch Sliwka erschossen.
»Jimmy, du spinnst.«
»Unterschätze unsere Gastgeber bloß nicht. Der Militärarzt hat festgestellt, daß Sliwka durch ein 9-mm-Geschoß

getötet wurde. Er hat ihm die Kugel aus dem Kopf herausoperiert.«
»Panikmache! Bis auf den Einschuß war Sliwkas Kopf unversehrt.«
»Du hast ihn nicht von hinten gesehen. Er hat unterhalb des Scheitels den Kopf aufgesägt und die Kugel aus dem Hirn geholt. Sie liegt jetzt bei General Wechajew in einem Reagenzglas auf dem Tisch.«
»Ein eindrucksvoller Tischschmuck.«
»Vor allem, wenn man bedenkt, was festgestellt wurde: Solche Munition wird in Rußland nicht hergestellt. Es ist ein Fremdfabrikat.«
»Interessant.« Curlis legte die Pistole zur Seite. »Wer weiß, woher die Nomaden ihre Waffen beziehen.«
»Du hast zum Beispiel eine 9-mm-Smith & Wesson.«
»Du auch, Jimmy.«
»Aber ich war nicht mit Sliwka am See. Und ich bin auch nicht ohne ihn zurückgekommen.«
Curlis stand auf, versteckte die Pistole wieder im doppelten Boden des Koffers und steckte sich eine Zigarette an. »Manchmal glaube ich«, sagte er, »man könnte aus unserem Offizierskorps eine große Orgel bauen – lauter Pfeifen! Du wärst die Pikkoloflöte.«
»Das ist der typische Galgenhumor.«
»Warum macht ihr euch überhaupt Gedanken um einen Mann, der eine echter Widerling war?«
»Ob Widerling oder Gentleman, Mord bleibt Mord.«
»Du hast eine philosophische Begabung.« Curlis setzte sich wieder vor den Fernseher. »Ich gebe dir mein Ehrenwort: Ich habe Sliwka nicht ermordet. Genügt dir das endlich?«
»Dein Ehrenwort?«
»Ja.«
Ich kann es ohne Gewissensqualen geben, dachte Curlis. Es ist keine feige Lüge. Ich mußte Sliwka töten aus Notwehr. Die äußeren Umstände spielen da keine Rolle. Er hat zuerst auf mich angelegt. Ich war nur schneller, und

ich bin der bessere Schütze. Nur einen Fehler habe ich gemacht: Ich hätte aus Sliwkas Pistole einen Schuß abfeuern sollen. Oder zwei. Das hätte nach Kampf ausgesehen. Aber was soll's. Kein Mensch ist vollkommen. Ich gebe es zu: Eine unbenutzte Pistole ist kein gutes Argument.‹

»Wenn sich nun aber herausstellt, daß es amerikanische Munition ist?« hakte Campell nach.

»Dann muß es einen schwarzen Markt in Kasachstan geben, auf dem sich die Rebellen bedienen. Der Waffenschmuggel ist international. Das haben wir beim Golfkrieg gesehen. Die Iraker hatten Waffen aller Systeme aus den verschiedensten Ländern. Ironie des Schicksals: sogar israelische Waffen! Warum soll eine Smith & Wesson nicht auch in Kasachstan landen? So absurd ist das nicht.«

»Und warum hast du deine Pistole gereinigt?«

»Waffenpflege ist das erste Gebot des Soldaten. Das hast du doch auch gelernt. So wie man eine Frau verwöhnt, will auch eine Waffe behandelt werden. Ich habe Emmy lange nicht geölt.«

»Du nennst die Smith & Wesson Emmy?«

»Warum nicht?«

»Ich wußte bis heute nicht, daß du verrückt bist.«

»Die Waffe ist die Braut des Soldaten. Aber Emmy ist mehr als das. Sie hat mir viermal das Leben gerettet.«

»Gestern auch –«

»Jimmy, du sitzt verkehrt rum auf dem Pferd. Halt den Mund und sieh dir das russische Ballett an.« Curlis zeigte auf den Bildschirm. »Eins muß man zugeben: In Rußland gibt es verdammt hübsche Weiber.«

Für Campell begann Curlis unheimlich zu werden.

Nach drei Tagen kam in Helsinki die Nachricht aus Moskau, daß man den aufgeflogenen Agenten abholen würde. General Dubrowin rief Denissow an und sagte:

»Morgen landet eine Kuriermaschine in Helsinki. Bereiten Sie Köllner auf den Flug vor. Da die Kuriermaschine diplo-

matischen Status besitzt, wird sie nicht kontrolliert. Aber zur Sicherheit stecken Sie Köllner in eine Uniform.«
»Welcher Dienstgrad?« fragte Denissow spöttisch zurück.
»Von mir aus General!« Dubrowin lachte dröhnend.
»Meine Uniform paßt Köllner nicht. Ich bin in den Schultern breiter als er. Ich werde ihn zum Feldwebel machen.«
»Wie benimmt er sich?«
»Gesittet. Er ist ja ein gebildeter Mensch. Er liest, schläft viel, hat das kleine Wunder vollbracht, einmal gegen den Schachcomputer zu gewinnen, und besteht darauf, mit der deutschen Botschaft zu sprechen.«
»Abgelehnt.«
»Das habe ich ihm auch gesagt. Aber er pocht auf das Völkerrecht.«
»Lassen Sie ihn pochen wie ein Specht, Jakob Mironowitsch. Er befindet sich in der Lage, keine Rechte mehr zu haben. Wenn wir ihn in Rußland aufnehmen, dann nur deshalb, weil er uns früher wertvolles Material geliefert hat. Keiner soll sagen, wir wären undankbar.«
»Behalten Sie Köllner in Moskau?«
»Nein. Wie schicken ihn weiter nach Kasachstan. Zu seiner Tante.«
»Aber vorher will er noch das Grab von Onkel Frantzenow sehen.«
»Ich weiß. Wir werden ihn davon abbringen!« Dubrowin machte eine Sprechpause, die Denissow damit ausfüllte, einen Schluck Tee zu trinken. »Er wird sowieso bald die Wahrheit erfahren.«
»Inwiefern?«
»Professor Frantzenow lebt.«
Denissow verschluckte sich und hustete ins Telefon. »Sagen Sie das noch mal. Er lebt?«
»Beruhigen Sie sich, Jakob Mironowitsch. Jetzt, wo wir Tür und Tor öffnen, um der Welt zu zeigen, wie brav wir Russen sind, ist auch Frantzenow wieder zum Leben erwacht. Er ist ein fabelhaftes Vorzeigeobjekt: Seht, so hat die Sowjetregierung einen der größten Wissenschaftler be-

handelt, aber diese Ära der Despotie ist vorbei. Wir geben der Welt Frantzenow zurück. So sind wir, das neue Rußland.« Dubrowin lachte glucksend, obwohl die Alte Garde wußte, wie er wirklich über Jelzin dachte. »Ich nehme an, daß es bei Tante Erna ein rührendes Familientreffen gibt. Ich habe Erkundigungen eingeholt: Wolfgang Antonowitsch Weberowsky ist so etwas wie der Patriarch der Familie. Ein Russe, der ein Musterdeutscher ist. Wenn Weberowsky erfährt, was sein Neffe in Deutschland getan hat, rammt er ihn senkrecht in den Boden wie einen Pfahl.«
»Muß das sein, daß Köllner die Wiedergeburt von Frantzenow erlebt? Muß er unbedingt nach Kasachstan?«
»Unbedingt? Nein. Was mißfällt Ihnen, Jakob Mironowitsch?«
»Sie und ich sind lange genug im Amt. Wir wissen, daß CIA und BND eine Menge Agenten überall in Rußland eingesetzt haben. In allen Republiken, vor allem in denen, die noch über taktische Atomwaffen verfügen und die Sprengköpfe nur zögernd zur Vernichtung abliefern. Dazu gehört die Ukraine und vor allem Kasachstan. Wir hier in Helsinki sind Anlaufstelle für viele Informationen. Meine Sorge ist: Der Schock, seinen toten Onkel lebend zu sehen, könnte Köllner dazu bringen, für das westliche Ausland zu arbeiten. Er ist im Laufe der Jahre ein Profi geworden.«
»Der sich enttarnen läßt!« Dubrowin schien nachdenklich geworden zu sein. »Ihre Überlegungen, Ihr Mißtrauen scheinen berechtigt zu sein«, erwiderte er. »Köllner könnte seinen Agentenführer in Bonn ans Messer liefern und damit die ganze Sektion auffliegen lassen.«
»Das meine ich, General.«
»Ich sollte Köllner doch besser in Moskau behalten.«
»Für uns wäre es sicherer.«
»Wir könnten sogar den Flug sparen, wenn Sie ihn bei sich behalten, Jakob Mironowitsch.«
»In der Botschaft?« In Denissows Stimme klang Zweifel auf. »Hier ist er mir zu nahe an der Ostsee und am Flugha-

fen. Gelingt es ihm, aus der Botschaft auszubrechen, haben wir keine Möglichkeit, ihn wieder zurückzubringen. Wir könnten nur dem Flugzeug nachblicken, das ihn nach Bonn bringt. Von Moskau aus geht das nicht.«
»Es wird Ihre Aufgabe sein, das zu verhindern. Ich gebe Ihnen noch Nachricht, ob wir Köllner abholen. Das Kurierflugzeug landet auf jeden Fall morgen gegen Mittag in Helsinki. Ich werde Ihre Bedenken der obersten Leitung vortragen.«
Schon drei Stunden später rief Dubrowin wieder an. »Köllner bleibt in Helsinki«, sagte er. »Sie haben freie Hand, Jakob Mironowitsch. Eine endgültige Entscheidung ist noch nicht getroffen, so lange bleibt Köllner bei Ihnen. Passen Sie gut auf ihn auf.«
Denissow hatte es nicht anders erwartet. Er kraulte seinen blonden Wikingerbart, versank in tiefes Nachdenken und ließ dann Köllner zu sich bringen. Die beiden hünenhaften Männer brachten ihn bis vor die Tür.
Köllner trug noch immer seinen Bademantel und war darunter nackt. Seinen Anzug konnte man ihm noch nicht geben. Man hatte das Futter herausgetrennt.
»Ich protestiere!« sagte er sofort, als er eintrat und vor Denissow stand. »Wie ich hier behandelt werde, ist skandalös! Ich möchte einen Vertreter der deutschen Botschaft sprechen.«
Denissow wiegte den Kopf und war sehr freundlich. »Ich habe Ihnen schon einmal gesagt, daß das im Augenblick nicht möglich ist.«
»Ich bin deutscher Staatsbürger. Ich bestehe darauf.«
»Ich bin für Ihre Sicherheit verantwortlich.«
»Halten Sie die deutsche Botschaft für unsicher?«
»Nein. Aber Sie!«
Köllner starrte Denissow entgeistert an. »Ich?«
»Ja.«
»Wie soll ich das verstehen?«
»Sie wissen zuviel! Sie sind für unsere Organisation in Bonn ein Sicherheitsrisiko.«

»Das ist doch Unsinn!«
»Sie könnten, um von den deutschen Strafverfolgungsbehörden milder behandelt zu werden, Ihr Wissen über Namen und Methoden unserer Bonner Sektion preisgeben. Das wäre ein Schaden, der uns um Monate zurückwirft, denn so lange dauert ein Neuaufbau der Organisation.«
»Und das trauen Sie mir zu?«
»Ja!« Denissows Antwort war ohne Zögern und Zweifel. »Sie sind wie ein Chamäleon, Sie wechseln dauernd die Farbe, so wie Sie sie brauchen. Über Moral brauchen wir ja nicht zu sprechen. Wer sein Vaterland verrät –«
»Das halten *Sie* mir vor?« Köllner war außer sich. »Ich habe für Rußland spioniert und werde dafür von einem Russen als Charakterlump bezeichnet! Das ist ja wohl der Gipfel an Frechheit und Arroganz!«
»Sagen wir es anders: Sie haben kein Gefühl dafür. Wir haben Sie gebraucht, aber wir haben Sie auch verachtet. Man verrät sein Vaterland nicht für Geld. Wenn es aus politischer Überzeugung geschieht, ist es geheimer Kampf gegen das Regime. Sie aber haben nur aus Geldgier gehandelt.«
»Ich wurde erpreßt!« schrie Köllner. »Der KGB hatte mich in der Hand!«
»Weil Sie den Lebensstil eines Playboys führten, ohne das nötige Geld dafür zu haben. In den teuersten Lokalen essen, die besten Weine trinken, die schönsten Frauen im Bett – so was muß finanziert werden. Nur deshalb wurden Sie zum Vaterlandsverräter, nicht aus politischer Überzeugung.«
»Statt mir bei der Flucht zu helfen, verachten Sie mich also.«
»Das ist meine persönliche Meinung. Auf Anweisung aus Moskau habe ich mich um Sie zu kümmern und alles zu unternehmen, daß nicht noch mehr Schaden entsteht. Sie bleiben vorerst als Gast in unserem Haus.«
»Protest! General Dubrowin hat mir versprochen –«
»Neue Überlegungen erforderten neue Entschlüsse.«

»Das heißt: Ich bleibe weiter Gefangener der Botschaft.«
»Gast.«
»Nackt in einem Bademantel!«
»Wir werden Ihnen einen neuen Anzug besorgen. Wir werden Sie neu einkleiden, von der Krawatte bis zu den Schuhen.«
»Das ist nicht nötig. Es genügt, wenn Sie mir das zurückgeben, was ich trug.«
»Bedaure, das ist nicht möglich.«
»Wieso ist das nicht möglich?«
»Wir mußten Ihre Kleidung auseinandernehmen, auch die Absätze und Sohlen Ihrer Schuhe wurden aufgeschnitten. Leider haben wir nichts gefunden.«
»Ich bin nicht mit Mikrofilmen aus Bonn geflüchtet. Die letzten habe ich drei Tage vor meiner Enttarnung abgegeben.« Köllner setzte sich in den Sessel, in dem er immer saß, wenn Denissow ihn sprechen wollte. »Sie hätten mich vorher fragen können, bevor Sie meine Kleidung zerstörten.«
»Ich hätte Ihnen nicht geglaubt.«
»Das stimmt.« Köllner nickte. »Und was nun?«
»Wir könnten Schach spielen. Ein Mann, der den Schachcomputer besiegt, ist für mich ein idealer Gegner.«
Denissow hielt Wort, was Köllner verwunderte nach der Behandlung, die er hinter sich hatte. Zwar wurde er über Nacht in seinem Zimmer eingeschlossen, aber tagsüber konnte er sich frei bewegen. Er machte wenig Gebrauch davon; es war ja völlig sinnlos, in der Botschaft herumzulaufen, treppauf, treppab, durch die Flure und an Fenstern zu stehen, von denen man in einen nicht sehr großen Garten blickte. Der Zutritt zu diesem Garten war ihm verboten. Neidisch sah er zu, wie einige Botschaftsangestellte in den Mittagspausen auf Bänken in der Sonne saßen. Für ihn kam frische Luft nur aus dem Spalt eines Klappfensters. Die neue Garderobe war ein brauner Anzug, ein rosa Oberhemd, Unterwäsche, braune Socken und etwas derbe braune Schuhe mit einer dicken, geriffelten Gummisohle.

In seiner neuen Bekleidung stellte sich Köllner seinem Schachgegner Denissow vor.

»Wie ich sehe, paßt alles«, sagte Denissow jovial. »Zufrieden?«

»Wer hat das alles gekauft?« fragte Köllner.

»Sie werden lachen: Unser Kulturattaché.«

»Der Mann hat einen lausigen Geschmack!« Köllner zupfte an seinem Jackett. »Dieser Anzug muß seit zehn Jahren in einer Ecke gelegen haben.«

»Dafür war er preiswert. Immerhin sind Sie nicht mehr nackt. Unsere Sekretärinnen tuschelten schon, wenn Sie im Bademantel durchs Haus wandelten.« Denissow kraulte wieder seinen blonden Bart. »Thema Frauen. Vermissen Sie sie nicht?«

»Ich habe andere Sorgen.« Köllner trat einen Schritt vor und stützte sich mit den Fäusten auf Denissows Schreibtisch ab. »Ich verlange einen Vertreter der deutschen Botschaft zu sprechen.«

»Sie sind ein sturer Hund!« Denissow lachte dabei. Dann fuhr er fort: »Wie immer: abgelehnt. Aber ich habe einen anderen Vorschlag.«

»Ich lasse mich überraschen.«

»Wie wäre es mit einem Ausflug?«

Köllner sah Denissow erstaunt an. »Das ist doch nicht Ihr Ernst.«

»Aber ja. Wir könnten uns einen schönen Tag an der Ostsee machen. Auf der Ostsee. Der Finnische Meerbusen ist wunderschön. Kennen Sie ihn?«

»Nein.«

»Die Botschaft hat ein Motorboot in der Bucht der Halbinsel Porkkala liegen. Mit dem könnten wir eine Tour durch die Inselwelt Finnlands machen. Die finnische Küste ist wunderbar. Sie gefällt mir besser als die schwedischen Schären.«

»Und Sie wollen wirklich mit mir einen Ausflug machen?« Köllner konnte es noch immer nicht begreifen. Woher dieser Sinneswandel? Kam die Anregung dazu aus Moskau?

Ließ Dubrowin ihn doch nicht fallen als jetzt unnütze Person?
»Ich habe das seit langem geplant. Es ist stumpfsinnig, immer nur in einem Zimmer zu hocken. Auch ich komme selten aus diesem Bau heraus und möchte mal wieder frische Seeluft atmen. Ich liebe die See.« Denissow wurde schwärmerisch. »An Deck liegen, den Möwen nachschauen, der Geruch des Meeres, den Wind über den Körper streichen lassen und einfach träumen, fern von Zeit und Raum ... so etwas braucht die Seele.«
»Ich entdecke eine völlig neue Seite an Ihnen.«
»Sie haben mich für einen Eisenfresser gehalten, was?«
»Sie waren kalt wie eine Totenhand.«
»Das ist ein sinniger Vergleich.« Denissow lachte kurz auf. Sein Wikingergesicht strahlte. »Wenn das Wetter anhält, fahren wir übermorgen los. Das ist Sonntag.«
»Ich habe das Zeitgefühl verloren.«
»Am Sonntag sind Tausende Segler unterwegs. Ein herrliches Bild. Hätte man mich nicht in den diplomatischen Dienst aufgenommen, ich wäre Seemann geworden.«
»Als KGB-Wächter auf einem Kreuzfahrtschiff.«
»Es ist schwer, sich mit Ihnen zu unterhalten. Immer werden Sie politisch oder polemisch.« Denissow setzte sich und schlug eine Akte auf. Ein Zeichen, daß die Unterredung beendet war und er arbeiten wollte. »Sonntag um sieben Uhr geht es los. Je früher wir auf dem Boot sind, um so länger ist der Tag.«
»Und wenn es regnet?«
»Dann muß ich mir etwas anderes einfallen lassen.«

Am Sonntag, pünktlich um sieben, stiegen sie in eine Wolga-Limousine. Die Fenster waren verhängt, und ein Chauffeur der Botschaft saß am Steuer. Als die Tür zuschlug, war es, als hätte man einen Tresor geschlossen. Das ist eher ein Panzer als ein Auto, dachte Köllner.
Er konnte nicht sehen, wohin sie fuhren. Die Vorhänge waren dicht und undurchsichtig. Im Wagen lag ein Halb-

dunkel, als wäre nicht heller Tag, sondern Morgendämmerung. Denissow rauchte eine Zigarette nach der anderen. Er schien ungewöhnlich nervös zu sein, war sehr wortkarg und zeigte gar keine fröhliche Ausflugsstimmung.
»Fahren wir allein?« fragte Köllner.
»Ja.«
»Werden Sie das Boot steuern?«
»Nein, wir haben einen Skipper an Bord. Ich habe zwar mein Schiffsführerpatent, aber ich will mich erholen.«
Plötzlich, nach etwa einer Stunde Fahrt, hielt der Wagen. Denissow drückte seine Zigarette im Aschenbecher aus.
»Da sind wir«, sagte er. »Ich habe ganz vergessen, Sie etwas zu fragen.« Er sah Köllner ernst an. »Werden Sie seekrank?«
»Bisher habe ich alle Fahrten überlebt. Und ich bin im Mittelmeer viel gefahren, ein paarmal bei Windstärke 7. Das sind schon anständige Wellen.«
»Da gibt es ein Phänomen.« Denissow öffnete die Wagentür. Erst jetzt sah Köllner, daß sie die ganze Zeit verriegelt war. Er mußte lächeln. Welch eine Angst haben die Russen, daß ich ihnen abhaue. »Viele Menschen werden seekrank, wenn die See ruhig oder nur leicht bewegt ist. Das Schlingern dreht ihnen den Magen rum. Ich kenne einen Kapitän, der ein großes Schiff fährt. Er ist auf allen Meeren zu Hause, kennt Orkane mit haushohen Wellen, aber wenn er im Urlaub von Bremerhaven nach Helgoland fährt, wird er grün im Gesicht.«
»Genauso, wie es Seeleute geben soll, die nicht schwimmen können.«
»Ja, das ist völlig verrückt. Sie können schwimmen?«
»Wie eine Robbe.«
Es war ein herrlicher Sonnentag, nicht zu warm, fast windstill. Unten in einer kleinen Bucht der Halbinsel Porkkala lag ein weißes Motorboot von ungefähr 14 Metern Länge mit Flybridge, Radarmast und einem kleinen Beiboot. Am Bug war der Name deutlich lesbar: Leningrad.

»Auf dieses Boot dürfen Sie aber den Bürgermeister von Sankt Petersburg nicht einladen«, meinte Köllner sarkastisch.
»Wir hatten noch keine Zeit, den neuen Namen aufzumalen.« Denissow lachte, zum erstenmal seit ihrer Abfahrt von der Botschaft. »Am besten wäre ein Wechselrahmen. Man weiß ja nie, wie und wann sich die Zeiten ändern.« Er dehnte sich und wölbte tief atmend die Brust heraus. »Ist das nicht eine köstliche Luft? Die muß man inhalieren. Die fegt das ganze Nikotin aus der Lunge. Habe ich Ihnen zuviel versprochen?«
»Nein. Es ist ein schönes Fleckchen Erde.«
Sie gingen hinüber zum Landesteg. Der Chauffeur trug eine schwere Segeltuchtasche hinter ihnen her, die prall gefüllt war. Köllner schüttelte den Kopf.
»Wenn das alles zu essen und zu trinken ist, kann man uns am Abend waagrecht ausladen. Das reicht für zehn!«
»Es ist vor allem für Sie.«
»Da muß ich Sie enttäuschen. Ich bin kein Vielesser.«
»Warten wir es ab. Die Tasche wird am Abend leer sein.«
Sie betraten das Schiff, und gleichzeitig stieg am Mast die russische Fahne empor. Denissow grüßte sie in strammer Haltung.
»Beginnt jeder Ausflug so feierlich?« fragte Köllner.
»Die Fahne ist ein Symbol. Jetzt erst sind wir komplett. Rußland ist bei uns.«
Der Skipper, ein Mann mit finsterem Gesicht, struppigen Haaren, blauer Hose und blauem Pullover, kam vom Flaggenhissen und meldete sich. Dabei warf er einen langen Blick auf Köllner und schnaubte mit der Nase.
»Alles in Ordnung?« fragte Denissow, diesmal auf russisch.
»Wie befohlen, Towarischtsch.«
»Laß das alberne Towarischtsch, Igor.«
»Jawohl, Towarischtsch.«
Er drehte sich zackig um und verschwand zu seinem Steuerstand im Salon. Der Chauffeur löste die Leinen an der Landungsbrücke und warf sie ins Meer. Bevor Denissow

an der Reling war, hatte Köllner das Tau schon in den Händen und zog es ein.
»Danke!« sagte Denissow. »Ich sehe, Sie sind an Seekameradschaft gewöhnt.«
»Das ist doch selbstverständlich.«
Vom Steuerstand gab der finstere Skipper ein kurzes Hornsignal. Dann sprang der Motor an, und das Boot glitt langsam vom Steg weg in die Bucht und hinaus in die offene See. Der Chauffeur blickte ihnen nach, schob die Unterlippe vor, wandte sich ab und ging zu der Wolga-Limousine zurück. Ohne sich noch einmal nach dem Boot umzusehen, verließ er die Halbinsel Porkkala.
Die Fahrt ging zunächst an der Küste entlang, vorbei an grünen Inselchen und zerklüfteten Küsten mit tiefgrünen Nadelwäldern. Dann drehte das Boot bei und fuhr in das sonnenglitzernde Meer hinaus. Schnell verschwand der Küstenstreifen, und dann war nur noch Wasser um sie, leichtbewegte Wellen und das Geschrei der Möwen, die sie begleiteten.
Denissow stand in der Eignerkabine und zog sich aus. Er trug modische Schwimmshorts mit bunten Streifen in allen Farben. Sein Körper war kräftig und muskelbepackt wie der eines Ringers.
»Wollen Sie im Anzug schwimmen?« rief er Köllner zu, der im Salon auf einer gepolsterten Eckbank saß. »So scheußlich ist er nun doch nicht!«
»Sie haben vergessen, mir eine Badehose zu kaufen.«
»Dann schwimmen wir ohne alles. Hier sind keine Frauen, die kreischen.« Denissow streifte seine Schwimmhose herunter. »Oder haben Sie Hemmungen vor mir?«
»Sehe ich so aus?«
Auch Köllner zog sich aus. Dann ging er hinaus auf Deck und ließ den Fahrtwind über seinen Körper streichen. Durch das Fenster am Steuerstand beobachtete ihn der Skipper und schnaubte wieder durch die Nase. Denissow kam zu ihm und warf einen Blick auf das Radarbild.
»Wann sind wir an der Stelle?« fragte er.

»In knapp einer Stunde, Towarischtsch.«
»Du sollst nicht –«
»Ich weiß, Towarischtsch.«
Denissow gab es auf und ging auch hinaus an Deck. Er stellte sich neben Köllner und starrte ins Meer.
»Wollen Sie jetzt schwimmen oder später?«
»Das überlasse ich Ihnen.«
»Ich meine später. Wir sollten die Sonne ausnutzen.«
Sie legten sich auf das Vorderdeck, blickten in den Himmel, über den kleine, weiße Federwolken zogen, und schwiegen eine Weile. Plötzlich sagte Köllner und drehte den Kopf zu Denissow:
»Ich habe Sie verkannt. Es tut mir leid.«
»Das passiert mir öfter.« Denissow hob den Arm und winkte ab. »Wenn ich grob zu Ihnen war ... die Situation erforderte es. Und jetzt haben wir wieder eine andere Situation ...«
»Ich beginne, Sie sympathisch zu finden.«
»Das sollten Sie sich überlegen, Herr Köllner. Ich tauge nicht für Freundschaften. Ich bin sehr launisch.«
»Dann haben Sie jetzt eine sanguinische Phase.«
Sie lagen in der warmen Herbstsonne und schwiegen wieder. Köllner war etwas eingenickt und wurde durch einen kurzen Hupton aufgeschreckt. Für Denissow hieß das Signal: Wir sind da.
»Was ist los?« fragte Köllner, noch etwas benommen.
»Hier können wir schwimmen.« Denissow setzte sich und blickte wieder über das Meer. Das Boot hatte angehalten, ein Treibanker rasselte ins Wasser, vom Steuerstand kam der Skipper an Deck und zog dabei seinen Pullover aus.
»Hier ist es, Towarischtsch«, sagte er.
»Ein guter Platz.« Denissow wandte sich Köllner zu. »Die See ist heute auffallend ruhig. Es ist ja auch fast windstill. Was halten Sie davon: Hinein ins Naß!«
Er kletterte über die Reling, stieß sich von der Bordwand ab und hechtete ins Meer. Köllner folgte ihm, sein Kopfsprung war gekonnter. Damit hatte er jedesmal die Mädchen von Ibiza begeistert. Aber noch ein Körper klatschte

ins Wasser. Der Skipper war ihnen nachgesprungen, ohne seine Hose auszuziehen. Mit kräftigen Zügen schwamm er auf Köllner zu und starrte ihn wieder an.
Der Mann gefällt mir nicht, dachte Köllner. Ich weiß nicht, warum, aber irgendwie ist er mir unheimlich.
Denissow war ein hervorragender Schwimmer. Er hatte sich schon fast zwanzig Meter von Köllner entfernt, aber er drehte sich nicht nach ihm um, um zu sehen, wo er bliebe. Er tauchte den Kopf beim Schwimmen unter und stieß sich mit kräftigen Arm- und Beinbewegungen vorwärts. Es sah wie ein Wettschwimmen aus ... oder wie eine Flucht.
Der bullige Skipper hatte Köllner erreicht. Ohne Vorwarnung schnellte er plötzlich wie ein Delphin aus dem Wasser und warf sich mit seinem ganzen Körper auf Köllner. Der ging sofort unter, wollte strampelnd wieder auftauchen, aber der Skipper war ihm gefolgt und drückte mit beiden Händen Köllners Kopf unter Wasser.
Köllner schlug um sich. Panik und Todesangst packten ihn, er bekam das linke Bein des Skippers, das gegen ihn trat, zu fassen und biß hinein, aber die kräftigen Hände preßten ihn weiter unter Wasser, ein Druck, dem er nichts entgegenzusetzen hatte.
Noch einmal bäumte sich Köllners Körper auf, dann erschlaffte er, die Lungen füllten sich mit Wasser. Er verlor die Besinnung und ertrank. Noch eine ganze Weile hielt der Mörder Köllner unter Wasser, um ganz sicher zu sein. Dann packte er den schlaffen Körper gekonnt wie ein Rettungsschwimmer und zog ihn an die Oberfläche. Denissow, dreißig Meter entfernt, mit dem Rücken zu dem grausamen Geschehen, trat Wasser auf der Stelle.
»Es ist erledigt, Towarischtsch!« schrie der Skipper zu ihm hinüber. »Ich bringe ihn an Bord.«
Denissow gab keine Antwort, und er schwamm auch noch nicht zurück. Er dachte an die letzten Worte Köllners: »Ich beginne, Sie sympathisch zu finden. Sie sind in einer sanguinischen Phase.« Da hatte er noch zehn Minuten zu leben.

Er ist nicht durch meine Hand umgekommen, dachte Denissow weiter. Und wie wirklich alles geschehen ist, wird nie jemand erfahren. Der einzige Zeuge ist Igor, der die Schmutzarbeit getan hat. Und Igor wird schweigen.
Als er zurückschwamm und die Badeleiter erreichte, hatte Igor den Toten schon an Bord gezogen. Köllner lag auf dem Rücken, mit hervorquellenden Augen und einem wie zu einem Schrei aufgerissenen Mund.
»Dreh ihn um, mit dem Gesicht nach unten!« knirschte Denissow.
»Habe ich das nicht gut gemacht, Towarischtsch?« Igors Stimme bettelte um Anerkennung. Er war Denissow treu ergeben wie ein Hund, den man tritt und der doch immer wiederkommt.
Denissow spürte Übelkeit in sich aufsteigen. Er lehnte sich gegen den Salonaufbau und atmete ein paarmal tief durch. Der Wind kam ihm auf einmal kalt vor, frierend schlug er die Arme um sich. In seinen Schläfen pochte hektisch das Blut.
»Hol die Tasche!« befahl er heiser.
»Sofort, Towarischtsch.«
Igor rannte davon. Nach kurzer Zeit kam er mit der großen Segeltuchtasche wieder, in der Köllner Verpflegung und Getränke vermutet hatte. Als Denissow den Reißverschluß aufzog, kamen große, eckige Steine zum Vorschein. Granitsteine. Sie waren mit Nylonstricken bereits miteinander verbunden, ein Gewicht, das Köllner auf den Meeresboden ziehen und dort festhalten würde.
Denissow rührte sich nicht von der Wand. Er sah zu, wie Igor die Granitsteine an Köllners Beinen und Leib anbrachte und ihn dann zur Bordwand zog.
»Habe ich es gut gemacht, Towarischtsch?« bettelte Igor wieder.
»Ja.« Denissow schluckte krampfhaft. »Ich ... ich bin zufrieden mit dir, Igor. Jetzt wirf ihn hinein.«
Igor sah Denissow glücklich an, hob die Leiche über Bord und sah ihr nach, wie sie schnell versank.

»Soll ich zurückfahren, Towarischtsch?« fragte er.
»Ja. Fahr zurück.«
Denissow ging unter Deck, legte sich in der Eignerkajüte auf das runde Bett und schloß die Augen. Man wird ihn nie finden, dachte er. Die Steine halten ihn am Meeresgrund, auch wenn er verwest. Aber er wird nicht verwesen. Das kalte Wasser da unten wird ihn konservieren wie in einem Tiefkühlschrank. Und kommt er doch von den Steinen los und irgendwie hoch, wird jede Obduktion feststellen, daß er ertrunken ist. Keine Zeichen von Gewaltanwendung, die Lungen voller Wasser, der Befund wird klar sein. Wieviel Menschen ertrinken jedes Jahr in der See! Und identifizieren wird man den nackten Körper auch nicht. Nirgendwo liegt eine Vermißtenanzeige vor. Ein Unbekannter. Vielleicht sogar Selbstmord.
Am Montag morgen rief Denissow in Moskau an und verlangte General Dubrowin.
»Etwas Bedauerliches muß ich melden, General«, sagte Denissow mit Trauer in der Stimme. »Köllner ist tot.«
Er hörte, wie Dubrowin mit der Faust auf den Tisch schlug. Er antwortete mit schneidender Stimme: »Wie ist das möglich? Sie waren für seine Sicherheit verantwortlich, Jakob Mironowitsch!«
»Er ist ertrunken.«
»Ertrunken? In der Badewanne?«
»In der Ostsee.«
»Wie konnte Köllner an die Ostsee kommen?« brüllte Dubrowin. »Er ist Ihnen entwischt?!«
»Nein, ich war dabei, General.«
»Wiederholen Sie das. Ich glaube, ich habe mich verhört.«
»Gestern war Sonntag –«
»Das weiß ich auch!«
»Ich wollte angeln und schwimmen gehen. Es war hier in Helsinki ein wundervoller Tag. Nimm Köllner mit, habe ich mir gesagt. Dann hast du ihn auch hier unter Kontrolle. Mit dem Boot der Botschaft sind wir hinausgefahren. Aber im Herbst ist auf das Wetter kein Verlaß mehr. Ganz plötzlich

kam starker Wind auf, das Meer schien sich aufzubäumen, es ist ja bekannt, daß bei Sturm die Ostsee extrem hohe Wellen haben kann. Das Boot wurde hin und her geworfen, Brecher schlugen über uns zusammen, und eine solche Riesenwelle riß Köllner ins Meer. Unmöglich, ihn zu retten. Der Sog zog ihn weg. Wir haben lange, auch noch als es ruhiger wurde, die Stelle abgesucht. Aussichtslos.«
Dubrowin hatte sich den Bericht stumm angehört. »Es war ein Fehler von Ihnen, Jakob Mironowitsch, Köllner mitzunehmen.«
»Das sehe ich jetzt auch so. Andererseits –«
»Was andererseits?«
»Köllner hat seinen wiederauferstandenen Onkel nicht gesehen und ist so nie in die Lage gekommen, für den CIA zu arbeiten. Dieses Problem ist nun gelöst.«
»Er hätte nie Gelegenheit gefunden, mit dem CIA in Verbindung zu kommen.«
»Köllner nicht, aber der CIA mit ihm! Sie wissen selbst, wie aktiv die Burschen sind. Nach Gorbatschows Glasnost kamen sie wie die Schmetterlinge ins Land. Bei jeder Abrüstungskommission ist einer dabei. Sie wären früher oder später auch auf Köllner gestoßen. Das ist nun vorbei.«
»Bei seiner Tante in Nowo Grodnow hätte er nicht mehr daran gedacht, noch einmal Agent zu werden.«
»Für Geld hätte er alles getan. Das hat er mir selbst gesagt.«
»Haben Sie die finnische Wasserwacht verständigt?«
»Nein. Warum?«
»Wegen der Suche.«
»Wir sollten uns nicht darum kümmern«, erwiderte Denissow mit ruhiger Stimme. »General, wenn sie Köllner finden, lassen Sie ihn einen Unbekannten sein. Es ist für den diplomatischen Frieden nötig.«
»Da haben Sie mal wieder recht!« sagte Dubrowin ungehalten und legte auf.
Dieser Denissow! Er ist in Finnland am falschen Platz, er müßte in Washington sein.

V. TEIL

Ewald Bergerow vom Deutschen Kulturzentrum in Ust-Kamenogorsk übernahm es, Weberowskys Familie zu verständigen. Er war zwei Tage nach dem Attentat im Krankenhaus erschienen und blickte erschüttert durch die große Glasscheibe in der Intensivstation auf das eingefallene Gesicht von Weberowsky. Er erkannte ihn kaum wieder. Es war ein fremdes Gesicht, zerklüftet und eingefallen, ein Kopf – so kam es Bergerow vor – der zusammengeschrumpft war, wie um die Hälfte kleiner. Der Chefchirurg, der Bergerow gerufen hatte, nachdem er von Frantzenow erfahren hatte, daß der Verletzte ein Rußlanddeutscher und Bauer in Nowo Grodnow war und die Organisation der Rußlanddeutschen helfen könnte, stand schweigend neben ihm. Frantzenow hatte ihm gesagt, daß sein Schwager in diesem Dorf wohnte, aber wo es genau lag, ob Weberowsky Telefon hatte, wie man Erna, seine Frau, benachrichtigen konnte, darauf wußte Frantzenow keine Antwort.
»Ich hatte nie Zeit, meine Schwester zu besuchen«, sagte er. »Ich habe ihr immer nur schreiben können, bis der Kontakt abriß. Ich weiß jetzt, warum.«
Bergerow dagegen war genau informiert. »Weberowsky hat kein Telefon. Es gibt im Dorf nur zwei Anschlüsse, einen bei der Post und einen bei Pfarrer Heinrichinsky. Ich halte es für besser, den Pfarrer anzurufen. Er wird den richtigen Ton treffen und kann Erna beistehen.«

Der Chefchirurg wartete, bis Bergerow sich mit zusammengekniffenen Lippen vom Fenster abwandte. »Wir haben getan, was möglich ist«, sagte er. Es klang wie eine Entschuldigung. »Bei dieser Verletzung sind uns Grenzen gesetzt.«
»Aber er wird überleben?«
»Das ist fast sicher.«
»Wie lange muß er auf der Intensivstation liegen?«
»Schwer zu sagen. Sechs, sieben, acht Wochen. Bei Querschnittgelähmten ist die Lungenfunktion immer ein Problem. Ob Weberowskys Atmung klappt, muß sich erst herausstellen. Zur Zeit wird er künstlich beatmet.«
Bergerow wischte sich über das Gesicht. »Was haben Sie da eben gesagt, Professor?«
»Querschnittgelähmt.«
»Das ... das ...« Bergerow rang sichtlich nach Worten. »Das heißt –«
»Ja, das heißt es. Weberowsky wird nie wieder gehen können. Es ist sogar fraglich, ob er später sitzen kann.«
»Mein Gott! Wenn Sie Wolfgang Antonowitsch vorher gesehen hätten. Ein Kraftmensch, strotzend vor Gesundheit, den nichts umwerfen konnte. Niemals krank, ein Baum, der allen Stürmen trotzte. Wenn er ins Zimmer kam, füllte er es mit seiner Vitalität aus.«
»Das ist ein für allemal vorbei.«
»Unvorstellbar!« Bergerow wandte sich um und warf noch einen Blick auf Weberowsky. »Können Sie die Beatmung nicht abstellen, Professor?«
»Jetzt fangen Sie auch damit an! Das gleiche hat mich Nurgai gefragt. Nein, auf gar keinen Fall tue ich das! Auch wenn es seine Familie wünschen würde. Ich muß als Arzt Leben erhalten, nicht abkürzen.«
»Ist das denn noch ein Leben?«
»Solange das Gehirn arbeiten und er denken kann ... ja! Der Mensch lebt nicht nur mit seinem Körper, sondern vor allem mit seinem Geist. Und Weberowsky wird denken können. Davon bin ich überzeugt.«

»Denken können und unbeweglich daliegen, das ist eine Grausamkeit. Wie ich Wolfgang Antonowitsch kenne, wird er uns anklagen: Hättet ihr mich doch sterben lassen.«
»Oder auch nicht. Querschnittgelähmte haben einen ungeheuren Lebenswillen. Sie haben immer die Hoffnung, daß es besser wird. Manchmal erfüllt sich diese Hoffnung. Vom Bett in den Rollstuhl – das ist wie ein neues Leben. Da kann man zweimal Geburtstag feiern.«
»Und Weberowsky wird in einem Rollstuhl sitzen können?«
»Da fragen Sie mich zuviel. Aber ich befürchte, daß er das Bett nie verlassen wird.«
»Er wollte nach Deutschland aussiedeln. Er hat den Antrag schon gestellt. Er wollte ihn selbst nach Moskau bringen.«
»Das wird ein großer Wunsch bleiben. Was will er als bewegungsloser Körper in Deutschland?«
»Es gibt sicherlich Spezialisten, die durch eine Operation ...«
»Jede weitere Operation wäre Unsinn. Wenn die Nervenstränge durchtrennt sind, gibt es keine Reparatur mehr. Der Mensch ist kein Auto, bei dem man Kabel auswechseln kann.«

Eine Stunde später rief Bergerow in Nowo Grodnow Pfarrer Heinrichinsky an, dessen Telefonnummer auf der Karteikarte stand, die das deutsche Kulturzentrum von jedem Rußlanddeutschen angelegt hatte. Während das Rufzeichen hinausging, überlegte Bergerow, wie er die Schreckensnachricht möglichst schonend mitteilen könnte. Er schreckte aus seinen Gedanken hoch, als sich auf russisch Heinrichinsky meldete.
»Hier Bergerow«, antwortete er auf deutsch. »Deutsches Kulturzentrum und Gesellschaft der Rußlanddeutschen in Ust-Kamenogorsk.«
»Ich kenne Ihren Namen. Er steht ja oft genug in den Zeitungen, und mein Freund Weberowsky hat ihn auch erwähnt. Er war ja kürzlich bei Ihnen.«
»Wolfgang Antonowitsch ist wieder hier.«

»Ich weiß. Er sucht seinen Schwager, Professor Frantzenow.«
»Er hat ihn gefunden.«
»Wirklich? Das muß ich sofort Erna erzählen. Erna ist seine Frau und die Schwester von ...«
»Ich weiß es«, unterbrach ihn Bergerow. »Die beiden sind hier in Ust-Kamenogorsk. Seit zwei Tagen.«
»Bei Ihnen? Kann ich Wolfgang sprechen? Wann kommt er zurück? Kann Professor Frantzenow ihn begleiten?« Heinrichinskys Stimme klang so fröhlich, daß Bergerow erst recht nicht wußte, wie er die Nachricht überbringen sollte. »Wir alle sind gespannt auf den Professor.«
»Er freut sich auch, nach Nowo Grodnow zu kommen.« Bergerow hüstelte nervös. »Aber da ist noch etwas, was ich vorweg sagen muß.«
»Ist Frantzenow krank?«
»Man kann es so nennen. Beide sind ... krank. Sie liegen hier im Krankenhaus.«
»Gott beschütze sie. Welche Krankheit haben sie?«
Es hilft nichts, dachte Bergerow. Ich kann nicht davonlaufen, es muß jetzt gesagt werden – und so, wie es ist.
»Frantzenow hat eine Oberschenkelwunde ...«
»Sind sie verunglückt?« rief Heinrichinsky sofort. »Wie ist das passiert? Wo? Mit dem Bus?«
»Wolfgang Antonowitsch hat es schlimmer erwischt, er liegt auf der Intensivstation.«
»Intensiv ... das heißt –« Heinrichinskys Stimme wurde heiser. »Herr Bergerow, ist er schwer verletzt?«
»Ja.«
»Wie schwer?«
»Wolfgang Antonowitsch ist querschnittgelähmt.«
Eine unheimliche Stille folgte.
»Ist ... ist das sicher?« fragte Heinrichinsky mühsam nach einer Weile.
»Er hat einen Rückenmarkschuß ...«
»*Was* hat er?!« Die Stimme des Pfarrers überschlug sich fast. »Sagten Sie Schuß?!«

»Auf Weberowsky und Frantzenow ist ein Überfall verübt worden. Der oder die Täter sind noch unbekannt. Man vermutet aufrührerische Nomaden oder Straßenräuber.« Bergerow räusperte sich wieder. »Ich bitte Sie, Herr Pfarrer, die Angehörigen zu unterrichten. Wenn möglich, soll Frau Weberowsky so schnell es geht nach Ust-Kamenogorsk kommen.«
»Ich gehe sofort zu ihr.« Heinrichinskys Stimme zitterte. »Wir ... wir werden alle zu Wolfgang kommen. Ich auch.«
»Ich danke Ihnen, Herr Pfarrer. Ich glaube, daß Sie jetzt ein großer Halt für Erna sein können.«
In Nowo Grodnow wurde der Hörer aufgelegt. Bergerow trank ein Glas Wodka und fühlte sich danach wohler. Wie wird Weberowsky seinen Zustand aufnehmen, wenn ihm voll zu Bewußtsein kommt, was mit ihm geschehen ist? Wenn man ihn aus dem Krankenhaus hinausträgt und in sein Haus bringt – ein denkender Kopf auf einem bewegungslosen Körper. Kann er überhaupt zu Hause leben? Hat Erna die Kraft, ihn zu pflegen? Muß er sein ganzes Leben lang an Schläuchen hängen, die seine Körperfunktionen übernehmen? Ist das überhaupt noch ein Leben?!
Am Abend fuhr er noch einmal ins Krankenhaus, um Professor Frantzenow zu sprechen. Was er von Nurgai gehört hatte, überzeugte ihn nicht. Nomaden! Niemals überfallen Nomaden nackte, badende, hilflose Männer und lassen auch noch alles zurück, was als Beute dienen könnte. Sie sind froh, wenn man sie selbst in Ruhe läßt, wenn sie durch das karge Land ziehen können, zu Weideplätzen und Quellen, an die Bäche und sauberen Flüsse, wo sie ihre Zelte aus schwarzen Schafwollplanen aufschlagen und ihre Herden das harte, von der Sonne vergilbte Gras fressen.
Frantzenow humpelte in sein Zimmer, in dem Bergerow wartete. Er kam von der Intensivstation und hatte hinter der Scheibe zu seinem Schwager gesagt: »Schlaf gut, Wolfgang. Du schaffst es. Du wirst den Ärzten schon zeigen, was du kannst. Du hast nie aufgegeben, du hast immer ge-

kämpft, wo die anderen sagten: Es hat keinen Sinn mehr. Und du hast gesiegt. Schlaf gut, Wolfgang.«

»Wie geht es ihm?« fragte Bergerow, als sich Frantzenow auf einen Stuhl setzte, die Krücke beiseite stellte und das verletzte Bein ausstreckte.

»Sie haben es doch heute vormittag gesehen, Ewald Konstantinowitsch. Er liegt da, hat die Augen offen, aber erkennt noch nichts. Doch sein Herz ist stark. Auf dem Monitor sieht man es deutlich. Dieses Herz will leben, aber der Körper macht nicht mehr mit. Es ist furchtbar.«

»Ich weiß, daß es Ihnen zum Hals raushängt, aber ich muß Sie trotzdem fragen, was Sie der Miliz, dem Militär und dem KGB immer wieder geantwortet haben: Woher kamen die Schüsse?«

»Aus dem Wald.«

»Und Sie haben nichts gesehen?«

»Wie konnte ich denn? Ich bin doch sofort zusammengebrochen. Und dann habe ich mich um Wolfgang gekümmert, so gut ich es konnte.«

»Wer könnte der Täter sein? Die Behörden glauben immer mehr an die Nomaden-Version.«

»Unsinn! Es waren keine Nomaden. Auch keine Räuber, es wurde ja nichts geraubt. Ich kann es nicht beweisen, aber ich ahne, wer auf uns geschossen hat. Auf mich geschossen hat! Der Anschlag galt mir. Wolfgang sollte nur getötet werden, um mit ihm einen Zeugen zu beseitigen. Ganz allein auf mich hatte man es abgesehen.«

»Wer sollte an Ihrem Tod ein Interesse haben, Andrej Valentinowitsch? Eine internationale Berühmtheit –«

»Eben darum! Man hat schon einmal auf mich geschossen.«

»Was? Das hat man mir nicht erzählt.«

»Ich bin knapp einem Genickschuß entgangen. Fragen Sie in Kirenskija mal den KGB-Offizier Sliwka.«

»Sliwka ist tot.«

Frantzenows Kopf ruckte hoch. »Sliwka ist tot?« wiederholte er ungläubig.

»Er wurde an der gleichen Stelle am See erschossen, auch, wie es heißt, von Nomaden.«
»Erschossen! Sliwka. Ewald Konstantinowitsch, ich kenne mich nicht mehr aus. Ich bin sprachlos. Niemand hatte einen Grund, Sliwka umzubringen. Und was wollte er am See?«
»Seinen Jeep abholen. Man fand ihn am nächsten Morgen. Ein meisterhafter Kopfschuß. Mitten in die Stirn. Sliwka muß den Schützen gesehen haben, denn er hatte seine Pistole in der Hand.«
»Ich verstehe das nicht.« Frantzenow blickte nachdenklich zum Fenster seines Krankenzimmers. »Wider alle Logik muß ich meinen Verdacht revidieren.«
»Sie haben einen Verdacht, Professor?«
»Jetzt ist er absurd geworden. Der Mordversuch hatte politische Motive.«
»Ich verstehe nicht ...«
»Über einen Mittelsmann hat mir der Iran ein Millionenangebot gemacht, wenn ich nach Teheran flüchte und dort mein Wissen zur Verfügung stelle. Der Iran will eine Nuklearmacht werden. Ich habe kategorisch abgelehnt. Die Antwort war der Mordanschlag.«
»Und der erste Anschlag war aus dem gleichen Grund?« Bergerow spürte ein Kribbeln im ganzen Körper. Er kannte das Gerücht, daß schon vier Atomwissenschaftler aus Kasachstan nach Teheran gebracht worden seien und mit ihnen sogar zwei Atomsprengköpfe. Die Behörden in Alma-Ata dementierten energisch das Gerücht, aber keiner glaubte ihnen. »Entweder den Iran, oder Sie sind tot?«
»Das habe ich auch geglaubt.«
»Und jetzt nicht mehr? Professor, Sie kennen doch den Unterhändler. Sie können ihn identifizieren. Erzählen Sie alles der Polizei. Sie kennen doch seinen Namen.«
»Ja.«
»Wer ist es?«
»War es!« Frantzenow holte mit einem Pfeifton Luft. »Sliwka.«

»Mein Gott!« Bergerow schlug die Hände zusammen. »Sie glauben, Sliwka hat auf Sie geschossen?«
»Jetzt nicht mehr. Er ist ja selbst erschossen worden. Aber er war der einzige, der einen Grund hatte, mich zu töten. Wer hat ihn umgebracht? Und warum? Ewald Konstantinowitsch, hier ist etwas ganz faul.«
Bergerow blickte Frantzenow fast herausfordernd an. »Warum gehen Sie nicht fort, Professor? Begleiten Sie Weberowsky nach Deutschland? Was hält Sie noch in Rußland?«
»Meine Liebe zu diesem Land.« Frantzenow stemmte sich mit der Krücke hoch und humpelte zum Fenster. »Verstehen Sie das?«
»Nein.«
»Ich beginne auch daran zu zweifeln. Ich hätte das nie für möglich gehalten. Aber die Gespräche mit Wolfgang haben mir die Augen geöffnet. Ich bin plötzlich gespalten, bestehe aus zwei Personen: Hier der Russe, dort der Rußlanddeutsche. Und die Schüsse auf Wolfgang und auf mich überzeugten mich, daß es ganz und gar unwichtig ist, ob ich Rußland liebe. Ich scheine zu einem Objekt des Kampfes um die Weltmacht geworden zu sein. Ich weiß jetzt wirklich nicht, wie ich mich verhalten soll.« Frantzenow humpelte vom Fenster zurück in das Zimmer und setzte sich auf das Bett. »Noch kann ich mich von Rußland nicht losreißen, noch nicht. Ich müßte erst Rußland hassen lernen, und das wird nie sein.« Er legte sich vorsichtig hin und hob sein linkes Bein auf das Bett. »Haben Sie Erna angerufen?«
»Den Pfarrer von Nowo Grodnow.«
»Ja, das hätte ich mir denken können. Zu einem richtigen deutschen Dorf gehört eben ein Pfarrer. Als junger Kommunist habe ich die Pfarrer und Popen für religiöse Idioten gehalten, für Himmelskomiker. Noch Jahre später habe ich nicht einen Gedanken an die Kirche verschwendet. Da sah ich nur das Atom! Und jetzt ...« Frantzenow starrte an die Decke und ließ die Krücke neben sein Bett fallen. »Wie

sich alles ändert! Als ich Wolfgang aus dem See zog, habe ich innerlich gebetet: Gott, mein Gott, laß ihn leben! Gott, laß nicht zu, daß er in meinen Armen stirbt. Können Sie sich das vorstellen?«
»Ja.«
»Ich nicht. Ich wundere mich über mich selbst.«
»Sie machen ein große Wandlung durch, Andrej Valentinowitsch. Sie kehren zurück.«
»Wohin?«
»Zu Ihrem Ursprung.«
»Das war die Partei.«
»Nein. Das war das Dorf, in dem die Familie Frantzenow wohnte. An der Wolga. Das Dorf mit den Sonnenblumenfeldern und den weißgrünen Birkenwäldern.«
»Ich habe kaum noch eine Erinnerung daran.«
»Sie wird wiederkommen, sie liegt in Ihrem Herzen. Und ich weiß, daß Sie sie suchen werden.«
Der Abend kam. Frantzenow hatte das Licht noch nicht eingeschaltet. Er war allein, lag noch immer auf dem Bett. Bergerow war längst gegangen, aber seine Worte wirkten nach und ließen ihn nicht mehr los.
Es liegt in meinem Herzen, dachte er. Ich werde es suchen. Aber will ich es überhaupt finden? Ich bin jetzt einundfünfzig Jahre alt ... zu spät, noch umzudenken? Ein anderer Mann bin ich geworden, von heute auf morgen, durch zwei Schüsse, die mir sagen müßten, wie unwichtig – oder *zu* wichtig – ich für diese Welt bin. Ich will nicht mehr.
Und dann dachte er daran, daß sein Schwager Weberowsky schon sechzig Jahre alt war und dennoch nach Deutschland auswandern wollte. Daß er mit sechzig Jahren sich einen Traum erfüllte, den er ein ganzes Leben lang mit sich herumgetragen hatte, ohne Hoffnung, ihn einmal zu Ende zu träumen. Und plötzlich sprangen die Tore auf, das Land seiner Sehnsucht lag frei vor ihm, eine neue Zeit hatte begonnen. Und er zögerte keine Stunde, durch die offenen Tore zu gehen.
Aber nun liegt er da, dachte Frantzenow. Bewegungslos

für immer. Und er hört und sieht, wie seine Freunde, wie sein Dorf ihre Sachen packen und in das Land ihrer Vorväter ziehen, ein riesiger Menschenstrom, eine Völkerwanderung, ein Wind aus Kasachstan, der die Menschen wie reife Körner vor sich hertreibt. Und er liegt regungslos im Bett, muß gefüttert, gewaschen und versorgt werden wie ein Säugling. Nacheinander kommen sie ins Haus, treten an sein Bett, als die vertrauten Gesichter, mit denen er gelebt hat, und sie sagen: »Gott sei mit dir, Wolfgang Antonowitsch. Wir schreiben dir. Wir schicken dir eine Dose mit deutscher Erde. Vielleicht kannst du doch noch nachkommen. Mach's gut.« Und dann hört er, wie sie abfahren, und er beginnt zu weinen, das einzige, was er noch selbständig kann, wo ihm keiner zu helfen braucht.
Ich bringe dich nach Deutschland, dachte Frantzenow und fühlte sich nach diesem Gedanken befreit und leichter. Ich bringe dich und deine Familie in das Land deiner Hoffnung. Ich verspreche es dir. Ich lasse dich und Erna und die Kinder nicht allein. Du wirst dein Deutschland erreichen. Mein Gott, hilf mir dabei.

Es war selten, daß der Pfarrer Heinrichinsky als Besuch zu den Weberowskys kam. Meistens war Wolfgang zu ihm gekommen, und das war dann vor allem dienstlich als Dorfvorstand. Oder man sah sich in der Kirche, nach dem Gottesdienst. Dann stand Heinrichinsky draußen an der Tür und drückte jedem die Hand. Er lebte zurückgezogen, schrieb an einer Chronik der Geschichte der deutschen Kirche an der Wolga und in Kasachstan, aber wenn man ihn brauchte, kam er zu jeder Tages- und Nachtzeit. In Nowo Grodnow wußte man: Wenn der große Umzug in den Westen erfolgen sollte, unser Pfarrer wird an der Spitze marschieren und den Jesus am Kreuz mitnehmen, den vor fünfundvierzig Jahren der Dorftischler geschnitzt hatte. Denn erst war das Kreuz da und dann die Kirche. Sie wurde um Christus herumgebaut.

Erna harkte im Gemüsegarten hinter dem Haus Unkraut aus der Erde und richtete sich mit einem Ächzen auf, die Hand gegen den Rücken gepreßt. »Peter Georgowitsch«, sagte sie und stellte die Harke an einen Baum. »Komm mit ins Haus. Ich mache dir einen Tee. Oder ein Gläschen Beerenwein?«
»Ich möchte lieber draußen bleiben. Hast du Schmerzen, Erna?«
»Das Kreuz. Alt wird man halt, und das dauernde Bücken. Und Rheuma habe ich auch. Jetzt, wo Wolfgang nicht da ist, darf ich mal seufzen. Er soll ja nicht wissen, wie schwer mir die Arbeit fällt. Er sagt immer: Arbeit macht Spaß und hält jung. Aber ich spüre schon, daß ich fünfundfünfzig bin.«
»Setzen wir uns auf die Bank, Erna?« Heinrichinskys Stimme klang belegt, als habe er eine Halsentzündung. Er zeigte auf die Bank, die unter einem hohen Birnbaum stand und die Erna als Brautgabe mit in die Ehe gebracht hatte. »Heute ist die Luft so klar und rein.«
»Es wird Herbst.« Sie kam zur Bank, setzte sich und wischte sich die Hände an der Schürze ab, gab dem Pfarrer die Hand und nahm nicht wahr, daß seine Hand etwas zitterte.
»Einen schönen Garten hast du«, sagte er, nur um etwas zu sagen. »Ein gepflegter Garten.«
»Er macht auch viel Arbeit. Aber hinterher macht er auch viel Freude.«
»Du bist zäh, Erna, nicht wahr?«
»Ich habe mein ganzes Leben lang nur gearbeitet. Ich bin daran gewöhnt. Mir würde etwas fehlen, wenn ich keine Arbeit hätte. Ich wüßte nicht, was ich den ganzen Tag über tun sollte.«
»Könntest du dir denken, weniger zu arbeiten?«
»Könntest du dir denken, Peter Georgowitsch, am Sonntag ohne Predigt auf der Kanzel zu stehen?«
»Nein. Man erwartet von mir, daß ich predige.«
»Und man erwartet von mir, daß ich meine Arbeit tue.«

Sie sah Heinrichinsky aus treuherzigen Augen an. »Wolfgang arbeitet ja auch von früh bis zum Abend.«
Jetzt muß es sein, dachte Heinrichinsky. Jetzt muß ich es ihr schonend beibringen. Sie ist eine starke, mutige Frau. Sie wird nicht ohnmächtig werden.
»Was würde sein, wenn Wolfgang plötzlich krank würde?« fragte er.
»Wolferl war nie krank.«
»Ich sage: Wir nehmen es mal an.«
»Ich würde versuchen, seine Arbeit auch noch zu machen. Einen Teil davon.«
»Und wenn das nicht geht?«
»Es *muß* gehen.«
»Es könnte – immer theoretisch – sein, daß du ihn pflegen mußt. Tag und Nacht. Daß er dich immer braucht, daß du immer um ihn sein mußt, daß er ohne dich hilflos ist ...«
»Eine solche Krankheit wird er nie bekommen. Gibt es überhaupt so eine Krankheit? Wo ein Mensch nichts mehr tun kann?« Sie sah Heinrichinsky fragend an und schien angestrengt nachzudenken. »Vielleicht Krebs? Das fällt weg, dafür lebt Wolferl zu gesund. Was gibt es sonst noch? Ja, diese unbekannte Krankheit, die keiner heilen kann. Einen lateinischen Namen hat sie ...«
»Multiple Sklerose.«
»Das ist es.« Sie dachte weiter nach. Ihr Gesicht erhellte sich plötzlich. »Da ist noch was, aber das ist keine Krankheit. Das ist ein Unfall. Die Menschen im Rollstuhl. Die Gelähmten. Die Querschnittgelähmten.«
»Das ist es, Erna.« Heinrichinsky atmete tief durch. »Wenn Wolfgang so gelähmt wäre, daß er gar nichts mehr tun kann.«
»Das würde er nicht ertragen.« Sie blickte über den Gemüsegarten und hinüber zu den Blumenrabatten. »Er würde sich das Leben nehmen.«
»Das kann er nicht. Er kann sich ja nicht rühren.«
»Dann würde er zu mir sagen: Erna, nimm die Axt und

schlag mir den Schädel ein. Oder: Vergifte mich. Aber ich habe kein Gift.«
»Das könntest du tun?« fragte Heinrichinsky betroffen.
»Wenn er mich darum bittet.«
»Das wäre Mord, Erna!«
»Nein, das wäre Erlösung.«
»Nur Gott kann erlösen.«
»Wenn Gott zuläßt, daß ein Mensch so darnieder liegt, muß der Mensch Gott mahnen, gnädig zu sein.« Sie rieb ihre Hände wieder an der Schürze, die letzten Erdkrusten fielen ab. »Du hast noch nie so merkwürdig gesprochen, Peter Georgowitsch. Ich mag solche Gespräche nicht. Verzeihung. Willst du jetzt ein Glas Beerenwein?«
»Ich bin aus Ust-Kamenogorsk angerufen worden.«
»Wolferl hat angerufen?« Sie sprang auf. Über ihr Gesicht zogen Freude und Glück. Heinrichinsky nagte an der Unterlippe und blickte weg. Es war unerträglich. »Was hat er gesagt? Hat er meinen Bruder gefunden? Wann kommt er zurück? So sag doch was, Peter Georgowitsch ...«
»Wolfgang liegt im Krankenhaus«, antwortete Heinrichinsky dumpf.
»Im ... im Krankenhaus?« Ihre Augen wurden weit und plötzlich leer. »Wolferl liegt ...« Und plötzlich, als habe ein Blitz sie getroffen und auf die Erde geworfen, so unfaßbar war der Schmerz, sagte sie ganz leise: »Er ... er ist gelähmt ...«
»Ja, Erna.«
»Ein Gehirnschlag?«
»Nein, ein Schuß in den Rücken. In die Wirbelsäule.«
Erna setzte sich wieder auf die Bank und legte die Hände in den Schoß. Sie fragte nicht weiter, sie begriff einfach nicht, was das bedeutete: Ein Schuß. Sie wußte nur eins, Wolferl ist gelähmt. Er liegt im Krankenhaus und kann sich nicht rühren. Er wird nie wieder laufen können, nie mehr auf einem Traktor sitzen, nie wieder über die Felder und die Weiden reiten, nie mehr in seiner Heimattracht beim Dorffest unter der Linde tanzen. Er wird wie ein Stück Holz daliegen und warten, bis Gott ihn erlöst.

Sie weinte nicht – sie versteinerte. Wie Heinrichinsky es geahnt hatte: Sie hatte die Kraft, auch diesen Schlag hinzunehmen und stehen zu bleiben.

Er wagte nicht, sie jetzt anzusprechen. Er blickte wie sie in den Garten, hatte die Hände gefaltet und kam sich elend vor, daß er nichts tun konnte.

Ganz langsam wandte Erna den Kopf zu ihm und sah ihn schweigend an. Er hielt diesem ins Unendliche gehenden Blick stand, aber er hatte Mühe, gleichmäßig zu atmen. Endlich fragte sie:

»Wie sagen wir es den Kindern?«

»Die Kinder sind erwachsene Menschen.«

»Aber sie bleiben die Kinder. Am schlimmsten wird es für Eva sein.« Sie verkrampfte die Finger in ihrem Schoß, das einzige Zeichen ihrer inneren Erregung und Verzweiflung. »Was kann ich jetzt tun, Peter Georgowitsch? Beten? Hilft Beten?«

»Wir können beten, daß er alles gut übersteht.«

»Was soll nun werden, Peter Georgowitsch?«

»Zunächst fahren wir alle nach Ust-Kamenogorsk.«

»Du auch?«

»Das fragst du noch? Wolfgang wird sich freuen, wenn wir alle an seinem Bett stehen.«

»Erkennt er uns denn?«

»Ich glaube ja.«

»Und kann er sprechen?«

»Das weiß ich nicht.«

»Hat er Andrej gefunden?«

»Ja. Auch er ist angeschossen. Oberschenkelschuß.«

Jetzt erst schien Erna zu begreifen, daß es kein Unfall gewesen war. In ihren großen blauen Augen stand Entsetzen.

»Sie ... sie haben auf Wolferl geschossen?« stammelte sie.

»Wer hat geschossen?«

»Das weiß man noch nicht.«

»Was sind das für Menschen? Wolferl hat nie jemandem etwas angetan, aber sie wollten ihn töten. Warum sollte er umgebracht werden?«

»Das fragen sich alle. Man vermutet, daß es räuberische Nomaden waren.«
»Gehen wir zu dir«, sagte sie und erhob sich von der Bank.
»Ich kann jetzt nicht ins Haus gehen. Alles ist so, als wenn Wolferl gleich zur Tür hereinkommt und ruft: ›Erna, ich bin da! Was macht das Mittagessen?‹ Und neben seinem Bett stehen die geputzten Stiefel. Er wird sie nie wieder anziehen können. Nein, ich kann nicht ins Haus gehen.«
Sie band die Schürze ab, fuhr sich mit den Fingern durch die Haare und zupfte ihr Kleid zurecht. Sie ist eine einmalige Frau, dachte Heinrichinsky. Ich habe so eine Frau noch nie erlebt. Sie weint nicht, sie klagt nicht. Sie stellt sich dem Schicksal mit einer Kraft, die bewundernswert ist.
Im Pfarrhaus, einem kleinen Anbau hinter der Kirche, griff Heinrichinsky zum Telefon und rief in Atbasar an. Er verlangte den Bezirkssekretär und Abgeordneten Kiwrin und war erstaunt, wie schnell dieser an den Apparat kam. Meistens hieß es, Herr Kiwrin sei außer Haus.
»Hör an, hör an«, sagte Kiwrin fröhlich. »Der Herr Pfarrer. Wenn Geistliche freiwillig anrufen, geht es um Geld. Aber wir haben keins. Wir müssen warten, bis neue Rubelscheine aus der Notenpresse kommen. Es wird fleißig gedruckt.«
»Es ist etwas anderes, Michail Sergejewitsch. Ich muß Ihnen etwas mitteilen.«
»Mit solchem Ernst? Ist Ihre Kirche abgebrannt? Auch dafür gibt es keinen Zuschuß, Ihre Dorfkirche ist Privatsache.«
»Wolfgang Antonowitsch liegt in Ust-Kamenogorsk im Krankenhaus.«
»Ha!« Kiwrin lachte auf. »Das mußte einmal so kommen! Alkoholvergiftung?«
»Nein, Querschnittlähmung.«
Einen Augenblick war es still. Kiwrin schien Mühe zu haben, die Antwort zu begreifen. Als er weitersprach, war ihm die Erschütterung deutlich anzumerken.
»Was sagen Sie da? Wolfgang Antonowitsch hat einen Unfall gehabt?«

»Nein. Auf ihn ist geschossen worden.«
»Geschossen?« Man hörte, wie Kiwrin tief Atem holte. »Wer schießt denn auf Weberowsky? Die Beljakowa war es nicht, sie hat die Sowchose nicht verlassen. Haben Sie es Erna schon gesagt?«
»Sie steht neben mir.«
»Kann ich sie sprechen?«
Heinrichinsky hielt ihr den Hörer hin. »Kiwrin«, sagte er dabei.
»Hier bin ich, Michail Sergejewitsch«, sagte sie mit fester Stimme. »Ist das nicht fürchterlich ... ein Schuß in den Rücken.«
»Ich weiß nicht, was ich sagen soll. Ich sitze hier, und der Schweiß bricht mir aus. Erna, Sie müssen jetzt ganz stark sein.«
»Ich bin stark. Wir fahren morgen nach Ust-Kamenogorsk.«
»Ihr alle?«
»Ja, und der Pfarrer auch.«
»Und ich!« Kiwrin sagte es ganz impulsiv. »Ich komme auch mit, wenn ihr mich bei euch haben wollt.«
»Wie können Sie da noch fragen, Michail Sergejewitsch.«
»Ich bin es meinem Freund Wolfgang schuldig, daß ich bei ihm bin. Ich werde einen Bus besorgen, und wir fahren über Karaganda, Semipalatinsk nach Ust-Kamenogorsk. Mit der Bahn muß man ja mehrmals umsteigen. Überlassen Sie das mir, Erna, ich organisiere alles.«
»Ich danke Ihnen, Michail Sergejewitsch.«
»Morgen früh hole ich euch ab. Erna, seien Sie tapfer.«
»Was bleibt mir anderes übrig?« Sie legte auf und wischte sich über das Gesicht. »Kiwrin besorgt einen Bus und kommt mit«, sagte sie zu dem Pfarrer.
»Das ist Perestroika in seiner reinsten Form.« Heinrichinsky schüttelte den Kopf. »Wer hätte das noch vor wenigen Jahren für möglich gehalten? Der stolze, mächtige Kiwrin, der Khan von Atbasar, fährt über 800 Kilometer zu einem Rußlanddeutschen, um an seinem Bett zu sitzen. Was mit

Rußland geschehen ist, stellt die Französische Revolution in den Schatten. Damals ging es um ein Land, um die Befreiung von einer morschen Monarchie, heute geht es um das Weiterbestehen unserer Welt, um die Befreiung von der Angst vor einem Atomkrieg.« Der Pfarrer blickte zu Erna. Plötzlich wurde ihm klar, daß solche Reden gerade jetzt völlig unpassend waren. Er schämte sich. »Verzeih, Erna«, bat er und legte den Arm um ihre Schulter. »Auch ich bin nur ein dummer Mensch. Du bleibst bis zum Abend hier, und dann gehen wir hinüber zu dir.«
»Ich möchte allein sein, Peter Georgowitsch.« Sie sah ihn an, als müsse sie Abbitte tun. »Ich möchte mit den Kindern allein sein, verstehst du das?«
Heinrichinsky nickte.
»Aber wenn du mich brauchst«, sagte er, »ich bin da. Gottes Worte können den Schmerz nicht heilen, aber lindern.«
Sie warf den Kopf in den Nacken und ballte plötzlich die Fäuste. »Ich kann mir selbst helfen«, antwortete sie stolz.
Am Abend ging sie hinüber ins Haus. Alle saßen sie um den Tisch, Hermann, Eva und Gottlieb, und der Tisch war leer und nicht gedeckt. Es war das erstemal, solange sie zurückdenken konnten, daß sie am Abend vor einem ungedeckten Tisch saßen.
»Da bist du ja, Mutter!« sagte Hermann. »Wir haben dich überall gesucht.«
»Ich war beim Pfarrer.«
Gottlieb strich mit den Händen über den leeren Tisch. »Gibt es heute kein Abendessen?«
»Nein.«
»Soll ich rasch etwas kochen, Mutter?« fragte Eva und wollte aufspringen. Eine Handbewegung Ernas ließ sie auf die Eckbank zurücksinken.
»Nein. Wir werden heute abend nichts essen«, erwiderte sie mit einer Ruhe, die unheimlich war. Alle starrten sie an, betroffen von der Verwandlung. »Ihr werdet nichts essen können.« Sie holte mit einem Seufzer Luft und sah ihre Kinder an. »Euer Vater liegt in Ust-Kamenogorsk im

Krankenhaus. Er ist querschnittgelähmt. Morgen früh fahren wir zu ihm.«
Und jetzt erst begann sie zu weinen und sank in sich zusammen und schien nicht mehr zu hören und zu sehen, wie Eva aufschrie und Gottlieb den Stuhl umwarf und Hermann die Hände vor das Gesicht schlug.

Sie brauchten zwei Tage bis Ust-Kamenogorsk.
Kiwrin hatte einen Bus von der Stadtverwaltung besorgt, ein uraltes Modell, das schnaufte und knatterte, in den Federn ächzte und in den Kurven schaukelte. Das wäre noch zu ertragen gewesen, aber Kiwrin hatte nicht gewußt, daß der Urahne der modernen Busse ein Moloch war, der sich mit Benzin vollaufen ließ wie ein Moskauer Stadtstreicher, der sich mit Wodka konservierte.
Und hier begann die Schwierigkeit. Schon die erste Tankstelle weigerte sich, den Benzintank aufzufüllen. Der Tankwart musterte den Bus mit geringschätzigen Blicken und lehnte sich dann an die Tanksäule, als müsse er sie bewachen.
»Wieviel Liter?« fragte er.
»Volltanken«, antwortete Kiwrin.
»Da gehen hundert Liter rein.«
»Mindestens.«
»Haben Sie einen Berechtigungsschein?«
»Ich brauche keinen Berechtigungsschein. Ich bin der Bezirkssekretär von Atbasar.«
»Gratuliere! Aber selbst wenn Jelzin hier vorbeikäme, müßte er mir den Berechtigungsschein zeigen. Mein lieber Sekretär.«
»Ich bin nicht Ihr lieber Sekretär!« schrie Kiwrin außer sich. »Was bilden Sie sich ein, Sie Zapfhahn? Sie machen sofort den Tank voll.«
»Vollmachen? Ich kann nicht hundert Liter herbeizaubern.« Der Tankwart zog kampfeslustig das Kinn an. »Er nennt mich Zapfhahn ... auch von einem Bezirkssekretär brauche ich mir eine solche Beleidigung nicht bieten zu

lassen. Ich bin ein ehrlicher Bürger dieser Republik. Freundchen, die Zeit ist vorbei, wo die Partei die große Schnauze haben konnte und Bonzen wie ihr jeden zum Zittern brachten. Benzin gibt es nicht.«
»Du Mistvieh!« brüllte Kiwrin. »Anzeigen werde ich dich! In den Steinbruch kommst du, mindestens fünf Jahre!«
Der Tankwart nickte. Er wandte sich an die Weberowskys, die aus dem Bus gestiegen waren. »Wen habt ihr denn da mitgebracht, Leute?« fragte er. »Einen von vorgestern? Wo habt ihr den denn ausgegraben? Oder habt ihr ihn im Wald gefunden, wo er die Zeit verschlafen hat?«
»Wir brauchen Benzin«, antwortete Gottlieb höflich. »Wir sind auf der Fahrt zu einem Kranken.«
»Ach!« Der Tankwart zeigte auf Kiwrin. »Ihr bringt das Männlein in eine Anstalt? Zeigt mir die ärztliche Einweisung.«
»Sofort.« Gottlieb kam näher, griff in die Rocktasche, als wolle er das Papier herausziehen, aber plötzlich schnellte seine Faust vor und traf den Tankwart genau auf die Kinnspitze. Dann wartete er ruhig, bis der Umgefallene sich wieder aufrichtete und ihn mit stierem Blick vom Boden her ansah.
»Bravo!« rief Kiwrin. »Ich wollte gerade das gleiche tun.« Er ging zu der Zapfsäule, nahm den Schlauch und steckte ihn in den Tankstutzen. Rauschend schoß das Benzin in den Bus.
Der Tankwart wollte aufspringen, aber bevor er taumelnd hochkam, packte ihn Gottlieb an den Trägern des Overalls und drückte ihn gegen die Wand des Tankstellenhäuschens.
»Verhalte dich ruhig«, sagte er. »Hörst du ... ganz still. Ich möchte dir ungern erst das eine und dann das andere Auge ausschlagen. Was willst du ohne Augen tun? Habe Mitleid mit dir selbst.«
»Räuber!« schrie der Tankwart. Er war sonst ein mutiger Mann, aber der Schlag auf das Kinn hatte ihn weich gemacht. Mühsam war es zu stehen, schon ganz unmöglich,

die Fäuste zu heben. »Diebe! Verbrecher! KGB-Schlächter!«
An dem blubbernden Benzinschlauch zuckte Kiwrin zusammen. KGB – das war ein Wort zuviel. Ein Wort zudem, das Kiwrin nie hatte leiden können.
»Schlag ihm den Schädel ein, Gottlieb!« rief er. »Oder komm her, halt den Schlauch, dann tu' ich es!« Er blickte wild um sich. »Die Frauen zurück in den Bus! Die Augen zu! Jetzt wird ein Idiot kastriert!«
Gottlieb hielt den Tankwart fest im Griff, bis Kiwrin den Tank gefüllt hatte. Erst als er den Zapfstutzen wieder in die Säule hakte, ließ Gottlieb den Mann los und stieß ihn von sich. Er blickte auf die Anzeige, wandte sich zu seiner Mutter um und sagte, die Hand ausstreckend: »Mutter, ich brauche Geld.«
Bis auf die Kopeke genau bezahlte er die Benzinrechnung und gab dem Tankwart noch eine kräftige Ohrfeige, als dieser sich vor ihm duckte und ihn in ohnmächtiger Wut anspuckte.
»Einsteigen!« rief Kiwrin. »Ende der Vorstellung.«
Es war ein Irrtum. Es war nur eine Pause.
Im Bus sagte Erna tadelnd: »Junge, war das nötig? So brutal.«
»Wir hätten sonst nie Benzin bekommen, Mama.«
»Wo hast du das gelernt ... so zuzuschlagen?«
»Von Vater.«
»Nie! Lüg nicht, Gottlieb. Dein Vater hat nie einen Menschen geschlagen.«
»Weil es keiner wagte, ihn anzugreifen. Aber er hat zu uns gesagt – auch zu Hermann, stimmt das, Bruder? – und wir mußten es ihm versprechen: ›Laßt euch nichts gefallen. Wehrt euch. Auch wenn der andere stärker ist, geht in Ehren unter. Lauft nie weg! Ein Weberowsky flüchtet nicht!‹ Und dann mußten wir boxen. In der Scheune hatte er einen Sack mit Getreide aufgehängt, gegen den mußten wir schlagen. Aber nicht nur Getreide war in dem Sack. Vater hatte die Körner mit Steinen vermischt, und wenn man

gegen so einen Stein boxt, dann geht ein Zittern durch den ganzen Körper. Ich wollte aufhören, aber Vater stieß mir die Faust in den Rücken und rief: ›Du willst aufhören? Wegen eines Steinchens? Bist du eine Memme oder mein Sohn? Zeig es dem Steinchen, daß es dich nicht besiegen kann!‹ Und ich habe weitergeboxt.«

»Das ... das hat Vater mit euch getan?« Ihre Stimme schwankte. »Warum habt ihr mir nie davon erzählt?«

»Das wäre Feigheit gewesen, Mama.« Hermann dachte an diese Zeit zurück und empfand keinerlei Groll gegen seinen Vater. »Diese Methode hat mir nachher auf der Ingenieurschule sehr geholfen. Dort habe ich in der Boxstaffel geboxt, und ich habe Gegner besiegt, die stärker waren als ich. Du bist der Stein, habe ich bei jedem Hieb gedacht: Du bist der verdammte Stein! Der Stein! Der Stein! Und jeder Hieb machte mich mutiger und meinen Gegner kleiner. Ich habe beim Boxen fast immer gesiegt.«

»Wie konnte euer Vater euch nur so etwas beibringen ...«

»Er hat es uns erzählt, Mutter. ›Das war so‹, hat er gesagt, ›damals, 1942, als man uns gerade von der Wolga vertrieben und in Kasachstan angesiedelt hatte. Ich war noch klein, und Vater – euer Großvater Anton – baute hier in Nowo Grodnow unser erstes Holzhaus. Eine Hütte mehr, aber wir wollten raus dem Zelt, und auch in keine Baracke wollten wir, und Mutter sagte: Nehmt doch einfach Pfähle und schlagt als Dach Bretter darauf, das genügt. Ich will nicht einen zweiten Winter erleben, in dem ich nur herumlaufen kann, wenn ich zwei Decken über mich ziehe. Wir bauten also diesen Stall, mehr war es nicht, und als er fast fertig war, es fehlte nur noch die Tür, weil Vater auf der Suche nach Scharnieren war, da kam in einem Wägelchen Gennadi Witaliwitsch Kubassow, rief Brrr!, hielt die Gäule an und sprang auf die Erde. Kubassow war damals ein großer Mann, ein gefürchteter Mann, der Stalin sogar einmal die Hand gedrückt hatte. Davon erzählte er immer und jedem und schwärmte: Diese schwarzen Augen werde ich nie vergessen! Welch ein Adlerblick! Er zwingt einen in die Knie, wie ein gekrümmter Wurm kommt man sich vor. Dieser Händedruck von Stalin – den keiner kontrollieren konnte – war der Beginn von Kubassows Karriere. Rasend schnell stieg er auf. Vom dritten Buchhalter in einer Ziegelei bis zum Natschalnik der Baubehörde von Atbasar. Er war klein, aber kräftig, und wenn er brüllte, zitterte das Trommelfell. Kubassow springt also vom Wagen, kommt auf meinen Vater zu und schreit ihn an: Du baust ein Haus? Wer hat dir die Genehmigung gegeben? Woher hast du das Holz? Gestohlen, was? Und Vater hat ganz ruhig geantwortet: Nein, Genosse Kubassow, mein Nachbar hat ein Stück Wald zugeteilt bekommen, da haben wir einige zu dicht stehende Bäume gefällt. – Bäume fällt er! hat da Kubassow gebrüllt. Bäume! Ohne Genehmigung! Geht einfach in den wertvollen Wald und hackt sie um. Aber so sind die Deutschen! Alles zerstören. Jeder ein Faschist, das liegt ihnen im Blut! – Wie gesagt, es war 1942, und die deutsche Armee war schon tief in Rußland eingedrungen und marschierte auf Moskau zu. Man kann Kubassows Wut verstehen. Aber dann tat er etwas, was mich, den kleinen Jungen, sprachlos machte. Kubassow gab meinem Vater eine Ohrfeige. Nicht eine ... nein drei. Dreimal hintereinander schlug er zu, und Vater stand da und wehrte sich nicht. In mir zerbrach etwas. Ein fremder Mann schlägt meinen Vater, schlägt ihm ins Gesicht, meinem großen Vater, meinem Vorbild, ihn, der für mich nach Gott kam ... und er wehrte sich nicht. Da habe ich Kubassow angesprungen wie ein hungernder Wolf, hab' mit meinen kleinen Fäusten auf seine dicke Nase geschlagen, die sofort blutete, und als er mich packen und würgen wollte, habe ich mich fallen lassen und habe ihn ins Bein gebissen, immer und immer wieder, und er hat geschrien und um sich getreten. Er hat meinen Kopf getroffen, mir wurde schwindlig, aber ich habe weiter gebissen und habe erst aufgehört, als Vater in verzweifeltem Mut Kubassow die Faust auf den Kopf schlug. Dann warteten wir eine Woche lang, daß man Vater verhaften und

mich in ein Partei-Erziehungsheim bringen würde. Wir hatten unsere Sachen, in zwei Säcke gestopft, zum Abmarsch bereit stehen. Aber niemand holte uns ab ... und Kubassow ist nie wieder nach Nowo Grodnow gekommen. Da habe ich gelernt, daß nur der im Leben weiterkommt, der sich nicht duckt. Und ihr, meine Söhne, ihr Weberowskys werdet euch auch nie ducken!« Hermann holte tief Atem. »Das hat Vater uns erzählt, und wir werden es nie vergessen.«
Nach knapp hundert Kilometern raufte sich Kiwrin die Haare und hieb gegen das klappernde Armaturenbrett. »Nein!« rief er. »Nicht schon wieder! Du altes Miststück! Seht euch das an, blickt auf die Benzinuhr. Könnt ihr das begreifen?! Schon fast wieder leer. Das Aas frißt nicht nur das Benzin, es muß es irgendwie ausspucken! Hoffentlich erreichen wir noch die nächste Tankstelle.«
Das Straßennetz in Kasachstan, an seiner Größe gemessen, ist zufriedenstellend, schon wegen des GULAG, den vielen Straflagern, die über das ganze Land verteilt, aber jetzt zum größten Teil geräumt waren, bis auf ein paar versteckte Lager, in denen Schwerverbrecher ihre Strafe abbüßten und umerzogen wurden. Man kam also überall hin. Nur, so schön die Straßen auch sein mochten, es gab zu wenig Tankstellen. Ohne Reservekanister durch Kasachstan zu fahren, ist ein kleines Abenteuer, und wenn alle Flüche zu Steinen würden, hätte man einen Turm zu Babel bauen können.
Kiwrin hatte Glück. Mit den letzten Tropfen Benzin erreichte er zwischen Golinograd und Karaganda, nicht weit von Temirtau, eine Tankstelle, die verstaubt vor sich hinträumte. Ein handgemaltes Plakat hing an der Tanksäule: *Geschlossen. Kein Benzin. Nächste Tankstelle in Karaganda.*
»Zum Teufel!« schrie Kiwrin. »Bis Karaganda komme ich nie!« Er sprang aus dem Bus, gab ihm zwei Fußtritte, fluchte unflätig und stapfte dann zu dem Haus. Auf einem Sofa lag ein Mann mit einem dicken Schnauzbart, eine

rote Mütze mit Schirm in die Stirn gezogen und sah Kiwrin entgegen, ohne sich zu rühren.
»Hast du eine Schule besucht?« fragte er den verblüfften Kiwrin.
»Natürlich.«
»Dann mußt du Lesen verlernt haben. Draußen steht ...«
»Ich brauche Benzin.«
»Ich auch.«
»Ich komme nicht mehr bis Karaganda.«
»Mit dem Bus da draußen?«
»Ja.«
»So ein Fossil fährt man auch nicht mehr! Da kannst du das Benzin gleich auf die Straße schütten. Oder setz eine Trennwand vor den hinteren Teil und baue ihn als Reservetank um. Wo willst du hin?«
»Nach Ust-Kamenogorsk.«
»Das wird ein fröhliches Springen von Tankstelle zu Tankstelle. Wie kann man es wagen, mit so einem Fossil durch Kasachstan zu fahren?«
»Ich *muß* Benzin haben!« Kiwrin wischte sich den Schweiß vom Gesicht. »Wir fahren zu einem Sterbenden.«
»Bis du ankommst, ist er tot«, erwiderte der Tankwart gemütlich. »Spar das Benzin.«
Es war ein glücklicher Zufall, daß Kiwrin so vor dem Schnauzbärtigen stand, daß der die Tanksäule nicht sehen konnte. Hermann hatte das Schild gelesen, den Kopf geschüttelt und zu seiner Mutter gesagt:
»Mama, nun sei nicht wieder entsetzt. Denk daran, was Vater uns erzählt hat. Hier will uns einer betrügen, wir müssen uns wehren. Komm Brüderchen.«
Hermann und Gottlieb stiegen aus dem Bus. Gottlieb zeigte auf das handgemalte Schild. »Hermann, da ist nun wirklich nichts zu machen. Du kannst einem Nackten nicht in die Tasche greifen.«
»Glaubst du, was da steht?«
»Wenn er schreibt, er hat kein Benzin, dann ...«
»Brüderchen, das weiß *ich* nun besser.« Er legte den Arm

um Gottlieb. »Das ist ein alter Trick, damit täuscht man mich nicht mehr. Der Kerl will seine Ruhe haben. Wenn er sein Schläfchen beendet hat, ist auch das Schild weg. Geh zu Kiwrin und hilf ihm. Ich tanke unterdessen.«
Gottlieb war skeptisch und wartete ab, bis wirklich Benzin durch den Schlauch floß. »So ein Stinktier!« knurrte er dann. »Ich werde mich mit ihm unterhalten.«
»Gottlieb!«
»Ganz höflich, Bruder. Von Mann zu Mann.«
»Er kann stärker sein als du.«
»Denk an Vater, der Kubassow in die Waden gebissen hat.«
Der Tankwart blinzelte Gottlieb verschlafen an, als das Glöckchen über der Eingangstür bimmelte. Er schob seine Mütze zurück in den Nacken.
»Noch einer, der nicht lesen kann«, maulte er. »Sind heute nur Analphabeten unterwegs? Fahren Sie auch ein Modell 1951?«
»Ich gehöre zu dem Bus.«
»Mutig! Mutig!«
»Ich komme, um die Tankrechnung zu bezahlen. Hermann ist gleich fertig. Ich schätze, es werden 130 Liter sein.« Und als Kiwrin ihn entgeistert anstarrte, sagte er: »Tritt mal einen Schritt zur Seite, Michail Sergejewitsch.«
Kiwrin tat es, der Blick auf die Tanksäule war frei. Mit einem dumpfen Aufschrei schoß der Tankwart hoch. Er sah gerade noch, wie Hermann den Zapfhahn wieder einklinkte. Er wollte zur Tür hinausstürzen, aber Gottlieb hielt ihm sein Bein hin, und statt sich auf Hermann zu werfen, schoß der Mann fast waagerecht ins Freie. Er kam mit einem lauten Ächzen hoch und brüllte:
»Gib das Benzin sofort wieder her!«
»Wir haben es ehrlich bezahlt. Mein Bruder hat die Rubel in der Hand.«
»Ich scheiß' auf die Rubel! Wenn auf dem Schild steht, es gibt kein Benzin, dann gibt es keins!«
»Aber der Hahn lief.« Hermann rieb sich die Hände, nick-

te Gottlieb zu, der mit Kiwrin die Tankstelle verließ, und ballte sie zu Fäusten. »Du schläfst ja noch!« sagte er dabei. »Sollen wir dich wachklopfen?«
Der Tankwart war ein Hüne von Mensch. Man traute ihm zu, daß er Ölfässer wie Pakete herumtragen konnte. Aber die Erfahrung des alten Weberowsky bewahrheitete sich wieder. Wer Mut und Entschlossenheit zeigt, macht den Gegner nachdenklich und vorsichtig.
Der Schnauzbart beruhigte sich sichtlich. Einer vor mir, zwei hinter mir, das ist zuviel. Man muß wissen, wann man sich in Ehren zurückziehen kann.
»Laßt uns verhandeln«, sagte er. »Ich nehme die Rubel an und lasse euch das Benzin, aber versprecht mir, keinem zu sagen, daß ich Benzin habe. Das Schild bleibt hängen.«
»Einverstanden.« Gottlieb kam um ihn herum und drückte ihm das Geld in die Hände. Es waren Tatzen wie bei einem Bären. Gegen sie hätte Gottlieb keine Chancen gehabt. »134 Liter. Überzeug dich an der Uhr.«
»Ich glaube euch. Fahrt los, damit ich euch nicht mehr sehe. Mein Magen dreht sich rum bei eurem Anblick.«
»Ich bin Bezirkssekretär!« rief Kiwrin.
»Auch das noch.« Der Tankwart verdrehte die Augen. »Ein Bus-Saurier und ein toter Funktionär. Hier wimmelt es ja von Gespenstern.«
Hermann und Gottlieb hatten Mühe, den tobenden Kiwrin zum Bus zu schleppen. Erst als sie fuhren, beruhigte er sich. »Wir müssen die Nerven behalten, meine Lieben«, gab er ahnungsvoll von sich. »Wir werden sie noch brauchen. Wenn das so weitergeht, müssen wir noch an zehn Tankstellen halten. Das Benzin war immer schon ein Problem in Rußland, dabei stehen wir in der Erdölförderung an erster Stelle in der Welt. Die arabischen Staaten sind gegen uns Zwerge. Wir fragen uns alle: Wo bleibt bloß das Benzin? Auch darum sollte sich Gorbatschow mal kümmern und nicht um den Wodka.«
Es waren nur neun Tankstellen, aber auch das genügte.

Durch diese Verzögerungen war es unmöglich, an einem Tag bis Ust-Kamenogorsk zu kommen. Kiwrin schlug vor, bis zu der kleinen Stadt Kajnar zu fahren und dort zu übernachten.
Er hätte es lieber nicht tun sollen – aber wer weiß das im voraus?
Kajnar, zwischen Karaganda und Semipalatinsk, ist eine typisch kasachische Stadt, in der man noch einen Hauch der Tatarenhorden spürt. Auch die mongolischen Reitervölker hatten Spuren hinterlassen ... trotz der vergangenen Jahrhunderte sah man mehr asiatische Gesichter als Kasachen.
Es gab nur ein Hotel in Kajnar, und das war natürlich belegt, als Kiwrin seinen Bus am Abend vor dem Haus bremste.
»Ich brauche fünf Zimmer!« sagte er zu einem mürrischen Mann, der aus der Tür trat. Es mochte der Nachtwächter sein. Der Mann nickte und antwortete, noch mürrischer: »In zwei Jahren.«
»Ein Verrückter!« rief Kiwrin in den Bus. »Und so einer bedient in einem Hotel! Was sind denn das für Zustände?« Er wandte sich wieder dem Portier zu, der aus der Tasche einen Pinienkern holte und ihn knackte. »Hast du Trottel zwei Jahre gesagt?«
»Bis dahin ist der Anbau fertig. Soll er fertig sein. Baumaterial ist knapp. Kommt Sand, gibt es keinen Zement. Kommt Zement, ist die Mischmaschine kaputt. Läuft die Mischmaschine wieder, ist der Zement geklaut. Wie soll man da effektiv arbeiten?«
»Es ist kein Zimmer frei?« rief Kiwrin ungeduldig.
»Wir haben schon unsere zwei Badezimmer vermietet. Wir sind voll, bis in den letzten Winkel belegt.«
»Wo kann man sonst übernachten?«
»Nur privat. Geh von Haus zu Haus. Du wirst schon was finden. Hast du Devisen? Dollar, Deutsche Mark, Schweizer Franken?«
»Ich bin Russe!«

»Schlecht. Sehr schlecht. Nur Rubel? Was machen wir mit Rubel? Unsere Gäste zahlen in Devisen ... nur die nicht, die im Badezimmer schlafen.«
Damit drehte er sich um und ging in das Hotel zurück. Kiwrin kletterte wieder in den Bus.
»Ihr habt's gehört?« fragte er. »Alles besetzt! Aber wer glaubt ihm? Nicht arbeiten wollen sie, das allein ist es. Kochen, bedienen, Zimmer putzen, Wäsche waschen – alles zuviel für sie. Die Arbeitsmoral ist dahin! Ein Partisanenkampf der Reformgegner. So wollen sie diese boykottieren. Zerfall der Wirtschaft. Stille Sabotage. Lautloser Widerstand. Aber es wird ihnen nicht gelingen.«
Nachdem Kiwrin in zehn Häusern gefragt hatte und überall hörte, man vermiete nicht an Landstreicher, nach unendlichen erregten Diskussionen und gegenseitigen Beleidigungen fuhr er vor die Stadt auf einen gewalzten Platz und sagte resignierend:
»Ihr habt es gehört. Es ist unmöglich, hier ein Zimmer zu bekommen. Und wir brauchen fünf. Es gibt nur eins: Wir schlafen im Bus.«
»Es bleibt uns ja nichts anderes übrig.« Pfarrer Heinrichinsky sah sich um. Erna und Eva hatten die Köpfe aneinandergelegt und schliefen bereits. Gottlieb, müde von den Streitereien, lag über zwei Sitze hingestreckt. Hermann hatte Mühe mit seinen langen Beinen; als er sich hinlegen wollte, ragten sie in den Gang hinein.
»Kann man das Vehikel von innen abschließen?« fragte Heinrichinsky.
Kiwrin zuckte zusammen. »Beleidige nicht meinen Bus!« rief er empört. »Hat er bis jetzt nicht treu gedient? Bis nach Kajnar hat er euch gebracht, und er wird euch auch bis Ust-Kamenogorsk bringen! Er hat es nicht verdient, daß man so über ihn spricht.« Mit Kiwrin war nicht mehr zu reden. Bei jedem ihm nicht passenden Wort explodierte er; auf das Armaturenbrett hieb er mit den Fäusten, kratzte sich über das Gesicht und benahm sich wie ein eingesperrter Tiger. »Abschließen? Warum soll man den Bus abschließen?«

»Ich möchte in der Nacht nicht überfallen werden.«
»Wer überfällt hier? Sie leben unter gesitteten Menschen, Herr Pfarrer. Kasachstan ist kein Räubernest!« Dann beruhigte er sich und kontrollierte das Schloß in der Bustür. »Kaputt. Das heißt, es ist gar kein Schloß mehr drin. Geklaut haben sie es.«
»Kasachstan ist kein Räubernest«, wiederholte Heinrichinsky hämisch.
»Werden in Deutschland keine Autos aufgebrochen?« schrie Kiwrin außer sich. »Ich protestiere, daß wir Russen immer als Wilde angesehen werden! Wir hatten schon eine Kultur, da saßen die Germanen noch auf den Bäumen!«
»Laßt uns schlafen«, meinte Heinrichinsky versöhnlich. »Wir sollten morgen sehr früh losfahren, sonst erreichen wir Ust-Kamenogorsk erst übermorgen. Wer weiß, welche Tücken die alte Mühle noch hat.«
»Die alte Mühle wird euch sicher ans Ziel bringen.« Kiwrin war tief beleidigt. »Sie wird fahren, fahren, fahren, daß es eine wahre Wonne ist! Und wenn wir angekommen sind, werdet ihr sagen: Danke, danke, liebes Wägelchen, das hast du gut gemacht.« Kiwrin legte sich lang auf die Vordersitze. »Aber so etwas kommt ja nicht über eure Lippen. Ein undankbares Pack seid ihr.«
Er gähnte, rollte sich auf die Seite und begann nach zehn Minuten fürchterlich zu schnarchen.
Sie wurden nicht überfallen.
Ust-Kamenogorsk erreichten sie am frühen Nachmittag, nachdem sie noch viermal getankt hatten und Kiwrin nur noch ein Nervenbündel war, weil jeder seinen Bus beleidigte oder über ihn lachte.
Sie fuhren sofort zum Krankenhaus und meldeten sich beim Pförtner. Weberowsky schien im ganzen Haus bekannt zu sein, denn als Kiwrin den Namen nannte, griff der Mann sofort zum Telefon. Er blickte Erna an, und Mitleid stand in seinen Augen.
Es dauerte eine Weile, bis sich der Chefchirurg meldete.

»Sie sind da?« sagte er. »Die ganze Familie? Und noch zwei andere Herren? Ich komme sofort hinunter.«
Der Pförtner legte auf und blickte Erna wieder an. »Der Chefarzt kommt sofort.«
»Wie ... wie geht es meinem Mann?« Ernas Stimme war ganz klein. Hermann, der sie untergefaßt hatte, zog sie an sich.
»Das weiß ich nicht.« Der Pförtner starrte auf das Telefon. Der flehende Blick dieser Frau traf ihn tief ins Herz. »Der Chef wird es Ihnen sagen.«
»Aber er lebt noch ...«
»Ja ... das ist sicher.«
Wenig später öffnete sich die Lifttür. Chefchirurg Dr. Anatol Wassiljewitsch Anissimow trat hinaus und ging ohne Zögern auf Erna zu. Kiwrin wollte etwas sagen, aber Heinrichinsky stieß ihm den Ellbogen in die Seite.
»Frau Weberowsky, ich freue mich, daß Sie gekommen sind«, sagte Anissimow und drückte ihr die Hand. »Wie ich sehe, die ganze Familie ist versammelt. Und Freunde haben Sie auch mitgebracht?«
»Ich bin der Pfarrer von Nowo Grodnow«, sagte Heinrichinsky und trat vor. »Peter Georgowitsch. Ich habe gedacht, daß Weberowsky mich brauchen kann.«
»Michail Sergejewitsch Kiwrin.« Auch er trat einen Schritt vor und stellte sich neben den Pfarrer. »Bezirkssekretär und Deputierter des Bezirkes Atbasar. Ich bin Wolfgang Antonowitschs bester Freund ...«
»Sie werden Herrn Weberowsky nicht sprechen können.« Der Chefarzt schüttelte den Kopf. »Sie können ihn durch eine Fensterscheibe sehen, mehr nicht.«
»Ist ... ist es so schlimm?« Erna klammerte sich an Hermann fest. Auch Gottlieb trat an ihre Seite und legte den Arm um ihre Schultern.
»Wir sind bis jetzt mit der Entwicklung zufrieden. Seit heute morgen ist er bei Bewußtsein. Das ist ein großer Fortschritt.«
»Weiß mein Vater, wie es um ihn steht?« fragte Hermann.

»Nein. Wir haben es ihm noch nicht gesagt. Es ist zu früh. Wir wissen nicht, wie er darauf reagiert. Er könnte einen Schock bekommen, und der kann bei seinem Zustand tödlich sein.« Er sah Erna an, als er weitersprach. »Ich möchte Sie bitten, Frau Weberowsky, Ihrem Mann nicht zu sagen, daß er querschnittgelähmt ist.«
»Ich werde gar nichts sagen.« Erna löste sich aus den Armen ihrer Söhne. Ihr Blick wanderte von einem zum anderen. »Ich will allein mit ihm sein.«
»Mutter –«
»Bitte. Laßt mich mit Vater allein. Ihr hört doch, es ist zu anstrengend für ihn, wenn ihr alle um sein Bett steht. Der Herr Chefarzt verbietet es ja auch.«
»Ja. Ich verbiete es.« Dr. Anissimow trat an Ernas Seite und hakte sich bei ihr ein. So eine Vertrautheit war ihm sonst fremd, aber hier hatte er einfach das Bedürfnis, diese tapfere Frau unterzufassen und ihr damit zu sagen, wie sehr er mit ihr litt. Als Chirurg, der täglich die Leiden der Menschen sieht, muß man Abstand halten können, aber Weberowskys Tragik erschütterte sogar den sonst so routinierten Anissimow. »Sie können ihn durch das Fenster sehen«, sagte er zu den anderen. »Jede Aufregung muß vermieden werden.«
»Wolfgang Antonowitsch wird sich nicht aufregen, wenn er mich sieht!« Kiwrin, nervös bis in die Fingerspitzen, war nahe daran, wieder loszutoben. »Er wird sich freuen.«
»Die Beurteilung seines Zustandes überlassen Sie bitte mir.« Anissimows Stimme war jetzt kalt und abweisend. Er drückte Ernas Arm. »Kommen Sie, Frau Weberowsky. Es ist jetzt die beste Zeit. Nachher bekommt Ihr Mann eine Spritze für die Nacht, da wird er schlafen. Ruhe ist jetzt das wichtigste für ihn.«
»Ich werde still sein.« Sie lehnte sich beim Gehen gegen Anissimow. »Ganz still.«
Sie fuhren mit dem Lift zur Intensivstation, und als sie ausstiegen, umgab sie eine bedrückende Stille. Obwohl Schwestern und Pfleger hin und her gingen, zwei Ärzte ih-

nen zunickten, geschah das alles in einer Lautlosigkeit, als befinde man sich bereits in einer anderen Welt. Erna hatte noch nie ein Krankenhaus betreten. An der Wolga und in Nowo Grodnow hatte man bei einer Krankheit im Bett gelegen, und in diesem Bett starb man auch, so wie man in ihm geboren wurde.

Sie preßte sich enger an Dr. Anissimow und hielt den Atem an, als er vor einer breiten Tür stehenblieb, auf die I/II gemalt war. Ein junger Arzt kam gerade heraus, die Bügel eines Stethoskops um den Nacken geklemmt.

»Alles in Ordnung?« fragte Dr. Anissimow knapp. Der junge Arzt warf einen schnellen Blick auf Erna und nickte. »Das Magen-Ca. muß verlegt werden«, antwortete er halblaut.

»Ich sehe ihn mir gleich an.« Verlegt werden heißt in diesem Fall: Hoffnungslos. Er liegt im Sterben. Und es war eine Marotte von Dr. Anissimow, niemanden auf der Intensivstation sterben zu lassen. Er wurde vorher in einen kleinen, leeren Raum gerollt. Die meisten merkten es gar nicht mehr, sie waren ohne Besinnung, und sie starben in nackter Einsamkeit, beobachtet von einer Schwester, die dann den Arzt rief. Es gab bei Dr. Anissimow mehrere solcher Zimmer, geradezu ein Luxus, denn in vielen Krankenhäusern wurden die Sterbenden in den Badezimmern abgestellt.

»Weberowsky?« fragte der Chefchirurg.

»Ist bei Bewußtsein.« Der junge Arzt zögerte. Anissimow verstand.

»Dr. Koslow wird Ihnen jetzt einen sterilen Kittel, eine Haube und Gummischuhe geben«, sagte er zu Erna. »Das ziehen Sie alles an, und dann komme ich und bringe Sie zu Ihrem Mann.«

Er verschwand hinter der breiten Tür. Dr. Koslow führte Erna in einen Raum, in dem mehrere weiße Kittel hingen und in einem Regal weiße Gummischuhe standen, und Dr. Koslow sagte: »Das muß sein, wegen der Infektionsgefahr.« Erna nickte und zog schweigend Kittel, Gummischuhe und Häubchen an.

Und dann wartete sie, saß allein auf einem Plastikhocker. Dr. Koslow war gegangen, und sie dachte, wie es gleich sein würde, was sie zuerst sagen sollte, ob sie seine Hand nehmen oder ihm über das Gesicht streicheln sollte und ob sie überhaupt fähig war zu sprechen.
Endlich ging die Tür auf, und Dr. Anissimow kam herein. Erna starrte ihn an und wagte nicht zu atmen.
»Kommen Sie!« sagte Anissimow und hielt ihr seine Hand hin. »Er erwartet Sie.«
Sie zog sich an seiner Hand hoch und lehnte sich dann gegen ihn. Nur für einen Augenblick kam Schwäche über sie, fühlte sie sich, als müsse sie in sich zusammensinken, aber dann straffte sie sich und trat einen Schritt zurück. »Verzeihen Sie«, sagte sie mit fester Stimme. »Es ist schon vorbei.«
»Halten Sie sich ruhig an mir fest.« Dr. Anissimow hielt ihr wieder seine Hand hin. Sie schüttelte den Kopf und steckte die Hände in die Kitteltaschen, so wie sie es vorhin bei einer Ärztin auf dem Flur gesehen hatte.
»Ich kann allein gehen. Sie haben Wolfgang gesagt, daß ich gekommen bin?«
»Ja. Er soll sich nicht erschrecken, wenn Sie plötzlich an seinem Bett stehen. Jetzt ist er vorbereitet.«
»Kann ... kann er sprechen?«
»Sie werden ihn verstehen. *Sie* bestimmt.«
Sie gingen hinüber zu der großen, breiten Tür, und sie nahm gar nicht wahr, daß sie geöffnet wurde. Sie sah nur einen großen, lichten Raum, Bett an Bett, in dem die Patienten, nur zugedeckt mit einem weißen Tuch, lagen; sie sah die beweglichen, mit Stoff bespannten Trennwände, die tickenden, brummenden, blubbernden Geräte; sie hörte Stöhnen und Weinen, hinter einer der Stoffwände jammerte jemand: »Laßt mich sterben. Laßt mich doch sterben! Schwester, ich will sterben. Bitte, bitte ...« Und starr, als sei sie ein Stück Holz mit Beinen, ging sie weiter, sah nicht nach rechts und links, blieb stehen, als sie die letzte Trennwand erreicht hatten. In der Wand sah sie eine gro-

ße, breite Scheibe, aber niemand stand dahinter und blickte hindurch.
Wo seid ihr, Hermann und Gottlieb, dachte sie verzweifelt. Warum laßt ihr mich jetzt allein? Warum steht ihr nicht am Fenster und seht zu? Ich brauche euch jetzt, ich brauche euch, ich weiß nicht, wie es hinter dieser Stoffwand aussieht, ob ich nicht umfalle, wenn ich ihn sehe.
»Kommen Sie!« hörte sie Dr. Anissimow sagen. »Zehn Minuten höchstens. Vielleicht sind es morgen fünfzehn Minuten.«
Sie nickte, schloß einen Moment die Augen und ging um die Trennwand herum.
Das erste, was sie sah, war ein Gewirr von Schläuchen, die mit Infusionsflaschen und elektrischen Geräten verbunden waren; auf zwei Bildschirmen zuckten bläuliche Streifen auf und nieder, im gleichen Rhythmus; ein saugendes Geräusch hörte sie und ein Gluckern, in eine Glasflasche tropfte eine trübe, mit Blut durchsetzte Flüssigkeit, und inmitten der Schläuche und Geräte sah sie ein schmales, eingefallenes Gesicht, umwuchert von einem Stoppelbart, und sie hatte Mühe, an diesem Gesicht zu erkennen, wer vor ihr lag. Nur die Augen waren ihr bekannt, jetzt größer als sonst, und diese Augen sahen sie starr an, und um den schmal gewordenen Mund, in den Winkeln der fahlen Lippen, erschien die Andeutung eines Lächelns.
»Mein Wolferl –«, sagte sie und setzte sich auf den weißen Plastikstuhl neben dem Bett. »Mein Wolferl, ich bin so glücklich, daß du noch lebst.«
Sie nahm seine Hand und küßte sie, diese harte, schwielige Hand, mit der er ihr Leben aufgebaut hatte, und sie beugte sich über ihn und küßte ihn auf Stirn und Augen und Mund und legte dann den Kopf an seine Schulter, so wie sie Nacht für Nacht bei ihm geschlafen hatte und glücklich war in seiner Liebe.
Er bewegte die Lippen, flüsterte etwas, aber erst als sie das Ohr an seinen Mund legte, hörte sie ihn.
»Erna ...«, sagte er. »Erna ... liebe Frau ... erschrick nicht ...«

»Warum soll ich erschrecken, Wolferl?« Sie streichelte wieder sein Gesicht und die nackte Brust, die mit Kontakten übersät war. »Es geht dir doch gut. Bald wirst du nach Hause kommen.«
»Nach Hause«, flüsterte er. »Ja ... Erna ... hol mich nach Hause.«
Sie blickte über seinen nackten, unter dem Leinentuch liegenden Körper, aus dem die Schläuche herauskamen, und sie sah, wie die Infusionsflüssigkeiten in seine Adern tropften, und dann streichelte sie seine Beine, die nie wieder laufen würden. Bis zu seinem Ende würde er so wie jetzt daliegen, unbeweglich und kraftlos, und nur seine Augen und der Mund würden leben und sein starkes Herz, das den Kampf nicht aufgeben wollte.
»Das ganze Dorf läßt dich grüßen«, sagte sie tapfer. »Die Nachbarn werden uns helfen, wenn es nötig ist. Mach dir keine Sorgen, es geht alles weiter wie bisher. Die Hauptsache ist, daß du bald gesund bist. Der Arzt ist sehr zufrieden mit dir, sagt er.«
Sie zuckte zusammen. Dr. Anissimow klopfte leise gegen das Gestänge der Trennwand. Zehn Minuten, die Zeit ist um. Hilfesuchend blickte sie zu dem großen Fenster. Und da standen sie und starrten ins Zimmer und auf die Schläuche und Apparate und auf den Mann, der unbeweglich im Bett lag und nur den Kopf bewegen konnte. Und ausgerechnet Gottlieb, der angehende Mediziner, weinte, Gottlieb, der Revolutionär, der dauernd im Streit mit seinem Vater gelebt hatte. Er lehnte sich an die Schulter seines Bruders und schluchzte. Kiwrin fuhr sich mit seinen Händen immer wieder über das Gesicht. Heinrichinsky hatte die Hände gefaltet und betete. Hermanns Miene war versteinert, und er hielt seinen Bruder umarmt, und Eva stand am Fenster, sah ihren Vater an und spürte die Kraft, die Erna aufbrachte, und fühlte die gleiche Kraft in sich, bereit, dem Schicksal die Stirn zu bieten. In diesen Minuten war sie ein anderer Mensch geworden, stark genug, um denken zu können: Papa, das Leben geht weiter. Auch

deins. Auch wenn du nicht mehr laufen kannst – ist das so wichtig? Wir sind doch bei dir, wir sind immer um dich, und ich werde dir die Zeitung vorlesen, und du wirst wieder lachen und mit uns schimpfen wie bisher, es wird alles so sein wie früher. Nur laufen kannst du nicht mehr. Papa, das Leben besteht nicht nur aus Laufen. Dein Leben sind wir, Mama und wir Kinder.
Erna wandte den Blick vom Fenster und beugte sich wieder über ihren Mann. Seine Augen bettelten, und sie verstand ihn, streichelte seinen Kopf und küßte ihn auf die blutleeren Lippen.
»Mein Wolferl ...«, sagte sie an seinem Ohr. »Noch eine Überraschung habe ich für dich.« Sie spürte, daß er nikken wollte, und nahm seinen Kopf zwischen ihre Hände. »Kannst du zur anderen Seite blicken? Komm, ich helfe dir ...«
Sie drehte vorsichtig seinen Kopf zum Fenster und legte ihr Gesicht an seine Wange. Lange sagte Weberowsky nichts. Er starrte auf die große Glasscheibe und die Gesichter hinter ihr. Hermann hatte Gottlieb losgelassen und barsch zu ihm gesagt: »Beherrsch dich. Verdammt noch mal, Vater soll nicht sehen, daß wir weinen! Lächeln müssen wir. Es geht ihm doch gut ...« Dann brach seine Stimme ab, und ein Zittern lief durch seinen Körper.
Weberowsky drehte den Kopf wieder zu Erna. Seine Lippen bewegten sich, und sie hielt wieder ihr Ohr an seinen Mund.
»Hermann ...«, flüsterte er. »Gottlieb. Eva. Peter. Kiwrin. Wie schön ist das.«
»Am liebsten wäre das ganze Dorf mitgekommen, Wolferl.«
»Laß sie kommen ... alle, alle.«
»Ich werde es ihnen sagen.«
An das Gestänge der Trennwand klopfte wieder Dr. Anissimow. Diesmal ungeduldiger, fordernder. Schluß jetzt! Es sind bereits fünfzehn Minuten! Es strengt ihn zu sehr an.
Erna erhob sich von dem weißen Plastikstuhl und strich

ihrem Mann wieder über das Gesicht. »Schlaf gut, Wolferl«, sagte sie dabei. »Morgen komme ich wieder.«
Er versuchte ein Nicken, aber plötzlich – und Erna zuckte zusammen und auch Dr. Anissimow begriff es nicht – sagte Weberowsky laut und klar:
»Bleib! Erna, bleib bei mir. Geh nicht weg.«
Es war, als habe er seine letzte Kraft hinausgeschrien. Sein Kopf sank zur Seite, und er verlor das Bewußtsein.
Dr. Anissimow zog Erna weg. Er hatte Mühe, sich zu beherrschen und nicht loszubrüllen. »Ganz ruhig verhalten, habe ich geraten«, sagte er hart. »Und was tun Sie? Sie regen ihn nur auf! Ich bezweifle, daß ich Ihnen morgen noch einen Besuch erlauben kann.« Dr. Koslow rannte an ihnen vorbei, gefolgt von einer Schwester. Dr. Anissimow ließ Erna los. »Sie entschuldigen mich. Ich muß zu Ihrem Mann. Gehen Sie in die Kabine und ziehen Sie sich um ... und verlassen Sie die Intensivstation! Rufen Sie mich morgen gegen zehn Uhr an. So eine Unvernunft!«
Ohne Gruß verschwand er um die Trennwand. Hinter dem Fenster rasselte eine Jalousie herunter. Ende des Besuches.
Kiwrin lehnte den Kopf an die Scheibe. »Es ist fürchterlich«, stammelte er. »Man kann es nicht mit ansehen. Ich habe ein Loch im Herzen, und das Blut läuft heraus, so elend fühle ich mich.«
»Wir sollten jetzt nicht jammern, sondern Mama zur Seite stehen!« erwiderte Eva mit starrem Gesicht. »Wenn wir alle herumstehen und heulen, hat auch sie keine Kraft mehr. Kommt, wir müssen zu ihr.«
Erna verließ mit gesenktem Kopf das Zimmer des Elends und der Schmerzen. Hinter der Stoffwand jammerte noch immer der Mann. Seine Stimme war leiser und schwächer geworden. »Schwester«, röchelte er. »Schwester, komm her. Laßt mich sterben ... bitte, bitte ... sterben ...«
In der sterilen Kabine zog sich Erna um, hängte den weißen Kittel an den Haken, stellte die Gummischuhe in das Regal und streifte die Gazemütze von den Haaren.
Er hat sich doch so gefreut, dachte sie. Er war doch so glück-

lich. Warum schimpft der Doktor mit mir? Hat er nicht gehört, daß er gerufen hat: Bleib, bleib! Geh nicht weg. Ich müßte die ganze Nacht bei ihm bleiben, hörst du, Doktor? Heute und morgen und immer, solange, bis man sagt: Jetzt darf er nach Hause. Er wird schneller gesund, wenn ich bei ihm bin. Das weiß ich besser als du, Doktor. Du hast deine Erfahrungen mit deinen Krankheiten, ich hab' meine Erfahrung mit meinem Wolferl. Ich komme morgen wieder. Und wenn du mich nicht zu Wolferl läßt, schreie ich das ganze Krankenhaus zusammen. Ich werde schreien, schreien.
Sie verließ die Station durch die große Glastür und sah auf dem Vorplatz ihre Familie stehen. Eva lief ihr entgegen und umarmte sie.
»Du warst so tapfer, Mama, so tapfer!« sagte sie.
»Eine heulende Frau nützt Vater gar nichts.« Sie sah hinüber zu Gottlieb. »Warum hast du geweint?«
»Ich konnte nicht anders, Mama. Wie er dalag, mit einem so kleinen Kopf ... und dann diese Augen, wie aus Glas.«
»Du mußt lernen, dich zu beherrschen.«
»Gottlieb konnte sich noch nie beherrschen«, sagte Hermann. »Das ist ein Fremdwort für ihn.«
»Keinen Streit! Wir müssen jetzt zusammenhalten.«
»Was hat Wolfgang gesagt?« fragte Heinrichinsky.
»Als er euch am Fenster sah, hat er gesagt: Wie schön!«
»Hat er alle von uns erkannt?«
»Er hat eure Namen genannt.«
»Mich hat er lange angesehen.« Kiwrin nagte an seiner Unterlippe. »Ich werde mich sofort um einen Rollstuhl kümmern.«
»Damit hat es noch lange Zeit.«
»Wißt ihr, wie schwer es ist, nach Atbasar einen Rollstuhl zu bekommen? Ich werde einen Händler bestechen müssen, sonst bekommen wir nie einen Rollstuhl. In Karaganda gibt es ein Sanitätshaus, die können einen besorgen. Aber ohne Rubelscheinchen in der Tasche geht gar nichts. Und wenn wir hundert Jelzins hätten und hundert Reformen ... da ändert sich nichts!«

»Wolfgang wird nie einen Rollstuhl gebrauchen«, sagte Erna.
»Wer behauptet das?«
»Der Chefarzt.«
»Ist er ein Wahrsager?« Kiwrin hob den Zeigefinger. »Ich sage euch: Wolfgang Antonowitsch wird in einem Rollstuhl sitzen und mit seinem Rollstuhl tanzen. Ich habe da im Fernsehen einen Film gesehen, sogar Handball haben die Rollstuhlfahrer gespielt. Einige, man hält es nicht für möglich, haben mit ihren Rollstühlen ein Wettrennen gemacht.«
»Es kommt immer auf die Art der Lähmung an, welche Nerven zerstört sind. Es gibt eine Menge von Abstufungen.« Gottlieb schüttelte den Kopf. »Aber wenn Dr. Anissimow die Prognose stellt, daß Vater nur noch liegen kann ...«
»Jetzt quatscht er schon wie ein Mediziner!« rief Hermann. »Ich sage, es ist alles nur eine Frage der Zeit.«
»Das sage ich auch!« Kiwrin hob wieder den Zeigefinger. »In einem Jahr rollt Wolfgang Antonowitsch durch Atbasar, und die Beljakowa schiebt den Stuhl!«
Er lachte, wurde aber sofort still, als Erna sagte: »Wir wollen glücklich sein, wenn er die nächsten Tage überlebt. Weiter denke ich noch nicht. Dazu bleibt später noch viel Zeit.«
Sie verließen das Krankenhaus, stiegen in den klapprigen Bus und fuhren zum deutschen Kulturzentrum und dem Büro der Organisation der Rußlanddeutschen. Bergerow wollte gerade sein Büro verlassen, als der Bus knirschend hielt. Erna klammerte sich an ihrem Sitz fest, und erst jetzt, durch diesen Ruck, schien sie an andere Dinge zu denken als an Wolferl.
»Mein Gott!« sagte sie. »Mein Gott!«
»Die Bremsen sind verrückt!« rief Kiwrin. »Mal packen sie und mal sagen sie gar nichts. Jetzt haben sie gepackt.«
»Ich habe was vergessen.« Erna fuhr sich mit den Fingern durch die Haare. »Ich habe meinen Bruder vergessen. Er

ist ja auch im Krankenhaus. Ich habe ihn einfach vergessen. Ich habe nur noch an Vater gedacht.«
»Fahren wir zurück!« sagte Hermann. »Aber sie werden uns nicht mehr hereinlassen.«
»Nein.« Erna schüttelte den Kopf. Sie legte ihn gegen die Lehne des Sitzes. »Ich gehe heute in kein Krankenhaus mehr. Ich bin müde, ich kann nicht mehr.«
»Wir werden Onkel Andrej morgen sehen.« Gottlieb sprang aus dem Bus. »Das ist früh genug. Seht ihr denn nicht, daß Mama jetzt Ruhe braucht?«
Bergerow, der gerade aus dem Haus kam, blieb stehen und musterte fast entsetzt das uralte Fahrzeug. Daß so etwas überhaupt noch fahren darf, dachte er. Wer wagt es denn, sich in solch ein Ungeheuer zu setzen? Aber tatsächlich, es sind Menschen drin. Sogar Frauen.
Er ging auf Gottlieb zu, während Kiwrin den schnaufenden Motor abstellte. Auch Heinrichinsky verließ jetzt den Bus.
»Wo kommt ihr her?« fragte Bergerow auf russisch.
Gottlieb blickte auf das Haus. Ein Schild in deutscher Sprache war neben der Tür befestigt. Deutsches Kulturzentrum. Der Mann war aus diesem Haus gekommen, also konnte er Deutsch.
»Aus Atbasar«, antwortete er auf deutsch. »Genauer aus Nowo Grodnow.«
»Nowo Grodnow!« Bergerow streckte ihm beide Hände hin. »Dann sind Sie ein Sohn von Wolfgang Antonowitsch.«
»Ja, wir kommen gerade von meinem Vater.«
»Es ist furchtbar.« Bergerow ging zum Bus, aus dem jetzt Erna ausstieg. Hermann stützte sie. »Frau Weberowsky? Es ist schön, daß Sie gekommen sind, den langen Weg. Und dann mit diesem schrecklichen Klapperkasten.«
Kiwrin, noch hinter dem Steuer sitzend, zuckte wieder zusammen. »Alle beleidigen meinen Bus!« schrie er. »Treu gedient hat er uns! Ein großes Maul kann jeder haben! Leihen Sie mir einen besseren Bus, ha? Können Sie das? Nichts können Sie. Noch nicht mal ein Fahrrad haben Sie

und gehen zu Fuß! Aber die Schnauze aufreißen, das können Sie!«
»Wer ist denn das?« fragte Bergerow erstaunt. »Wo habt ihr den denn aufgesammelt?«
»Das ist Michail Sergejewitsch Kiwrin, der Bezirkssekretär von Atbasar.« Gottlieb winkte ihm zu. »Steig aus!« Und zu Bergerow: »Ich nehme an, Sie sind der Leiter des Institutes, Herr Bergerow.«
»Verzeihen Sie. Ich habe ganz vergessen, mich vorzustellen. Ja. Ich bin Ewald Konstantinowitsch Bergerow. Ich war von dem Bus so fasziniert, daß ich an meinen Namen nicht mehr gedacht habe.«
»Er fängt schon wieder an!« knurrte Kiwrin.
Bergerow drückte Erna an sich, gab ihr, nach russischer Sitte, drei Wangenküsse und blickte dann wieder hinauf zu Kiwrin. »Für die Familie Weberowsky und den Pfarrer –«, er blickte zu Heinrichinsky, »ich nehme an, das sind Sie ...«
»Ja, wir haben miteinander telefoniert.«
» ... für sie sind Zimmer bestellt. Der Herr Bezirkssekretär wird sicherlich bei seinen Genossen schlafen wollen. Das Parteihaus liegt ungefähr 500 Meter von hier. Sie können es nicht verfehlen, die rote Fahne weht noch auf dem Dach.«
Kiwrin sprang aus dem Bus, ohne die Stufen zu benutzen, und kam auf Bergerow zu. Gottlieb wollte sich ihm in den Weg stellen, aber Hermann hielt ihn zurück.
»Wo soll ich schlafen?« knirschte Kiwrin.
»Bei Ihren Genossen.«
»Ich lasse das Haus beschlagnahmen!«
»Die Zeiten sind Gott sei Dank vorbei, oder hat man in Atbasar noch nichts von Gorbatschow und Jelzin gehört?«
»So ein deutscher Oberlehrer!« Er stellte sich neben Erna und stemmte die Hände in die Hüften. »Ich bleibe bei Erna Emilowna.«
»Hör auf zu schreien, Michail Sergejewitsch«, sagte sie. Ihre Lider flatterten, sie hatte Mühe, die Augen offenzuhalten. »Ich bin müde. Ich will Ruhe haben.«
»Sie ist müde!« schrie Kiwrin den beleidigten Bergerow

an. »Sie braucht Ruhe! Was stehen Sie hier noch herum? Zeigen Sie die Zimmer!«
Bergerow ließ Kiwrin stehen und begrüßte Eva, die als letzte aus dem Bus kletterte. »Wie kann man es nur mit diesem Menschen aushalten?« fragte er dabei. »Die Fahrt muß doch eine Tortur gewesen sein, oder wie Ihre Generation es ausdrückt: Ein Horrortrip.«
»Es war eher lustig.« Eva lachte und wischte ihr blondes, jetzt verschwitztes Haar aus der Stirn. Sie machte keineswegs den Eindruck, von ihrem todkranken Vater zu kommen und von seinem Anblick erschüttert zu sein. »Der Bus hat uns viel Freude gemacht.«
»Unglaublich.«
»An jeder Tankstelle bekam Kiwrin Streit. Das hätten Sie hören müssen. Es ist ein Erlebnis, Kiwrin toben zu sehen. Diese Ausdrücke. Dabei hat er ein weiches Herz, wie Butter in der Sonne.«
»Noch unglaublicher.«
»Er ist Papas bester Freund.«
»Das ist das Unglaublichste! Ein Parteifunktionär in Kasachstan Freund eines Deutschen? Das paßt doch nicht zusammen.«
»In Atbasar ist vieles anders als in anderen Bezirken. Schon Kiwrins Vater war Bezirksvorsitzender und hat Opa Anton beim Bau des Dorfes unterstützt, gegen den Willen der Baubehörde.«
»Das habe ich nicht wissen können.« Bergerow ging zurück zu Kiwrin. Erna hatte sich auf Hermann gestützt und die Augen geschlossen.
»Mutter kann nicht mehr stehen.« Hermanns Stimme war voll Sorge. »Zeigen Sie uns die Zimmer. Sie haben den ganzen Abend Zeit, sich mit Kiwrin zu streiten, von mir aus die ganze Nacht. Mutter muß sich hinlegen.«
»Ich spreche nicht mehr mit diesem Besserwisser!« sagte Kiwrin verächtlich. »Geht ins Haus, bezieht eure Zimmer und gute Nacht! Ich finde schon ein Quartier. Ust-Kamenogorsk ist nicht Kajnar. Morgen um zehn hole ich euch

ab. Ihr könnt ja nichts dafür, daß gerade die Widerlinge immer die besten Posten haben!«

Er wollte zum Bus gehen, aber Bergerow rief ihn zurück.

»Sie kommen auch mit, Michail Sergejewitsch.«

»Nein.«

»Und wenn ich Sie bitte?«

»Das sind ja ganz neue Töne!«

»Ich wußte nicht, daß Sie Wolfgangs bester Freund sind. Sie sind natürlich auch unser Gast.«

Kiwrin zögerte. Soll ich nachgeben? dachte er. Verliere ich nicht mein Gesicht? Aber dann sah er die im Stehen schlafende Erna, die ihre ganze Energie in den fünfzehn Minuten am Krankenbett ihres Mannes verbraucht hatte.

»Nur meinen Freunden zuliebe«, sagte Kiwrin stolz. »Ich will keine Dissonanzen.«

»Das haben Sie gut gesagt.« Bergerow konnte sich ein Lächeln nicht verkneifen. »Ich werde ein Bett ins Musikzimmer stellen lassen.«

Erna zog sich nicht aus, als sie endlich in ihrem Zimmer war. Sie saß auf dem Bett, starrte ins Leere, kippte dann um und schlief auf dem Rücken liegend sofort ein. Eva, die ihr Bett auf der anderen Seite des Zimmers hatte, kam zu ihr, schob ihre Beine auf das Bett, knöpfte drei Knöpfe des Kleides auf, damit sie besser atmen konnte, hob ihren Kopf und legte ein Kissen darunter. Dann ging sie zurück zu ihrem Lager.

Sie starrte vor sich hin, sah wieder diese nackte Gestalt zwischen den Schläuchen und Monitoren, diesen kleinen Kopf mit den Bartstoppeln, der so gar nicht wie Weberowsky aussah, und sah ihre Mutter, wie sie sich über diesen Kopf beugte und seine Lippen küßte.

»O Papa ... Papa ...«, murmelte sie halblaut. Dann brach ihr die Stimme. Sie warf sich mit dem Gesicht in das Kissen, und endlich konnte sie weinen und alle Beherrschung von sich abstreifen und das sein, was sie noch war: Ein junges, hilfloses Mädchen, das so tapfer sein wollte wie ihre Mutter.

Das Wiedersehen zwischen Erna und ihrem Bruder Andreas war kurz. Sie waren nicht allein. Nurgai war schon früher gekommen und saß an Frantzenows Bett. Er hatte einige Bücher mitgebracht, keine Fachbücher über Atomwissenschaft, sondern Romane von Bulgakow, Pasternak und Solschenizyn. Obwohl er ahnte, wer die Frau war, die hereinkam und Frantzenow umarmte und küßte und einige Tränen der Freude vergoß, blieb er auf seinem Stuhl sitzen. Frantzenow warf ihm einen bittenden Blick zu, aber Nurgai reagierte nicht darauf.
»Das ist Kusma Borisowitsch Nurgai«, stellte Frantzenow ihn endlich vor. »Meine Schwester Erna Emilowna.«
»Das habe ich mir gleich gedacht, als Sie ins Zimmer kamen.« Nurgai erhob sich leicht und deutete eine Verbeugung an. »Es ist schrecklich, unfaßbar, was hier passiert ist. Wir alle leiden mit Ihrem Mann und Andrej Valentinowitsch. Übrigens, morgen will General Wechajew einen Besuch bei Ihnen machen. Oder ist es noch zu früh?«
»Nein. Ich fühle mich gut. Und Wolfgang, habe ich gehört von der Schwester, ist wieder bei Bewußtsein.« Er sah Erna an und nickte zu Nurgai hin. »Kusma Borisowitsch ist der Leiter von Kirenskija.«
»Ich freue mich, daß Sie meinen Bruder besuchen.«
»Das hat seinen Grund.« Frantzenow lachte, aber es klang wie einstudiert. »Ich kämpfe mit ihm ...«
»Du kämpfst?« Sie drehte den Kopf zu Nurgai. »Warum denn?«
»Der Schuß hat nicht nur sein Bein getroffen, sondern auch sein Hirn! Ich wußte bis jetzt nicht, daß der Verstand im Oberschenkel steckt. Schreibt er mir doch einen Brief, können Sie das glauben? Einen Brief! Und was steht drin? Ich bitte um meine Entlassung. Ich will meinen Schwager Weberowsky nach Deutschland begleiten.«
Erna fuhr herum. Frantzenow nickte. »Du willst wirklich ...« Sie ergriff seine Hände und drückte sie. Sie spürte ihr Herz bis zum Hals klopfen.
»Ja.«

»Ich danke dir, Andrej. Aber ...« Sie holte tief Luft, um ihr Herz zu beruhigen. »Keiner weiß, ob Wolferl diese Reise machen kann. Wenn er für immer im Bett liegenbleiben muß ...«
»Wir können ihn auf einer Bahre hinüberfliegen.«
»Was erwartet ihn in Deutschland? Ein Zimmer oder eine Baracke, wo er nur die Decke anstarren kann. In Nowo Grodnow kann er im Garten liegen, sieht die Sonnenblumen und die Apfelbäume, sieht den Mähdrescher vom Feld zurückkommen, hört die Kühe und die Hühner und die Enten. Auch wenn er sich nicht rühren kann, er ist mittendrin im Leben. Und die Freunde besuchen ihn, und wir werden ihn bei den Dorffesten hinausrollen, er wird überall dabei sein. Was soll er in Deutschland?«
»Es ist sein großer Traum, Erna. Das weißt du. Er hat in letzter Zeit nichts anderes im Kopf gehabt als die Hoffnung, umsiedeln zu können. Für ihn ist Deutschland das gelobte Land.«
»Hör einer an, wie er spricht!« Nurgai klatschte sich auf die Oberschenkel. »Vor zwei Wochen hat er noch gesagt: Ich bin ein Russe! Der Iran wollte ihn abwerben. Für Millionen Dollar! Und was hat er geantwortet? Nein, ich bin ein Russe! Und auf einmal will er ein Deutscher sein.«
»Die Schüsse auf mich und Wolfgang haben meine Welt verändert. Ich habe eine neue Aufgabe bekommen. Ich weiß jetzt, wo ich hingehöre.«
»Nach Moskau, als Präsident der russischen Atomforschung.«
»Ich will nichts mehr mit Atom zu tun haben.«
»Hören Sie das, Erna Emilowna, hören Sie das?« rief Nurgai aufgebracht. »Rußlands Starwissenschaftler gibt Moskau einen Korb! Ignoriert die höchste Ehre, die man erhalten kann. Will in Deutschland in einem Gärtchen sitzen und den Bienen zusehen, wie sie in die Blüten krabbeln! Wahnsinn ist das doch. Wahnsinn!«
»Noch sind wir nicht in Deutschland, Kusma Borisowitsch.« Erna blickte an ihm vorbei zum Fenster. Es stand

offen, ein warmer Wind wehte ins Zimmer. Hier ist noch Sommer, dachte sie. In Nowo Grodnow spürt man schon den Herbst. Und dann ist schnell der Winter da mit seinen heftigen Stürmen, die von allen Seiten kommen, vom Altai und vom Ural. Die Bäume werden sich biegen, und ein Heulen wird um das Haus sein. Wie kann man da einen Gelähmten transportieren? »Es wird vielleicht ein Jahr dauern, bis wir aussiedeln können.«
»Auch in einem Jahr ändert sich mein Entschluß nicht!« sagte Frantzenow. »Ich bleibe bei Wolfgang. Wir sollten zusammen sterben – jetzt werden wir zusammen leben. Das ist mein letztes Wort.«
»Ich höre es nicht. Ich habe nichts gehört.« Nurgai sprang vom Stuhl auf und wanderte im Zimmer hin und her. Ab und zu blieb er stehen und hieb mit der Faust gegen die Wand. »Ich weigere mich, das Entlassungsgesuch anzunehmen!«
»Ich kann auch an Minister Viktor Michailow direkt schreiben.«
»In ein Irrenhaus wird er Sie einsperren lassen!«
»Ich weiß, das war die bevorzugte Methode, unliebsame Personen verschwinden zu lassen. Denken wir an Sacharow. Verurteilt zu einem Tod auf Raten. Aber das gibt es nicht mehr, Kusma Borisowitsch. Der KGB ist nicht mehr der heimliche Regent des Staates. Das tut manchen ungemein weh, Ihnen vielleicht auch, aber diese Zeiten werden nie wiederkommen. Endlich kann ein Mensch über sich selbst verfügen.«
»Was in das Chaos führt!« Nurgai blieb vor dem Bett stehen. »Da ist ein Sträfling, der über siebzig Jahre an Ketten hängt, in einem dunklen Kerker, und plötzlich geht die Tür auf, jemand kommt herein, schließt die Ketten auf und führt ihn ins Freie. Glauben Sie, der Mann könnte sofort laufen, könnte in die Sonne sehen, ohne geblendet zu werden? Genauso geht es Rußland. Es ist frei, aber es kann nicht laufen. Andrej Valentinowitsch, Sie haben es doch in den Zeitungen gelesen: Die Kriminalität ist um 200 Pro-

zent gestiegen. Heroin und Kokain kommen ins Land, eine neue Mafia verdient daran Millionen. Aids, bisher kaum relevant, breitet sich aus. Der Schwarzmarkt verhindert jede vernünftige Wirtschaftsplanung, in den großen Städten nimmt die Prostitution überhand. Sabotage, Diebstahl, Unterschlagung, Bandenverbrechen, Mord, Betrug, Faulheit ... Rußland ist das größte Agrarland der Welt, aber die Getreideernte ist so mies, daß wir Weizen, Roggen und Hafer von Amerika kaufen müssen. Nichts klappt mehr, die Menschen stehen weiterhin in Schlangen vor den leeren Geschäften, und im Winter hungern sie. Der Westen muß Millionen Pakete schicken, damit sie überleben! Sie haben es gut, Frantzenow. Für Sie sind die Türen geöffnet, ja ... aber anstatt diesem hilflosen Volk zu helfen, ein geistiger Arbeiter des Aufbaus zu sein, wollen Sie in den fetten Westen flüchten, lassen Sie Ihr Rußland allein und verraten ihre Heimat.«
»Heimat?« fragte Frantzenow gedehnt.
»Ja. Heimat. Sind Sie nicht an der Wolga geboren worden?«
»Es werden Kinder auf dem Schiff, im Flugzeug oder sonstwo geboren. Ist das Flugzeug ihre Heimat?«
»Welch ein dummer Vergleich! Auf die Abstammung kommt es an.«
»Das wollte ich hören. Ich stamme nicht von russischen Eltern ab, sondern von deutschen. Was bin ich also?«
»Wortklauberei ist das! Seit dem zehnten Lebensjahr sind sie russisch erzogen worden, Sie sprechen russisch wie ihre Muttersprache, dagegen ist Ihr Deutsch miserabel, Sie haben russische Verdienstorden bekommen, Rußland hat Sie mit staatlichen Stipendien studieren lassen, alles an Ihnen ist russisch. Und durch einen dummen Schuß entdecken Sie plötzlich deutsche Ahnen!«
»Er ist mein Bruder«, mischte sich Erna ein. »Und ich war nie eine Russin. Die Frantzenows waren immer Deutsche.«
Sie legte die Hand auf den Arm ihres Bruders, es sah aus, als halte sie sich daran fest, oder als klammere sie sich fest,

damit er nicht wegging. »Ich bin so glücklich, daß er zurückgekommen ist.«
»Und ich bleibe auch. Mich kann keiner mehr zwingen.«
»Wenn das nur kein Irrtum ist!« erwiderte Nurgai trokken. »Ich nehme Ihr Gesuch nicht an, nicht mit dieser Begründung! Wenn Sie schreiben, ich habe bei mir eine Geisteskrankheit festgestellt, dann – vielleicht – würde ich mich damit beschäftigen.«
»Sobald die Wunde verheilt ist und ich wieder richtig gehen kann, werde ich nach Kirenskija kommen, meine Sachen packen und Sie für immer verlassen. Sie können mich nicht aufhalten, Kusma Borisowitsch!«
»Ich nicht, aber vielleicht General Wechajew.«
»Was hat Wechajew mit mir zu tun? Er ist Soldat, ich bin Zivilist.«
»Er kann sie als Sicherheitsrisiko verhaften.«
»Dazu hat er keinen Grund.«
»Er hat ihn!« Nurgai kostete seinen Triumph aus und wippte auf den Schuhspitzen auf und ab. »Wir werden nach Moskau melden, daß Sie mit iranischen Aufkäufern verhandelt haben und daß auch die USA ein Angebot unterbreitet haben.«
»Sie sind ein Lügner, Nurgai!« erwiderte Frantzenow dumpf. »Nur die Gegenwart meiner Schwester hindert mich, vor Ihnen auszuspucken.«
»Laß dich nicht abhalten, Andrej.«
Nurgai erstarrte. Wilde Entschlossenheit spiegelte sich in seinen Augen. »Wie ihr wollt«, sagte er. »Ich wollte es gütlich lösen, immerhin haben wir neun Jahre gut zusammengearbeitet, aber jetzt werde ich gezwungen sein, mit allen Mitteln, auch wenn sie nicht erlaubt sind, Andrej Valentinowitsch daran zu hindern, Rußland zu verlassen.«
»Ich werde nach Moskau fliegen und mit Viktor Michailow sprechen.«
»Tun Sie das. Auch der Minister kann Sie nicht schützen. Sie werden statt in einem Hotel in der Lubjanka übernach-

ten. Der KGB wird sie am Flughafen erwarten. Das verspreche ich Ihnen.«

Er nahm seine Jacke von der Stuhllehne, warf sie über die Schulter und verließ das Krankenzimmer. Mit einem Knall schlug er die Tür hinter sich zu.

»Ein widerlicher Mensch«, meinte Erna und erhob sich von der Bettkante. »Er wird uns allen Schwierigkeiten machen.«

»Ich habe gute Verbindungen zu Moskau, Erna. Mach dir keine Sorgen. Kümmere dich ausschließlich um Wolfgang. Gehst du jetzt zu ihm?«

»Ja. Kommst du mit?«

»Das ist doch selbstverständlich.«

»Hoffentlich können wir Wolferl sehen.«

»Warum nicht? Es geht ihm doch besser.«

»Dr. Anissimow will mich nicht mehr zu ihm lassen. Er hat mich angebrüllt, gestern, weil ich länger als zehn Minuten bei Wolferl geblieben bin.«

»Er hat dich angebrüllt?«

»Gedroht hat er, daß ich Wolferl nicht mehr sehen werde. Das kann er doch nicht tun, Andrej, nicht wahr, das kann er doch nicht tun.«

»Wir werden sehen.« Frantzenow schob sich aus dem Bett und griff nach seiner Krücke. Er trug einen gestreiften Schlafanzug, ein wahrer Luxusartikel. Als man ihm den Schlafanzug gab, mußte er an Sotschi denken, dem vornehmen Seebad am Schwarzen Meer. Zweimal war er zur Erholung dort gewesen und hatte gesehen, daß viele russische Kurgäste in ihren gestreiften Pyjamas nicht nur am Strand, sondern auch auf der Strandpromenade herumwandelten, auf den weißen Bänken saßen oder der Kurmusik zuhörten. Es war etwas Besonderes, solch einen Schlafanzug zu besitzen, also mußte man ihn auch zeigen.

»Anissimow wird nicht wagen, dich in meiner Gegenwart anzuschreien.«

»Warten wir es ab, Andrej.« Sie ging voraus und öffnete die Tür. »Ich bin wirklich zu lange geblieben. Aber kann

man das nicht verstehen, wenn eine Frau bei ihrem Mann ist, von dem sie nicht weiß, ob er weiterleben kann?«
Auf der Intensivstation trafen sie auf Dr. Koslow. Er hob beide Hände, als müsse er ein Gespenst abwehren und stellte sich ihnen in den Weg. »Ohne Erlaubnis von Dr. Anissimow ist kein Besuch erlaubt. Auch für Sie nicht, Herr Professor.«
»Dann rufen Sie Anissimow an!«
»Ich weiß nicht, ob der Chef im Hause ist.«
»Das werden Sie ja sehen, wenn er nicht ans Telefon kommt.«
»Ich habe gestern gehört ...«
»Was Sie gehört haben, ist unwichtig!« herrschte Frantzenow den jungen Arzt an. »Gestern ist vorbei, und heute ist ein anderer Tag!«
Dr. Koslow ging zum Wandtelefon auf dem Flur und rief Dr. Anissimow an. Er betete innerlich, daß er nicht da sein möge, aber Anissimow war in seinem Zimmer, saß vor einem Lichtkasten und betrachtete das Röntgenbild. Da schellte das Telefon.
»Ich habe gesagt, ich will nicht gestört werden!« schrie er in den Apparat. »Hört denn hier gar keiner mehr zu?«
»Hier Intensiv II. Koslow.«
»Was ist?«
»Professor Frantzenow ist hier ... und Frau Weberowsky.«
»Rausschmeißen!«
»Den Professor?«
»Die Frau!«
»Sagen Sie ihr das selbst.«
»Sie Memme! Sie werden nie Chefarzt!« Anissimow knipste den Lichtkasten aus, zog seinen weißen Kittel an und fuhr mit dem Lift hinauf zur Intensivstation. Wie ein Berserker stürmte er durch die große Glastür.
»Herr Weberowsky kann keinen Besuch empfangen!« rief er noch im Laufen. »Ich habe angeordnet ...«
»Schreien Sie nicht!« sagte Frantzenow, fast ebenso laut wie Anissimow. »Und benehmen Sie sich wie ein gesitteter

Mensch. Wenn Sie schon kein Herz haben, dann haben Sie wenigstens Anstand!«
Einen Moment sprachlos, starrte Anissimow ihn an. So hatte noch keiner gewagt, mit ihm zu sprechen. Er war Herr in diesem Haus und gewohnt, ohne Widerspruch seine Anordnungen zu geben. Jeder Patient duckte sich vor ihm, die Ärzte und die Schwestern und Pfleger sowieso, denn jeder hatte Angst, Anissimows Wohlwollen zu verlieren. Sie waren auf ihn angewiesen, er herrschte unumschränkt.
»Wer ist hier der Arzt?« fragte er endlich, etwas leiser.
»Sie. Welche Frage.«
»Wer hat die Verantwortung für die Kranken?«
»Sie.«
»Und da wagen Sie es, mir mangelnden Anstand vorzuwerfen, wenn ich die Kranken beschütze?«
»Ich gehe schon.« Erna wandte sich ab. Ihre Schultern sanken zusammen. »Ich habe einen Fehler gemacht, ja ... aber die Strafe ist zu hart.«
»Du bleibst, Erna. Wir gehen gleich zu Wolfgang.«
»Nein!« Dr. Anissimow stieß den Kopf vor wie eine Viper. »Ich verbiete es!«
Sie zuckten beide zusammen. Erna hatte einen hellen, sich überschlagenden Schrei ausgestoßen. Der Schrei alarmierte die Station. Schwestern und Ärzte stürzten auf den Flur.
»Ich will meinen Mann wiederhaben!« schrie Erna. In ihren Augen sah man, daß sie gar nicht wußte, was sie tat. Sie hörte sich selbst schreien, und es war für sie eine fremde Stimme. »Er gehört mir und nicht den Ärzten! Ich will ihn wiederhaben. Ich will ihn mitnehmen!«
Dr. Anissimow wollte etwas sagen, aber Frantzenow hatte seine Krücke genommen und hielt sie wie eine Schranke vor Anissimows Bauch. »Keinen Schritt weiter!« sagte er in einem Ton, der jeden Zweifel ausschloß. »Anissimow, ich schlage Ihnen die Krücke über den Schädel, das schwöre ich Ihnen!«
Im Flur standen die Ärzte, Schwestern und Pfleger und

waren wie erstarrt. Sie warteten. Schlug Frantzenow wirklich zu? Es war keiner unter ihnen, der Anissimow diese Prügel nicht gönnte. Endlich jemand, der sich nicht vor ihm duckte. Schlag zu, Professor, wir warten alle darauf.
»Wenn das so ist.« Anissimow war bleich geworden. Diese Beleidigung wirkte wie Gift in ihm. »Da steht er wieder, der deutsche Held! Schlägt alles nieder, weil es für ihn keine Moral gibt! Nur erobern, immer nur erobern! Gehen Sie hinein zu Weberowsky. Wenn ihn die Aufregung zurückwirft und er stirbt ... ich kann's nicht mehr ändern. Ein Deutscher weniger, das ist wohl der richtige Standpunkt!«
Niemand hinderte sie jetzt, die Intensivstation zu betreten. Die Stille, in die sie eintraten, ließ ihren Atem schwerer machen. Nur ein paar Apparate tickten leise. Der Mann, der gestern um seinen Tod gebettelt hatte, war nicht mehr da. Man hatte ihn sterben lassen.
Weberowsky mußte die Schritte gehört haben. Er hatte den Kopf zur Trennwand gedreht und lächelte, als Erna an sein Bett trat. Er wollte die Hand heben, aber er war scheinbar noch zu schwach dazu.
»Wie gut, daß du kommst«, sagte er mühsam, aber verständlich. »Ich habe auf dich gewartet. Geh nicht so schnell wieder fort. Bleib bei mir. Ich brauche dich.«
Es war das erstemal in den vielen Jahren ihrer Ehe, daß er zugab, sie zu brauchen.
»Ich bleibe bei dir«, erwiderte Erna und küßte ihn auf die Stirn. »Ich lass' dich nicht allein, Wolferl. Werd wieder gesund, alle warten auf dich.«
Bis zu den Schultern ist er gelähmt. Ob er die Arme bewegen kann, wissen sie noch nicht. Kann er es nicht, werden wir ihn füttern wie einen jungen Vogel. Aber er wird leben und glücklich sein, wenn wir ihn unter die Sonnenblumen schieben oder an den Stall, wo er den Hühnern zusehen kann und die Enten schnatternd um ihn herumwatscheln.
»Es wird alles gut werden, Wolferl«, sagte sie und legte ihren Kopf auf seine Hand. »Wir müssen nur Geduld haben. Viel Geduld!«

»Ich weiß, Erna.« In seinen Augen lag eine unendliche Liebe. Sie hatte einen solchen Blick noch nie bei ihm gesehen. Auch nicht, wenn sie sich geliebt hatten – da war er wie ein Bär, der, satt vom Honig, sich auf die Seite rollt und zufrieden einschläft. »Ich war immer ein ungeduldiger Mensch.«
»Ja, das warst du, Wolferl.«
»Ich habe kein Gefühl in den Beinen.«
»Hast du das dem Arzt gesagt?« fragte sie vorsichtig.
»Ja.«
»Und was hat er geantwortet?«
»Dasselbe wie du: ›Geduld, das wird schon wieder. Denken Sie an Ihren Hof. Auch dort braucht es eine Zeit, bis aus einem Saatkorn eine reife Ähre wird.‹«
»Das hat Dr. Anissimow gesagt?«
»Ja. Er machte mir Hoffnung.« Seine Augen wanderten zur Seite. »Da steht doch jemand hinter der Trennwand.«
»Ich bin es.« Frantzenow kam um die Bespannung herum. Er bemühte sich krampfhaft, fröhlich zu erscheinen. »Guten Morgen, Schwager. Von Tag zu Tag siehst du besser aus. Übrigens, so ein Bart steht dir gut. Er macht dich so würdevoll.«
Weberowsky versuchte ein Grinsen. »Erna, du hast einen Bruder, den man umarmen könnte. Leider ist er ein Russe.«
»Er kommt mit uns nach Deutschland, Wolferl.«
»Ist das wahr?« Weberowsky riß die Augen auf. »Du hast über unser Gespräch nachgedacht?«
»Nein. Eine Kugel hat mich überzeugt.«
»Ja, so ist das, Erna.« Er wandte den Kopf wieder seiner Frau zu. »Da muß man erst fast ermordet werden. Wann fahren wir, Schwager?«
»Sobald du wieder gehen kannst.«
»Ich werde den Ärzten zeigen, was ein Weberowsky kann. Paßt auf, ich werde schneller auf den Beinen sein, als alle glauben.«
»Das hoffen wir alle.« Erna drückte die Stirn gegen seinen

Hals. Nicht weinen, befahl sie sich. Du darfst nicht weinen. Bleib stark. Aber ihr grauste vor dem Augenblick, in dem er die Wahrheit erfahren mußte. »Nächstes Jahr will Hermann heiraten, da mußt du wieder tanzen können.« Sie blickte hinauf zu Frantzenow, ein flehender, verzweifelter Blick. »Wolferl ist ein guter Tänzer. Nicht müde wird er. Bei jedem Tanz ist er dabei.«
Es war zu Ende mit ihrer Beherrschung. Sie sprang auf, lief hinter die Trennwand und drückte beide Hände auf ihren Mund, um das Schluchzen zu unterdrücken. Weberowsky wurde unruhig.
»Was hat sie?« fragte er. Seine Stimme war leiser geworden, er war noch zu schwach, um länger sprechen zu können.
»Erna hat einen Schnupfen und will dich nicht anstecken«, antwortete Frantzenow geistesgegenwärtig.
»Weiß das der Arzt?«
»Natürlich nicht. Er hätte uns sonst nicht zu dir gelassen. Infektionsgefahr.«
»Ihr habt ja gar keine sterile Kleidung an. Gestern sah Erna aus wie die Arbeiterinnen in der Wurstfabrik von Atbasar.« Er gähnte und schloß dann die Augen. »Wo sind Hermann, Eva, Gottlieb, der Pfarrer und Kiwrin?« Er hielt die Augen geschlossen und spürte, wie er langsam wegglitt. Er stemmte sich dagegen und verlor dadurch nur noch mehr Kraft.
Die Erschöpfung war stärker als sein Wille. Sein Kopf fiel zur Seite. Besorgt blickte Frantzenow auf die Monitore an der Wand. Erna kam um die Trennwand herum.
»Schläft er?« flüsterte sie.
»Ja, es hat ihn doch sehr angestrengt. Er hat viel zuviel gesprochen. Aber er hat das Schlimmste überstanden. Es kann jetzt nur aufwärtsgehen.«
Erna verabschiedete sich von ihrem Mann mit einem Kuß auf die Lippen. Er spürte es nicht, die Erschöpfung hatte ihn in die Tiefe gezogen.
Dr. Anissimow wartete auf dem Flur und sah sie mit ver-

kniffenem Mund an, als sie aus der Station kamen. Drei Schwestern und Dr. Koslow liefen an ihnen vorbei. Anissimow hatte sie bis jetzt zurückgehalten. »Sie gehen nicht hinein!« hatte er befohlen. »Wenn Weberowsky kollabiert, sind Sie Zeugen, daß es die Schuld dieser beiden ist.«
»Wie geht es dem Patienten?« fragte er jetzt.
»Er schläft«, antwortete Erna, bevor Frantzenow sie daran hindern konnte.
Wie erwartet, hob Anissimow drohend die Stimme: »So, er schläft?! Schläft ohne Injektion, schläft am Vormittag, wo er eigentlich wach sein sollte! Ist das normal? Sie haben ihn an den Rand des Grabes gebracht. Jetzt müssen wir ihn wieder zurückholen. Er schläft nicht, er ist besinnungslos geworden!«
Aus der Station kam Dr. Koslow. Wie ein Geier stürzte Anissimow auf ihn zu.
»Was ist?« rief er. »Komplikationen?«
»Er schläft tief und fest. Das Herz arbeitet kräftiger, der Blutdruck ist stabil. Ich hätte nicht gedacht ...«
Dr. Anissimow gab keinen Laut von sich. Er drehte sich um, stieß die Glastür auf und verließ grußlos die Intensivstation. Dr. Koslow wartete, bis sie wieder zugeschwungen war.
»Ihr Mann hat sich wesentlich zum Guten verändert«, sagte er irritiert. »Was haben Sie mit ihm gemacht?«
»Ich habe ihn geküßt«, antwortete sie und lächelte wie verträumt. »Ich habe ihn nur geküßt.«

Sie blieben eine Woche in Ust-Kamenogorsk und besuchten jeden Tag den immer lebendiger werdenden Weberowsky. Dr. Anissimow verhinderte die Besuche nicht mehr, aber er ließ sich auch nicht blicken, solange die Familie am Bett saß. Er stellte nur fest, ohne mit den anderen Ärzten darüber zu sprechen, das war unter seiner Würde, daß es Weberowsky von Tag zu Tag besser ging, daß die Schwächeanfälle nachließen und daß sein eingefallenes Gesicht wieder aufblühte. Auch die Augen bekamen ein neues Leben, sie nahmen wieder teil am Geschehen um ihn herum.

Der Besuch von Pfarrer Heinrichinsky, der am fünften Tag zu Weberowsky durfte – so hatte es Erna bestimmt –, heiterte ihn noch mehr auf.

»Peter Georgowitsch«, sagte er, schon mit viel kräftigerer Stimme, »hast du fleißig für mich gebetet?«

»Nur ab und zu«, antwortete Heinrichinsky.

»Aha, darum bleibt das Wunder an mir aus!«

»Gott hat dich nicht sterben lassen. Das war der Anfang deines neuen Lebens. Jetzt mußt du selbst etwas daraus machen.«

»Ich bin dabei. Sobald ich aus dem Krankenhaus heraus bin, fliegen wir nach Moskau zur deutschen Botschaft und geben unsere Ausreiseanträge ab. Andrej Valentinowitsch wird auch dabeisein.«

»Ich weiß es.« Heinrichinsky behielt seine fröhliche Haltung. Er dachte nur: Wie bringt man ihm eines Tages bei, daß er nie wieder gehen kann? Wer sagt es ihm? Es wird ein Schock sein. »Vielleicht kann dein Schwager durch seinen internationalen Ruf das Verfahren beschleunigen. Vor einem großen Namen öffnen sich viele Türen.«

»Hast du schon Pläne? Hast du überlegt, was du machen willst?«

»Einen Pfarrer kann man immer brauchen.«

»Das stimmt. Ich kenne keinen arbeitslosen Pfarrer. Du bist versorgt. Aber ich und die anderen? Ob sie uns ein Stück Land geben? Haben sie überhaupt Land? Ich kann auch in einer Fabrik arbeiten, noch drei Jahre, dann bekomme ich Rente.«

»Warum jetzt darüber sprechen, Wolferl?« sagte Erna. Jeden Tag saß sie bei ihm am Bett, hielt seine Hand und hatte Angst, daß er entdecken könnte: Ich kann ja die Beine nicht mehr bewegen. Ich kann keine Faust mehr ballen. Ich kann mich nicht einmal auf die Seite drehen. Mein Körper gehorcht mir nicht mehr. Erna, was ist los mit mir? Erna, sag mir die Wahrheit. Was sollte sie dann sagen? »Darüber

nachzudenken haben wir noch viel Zeit. Laß uns erst in Deutschland sein.«
»Ich will mit einem festen Plan hinüberkommen. Ich will nicht warten, bis sich ein Beamter an mich erinnert. Ich will arbeiten.«
Es war schrecklich, ihm zuzuhören und ihm Mut zu machen. »Es wird noch genug Arbeit geben«, erwiderte Heinrichinsky. »Sie lassen uns doch nicht umsiedeln, wenn in den Bonner Ministerien nicht genaue Pläne vorliegen.«
Am sechsten Tag durfte endlich Kiwrin zu Weberowsky. Er war tief beleidigt, daß alle schon Wolfgang Antonowitsch gesprochen hatten. Ihn hatte man mit der Ausrede, er ist noch zu schwach für dich, immer wieder vertröstet. Aber nun war es soweit. Kiwrin begleitete Erna ins Krankenhaus.
Weberowsky war vorbereitet. Er hatte den Kopf zur Trennwand gedreht. Als Kiwrin um sie herum kam und an das Bett trat, sagte er mit großer Freude:
»Da bist du endlich, du Stinktier.«
Und Kiwrin antwortete, ebenso freudig: »Du mußtest erst kräftiger werden, du Bauerntrottel! Jetzt geht's dir gut, wie ich sehe.«
Und dann erzählte er. Von Atbasar, wo es in einer Metzgerei gebrannt hatte, und die Feuerwehr kam angerast und merkte erst am Brandort, daß der Tankwagen ohne Wasser war. Als aber der Brand endlich gelöscht war und die Feuerwehr abrückte, fehlten dem Metzger aus dem unversehrten Kühlhaus drei Schweinehälften und zwei Rinderfilets. Zwei Tage später gab es auf der Feuerwache hinter verriegelten Türen ein großes Fressen mit Schweine- und Rinderbraten und Wodka, und es war ein Glück, daß an diesem Abend nirgendwo ein Feuer ausbrach ... es hätte keiner mehr eine Spritze halten können. Und die Beljakowa verzichtete auf ein neues Flugblatt, nachdem man ihr von dem Attentat auf Weberowsky erzählt hatte. Sie hatte noch immer nicht den Fleischbeschau-Stempel abwaschen können, es mußte eine besondere Farbe sein, die in die

Haut eindrang, und der Arzt von Atbasar hatte zu ihr gesagt, daß sie wohl bis an ihr Lebensende mit diesem Stempel herumlaufen würde, es sei denn, man würde ihn herausschneiden. Da habe sie einen Schrei ausgestoßen und sei aus der Praxis geflohen.
Weberowsky lachte in einem fort, auch wenn das Lachen jedesmal Stiche in seiner Brust auslöste. Dann mußte er husten, und ein krampfartiges Zucken durchzog seine Schultern. Nur sein Körper regte sich nicht, so als sei er gar nicht vorhanden. Es lebte nur sein Kopf.
»Jetzt ist es genug«, sagte Erna, als Kiwrin begann, von einem Liebespaar aus Atbasar zu erzählen, das sich am Waldrand in ein Ameisennest legte. »Wolferl hat genug gelacht. Er hustet schon wieder! Es strengt ihn zu sehr an. Mach Schluß, Michail Sergejewitsch.«
Kiwrin sah das ein, leistete keinen Widerstand, klopfte Weberowsky auf die Schulter und sagte: »Das war's, du Fleischstempler. Ich komme morgen wieder. Verdammt will ich sein, wenn wir dich nicht bald aus diesem Stall hier abholen können! Da können die Mediziner noch so gelehrte Vorträge halten, die beste Therapie ist das Lachen. Weiter so, Wolfgang Antonowitsch!«
»Komm morgen bestimmt wieder, du Halunke!« erwiderte Weberowsky. Und als Kiwrin um die Trennwand verschwunden war, sah er Erna strahlend an. »Kiwrin ist ein fabelhafter Mensch. Er hat recht, ich fühle mich viel wohler. Seine Frechheiten stecken an.«
Erna nickte. So ist es, dachte sie. Ich sitze hier am Bett und küsse ihn und wische ihm den Schweiß von der Stirn, und er nimmt es dankbar hin. Er erwartet nichts anderes. Aber dann kommt ein Kumpel wie Kiwrin, erzählt erfundene Geschichten, über die man lachen kann, und dann heißt es: Ich fühle mich gleich wohler.
Und wieder grauste es ihr vor der Stunde, in der sie zu ihm sagen mußte: Wolferl, du wirst nie wieder gehen können. Du kannst das Bett nie mehr verlassen, aber wir werden dich überall hinbringen, wohin du willst.

Auch nach Deutschland? dachte sie.
Sie sah Wolfgang in das entspannte Gesicht. Kiwrins Geschichten wirkten in ihm nach. Sie kniff die Lippen entschlossen zusammen.
Nein! Nicht mehr nach Deutschland.

Acht Wochen lag Weberowsky im Krankenhaus von Ust-Kamenogorsk. Erna, die Kinder, der Pfarrer und Kiwrin waren zurück nach Atbasar gefahren, und sie brauchten diesmal drei Tage, weil der Bus den Auspuff verlor, ein Reifen sich in Fetzen auflöste und zweimal das Kühlwasser kochte. An der vierten Tankstelle kam es zu einer Schlägerei. Als der Tankwart den Bus halten sah, stürzte er aus seinem Häuschen, eine Eisenstange in der Hand. Da zeigte Hermann, was er in der Boxstaffel der Universität gelernt hatte. Mit fünf Hieben legte er den rabiaten Tankwart auf den Boden, aber vorher erhielt Kiwrin am Kopf noch eine Beule, weil er, Hermann zu Hilfe eilend, in die schwingenden Fäuste des Tankwartes geriet.
Aber sie erreichten Atbasar in bester Gesundheit. Kiwrin fuhr sie noch nach Nowo Grodnow, kehrte dann zum Fuhrpark der Stadt Atbasar zurück, stellte den Bus mitten auf dem Parkplatz ab und wartete, bis der Fahrzeugmeister zu ihm kam.
»Da sind Sie ja wieder«, meinte der erfreut. »Na, wie war die Fahrt? Wie sieht es da unten aus? Waren Sie auch an der chinesischen Grenze?«
»Ich brauche zehn Stangen Dynamit«, antwortete Kiwrin finster.
»Dynamit? Wozu denn?«
»Ich muß dieses Aas von Bus in die Luft sprengen!«
Der Wagenmeister starrte Kiwrin voll Entsetzen an. »Michail Sergejewitsch«, rief er, »was hat Ihnen mein Adlerchen getan?«
»Adlerchen?! Ein blinder Uhu ist er! Dynamit her!«
»Adlerchen mag alt sein, alt werden wir alle. Kann ich Sie in die Luft sprengen, wenn Sie klappernd am Stock gehen?

Besorgen Sie mir einen besseren Bus! Dann stelle ich Adlerchen als Laube in meinen Garten. Von Atbasar nach Ust-Kamenogorsk und zurück ... so einen weiten Weg ist er noch nie gefahren! Immer nur durch die Stadt. Bus Nummer 1 war er. Darauf war er stolz. Und nun, auf einmal, im geruhsamen Alter, diese irre Strecke. Man muß das psychologisch sehen –«
Kiwrin ließ ihn stehen und ging wortlos davon.
Es gibt mehr Verrückte, als wir ahnen, dachte er. Eines Tages ist die ganze Welt meschugge ... wird das ein Leben!
Und er freute sich, daß er so normal war.
In Ust-Kamenogorsk blieb Professor Frantzenow zurück. Dr. Anissimow entließ ihn so früh wie möglich aus dem Krankenhaus. Weberowsky hatte den Schuß überstanden, die Wunde hatte sich geschlossen, sie näßte nicht mehr und brauchte nicht mehr ausgesaugt zu werden. Ein Teil der Schläuche wurde entfernt, nur die Monitore blieben angeschlossen; die Infusionen wurden reduziert, und dann kam der Tag, an dem Anissimow an Weberowskys Bett saß, eine Schwester eine lauwarme Suppe brachte und Anissimow sagte:
»So, und jetzt wollen mir mal sehen, wie es mit dem Schlucken ist.«
Die Schwester hob Weberowskys Kopf an, und Anissimow selbst hielt ihm die Schnabeltasse an die Lippen und schob den Stutzen in seinen Mund. Vorsichtig kippte er die Tasse, ein wenig Suppe lief in den Mund.
»Schlucken«, sagte Anissimow.
Und Weberowsky schluckte. Es ging mühelos, er trank die ganze Tasse Suppe aus. Anissimow atmete auf und klopfte Weberowsky erfreut auf die Schulter.
»Hervorragend! Fabelhaft!« sagte er. »Ab heute essen Sie normal. Die Ernährungssonde können wir vergessen. Schwester Larissa wird Sie füttern.«
»Warum kann ich nicht allein essen? Warum kann ich meine Arme noch nicht heben?« Weberowsky sah Anissimow mit plötzlicher Angst an. »Das ist doch nicht normal.«

»Es hängt mit den Nerven zusammen«, erklärte Anissimow ausweichend. Und er sagte damit noch nicht einmal die Unwahrheit. Es waren ja wirklich die Nerven, nur waren sie zerrissen. »Alles muß seine Zeit haben. Nerven sind das Empfindlichste, was wir im Körper haben. Sie dürfen nicht ungeduldig werden, Wolfgang Antonowitsch.«
Weberowsky gab sich zunächst mit dieser Vertröstung zufrieden. Aber er grübelte nach, versuchte, die Arme zu heben, wollte das Tuch, das seinen Körper bedeckte, etwas tiefer treten, versuchte, die Beine zu bewegen, bemühte sich, im Bett höher zu rücken und sich aufzurichten ... es bewegte sich nichts. Sein Körper gehorchte nicht mehr seinem Willen. Er blieb unbeweglich.
Aber er fragte Dr. Anissimow nicht mehr. Er wurde wortkarg, ließ sich von Schwester Larissa, einer hübschen Kasachin mit langen, schwarzen Haaren und feurigen Augen, füttern wie ein Säugling, und in seinem zerknitterten Gesicht vertieften sich die Falten.
In der sechsten Woche, als Frantzenow wieder an seinem Bett saß und ihm berichtete, daß das Ministerium in Moskau ihn beurlaubt hatte, trotz eines Protestes von Nurgai, fragte Weberowsky ihn:
»Andrej, bist du ehrlich gegen mich?«
»Ich habe dich noch nie belogen, Schwager.«
»Du bist beurlaubt worden, weil du geschrieben hast, du müßtest mich pflegen.«
Frantzenow nickte. »Ja, Wolfgang. Ich will Erna dabei helfen. Sie fühlt sich stark genug, aber ich glaube nicht, daß sie es durchhält.«
»Du weißt es, Andrej. Ich höre es aus deinen Worten. Sag mir die Wahrheit! Ich kann die Arme nicht bewegen, die Beine nicht, den ganzen Körper nicht ... bin ich querschnittgelähmt?«
Frantzenow atmete tief durch. Nun ist es soweit. Wie gut, daß ich ihm es sagen muß und nicht Erna. Er beugte sich vor, legte seine Hand auf Weberowskys rechte Wange und küßte ihn auf die linke.

»Ja.«
Weberowsky schloß die Augen. Frantzenow streichelte sein Gesicht, seine Hand zitterte dabei. Es waren die schrecklichsten Minuten seines Lebens. Als Weberowsky die Augen wieder aufschlug, lag keine Panik, keine Angst, keine Verzweiflung in ihnen.
»Weiß Erna es?« fragte er leise.
»Ja.«
»Wie ... wie hat sie es aufgenommen?«
»Tapfer. Sehr tapfer. Sie baut jetzt euer Haus um. Breitere Türen, ein Durchbruch zum Garten. Kiwrin hat aus Karaganda ein Spezialbett herangeschafft, mit dem man dich überall hinrollen kann; Hermann hat an allen Türen Sensoren angebracht, die eine Tür automatisch öffnen, wenn du dich ihr näherst. Er ist dafür extra nach Kiew geflogen, wo eine Spezialfabrik diese Sensoren herstellt, und Eva hat einen Kochkurs in Karaganda mitgemacht und wird zur Diätköchin ausgebildet. Ja, und Gottlieb, es ist nicht zu fassen, versorgt den Hof, pflügt die Äcker um, sät die Saat aus, als habe er nie etwas anderes getan. Du kannst stolz auf deine Kinder sein. Und du hast eine Frau, vor der man den Hut ziehen kann. Alle warten auf dich.«
»Ich werde nie wieder laufen können?« fragte Weberowsky und starrte an die Decke.
»Nein, Schwager.«
»Mich nie mehr hinsetzen können?«
»Nein.«
»Ich muß für immer im Bett liegen?«
»Ja.«
»Ich werde nie mehr einen Traktor fahren?«
»Nie mehr.«
»Nie mehr reiten?«
»Das macht die Welt nicht aus.«
»Ich bleibe für immer ein Krüppel?«
»So darfst du das nicht nennen. Das ist ein böses Wort.«
»Ich bin ein sechzigjähriger Säugling, der trockengelegt, gewickelt und gefüttert wird – Andrej!«

Es sollte ein Hilfeschrei sein, aber er erstickte in einem Gurgeln. Frantzenow umklammerte Weberowskys Kopf. Das ist der Schock, durchfuhr es ihn und ließ ihn frieren. Gott, laß ihn darüber hinwegkommen. Laß ihn leben!
Und dann sah er, wie sich aus den geschlossenen Lidern zwei dicke Tropfen lösten und über die eingefallenen Wangen liefen, und wie noch weitere Tropfen hervorquollen und in einer Faltenrinne zum Kinn flossen.
Weberowsky weinte ... lautlos, starr und sein Schicksal begreifend.

Nach acht Wochen Intensivstation entschied Dr. Anissimow, daß Weberowsky nach Hause gebracht werden konnte. Er untersuchte ihn noch einmal gründlich, prüfte die Reflexe an Beinen und Rumpf, obwohl er wußte, daß es keine mehr gab. Er stach Nadeln in die Beine, den Oberschenkel, den Leib, in den Bauch ... Weberowskys Körper reagierte nicht mehr, er spürte keinerlei Schmerz mehr, die Nerven waren durchtrennt. Man hätte einen brennenden Lappen auf ihn legen können, er würde nichts spüren. Nicht die geringste Sensibilität war mehr in diesem Körper. Ein Haufen Fleisch und Knochen, nur die inneren Organe arbeiteten wie bisher.
»Ich bin zufrieden mit Ihnen«, sagte Dr. Anissimow und klopfte Weberowsky auf die Brust. Auch diesmal log er nicht. Man mußte mit dem zufrieden sein, wie es war. Mehr konnte man nicht erwarten. »Sie können nach Hause.«
Dreimal in diesen acht Wochen hatte Weberowsky Besuch von General Wechajew erhalten. Er brachte Kuchen mit, süß, mit einer rosa gefärbten Zuckerglasur, und beim drittenmal eine Art Osterkuchen, wie ihn die Bauern backen und in der Osternacht zur Kirche bringen, um einen Teil den Popen zu schenken und den anderen Teil segnen zu lassen.
Wechajew berichtete, daß man die Nomaden nicht gefunden hatte und auch den Mörder von Sliwka nicht. Man

wußte nur, daß er mit einer fremden Waffe erschossen worden war, aber die Experten waren sich nicht einig, ob es sich um eine amerikanische oder israelische Waffe handelte. Die amerikanische Kommission hatte vor einer Woche Kirenskija verlassen, nachdem sie sich überzeugt hatte, daß alle Atomsprengköpfe nach Rußland abtransportiert worden waren, wo sie vernichtet werden sollten.
»Was nun aus Kirenskija wird, weiß niemand«, fuhr Wechajew fort. »Atomare Versuche finden nicht mehr statt. Und wir als Truppe sind völlig überflüssig geworden, es gibt nichts mehr zu bewachen und abzuschirmen. Auch über eine neue Verwendung gibt es nur Spekulationen. In Alma-Ata will man, daß alle russischen Verbände Kasachstan verlassen. Man will als unabhängiger Staat auch eine eigene Armee haben. Unser Präsident träumt von einer Großmacht, keiner weiß, wieviel Atombomben und Atomraketen er versteckt hat. Jelzin wird es schwer haben mit seinen Reformen, auch wenn er jetzt, nach dem mißlungenen Putsch gegen Gorbatschow, fast alle Macht auf sich vereinigt. Die Ukraine macht ebenfalls Sorgen. Leonid Krawtschuk hat den durch das START-Abkommen notwendig gewordenen Abtransport der taktischen Atomwaffen zur Vernichtung in Rußland eingestellt. Außerdem beansprucht er das Kommando über die Schwarzmeerflotte, die auf der Krim stationiert ist. Auch er phantasiert von einer Großmacht Ukraine. Jelzin hat dem amerikanischen Präsidenten Bush versprochen, daß alle russischen Republiken bis 1994 atomwaffenfrei sind, aber viele zweifeln daran, daß er das Versprechen einhalten kann. Die Lage in Rußland ist zur Zeit chaotisch. Das wirkt sich natürlich auch auf die Rußlanddeutschen aus. Kasachstan möchte sie aus dem Land haben, an der Wolga protestieren die Bauern gegen eine rußlanddeutsche Republik, und Ihre Heimat, Deutschland, redet zwar viel von der Heimkehr ihrer Brüder, aber sie tut alles, um die Aussiedlung zu erschweren.«
»Ich weiß es, General.« Weberowsky blickte ins Leere. »Bergerow hat mir alles erklärt. Aber vielleicht ändert sich

das mit der Zeit. Bergerow ist dabei, Zeitungen, Illustrierte, Fernsehen und Funk, die uns bisher nur am Rande erwähnten, von den Problemen zu unterrichten. Eine breite öffentliche Meinung wird Bonn bewegen, schneller zu arbeiten.«
»Wenn ich Ihnen bei der Ausreise helfen kann, werde ich das gerne tun«, versprach General Wechajew zum Abschied beim dritten Besuch. Von Dr. Anissimow hatte er erfahren, daß Weberowsky nie mehr sein Bett verlassen konnte. »Der Anschlag ist in meinem Befehlsgebiet erfolgt. Ich bin verpflichtet, Ihnen beizustehen. Das fordert meine Ehre als Offizier.«
Nun, da Weberowsky nach Nowo Grodnow entlassen werden sollte und man überlegte, wie der weite Transport stattfinden könnte, löste General Wechajew sein Ehrenwort ein.
»Machen Sie sich keine Sorgen, Ewald Konstantinowitsch«, sagte er am Telefon zu Bergerow. »Weberowsky schwebt auf Schwingen nach Hause. Ich stelle einen Hubschrauber zur Verfügung. Morgen früh landet er bei Ihnen auf der Wiese hinter dem Haus. Ich werde den Transport dem Oberkommandierenden gegenüber verantworten.«
Bergerow rief sofort in Nowo Grodnow bei Pfarrer Heinrichinsky an: »Morgen kommt er.«
Die Nachricht verbreitete sich wie ein Lauffeuer im Dorf. Wolfgang Antonowitsch kommt zurück. Auch Kiwrin wurde benachrichtigt. Er probierte sofort seinen Festanzug mit den Orden an, ob er noch paßte. Er war ein wenig enger geworden, aber saß jetzt, als sei er nach Maß gemacht.
»Vater kommt morgen!« rief Erna, als Heinrichinsky ihr die Nachricht überbrachte. Sie lief durch das umgebaute Haus und rang die Hände. »Und nichts ist fertig! Überall noch Bauschutt! Eine Wand muß noch gestrichen werden! Wie soll ich das schaffen? Morgen kommt Vater zurück.«
»Wir schaffen es, Mama«, sagte Hermann beruhigend. »Wir haben noch einen halben Tag und eine ganze Nacht vor uns.« Er zögerte: »Ich will dich etwas fragen.«

»Dann frag, aber mach schnell! Ich will die Wand streichen.«
»Iwetta Petrowna möchte auch helfen.«
»Deine Braut? Sie hat sich über ein Jahr nicht blicken lassen. Ich denke, sie will nichts mit uns zu tun haben?«
»Vaters Schicksal hat sie tief erschüttert. ›Ich weiß jetzt‹, hat sie gesagt, ›ich gehöre zu euch. Ich war dumm. Meinen Großvater haben die Deutschen erschossen, das konnte ich nicht vergessen. Ob deine Eltern mich hinauswerfen, wenn ich jetzt komme?‹ Das hat sie gesagt.« Hermann blickte seine Mutter fragend an. »Darf sie kommen, Mama?«
»Ich hab' nichts dagegen.«
»Sie ist Arbeit gewöhnt. Wir werden zusammen den Bauschutt wegbringen und alles saubermachen. Und die Wand wird nachher Gottlieb streichen, wenn er vom Pflügen zurückkommt. Eva wird Hühner schlachten. Papas Heimkehr soll ein kleines Fest werden.«
»Und was soll ich tun?« fragte Erna und setzte sich auf die Eckbank. »Alle Arbeit nehmt ihr mir weg. Bin ich zu nichts mehr zu gebrauchen?«
»Mama, du hast die Oberaufsicht.«
»Aber wer befiehlt hier? Du!«
»Das ist das Vorrecht des ältesten Sohnes, wenn er den Vater ersetzen muß.« Er lachte und nahm seine Mutter in die Arme. »Ich weiß, für dich ist Vater unersetzbar. Auch für uns. Ich weiß, was du tun kannst, Mama.«
»Was bitte?«
»Du gehst zum Friseur und läßt dir eine tolle Frisur machen. So eine moderne, weißt du. Mit Löckchen in der Stirn und hinten kurz.«
»Du bist verrückt, Hermann! In meinem Alter.«
»Du bist doch nicht alt, Mama. Mit fünfundfünfzig ist eine Frau von heute doch nicht alt! Zeig Papa, wie schön du sein kannst. Es wird ihm Mut geben, das schwere Leben zu ertragen. Eine schöne Frau kann da viel tun.«
Und Erna ging zum Friseur.

»Ludwig Viktorowitsch«, sagte sie zu ihm, »kannst du mehr als diese Einheitsfrisuren machen?«
»Es wird ja nichts anderes verlangt, Erna Emilowna. Natürlich kann ich mehr.«
»Löckchen in die Stirn und hinten modisch kurz?«
»Kann man machen.«
»Blondieren?«
»Auch. Ich weiß nur nicht, ob ich noch Farbe habe. Das letztemal hat sich Lore die Haare färben lassen. Das war vor drei Jahren. Seitdem hat keiner mehr nach Farbe verlangt. Wenn wir Glück haben, liegt noch eine Tube herum.«
»Und hast du Puder da? Und so einen Stift für Lidstriche?«
»O Gott, was verlangst du? Was hast du vor, Erna? Was ist mit dir los?«
»Wolferl kommt morgen nach Hause, das weißt du doch.«
»Und da willst du aussehen wie eine Filmdiva!«
Film, Schauspiel – das ist es! »Wir haben alles, was wir brauchen, Ludwig. Puder, Make-up, Lidstrich, Augenbrauenstift ...«, rief sie. »Unsere Theatergruppe, die hat doch alles!«
Friseur Ludwig Viktorowitsch rannte los zum Leiter des Nowo Grodnower Laienspieltheaters und kam mit einem Korb voll Döschen und Tiegeln und Kästchen zurück. »Einen schönen Gruß von Emil Lukanowitsch!« rief er. »Und wir sollen nicht zuviel nehmen, er braucht die Schminke für das nächste Theaterstück. Es heißt ›Der Förster vom Schwarzen Wald‹, und sie müssen viel dabei weinen. Das kostet Schminke. Die Tochter vom Förster bekommt ein uneheliches Kind, und ...«
»Ludwig, fang an!« unterbrach ihn Erna energisch. »Wir spielen jetzt nicht Theater.«
Es dauerte drei Stunden, dann war die neue Frisur fertig und das Gesicht behandelt. Lidstrich, Augenbrauen, Make-up, rote Lippen. Ludwig Viktorowitsch war stolz auf sein Werk.
»Du bist schöner als die Loren«, sagte er. »Attraktiver als

Rachel Welsh.« Er hatte beide im Kino von Atbasar gesehen und hatte sich ein Filmplakat erbettelt. Sie hingen im Friseurgeschäft an der Wand. »Ich würde dich glattweg für eine Hauptrolle engagieren.«
Mit gemischten Gefühlen ging Erna nach Hause. Je näher sie ihrem Haus kam, um so langsamer wurde ihr Schritt. Sie hörte Hämmern und das Tuckern des Traktors, dann sah sie, wie Hermann und seine Braut Iwetta den Bauschutt auf den Anhänger schaufelten. Sie schlich sich durch den neuen Garteneingang ins Haus und stieß auf Gottlieb, der auf einer Leiter stand und die Wand hellgelb strich. Er starrte seine Mutter an, der Pinsel fiel aus seiner Hand, und einen Augenblick war er sprachlos.
»Ein schönes, warmes Gelb«, lobte Erna. »Hast du etwas Ocker zugemischt?«
»Mama –«
»Ja?«
»Wie siehst du denn aus?«
»Wie soll ich aussehen?«
»Bist du verrückt geworden?! Wer hat das gemacht?«
»Ludwig Viktorowitsch, wer sonst?«
»Ich drehe ihm den Hals um!«
»Warum denn?«
»Guck doch mal in einen Spiegel! Du bist nicht mehr du! Du bist nicht mehr meine Mutter. Du siehst aus wie ein Revuegirl! Was wird Vater sagen?!«
»Für ihn habe ich es doch getan. Hermann hat mich auf den Gedanken gebracht.«
Gottlieb klammerte sich an der Leiter fest. »Hermann!« schrie er. »Hermann, Mutter ist da! Komm her!«
Hermann unterbrach das Schuttschaufeln und kam ins Haus. Erna sah ihm gespannt entgegen. Zuerst stutzte er, aber dann rief er:
»Mama, du siehst fabelhaft aus! Zwanzig Jahre jünger! Dir glaubt keiner die fünfundfünfzig. Was sagst du dazu, Gottlieb?«

»Ich möchte dir in den Hintern treten, jetzt sofort. Ist das noch Mama?«
»Verjüngt. Ich könnte mich in sie verlieben. Was hast du zu meckern, Brüderchen? Wenn sie so durch Moskau geht, laufen ihr alle Männer nach.«
»Und Vater liegt steif im Bett, ein Fleischklumpen mit einem Kopf drauf. Glaubst du, es freut ihn, wenn Mama immer jünger wird und er immer elender? Jedesmal, wenn er Mama sehen wird, ist es eine Ohrfeige für ihn, wird ihm wieder vorgeführt, wie nutzlos er da herumliegt.«
»Gottlieb hat recht«, sagte Erna. Ihre Stimme war so klein wie damals, als sie die Wahrheit über Wolferls Zustand erfahren hatte. »Es war gut gemeint.«
Sie ging ins Schlafzimmer und schloß die Tür hinter sich.
»Komm von der Leiter!« knirschte Hermann. Gottlieb schüttelte den Kopf.
»Warum? Die Wand muß fertig werden.«
»Komm freiwillig, oder ich hole dich runter!« Hermann trat an die Leiter und rüttelte sie. Oben hielt sich Gottlieb an der Wand fest.
»Soll ich mir das Genick brechen?« rief er. »Laß das, Hermann.«
»Wenn du nicht runterkommst, brichst du dir das Genick!«
»Haben wir mit einem Querschnittgelähmten nicht genug?«
Von draußen kam Iwetta Petrowna herein, erfaßte sofort die Situation und riß Hermann von der Leiter fort. »Mein Schatz«, sagte sie mit ihrer warmen Stimme. »Reg dich nicht auf. Was auch ist, man kann doch darüber sprechen.«
Hermann wurde ruhiger. Iwettas Nähe, ihre Stimme, ihre Anschmiegsamkeit und Schönheit verzauberten ihn jedesmal. Sie hatte eine große Macht über ihn, die sie, wenn nötig, klug einsetzte. Auch jetzt wirkten ihre Worte und ihr warmer Ton.
»Wir reden noch miteinander«, sagte er zu Gottlieb hinauf. »Du hast Mama sehr weh getan.«

»Und du hast einen Popanz aus ihr gemacht! Mama als Kapitalistenmäuschen!«
»Hör auf mit deinen dämlichen Parteiparolen! Das ist überholt. Das ist leeres Stroh von gestern.«
»Die Partei ist stärker als je zuvor!«
»Idiot! Trottel!«
»Pfui!« sagte Iwetta und zog Hermann aus dem Haus.
»Verzeih, mein Liebling.« Er küßte sie auf die von Staub gepuderten Lippen. »Aber einmal muß es heraus. Gottlieb ist ein Problem. Wie ein Schizophrener ist er mal so, mal anders. Er hat geweint, als er Vater im Krankenhaus sah, aber draußen hat er dann gesagt: ›Der Alte ist es selbst schuld. Was brauchte er nach Ust-Kamenogorsk zu fahren?‹ Ich hätte ihn da zusammenschlagen können, aber Mutter war dabei.«
Sie arbeiteten bis tief in die Nacht, und das Haus war sauber und wie neu. Die Nachbarn waren am Abend gekommen und hatten Blumen gebracht, Gebäck und eingelegtes Obst, der Theaterverein brachte eine lange Blumengirlande, die jetzt über der Tür hing. Ein Schild wurde angebracht: *Herzlich willkommen, Wolfgang Antonowitsch.* Im einzigen Wirtshaus des Dorfes übte die Blasmusikkapelle deutsche Märsche, die Weberowsky so sehr liebte, vor allem den Reitermarsch des alten Dessauer. Der Kranke würde begeistert sein.
Erna hatte das Make-up abgewaschen, nur die Frisur war nicht mehr zu ändern, den neuen Schnitt konnte man nicht rückgängig machen.
»Das ist ein Kompromiß, den ich gelten lasse«, meinte Gottlieb zufrieden. »Gegen die Frisur habe ich nichts. Sie steht dir wirklich fabelhaft. Nur Lidstrich, Schminke, Puder, Lidschatten, knallrote Lippen – Mama, das ist nichts für dich. So wie du bist, bist du sowieso die schönste Frau im ganzen Bezirk.« Er blickte hinüber zu Hermann, der mit Iwetta am anderen Ende des Tisches saß. »Gib zu, Bruder, daß ich recht habe.«
»Es war mal etwas anderes«, wich Hermann aus.

»Ja, das falsche.« Gottlieb lehnte sich zurück. Im Haus roch es nach frischer Farbe, man würde die ganze Nacht lüften müssen. Im Schlafzimmer war das von Kiwrin besorgte Spezialbett bezogen, ein Kipp- und Hebebett mit lautlosen Gummirollen. Es war ein älteres Modell aus dem Abstellkeller des Krankenhauses von Karaganda, trotzdem hatte Kiwrin 1000 Rubel Schmiergeld zahlen müssen, um es zu bekommen. Alles war vorbereitet für den großen Empfang. »Wann landet Vater morgen?«
»Bergerow wird Peter Georgowitsch anrufen, sobald sie in der Luft sind.«
»Und wie lange braucht so ein Hubschrauber bis zu uns? Das mußt du doch wissen, Hermann, als Ingenieur.«
»Es kommt auf den Typ an. Es kann vier bis fünf Stunden dauern, wenn sie zwischenlanden müssen. Ich glaube nicht, daß sie für tausend Kilometer Sprit im Tank haben.«
»Hoffentlich geht es ihnen nicht wie uns mit dem Bus.«
»Keine Sorge, das ist Militär. Die tanken auf eigenen Flugplätzen.«
In der Nacht fand Erna keinen Schlaf, so müde sie auch war. Sie blickte auf das eiserne, weiß lackierte Hebebett und stellte sich ihren Wolferl darin vor, lang ausgestreckt, auf dem Rücken, unbeweglich bis auf den Kopf. Und in der Nacht würde er rufen: »Ich habe Durst, Erna!«, und sie würde ihm Tee einflößen. Und dann mußte sie all das lernen, was man für die Pflege eines Querschnittgelähmten brauchte und was ihr Dr. Anissimow erklärt hatte. Seine Sachlichkeit dabei hatte ihr viel geholfen, ihre Verlegenheit zu überwinden. Es würden schwere Wochen sein, diese ersten Wochen zu Hause. Und aufpassen mußte man, daß er sich nicht wund lag, daß sich keine Druckstellen bildeten, die Dr. Anissimow Dekubitus nannte, Druckgeschwüre, die das Gewebe durchfraßen. Erna hatte sich alles notiert und auch die Stellen, wo der Dekubitus am meisten auftrat: Am Kreuzbein und an den Fersen, vornehmlich da, wo die Knochen unmittelbar an der Haut anliegen. Und Anissimow schickte vier große aufblasbare Gummiringe

mit, auf denen Weberowsky liegen mußte, um das Durchliegen zu vermeiden.
Das alles ging Erna im Kopf herum, was es ihr unmöglich machte, einzuschlafen. Erst gegen Morgen fiel sie in einen Dämmerschlaf, aber zuvor hörte sie sich noch einmal sagen: »Heute kommt er. Heute kommt Wolferl nach Hause. Heute.«

Um sieben Uhr früh rief Bergerow aus Ust-Kamenogorsk bei Pfarrer Heinrichinsky an.
»Sie starten!« rief er ins Telefon. »Ein Militärarzt und Frantzenow fliegen mit. Es ist ein großer Hubschrauber. Sie rechnen mit vier Stunden Flugdauer.«
»Dann können sie um elf Uhr hier sein«, rechnete Hermann aus. »Peter Georgowitsch, rufen Sie Kiwrin an?«
Der Pfarrer nickte. »Das werde ich gleich tun.«
Es dauerte eine Weile, bis Kiwrin ans Telefon kam. Er lag um diese Zeit noch im Bett – und nicht allein. Jana Sabarowskaja leistete ihm Gesellschaft. Sie war Angestellte der Stadtverwaltung, ein kleines, achtundzwanzigjähriges Biest, das sich zum Ziel gesetzt hatte, Kiwrin zu heiraten. Nur Kiwrin wußte nichts davon.
Heinrichinsky sagte nur zwei Worte, sie genügten:
»Er kommt.«
Kiwrin sprang aus dem Bett und rannte ins Badezimmer. Die schöne Jana starrte ihm verständnislos nach.
»Was ist?« rief sie. »Wer hat da angerufen? Was ist passiert?«
»Schlaf weiter!« rief er zurück. »Ich muß weg! Ein wichtiger Staatsakt.«
»So plötzlich?«
»Aktuelle Dinge sind immer plötzlich. Aber das verstehst du nicht.«
Innerhalb von zehn Minuten war er fertig angezogen und warf sich in seinen Dienstwagen, einen alten Moskwitsch. Auf der Straße, die auch an der Sowchose vorbeiführte, überholte er Katja Beljakowa. Sie saß auf einem Wagen

mit einem Maulesel davor. Kiwrin hupte und hielt an, als er sie winken sah.
»Übst du für ein Autorennen?« rief sie ihm zu. »Du machst sogar den Esel wild.«
»Ich muß nach Nowo Grodnow.«
»So eilig? Gibt's dort eine Revolution?«
»Wolfgang Antonowitsch kommt zurück. Mit einem Hubschrauber.«
»Ist er noch immer gelähmt?«
»Er wird es immer bleiben. Er liegt stocksteif da. Kann nur noch den Kopf bewegen.«
Die Beljakowa ruckte ihr Kopftuch zurecht und wischte sich über die Augen. »Nimmst du mich mit?«
»Wohin?« fragte Kiwrin dumm.
»Nach Nowo Grodnow.«
»Bist du verrückt?«
»Ich will dabei sein, wenn er kommt.«
»Soll er bei deinem Anblick einen Herzschlag bekommen?«
»Er wird sich freuen.«

»Nimm mich mit, Michail Sergejewitsch, oder ich erzähle in Atbasar, daß Jana Sabarowskaja in deinem Bett liegt.«
Kiwrin sträubten sich die Haare. »Woher weißt du das?« schrie er.
»Ich weiß alles.« Die Beljakowa stieg vom Wagen, band den Maulesel an einen dürren Baum und kam zu Kiwrin an den Moskwitsch. »Nimmst du mich jetzt mit?«
»Ich lasse mich nicht erpressen!«
»Noch eine Information ... kann ich dann einsteigen?«
»Es kommt auf den Inhalt an.«
»Deine Jana schläft auch mit dem Buchhalter und dem Straßenreferenten der Verwaltung. Ein fleißiges Mädchen.«
Kiwrin stieß die Tür auf. »Komm rein!« sagte er heiser.
Die Beljakowa stieg in das Auto. Als sie sich in das Polster fallen ließ, ächzte der ganze Wagen. Die Federn knirschten.

Seufzend fuhr Kiwrin wieder an und überlegte, wie er die Beljakowa los wurde, bevor er Nowo Grodnow erreichte. Aber er wußte keine Lösung, zumal sie ihre Drohung wahrmachen würde.
Der Verlust an Ansehen war nie wieder gutzumachen.
Kiwrin hielt den Wagen vor Weberowskys Haus an. Einige Nachbarn bauten in der Scheune Tische und Bänke auf, denn man erwartete ein richtiges Fest. Alle trugen ihre Tracht, die Frauen lange, weite Röcke, die beim Tanz einen Kreis um sie bildeten.
»Schön«, sagte die Beljakowa und zeigte auf die Girlanden und das Schild über der Tür. »Wolfgang Antonowitsch hat es verdient.«
»Ich bin sprachlos.« Kiwrin blieb noch im Auto sitzen. Solange er im Wagen blieb, stieg auch die Beljakowa nicht aus. »Erst willst du ihn erschießen, dann druckst du Flugblätter gegen ihn, führst einen Prozeß gegen ihn, schreist überall herum, ich hasse ihn, und jetzt redest du, als sei nichts gewesen.«
»Er ist gelähmt.« Die Beljakowa legte die Hände in den Schoß. »Er kann mir nichts mehr tun. Ich habe Ruhe vor ihm. Das ist doch wert, gefeiert zu werden.«
»Du bist das größte Luder unter der Sonne!« antwortete Kiwrin aus voller Brust. »Ich rühre keinen Finger, wenn sie dich verprügeln.«
»Sie werden es nicht tun. Solche Gedanken hast nur du.«
Sie stieg ächzend aus dem Wagen, reckte sich, ordnete ihr Kleid und wartete auf Kiwrin, der zögernd seinen Moskwitsch verließ. Die Nachbarn starrten die Beljakowa verwundert an. Auch Hermann, der gerade aus dem Haus kam, blieb bei ihrem Anblick wie vom Blitz getroffen stehen.
»Das darf nicht wahr sein«, sagte er halblaut. »So was gibt es nicht.«
Er wirbelte herum und rannte ins Haus zurück.
»Jetzt gibt es Alarm«, sagte Kiwrin gemütlich. »Ich habe dich gewarnt, Katja.«

»Eine Heldin der Sowjetunion hat keine Angst.«
»Und ein deutscher Bauer auch nicht.«
Im Haus hielt Hermann seine Mutter fest, die gerade hinausgehen wollte. »Mama, bleib hier! Draußen vor der Tür steht ein Ungeheuer.«
»Was erzählst du da?« Erna lachte und schüttelte Hermanns Griff ab. »Was für ein Ungeheuer?«
»Kiwrin hat es mitgebracht.«
»Dann ist es harmlos! Was ist es denn?«
»Katja Beljakowa.«
Einen Augenblick schwieg Erna. Wie ist so was möglich, dachte sie. Was will sie hier? Zu Wolfgangs Begrüßung einen Skandal? Wie konnte Kiwrin sie bloß mitnehmen? Sie straffte sich und ging kampfeslustig zur Tür.
»Ich habe keine Angst vor ihr«, sagte sie. »Ich werde verhindern, daß sie Vater zu nahe kommt. Zusehen kann sie, das kann ihr niemand verwehren. Wenn nicht die Nachbarn es verhindern.«
Draußen vor dem Haus stand die Beljakowa und hielt mutig den bösen Blicken der Leute von Nowo Grodnow stand. Kiwrin, in seinem Sonntagsanzug mit den Orden auf der Brust, sah würdevoll aus, eine Respektperson für alle, die ihn nicht kannten. Er begrüßte einige Leute, umarmte Eva und hob schnuppernd die Nase.
»Das riecht gut!« sagte er. »Du brätst Hühner?«
»Ja. Unsere besten haben dran glauben müssen. Und dann gibt es Schinken und Blut- und Leberwurst. Selbstgemacht.«
»Mir läuft das Wasser im Mund schon jetzt zusammen.«
Die Beljakowa sah Erna aus dem Haus kommen und bereitete sich auf den Zusammenstoß vor. Aber es kam ganz anders, als sie befürchtet hatte. Erna kam zu ihr und streckte die Hand aus.
»Das ist eine wirkliche Überraschung, daß du gekommen bist, Katja«, sagte sie.
Und die Beljakowa antwortete, überrumpelt: »Das bin ich Wolfgang Antonowitsch schuldig. Wir haben uns immer gut verstanden.«

»Ja, das habt ihr ... auf eure Art. Wolfgang wird sich freuen.«
»Das soll er auch.« Sie blickte sich um. »Kann ich dir helfen?«
»Es ist schon alles getan. Setz dich an einen Tisch und laß dir ein Glas Johannisbeerwein bringen.«
Kiwrin, der die Begegnung mit Herzklopfen verfolgt hatte, stürzte auf Erna zu.
»Wann wird er landen?«
»Wenn alles glattgeht, in einer Stunde.«
Vom Wirtshaus her marschierte die Musikkapelle heran. Sie spielte einen zackigen Marsch, der in die Beine ging. Im Gleichschritt marschierten die Bläser durch das Dorf. Ihnen folgte der Schützenverein in grünen Uniformen, geführt vom Kommandeur, der einen Federbusch auf dem breitkrempigen Hut trug. Die von den Frauen gestickte und gestiftete Fahne wehte leicht im Wind.
»Wenn die Deutschen marschieren, wackelt die Erde«, sagte die Beljakowa zu Kiwrin und wippte im Takt der Musik auf den Zehen. »So wollten sie auch durch Rußland marschieren, aber das ist ihnen schlecht bekommen. Müssen die Deutschen eigentlich immer marschieren?«
»Es gehört angeblich zu ihnen.« Kiwrin hob die Schultern. »Jedes Volk hat doch seine Eigenheiten – wir haben den Wodka.«
Und dann war es soweit: Zuerst hörte man das Knattern, dann erschien am wolkenlosen Himmel wie ein dunkler Punkt der Hubschrauber, wurde größer und größer und dröhnte über Nowo Grodnow hinweg. Er umkreiste die Kirche, machte einen Höllenlärm, und in der Sonne glänzte der rote Stern auf der olivgrünen Verkleidung auf.
Der große Hubschrauber landete auf der Wiese vor Weberowskys Haus. Der Wind, den die Rotorblätter erzeugten, blies dem Schützenkommandanten den Federhut vom Kopf. Staub wirbelte auf und hüllte die Blaskapelle ein. Der Kapellmeister hob den Taktstock.
Die Bläser blähten die Backen. Am Hubschrauber öffnete sich eine Tür, eine Treppe wurde heruntergeklappt.

Hermann und Gottlieb standen links und rechts von ihrer Mutter und hatten sie untergefaßt. Eva stand hinter ihnen, neben sich Iwetta Petrowna, die ihre Hand hielt.
»Ganz ruhig, Mama«, sagte Hermann und drückte ihren Arm. »Ganz ruhig.«
»Ich bin ruhig! Nur ihr benehmt euch wie kleine Kinder! Ich weiß, was ich zu tun habe.«
Zuerst stieg Frantzenow aus dem Hubschrauber und wurde mit Applaus begrüßt. Die Schützen standen in Zweierreihe; laute Kommandos ertönten, sie standen stramm und präsentierten die Gewehre.
Zwei Soldaten hoben jetzt die zugedeckte Trage aus dem Hubschrauber, ihnen folgten der Militärarzt und ein Sanitäter. Man hatte Weberowsky auf der Bahre festgeschnallt, damit er nicht beim Ausladen herunterrollte. Vorsichtig wurde er auf den Boden gelassen, Frantzenow sprach mit ihm, und dann stützte er seinen Kopf auf, damit er alles übersehen konnte.
Der Schützenkommandant trat vor seine Truppe und grüßte durch Handanlegen an den Federhut. Der Marsch des alten Dessauer dröhnte über den Platz.
»Das gibt es doch nicht«, stammelte Weberowsky. Er tastete nach Frantzenows Hand. Ein Zucken lief über sein Gesicht.
Der Marsch brach ab, die Schützen präsentierten noch immer, Frantzenow trat einen Schritt zurück und Erna kam zu ihnen.
Sie zögerte nur einen Augenblick, dann beugte sie sich hinab, umfaßte Weberowskys Kopf mit beiden Händen und küßte ihn auf die Lippen.
»Willkommen zu Hause, Wolferl«, sagte sie, und ihre Stimme schwankte nicht, wie sie befürchtet hatte. »Ich bin so glücklich, daß du wieder da bist.«
Und er sah sie mit strahlenden Augen an, hob mühsam den Handrücken, und sie schob ihre Hand zwischen seine Finger und drückte sie und preßte ihr Gesicht darauf. »Ihr seid verrückt geworden«, sagte er leise und spürte, wie die

Tränen über seine Wangen liefen. »Was das alles kostet.«
»Wir feiern deine zweite Geburt, Wolferl, das ist es wert.«
Er nickte, und sie wischte ihm die Tränen aus dem Gesicht und küßte ihn auf die zuckenden Augen.
»Das stimmt, Erna. Ich bin wieder ein Säugling und werde es für immer bleiben. Daran muß ich mich erst gewöhnen.«
»Wir alle helfen dir dabei, Wolferl.«
Der Kapellmeister hob wieder den Taktstock, der Schützenkommandant brüllte, und die Blasmusik trompetete los.
Die Soldaten hoben die Trage wieder an. Weberowsky sah die Girlanden, das Schild, seine Kinder, Kiwrin mit seinen Orden auf der Brust, und die Beljakowa. Er konnte nicht glauben, was er da sah: Die Beljakowa war die einzige, die haltlos weinte, während sie sich an den konsternierten Kiwrin lehnte.
»Ist das wirklich ...«, fragte Weberowsky und brach ab, weil seine Stimme zu zittern begann.
»Ja, sie ist es, Wolferl.«
»Dreht sich die Welt andersrum?«
»Ich glaube, jetzt dreht sie sich richtig.«
Als er an der Beljakowa vorbeigetragen wurde, rief er »Halt!« und drehte den Kopf zu ihr. Sie sahen sich an. Ihr dickes Gesicht war gerötet und naß vom Weinen, und ihr riesiger Busen bebte gefährlich und drohte das Kleid zu sprengen.
»Hast du dich nicht verlaufen, du Hexe?« sagte Weberowsky, aber seine Augen lachten dabei. »Hier ist kein Veteranentreffen.«
»Ich wollte nur sehen, ob du wirklich auf dem Rücken liegst!« antwortete sie und schluchzte dabei. »Jetzt bin ich zufrieden.«
Weberowsky blickte zur Seite zu Erna. »Hast du das gehört?« Seine Stimme hob sich. »Es ist wie früher! Ich bin wirklich zu Hause.«
Bis tief in die Nacht feierte man. Weberowsky war längst

eingeschlafen, nachdem Pfarrer Heinrichinsky mit ihm das Abendgebet gesprochen hatte. Frantzenow war durch das Haus gegangen und setzte sich dann in die Küche.
»Ich werde versuchen, auf dem Hof mitzuarbeiten«, sagte er zu seiner Schwester. »Man kann alles lernen. Und außerdem helfe ich dir, wenn Wolfgang versorgt werden muß.«
»Du willst bei uns bleiben, Andrej?«
»Wenn ihr mich ertragen könnt.«
»Du versuchst nicht, nach Deutschland zu kommen?«
»Nicht ohne euch. Wir haben Zeit, es wirft uns ja keiner hinaus. Und vielleicht wird Wolfgang eines Tages doch sitzen können und seinen Traum wahr werden lassen.«
»Glaubst du daran, Andrej?«
»Ohne Hoffnung ist das Leben sinnlos.«
»Es wäre ein Wunder.«
»Auch Wunder geschehen immer wieder. Wer weiß, was Gott denkt?«
»*Du* sprichst von Gott?«
»Ich habe gelernt, ihn zu akzeptieren.« Er lächelte. »Auch ich habe mich umgestellt. Es ist nie zu spät dazu.«
In der Nacht brachte Kiwrin mit größter Mühe die Beljakowa nach Hause. Sie war so betrunken, daß sie kaum noch stehen konnte, aber im Auto sang sie dann sowjetische Kampflieder aus den Tagen ihrer Scharfschützenzeit.

Elf Monate später.
Hart war der Winter gewesen, mit Stürmen und ungewöhnlicher Kälte, die in die Stämme der Bäume eindrang und sie zersprengte. Frantzenow hatte die Fenster verklebt, denn so dicht ist kein Fensterrahmen, daß sich der Wind nicht eine Ritze suchen kann und dann pfeifend ins Zimmer fährt.
Zu Weihnachten gab es im Hause ein besonderes Fest: Hermann und Iwetta Petrowna heirateten. Pfarrer Heinrichinsky traute sie unter einem bunt geschmückten Tannenbaum, und Weberowsky sagte: »So schnell geht das.

Jetzt habe ich zwei Töchter. Und beeilt euch, ich will noch erleben, daß ihr mir meinen Enkel auf die Brust legt.«
Voll Ungeduld wartete Gottlieb auf den Bescheid, wann und wo er sein Medizinstudium antreten konnte. Mehrmals schrieb er nach Moskau an die zuständigen Stellen, aber eine Antwort erhielt er nie.
»Alles nur leere Versprechungen!« sagte Weberowsky. »Deine Partei pfeift dir was.«
»Meine Genossen werden mich auch jetzt nicht im Stich lassen, ich vertraue ihnen.«
»Seit dem Putsch habt ihr keinen Einfluß mehr. Ich würde nicht warten, Gottlieb. Denke um.«
»Die Partei muß sich wieder durchsetzen. Ohne sie gibt es kein Rußland.«
Und dann hörten sie eines Abends im Rundfunk: Jelzin hatte die kommunistische Partei verboten! Es gab sie nicht mehr. Der russische Kommunismus war zur Historie geworden. Die Welt hatte sich verändert, über Nacht.
Wie erstarrt saß Gottlieb vor dem Radio und hörte sich den Untergang der Partei an. »Er ist wahnsinnig geworden«, sagte er dumpf. »Jelzin ist ein gefährlicher Irrer. Den Kommunismus verbieten, das ist doch gar nicht möglich. Was hundert Jahre bestanden hat, kann man doch nicht einfach wegfegen! Ich sage euch: Das ist Jelzins Ende. Er wird abtreten müssen. Das lassen sich die alten Genossen nicht mehr gefallen! Es wird eine neue Revolution geben!«
Doch sie kam nicht. Immer mehr Generäle und Minister wurden ausgewechselt, der KGB verlor seine unheimliche Macht, notgedrungen öffnete sich Rußland immer weiter dem Westen, und die Feinde von ehemals wurden Freunde. An einem Februartag brachte der Briefträger aus Atbasar einen Brief für Gottlieb Weberowsky. Aus Moskau.
»Leute, jetzt geht es los! Ich habe meine Zulassung bekommen!« rief er und schwenkte den Brief. »Ich hab' euch ja gesagt: Man hat mich nicht vergessen!«
»Welche Universität hat man dir zugewiesen?« Hermann hatte eine Flasche Wodka geholt und goß die Gläser voll.

»Unser Kleiner als angehender Arzt. Wenn er so berühmt wird wie Onkel Andrej Valentinowitsch, kommt der Name Weberowsky noch ins Lexikon. Das muß begossen werden.«
»Erst sehen, wo ich hinkomme.«
Gottlieb riß das Kuvert auf und holte den Briefbogen heraus. Nur wenige Zeilen waren es, die man ihm geschrieben hatte:
»Die Zusage der aufgelösten kommunistischen Partei, Sie auf deren Kosten Medizin studieren zu lassen, wird hiermit rückgängig gemacht. Die Partei verfügt über kein Vermögen.
Eine Beschwerde gegen diesen Bescheid ist nicht möglich ...«
Gottlieb zerknüllte das Schreiben und schleuderte es gegen die Wand. Erna war blaß geworden, Frantzenow blickte auf seine Hände, Hermann trank mit einem Zug seinen Wodka, und Eva preßte die Lippen zusammen.
»Das gibt es nicht«, sagte Gottlieb tonlos. »Das können sie nicht tun! Das ist ein Verbrechen.«
»Es gibt Schlimmeres, Gottlieb.« Hermann versuchte ihn zu trösten.
»Schlimmeres? Sie haben meine Zukunft vernichtet.« Und plötzlich schrie er, als würde er gefoltert: »Jelzin muß weg! Und wenn man ihn töten muß. Er muß weg! Er ist der Totengräber Rußlands!«
»Werde nicht hysterisch!« Hermann goß sich noch einen Wodka ein. »Laß uns lieber gemeinsam überlegen, was nun zu tun ist.«
»Da gibt es nichts zu überlegen. Ich kenne meinen Weg!«
Am Abend packte Gottlieb einen Koffer mit dem Nötigsten, was man für eine Reise braucht. »Du willst weg?« fragte Erna, als er mit dem Koffer in das Wohnzimmer kam.
»Ja, Mama.«
»Wohin denn?«
»Das kann ich dir nicht sagen. Ich schließe mich einer Gruppe an, die gegen Jelzin kämpft.«

»Das ist doch Irrsinn!« rief Hermann. »Du willst in den Untergrund?«
»Ja. Ich werde ein Partisan der Partei sein. Bis wir gesiegt haben und es den Kommunismus wieder gibt.«
»Oder bis man dich irgendwo erwischt und erschießt«, sagte Frantzenow.
»Oder auch das. Dann sterbe ich für eine gerechte Sache.«
»Du wirst für eine verlorene Sache sterben!«
Erna saß starr auf der Eckbank. Zwischen ihren Fingern zerknüllte sie ein Handtuch. Sie war aus der Küche gekommen, wo sie das Abendgeschirr gespült hatte.
»Bleib hier, Junge«, sagte sie. »Schon um Vaters willen.«
»Vater kann mir nicht helfen. Er will ja sowieso nach Deutschland ... ich nicht. Ob jetzt oder später, unsere Wege trennen sich.«
»Willst du nicht mit ihm sprechen?«
»Nein, Mutter.«
»Keinen Abschied?«
»Sag ihm, ich konnte es nicht.« Er blickte von einem zum anderen und schluckte krampfhaft. »Viel Glück euch allen. Ich wünsche euch, daß Deutschland euch nicht enttäuscht. Vielleicht kehrt ihr doch zur Wolga zurück, dann hört ihr sicherlich von mir.«
Er drehte sich schroff um, griff nach seinem Koffer und rannte aus dem Haus.
Erna fuhr von der Eckbank hoch. »Gottlieb!« rief sie, und ihre Stimme klang fremd und heiser. »Gottlieb ... bleib! Gottlieb –«
»Es hat keinen Sinn, Mama.« Hermann legte ihr beruhigend die Hand auf die Schulter. »Er läßt sich nichts sagen. Er stand immer außerhalb von uns.«
»Aber im Krankenhaus, als er Vater sah, hat er geweint.«
»Das hat er sich auch selbst übelgenommen. Um sein Gleichgewicht wiederzufinden, hat er dann gesagt: Er ist es selbst schuld! Da war er wieder zufrieden.«
Erna senkte den Kopf. »Und wer sagt es Vater?«
»Du, Mama. Wenn jemand die richtigen Worte findet, bist

du es.« Hermann trank den dritten Wodka. »Wie kommt er überhaupt von hier weg?«
»Mit einem Auto aus Atbasar«, antwortete Iwetta Petrowna Weberowsky. »Ich habe es gesehen. Es stand vor dem Theatersaal und hat Kulissen für das neue Stück gebracht.«
»Ein bühnenreifer Abgang.«

Auch diesen Schlag überstand Weberowsky besser, als jeder geglaubt hatte. Er blickte an die Decke, eine ganze Zeit lang, und sagte dann endlich: »Gottlieb war immer ein Außenseiter. Mich wundert, daß er seinen Namen nicht gewechselt hat. Gottlieb, das paßt doch gar nicht zu einem Kommunisten.«
Damit war für ihn das Thema Gottlieb beendet. Er sprach nie mehr darüber.
Aber das Wunder, an das keiner geglaubt hatte, vollzog sich in kleinen Schritten. Jeden Tag machte Erna mit ihrem Mann eine Therapie, für die sich Kiwrin die Anleitung aus einer Moskauer Rehabilitationsklinik besorgt hatte. Weberowsky wurde massiert und in einem Spezialstreckgerät aufgehängt. Mit unendlicher Geduld bewegte Erna immer wieder seine Finger und Arme, dreimal flog Kiwrin nach Moskau, bis er ein neues Gerät, das elektrische Reize ausstrahlte, bekommen konnte. Mit diesen Impulsen fuhr Frantzenow den Rücken auf und nieder, vor allem immer gründlich an der Einschußstelle und an den Armen.
»Das Phänomen ist bekannt«, sagte er, »daß Nerven sich wiederfinden. Sie suchen sich und stellen dann einen neuen Kontakt zum Gehirn her. Warum sollen Wolfgangs Nerven für immer tot sein? Ich glaube an eine Besserung.«
Im fünften Monat seiner Lähmung geschah das erste Wunder: Ganz langsam konnte Weberowsky die Hand heben. Im sechsten Monat war es schon der Arm. Nach acht Monaten richtete Erna ihn auf, und er blieb sitzen, er kippte nicht mehr um. Seine Beine blieben schlaff, Anhängsel

eines Körpers, der um jeden Millimeter Bewegung kämpfte, der sich Schritt um Schritt erholte.

Als die Sommersonne wieder begann, die Felder auszudörren, und das Korn sich golden färbte, hoben Frantzenow und Kiwrin zum erstenmal Weberowsky in den Rollstuhl. Sie mußten ihn festbinden, damit er nicht wegrutschte. Aber er saß, atmete schwer und blickte herausfordernd um sich. In der Zimmerecke, unter dem ewigen Licht und dem einfachen Kruzifix, stand Erna, die Hände gefaltet und betete stumm.

»Erna«, sagte er laut. Seine Stimme hatte die alte Kraft wiedererlangt. »Sieh dir das an!«

»Ich sehe es, Wolferl.«

»Ich sitze.

»Ja, du kannst sitzen.«

»Und dieser Dr. Anissimow, der Esel, hat behauptet, ich würde für immer auf dem Rücken liegen! Dem werd' ich es zeigen! In zwei Jahren spiele ich Fußball vor seinem Krankenhaus!«

»Wir wollen froh sein, wenn du im Rollstuhl herumfahren kannst und deine Hände greifen können. Wenn wir das erreichen, ist es wirklich ein Wunder.«

Ab und zu rief Bergerow an und berichtete Neues über das Aussiedlerproblem.

»Jetzt kommt Bewegung in die träge Bürokratie. Horst Waffenschmidt, der Aussiedlerbeauftragte der Bundesrepublik, ist nach Moskau gekommen und hat vor 700 Rußlanddeutschen einen Vortrag gehalten. Ich war auch dabei. Und was sagt er? Er singt ein Loblied auf die Bemühungen in Bonn, deutsche Siedlungsgebiete in den GUS-Staaten zu schaffen. Dann legte er Pläne vor, die ihm die russische und ukrainische Regierung zugeschickt hatten. Neues Siedlungsland, in ehemaligen, verseuchten Militärgebieten, Schlamm- und Steinwüsten, Land, vor dem jeder Russe wegläuft. Das soll durch uns ein neuer Wolgastaat werden! Ausgelacht haben ihn die Delegierten. Aber damit nicht genug: Waffenschmidt beschwor uns, vom geöffne-

ten Tor nach Deutschland keinen Gebrauch zu machen, sondern in der ehemaligen Sowjetunion zu bleiben. Wir haben vor Empörung geschrien. Doch das ist nicht alles: Ein Sprecher des Bonner Innenministers gab bekannt: ›Wir wollen die Rußlanddeutschen nicht in Containern auf Fußballplätzen abstellen. Sie sollen sofort integriert werden, mit vernünftigen Wohnungen, mit Jobs. Aber das funktioniert nur, wenn nicht eine Million auf einmal kommen.‹ Mit anderen Worten: Uns soll die Aussiedlung so schwer wie möglich gemacht werden, und sie soll Jahre dauern! Alle, die nicht auf Jelzins und Krawtschuks Pläne eingehen und in die Wüste an der Wolga ziehen, werden so indirekt bestraft. Wir haben protestiert, aber das blieb bloß ein Wisch Papier.«
Er schwieg einen Moment. Weberowsky, den man zu Heinrichinsky ans Telefon gerollt hatte, knurrte leise vor sich hin.
»Ich nehme an«, fuhr Bergerow fort, »daß ihr Wolfgang ans Telefon geholt habt. Wolfgang, du hast es besser. Die Bürokraten in Bonn haben eine neue Bewertung der Ausreiseanträge entdeckt. In ihrem Sprachgebrauch – so etwas kann nur ein Beamter erfinden – gibt es jetzt zwei Kategorien, die Erfolg haben könnten: Die Erlebnisgeneration und die Kriegsfolgeschicksale! Zur Erlebnisgeneration gehört jeder, der den Krieg miterlebt und von Stalin vertrieben worden ist – dazu gehörst auch du. Ein Kriegsfolgeschicksal ist, wenn jemand nach dem Krieg wegen seines Deutschtums bekämpft worden ist, wesentliche Nachteile hatte und sein Leben in der Sowjetunion erschwert sah. Allein, das nachzuweisen ist nahezu unmöglich. Die größten Aussichten hast du demnach als Erlebnisgeneration. Das ist Ernst, Wolfgang, und keine Waschmittelreklame. Du darfst demnach vielleicht nach Deutschland.«
Weberowsky hob den Kopf. Er sah Frantzenow an, Pfarrer Heinrichinsky, seinen Sohn Hermann, Erna, die hinter dem Rollstuhl stand, und Kiwrin, der jetzt nach der Auflösung der Partei viel Zeit hatte und jeden zweiten Tag We-

berowsky besuchte und alles besorgte, was man für eine gezielte Therapie brauchte. Seine alten Verbindungen waren nicht abgerissen.
»Wann fahren wir?« fragte Weberowsky.
»Wohin, Vater?«
»Nach Moskau! Zur deutschen Botschaft. Ich werde in das Zimmer des Botschafters rollen und zu ihm sagen: Sehen Sie mich an! Das hat Rußland aus mir gemacht. Lassen Sie mich nach Deutschland. Er wird nicht zögern, er kann nicht zögern. Oder alles, was aus Bonn kommt, ist Lüge!«
»Auch das stecken sie weg«, sagte Hermann bitter. »Es geht nicht um einen alten Mann im Rollstuhl, sondern um Milliarden, die man nicht hat.«
Frantzenow ging mit langen Schritten auf und ab. »Natürlich berufen sie sich auf Gesetze. Aber auch Gesetze können Unsinn sein. Gesetze sollen einen Staat schützen, sie können ihn aber auch lächerlich machen und zugrunde richten. Wir haben ein Recht auf Heimat ... nicht in der Ukraine und in Kasachstan, sondern in Deutschland!«
»Das sagst ausgerechnet du, ein Russe?« Weberowsky schüttelte den Kopf.
»Vergiß, was war.« Frantzenow legte ihm die Hand auf die Schulter. »Ich komme mit euch.«
»Und wann fliegen wir?« wiederholte Weberowsky.
»So schnell wie möglich«, antwortete Pfarrer Heinrichinsky.
»Es ist möglich!« Weberowsky hob den Arm. Er hatte jetzt keine Mühe mehr damit. »Ich fühle mich stark genug, nach Moskau zu fliegen.«

Die deutsche Botschaft in Moskau glich einem Taubenschlag. Wo früher Wachen standen und der KGB heimlich jeden fotografierte, der das Gebäude betrat, stand jetzt nur ein Milizionär herum und interessierte sich wenig für die Menschen, die dichtgedrängt auf den Fluren standen und ihre Anträge abgeben wollten. Botschaftsrat Gregor von Baltenheim und seine Mitarbeiter taten ihr

Bestes, aber wenn hundert auf den Treppen drängelten und klagten, daß es so lange dauerte, bis sie in das Zimmer kommen konnten, war es verzeihlich, wenn er die Nerven verlor.
»Ich kann nicht zaubern!« rief er in die Menge. »Mehr als zwei Augen und zwei Hände habe ich nicht.«
»Dann stellt mehr Leute ein!« rief einer von hinten.
Von Baltenheim resignierte und ging in sein Zimmer zurück. Es hatte keinen Sinn, zu antworten, er hatte keine Argumente. Er sagte nur zu einem seiner Referenten: »Wenn sich alle zwei Millionen Rußlanddeutschen in Marsch setzen, dann gnade uns Gott. Seien wir glücklich, daß sie noch tröpfchenweise kommen.«
Die Delegation aus Nowo Grodnow war in Scheremetjewo gelandet. Auch hier hatte Kiwrin alles organisiert. Ein Kleinbus stand bereit, Weberowsky und seinen Anhang in die Stadt zu bringen.
Sie fuhren direkt zur deutschen Botschaft, luden dort den Rollstuhl aus und trugen Weberowsky aus dem Bus. Der Portier empfing sie in der Eingangshalle, blickte auf den Gelähmten und fragte:
»Wohin?«
»Zur Aussiedlungsbehörde.«
»Sie wollen aussiedeln?«
»Ist das ein Verbrechen?« Weberowsky hob die Stimme. »Haben Krüppel kein Recht auf Heimat?«
»So war das nicht gemeint.« Der Portier, er hieß Ludwig Hämmerle und stammte aus Bietigheim, warf einen Blick auf Frantzenow und Heinrichinsky. »Sie auch?«
»Wir stehen hier im Namen von 673 Bewohnern des Dorfes Nowo Grodnow in Kasachstan. Wir möchten den maßgebenden Herrn sprechen.«
»Das möchten alle. Sehen Sie mal die Treppe rauf. Die stehen seit heute morgen sieben Uhr. Auch wenn Sie ...« Er blickte wieder auf den Rollstuhl und verkniff sich weitere Worte. »Wir können keine Ausnahme machen.«
»Wir wollen auch keine Ausnahme sein.« Frantzenow legte

begütigend seine Hand auf Weberowskys Arm. »Trotzdem wäre es angebracht, den leitenden Herrn zu informieren, daß Professor Frantzenow ihn unbedingt sprechen möchte.«
»Sie wollen Herrn von Baltenheim sprechen?«
»Ich kenne seinen Namen nicht. Aber wenn Sie meinen Namen nennen, werde ich sofort vorgelassen.«
»Ich will's versuchen.« Hämmerle verschwand in seiner Portiersloge, bediente das Telefon und streckte dann den Kopf aus dem Fenster.
»Wie war Ihr Name?«
»Frantzenow.«
Es dauerte keine Minute, da überzog grenzenloses Staunen sein Gesicht. Er legte auf und kam aus der Loge herausgelaufen.
»Zimmer 201, zweiter Stock!« sagte er. »Der Herr Botschaftsrat bittet Sie in sein Privatbüro.«
Mit dem Lift fuhren sie hinauf, sahen beim Vorbeigleiten die Menschen auf der Treppe stehen, eine Schlange der Hoffnung, die jetzt in die Mühlen der Behörden geriet.
Von Baltenheim erwartete sie bereits vor seinem Zimmer. Nach einem kurzen Blick entschloß er sich, den weißhaarigen Herrn als Professor Frantzenow anzusehen.
»Ich heiße Sie bei uns willkommen«, sagte er und streckte seine Hand aus. »Ich habe soeben auch den Herrn Botschafter informiert, der es sich nicht nehmen lassen wird, Sie persönlich zu begrüßen.« Er wandte sich an Weberowsky. »Sie sind als Begleitung gekommen?«
»Umgekehrt. Andrej Valentinowitsch begleitet *mich*! Ich heiße Wolfgang Antonowitsch Weberowsky.«
»Weberowsky?« Von Baltenheim traute seinen Ohren nicht. »Aus Nowo Grodnow?«
»Ja«, antwortete Weberowsky erstaunt.
»Ihre Frau heißt Erna, geborene Frantzenow?«
»Ja. Sie ist meine Schwester«, antwortete Frantzenow anstelle von Weberowsky. »Wieso kennen Sie Erna?«
»Haben Sie einen Neffen, der Karl Köllner heißt?«
»Ja. Im Bonner Außenministerium!«

»Über Sie –«, Baltenheim machte eine alles umfassende Handbewegung, »gibt es eine Akte. Der Herr Botschafter wird Ihnen das erklären. Wir haben nie gehofft, Sie in Moskau zu sehen.«
Im Zimmer des Botschaftsrates saßen sie dann in schweren Sesseln, tranken ein Glas Pfälzer Wein und erhoben sich, als der Botschafter eintrat. Ein Beamter des BND, der in Moskau offiziell als Kulturattaché galt, und der Militärattaché begleiteten ihn.
»Das ist wirklich eine Überraschung«, sagte der Botschafter bei der Begrüßung zu Professor Frantzenow. »Ich dachte erst, von Baltenheim mache einen Witz.«
»Ich wäre auch nie gekommen, hätte mein Schwager mich nicht gebeten, ihn zu begleiten. Darf ich ihn Ihnen vorstellen: Herr Wolfgang Weberowsky.«
Der Botschafter ergriff die schlaffe Hand und drückte sie vorsichtig. Danach stellte ihm Frantzenow den Pfarrer vor.
»Wir sind gekommen, unsere Aussiedlung zu beantragen.«
Weberowsky unterbrach die Zeremonie: »Pfarrer, pack die Papiere aus!«
Heinrichinsky legte den Packen Anträge auf den Tisch. Von Baltenheim warf keinen Blick darauf, für ihn war das Vorgehen der Behörde klar.
Was nun begann, war kaum eine Unterhaltung zu nennen. Es glich eher einem höflichen, aber in der Sache harten Verhör. Der BND-Beamte hatte eine Akte mitgebracht und blätterte darin herum.
»Wann haben Sie das letzte Mal von Herrn Köllner gehört?« fragte er.
Weberowsky dachte nach. »Zu den Festtagen schrieb er immer. Doch letztes Weihnachten haben wir vergeblich auf sein Lebenszeichen gewartet.«
»Hat er je die Absicht geäußert, nach Kasachstan zu kommen? Für immer?«
»Karl? Nie! Er hat doch seine gute Stelle im Außenministerium. Es ist umgekehrt: Wir wollen, wenn wir nach

Deutschland kommen, zuerst bei Karl wohnen, bis wir eine eigene Wohnung haben.«
»Weiß er das?«
»Erna hat es ihm geschrieben. Aber bis jetzt ist noch keine Antwort gekommen.«
»Er wird auch nicht antworten.« Der BND-Mann senkte die Stimme. »Er ist flüchtig.«
»Was ist er?« rief Frantzenow. »Was heißt flüchtig?«
»Kurz vor seiner Enttarnung, das heißt, vor seiner Verhaftung, gelang ihm die Flucht.«
»Enttarnung?« fragte Weberowsky gedehnt.
»Er war einer der Topspione des KGB.«
»Du lieber Himmel!« Frantzenow sah Weberowsky verwirrt an. »Karl ein Spion? Unglaublich!«
»Die Suche nach ihm verlief ergebnislos. Wir hatten angenommen, er taucht bei Ihnen in Kasachstan auf.«
»Und Sie haben uns verdächtigt, mit ihm zusammenzuarbeiten?«
Der BND-Beamte zögerte, aber dann nickte er. »Ja. Es lag nahe, und es war logisch, daß er sich soweit wie möglich absetzt. Wo wäre er besser aufgehoben als bei seinen Verwandten? Aufgrund dieser Überlegungen sind Sie nun bei uns aktenkundig. Sie werden bei uns in der Zentrale in Pullach noch eingehender von Herrn Kallmeier befragt werden.« Er vermied das Wort verhört. Es klang so nach Verbrechen. »Herr Professor Frantzenow, Sie werden in Bonn vom Bundesforschungsminister empfangen – wenn Sie wollen, natürlich.«
»Erst muß ich in Deutschland sein. Ich weiß, daß man jeden Schritt von mir verfolgt. Der Iran, Irak, Libyen, Syrien sind hinter mir her. Die USA sowieso. Das ist Grund genug: Ich bitte um politisches Asyl.«
»Das ist keine Frage unter uns.« Der Botschafter machte die Andeutung einer Verbeugung. »Darf ich Sie als Gast der deutschen Botschaft betrachten? Wir werden eine Möglichkeit finden, Sie aus Moskau hinauszuschleusen. Die Herren vom BND werden das in die Hand nehmen.«

»Und was wird aus uns?« fragte Weberowsky. »Aus meinem Dorf? Ich habe alle Anträge mitgebracht.«
»Wir werden sie bevorzugt prüfen. Es kann aber vier Monate dauern.«
»Dann haben wir wieder Winter und müssen uns in die Häuser verkriechen.«
»Ich sprach von den allgemeinen Anträgen.« Der Botschafter bewunderte den Mut dieses Mannes. Gelähmt bis zur Brust, saß er im Rollstuhl und ließ sich von seiner Sehnsucht nach Deutschland hinreißen. »Der Antrag von Ihnen und Ihrer Familie wird sofort bearbeitet. Ihre Aussagen im Fall Köllner sind sehr wichtig. Vor allem, was Ihre Frau von ihm weiß.«
»Lassen Sie Erna aus dem schmutzigen Spiel!« sagte Weberowsky grob. »Sie weiß gar nichts.«
Von Baltenheim ging nicht darauf ein. Er blätterte in einem Taschenkalender.
»Wie lange brauchen Sie zur Auflösung Ihres Haushaltes?« fragte er.
»Ich weiß es nicht. Was wir mitnehmen können, ist schnell gepackt. Aber ich muß den Hof und das Land erst verkaufen. Ich weiß, es gibt genug Russen, die beides kaufen wollen, aber ich will einen guten Preis haben. Es stecken jetzt mehr als fünfzig Jahre Arbeit drin ... vom Zelt und der Baracke 1941 bis zum Musterhof.«
»Und trotzdem wollen Sie weg?« fragte der Botschafter.
»Ja. Ich habe von Kind an davon geträumt. Jetzt wird dieser Traum Wahrheit. Jetzt, wo ich nicht mehr laufen kann. Gerade darum will ich nach Deutschland. Ich lasse mich nicht unterkriegen. Es war übrigens eine russische Kugel, die mich zum Krüppel gemacht hat.«
»Wir werden sofort das Bundesverwaltungsamt in Köln verständigen. Es ist die Behörde, die alle Anträge überprüft und letztendlich entscheidet. Rufen Sie uns an, wann Sie ausreisen können. Die Genehmigung wird dann bei uns liegen.«
Am Abend saßen sie in der Halle des Hotels Metropol, das

von Baltenheim ihnen empfohlen hatte. Frantzenow reichte seinem Schwager ein Glas Wein. Pfarrer Heinrichinsky kaute an einem etwas zähen Braten.
»Man sieht es. Es geht alles, wenn man nur will«, sagte er.
»Ja, wenn man Frantzenow heißt!« Weberowsky lachte. Aber Frantzenow fiel nicht in das Lachen ein.
»Irrtum! Man hat uns nur so gut behandelt, weil wir Teil eines Spionagefalls sind. Man muß erst einen Neffen haben, der ein Spion ist, dann läuft die Behördenmaschinerie wie geschmiert.«

Der Abschied von Nowo Grodnow wurde wieder zum festlichen Ereignis. Das ganze Dorf nahm Anteil. Kiwrin war mit einem Lastwagen gekommen, um das Gepäck zum Flugplatz Karaganda zu bringen. Auf dem Lastwagen saß auch die Beljakowa und heulte wieder.
Weberowsky hatte seinen Hof an einen Russen verkauft, der aus Orenburg kam und für die russische Behörde als Umsiedler galt. Er hatte für den Kauf des Weberowsky-Hauses einen Kredit aufgenommen, den er nie im Leben abzahlen konnte. Aber wer denkt so weit voraus? Er hatte den schönsten Hof im Bezirk, das allein war ihm wichtig.
Die Nachbarn hoben Weberowsky mit seinem Rollstuhl in den Lastwagen. Auf einer Bank saßen Eva, Frantzenow und Hermann. An seiner Seite weinte Iwetta Petrowna. Sie verließ ihre Heimat aus Liebe zu ihrem Mann, so wie auch Erna nicht mehr fragte, was in Deutschland aus ihnen werden sollte. Wolferl wollte in das Land seiner Väter, und sie folgte ihm, weil sie zu ihm gehörte, bis in den Tod.
Unter den Auf-Wiedersehen-Rufen der Nachbarn fuhren sie weg. Sie blickten sich nicht um, aber sie hörten die kleine Glocke der Kirche, an der sie alle gebaut hatten. Pfarrer Heinrichinsky hatte sich entschieden, in Nowo Grodnow zu bleiben, bis das letzte seiner Schäfchen das Dorf verlassen hatte. »Ich bin wie ein Kapitän«, verkündete er von der Kanzel am Sonntag vor Weberowskys Abfahrt. »Ich werde als letzter unser Schiff verlassen. Gott helfe uns. Amen.«

Am schlimmsten war der Abschied von Kiwrin und der Beljakowa am Flugplatz von Karaganda. Weinend fiel Kiwrin Erna um den Hals, kniete neben dem Rollstuhl nieder und küßte Weberowskys Hände, und als dieser rief: »Laß das sein, du Ziegenbock!« schluchzte er:
»Ich werde mich nie wieder mit jemandem so streiten können wie mit dir, du Stinksack.«
Die Beljakowa lehnte an dem Lastwagen und konnte nicht aufhören zu weinen. Es war unheimlich, welche Tränenbäche aus ihr herausstürzten, und als Weberowsky ihr über den Arm streichelte und sagte: »Leb wohl, du Luder. Jetzt hast du Ruhe vor mir!«, heulte sie auf wie ein junger Wolf, lief hinter den Wagen und drückte das Gesicht gegen die Plane.
Erst als das Flugzeug in der Luft war und eintauchte in den unendlichen Himmel über der Steppe von Kasachstan, sagte sie zu Kiwrin:
»Er war der einzige Mensch, den ich wirklich bewunderte; darum habe ich ihn so gehaßt.«
In Berlin empfing die Familie das Rote Kreuz, ein Abgeordneter des Bundestages, ein Arzt und die Kriminalpolizei.
»Die Heimat grüßt Sie!« sagte der Abgeordnete pathetisch. »Sie sind ein Symbol der Heimatliebe und des Deutschtums! Kann ich etwas für Sie tun?«
»Ja. Ich möchte ein Bier!« antwortete Weberowsky mit glänzenden Augen. »Ein echtes deutsches Bier. Ich habe immer nur chinesisches getrunken.«
Eine Rote-Kreuz-Schwester rannte los und brachte ein Glas Pils. Erna half ihm, das Glas zum Mund zu führen. Er blies den Schaum weg und nickte.
Dann nahm er einen kräftigen Schluck, stieß genußvoll auf und sagte überwältigt:
»Herrlich. Wie herrlich das schmeckt. Deutsches Bier. Wir sind in ein Paradies gekommen.«
Er sollte sich noch wundern.

KONSALIK
DAS REGENWALD KOMPLOTT

DER REGENWALD – die grüne Lunge unserer Erde.
Wie lange wird sie noch atmen können? Dieser Roman schildert, was
wirklich am Amazonas passiert. Täglich, stündlich, in jeder Minute.
Konsalik war selbst an Ort und Stelle. Er hat mit denen gesprochen,
die leiden (die Yanomami-Indianer), er hat mit denen diskutiert,
die Profit über die Zukunft stellen
(die Großgrundbesitzer, die Spekulanten). Und er hat gesehen,
wie brutal, schnell und irreparabel der Regenwald zerstört wird.
Sein Roman ist ein Aufschrei, ein Protest, ein Mahnmal.

Heinz G. Konsalik: Das Regenwald-Komplott
Roman
432 Seiten, Leinen
ISBN 3-7770-0411-1

ROMAN HESTIA

GOLDMANN TASCHENBÜCHER

Das Goldmann LeseZeichen mit dem Gesamtverzeichnis erhalten Sie im Buchhandel oder gegen eine Schutzgebühr von DM 3,50/öS 27,–/sFr 4,50 direkt beim Verlag

Literatur · Unterhaltung · Thriller · Frauen heute · Lesetip
FrauenLeben · Filmbücher · Horror · Pop-Biographien
Lesebücher · Krimi · True Life · Piccolo · Young Collection
Schicksale · Fantasy · Science-Fiction · Abenteuer
Spielebücher · Bestseller in Großschrift · Cartoon · Werkausgaben
Klassiker mit Erläuterungen

****

Sachbücher und Ratgeber:

Politik/Zeitgeschehen/Wirtschaft · Gesellschaft
Natur und Wissenschaft · Kirche und Gesellschaft · Psychologie
und Lebenshilfe · Recht/Beruf/Geld · Hobby/Freizeit
Gesundheit und Ernährung · FrauenRatgeber · Sexualität und
Partnerschaft · Ganzheitlich heilen · Spiritualität und Mystik
Esoterik

****

Ein SIEDLER-BUCH bei Goldmann
Magisch Reisen
ReiseAbenteuer
Handbücher und Nachschlagewerke

Goldmann Verlag · Neumarkter Str. 18 · 81664 München

Bitte senden Sie mir das neue Gesamtverzeichnis, Schutzgebühr DM 3,50

Name: _____

Straße: _____

PLZ/Ort: _____